丢人香 枣儿圆

刘洪鹏 著

陕西新华出版传媒集团
太白文艺出版社·西安

图书在版编目（CIP）数据

枣儿香枣儿圆 / 刘洪鹏著. -- 西安：太白文艺出版社，2021.12
ISBN 978-7-5513-1927-0

Ⅰ. ①枣… Ⅱ. ①刘… Ⅲ. ①长篇小说－中国－当代 Ⅳ. ①I247.5

中国版本图书馆CIP数据核字(2021)第248054号

枣儿香枣儿圆
ZAOER XIANG ZAOER YUAN

作　　者	刘洪鹏
责任编辑	刘　涛　林　兰
封面设计	郑江迪
版式设计	建明文化
出版发行	陕西新华出版传媒集团 太 白 文 艺 出 版 社
经　　销	新华书店
印　　刷	涿州军迪印刷有限公司
开　　本	889mm×1194mm　1/32
字　　数	276千字
印　　张	11.5
版　　次	2021年12月第1版
印　　次	2021年12月第1次印刷
书　　号	ISBN 978-7-5513-1927-0
定　　价	69.80元

版权所有　翻印必究
如有印装质量问题，可寄出版社印制部调换
联系电话：029-81206800
出版社地址：西安市曲江新区登高路1388号（邮编：710061）
营销中心电话：029-87277748　029-87217872

序

自去年以来，洪鹏在长期搜集素材、充分酝酿构思的基础上，利用业余时间创作了一部长篇小说《枣儿香枣儿圆》。小说以二十世纪八九十年代鲁北农村改革开放为时代背景，描写了一群农村青年坚韧不拔、超越自我、艰苦创业的故事。小说完成后，他委托我写一篇序。我认真阅读了作品，感触良多，写在下面，供广大读者朋友参考。

我和洪鹏相识非常偶然，时间也很短。有人把他二〇一九年出版的《未许多愁》诗集送给我，里面收录了二〇一六年以前他创作的大量诗词作品。洪鹏数十年如一日坚持文学写作，经历丰富却初心不变，而且达到了较高的艺术水准，得到省内外文学界同人的认可，这给我留下了深刻的印象。在后来的交往中，我发现他兴趣爱好比较广泛，除了诗词，他还喜爱书法、绘画，所以对他能够创作出这样一部题材宏大的长篇小说，我一点儿也不感到惊讶。

我们阅读《枣儿香枣儿圆》这部小说，首先应关注它写了什么。从情节发展的脉络看，小说大致写了五段故事：栓柱当老板、福来做干部、石楼种冬枣、栓亭卖枣和新梅会记者。当然，这些故事是有机联系在一起的,它们有共同的背景,按照时间顺序展开,一环扣一环构成一个完整的体系,不可分割。当读者津津有味地阅读这些故事时,一定会为地域的风情、创业的激情、纯洁的爱情和真挚的亲情所感动。作者以写实风格真实地描绘故事场景,以白描手法刻画人物的性格,似乎有些琐碎和平淡,却能让人在平凡中见到伟大,在点滴中见到江河,在尘埃中见到沙漠,这大概就是以实写虚吧,比如现实生活中的房子、车子、杯子,我们看到的都是一个个实体,然而我们却使用它们其中空虚的部分。

其次要体会它是怎样写的。这部长篇小说笔触遍及当时当地社会的不同层面,描绘的人物各具特色,个性鲜明生动,但没有贯穿始终的中心人物,这种写法有点类似《儒林外史》或者《水浒传》;此书的另一特点,就是故事结构前后照应,逻辑严谨,所谓"草蛇灰线""伏脉千里",这种写法又似乎借鉴了《红楼梦》。从某种意义上说,本书继承了中国优秀传统小说的多种写作方法,所有故事情节似乎都是自然生发出来,丝毫没有拼接斧凿的痕迹和牵强附会的感觉;同时,它不写帝王将相、世家大族,也不写才子佳人或绿林好汉,而是写了一群再普通不过的农家儿女,这也是本书的重要看点之一。

最后就是思考一下作品的社会价值问题,即作者为什么要写。过去,社会上有种认识,就是政府部门在经济社会发展中应始终居于主导地位。其实,在社会主义市场经济条件下,真正居于主导地位的应该是各类经济主体,他们也许是法人,也许是私人。我们应该充分尊重这些经济主体的权利和意愿,给他们提供便利和空间,让他们在价值规律及社会规则支配下自我规划、自我发展、自我管理、自我完善。或许，唤起全社会对普通劳动者的真心尊重和诚挚关怀，才是这部小说所要揭示的最为深刻和本质的内涵之所在。

当然，这部小说是洪鹏长篇小说创作的处女作，尽管倾注了全力，但其中肯定有许多不尽完善之处，非常希望广大读者和海内外的专家学者在关心爱护的前提下，提出真诚的批评和中肯的意见，帮助他在文学道路上走得更远一些。

是为序。

李宝玉
二〇二一年五月二十三日

第一章

自从盘古开天辟地以来，莽莽的鲁北大平原就一直发生着"沧海桑田"式的变化。黄河像一条蜿蜒的黄色长龙，千里奔腾，波涛汹涌，在这里注入渤海；而渤海则像一个从深海大洋探向内陆的青色龙头。这一青一黄两条巨龙斗法，上演了一场陆海浮沉的大战。黄河"斗水七沙"，它携带的大量泥沙不断向海中侵蚀，经过千万年的较量，退海之处逐渐积淀成水草丰美的陆地。不知从何时起，有人类迁徙到这里，几度刀耕火种，开垦出大量世代可耕的良田。哪里有良田，哪里就有人聚集；哪里有人聚集，哪里就有生息繁衍。后来，这里就星罗棋布地诞生了些村庄。

其中有一个普普通通的小村子，村民由同一个祖先开枝散叶而来，都姓刘，因此叫刘庄。刘庄位于Z县的最西南部，全村仅百余户人家，不足五百口人。

村东头半里路远有一条贯穿南北的国道，村民们都习惯地称它"大马路"。此时正值二十世纪八十年代后期，那条大马路还没有翻修，路面坑坑洼洼的，车子走在上面颠簸得非常厉害。据说，有个过路客骑三轮车经过这段路，后面载着的孕妇竟然被颠得早产了。

大马路西边岔出一条笔直的土路，穿过整个村子，在村西头向西南方拐个弯，然后经过一条名叫傅家河的南北走向的河流，跨过河上的单孔石桥，与五里路外Y县的尚店乡的村庄相连通。这条土路北侧全是村里的住家，南侧只有一所孤零零的院子，那所院子是在原先村磨坊的基础上扩建的，现在被用作村小学，全村的适龄孩子都在那儿上课，高高的围墙里不时传出阵阵琅琅的读书声。校门口两侧的影壁用红漆粉刷了底子，正中八个端庄遒劲的黄色颜体大字赫然在目，一边写着"勤奋读书"，一边写着"振兴中华"。那字是村支书刘根元请县三中的王希胜老师写的，凡见过的人没有一个不竖起大拇指说好的。刘庄周围密密匝匝地种着些桃树、杏树、梨树、枣树等，站在大马路上向刘庄眺望，只能望见人家的屋顶以及烟囱里不时冒起袅袅炊烟，其他一切都被茂密的果树林遮挡得严严实实的，什么也看不见。而在这道果树林构成的绿色屏障之外，四周环绕着的则是整齐而丰饶的农田。

刘庄实行家庭联产承包责任制没几年，村民虽说能够填饱肚子不再挨饿了，但整个村子面貌依然没有发生多大变化，绝大部分村民还住在祖辈们传下来的土坯房里。那些土坯房大都年久失修，房顶上、墙头上长着一蓬蓬的乱草，有的甚至屋顶朽坏、墙壁开裂，被风吹得东倒西歪，房主人为了维持它们摇摇晃晃的躯体，只好找来几根又粗又长的椽子勉强支撑着。村子里到处可见这种房子，像一堆堆破烂被人随意地扔在那里，又像一些久病缠身的人，无精打采的，没有一丝活气。

那些年刚刚兴起外出打工，村里有几个年轻人实在待不住了，就跑到外面的大城市联系工作。他们大多年初出去，年末才回来，经过一年辛苦辗转，不知受了多少委屈，遭了多少白眼，付出了多少血汗，才带回一点微薄的收入，略略给家里添补些东西。也有一两个因为工作忙，或者其他说不清楚的原因，连过年也不回家。

眼前正是大年三十，那几个带着收入回家的打工者，在其他村民艳羡的目光中，急急忙忙地跑到石楼乡政府驻地的集市上买菜，准备年夜饭。去得早的，集市上货物还比较齐全，而去得晚的，只能赶真正的"穷汉子集"，这是当地对大年三十那天农村大集的别称，意味着许多东西已经买不到了。那些赶"穷汉子集"的人匆匆地去，又匆匆地回，手里只拎着很少的一点儿年货，一边走一边不停地抱怨："唉，这苦日子，啥时候才能熬到头儿啊！"

大年三十都到下午了，住在村南头的刘双河却连赶"穷汉子集"的念想都不敢有。他刚把姑姑家的表弟打发走。表弟家住老县城南八里的官家庄，他父亲张勤俭是刘双河的姑父。张勤俭在新中国成立前曾当过八路军地下交通员，新中国成立后在石楼公社当过通讯员，后来又担任过公社副主任。他担任副主任时，正赶上头几年渤海湾海啸，怒潮翻卷、吼声如雷，连鲸鱼都冲进了傅家河，把石楼乡万亩良田泡成了盐碱地。说到盐碱地，没有在那里生活过的，真就想象不出来。那时候，家家户户都不用买盐腌咸菜，只需选个毒日头天，起个大早，到傅家河的河滩里，扫来碱土，把白萝卜、胡萝卜、辣椒、小黄瓜甚至西瓜皮、白菜根用碱土一层层培上，没过多久，保准儿腌得齁咸。要吃盐，就把扫来的碱土用水一淋，搁在太阳地儿一晒，上面一层结晶，扫下来就是盐了，一分钱也不用花。这样的盐碱地，除了柽柳、卤蓬等耐盐碱的植物能够生存，几乎再长不出任何庄稼。那时的刘庄一带真可谓"烈日炎炎晒死牛，一滴淡水贵如油，天旱地碱灾又多，十年倒有九不收"。可张勤俭偏不信邪，他带领石楼乡的群众手挖肩挑，硬是在盐碱地里开挖出一条条纵横相连的排盐洗碱沟，然后引进黄河水漫灌，使大片荒芜的盐碱地变成了良田。二十世纪六十年代中后期，石楼乡终于取得粮食大丰收，乡亲们开始过上了丰衣足食的日子，同时，张勤俭也得到上级领导和社会的认可。他曾作为全省"农业学大寨"的代表多次出席省、地区举办的各种先进事迹报告会，并曾当选过一届全国人大代表，到北京参加过人代会。"文革"前夕，张勤俭因看不惯公社领导拉帮结派的垒山头作风，多说了几句牢骚话，结果被错划为"右派"，被停职审查。改革开放后，组织上为张勤俭洗去不白之冤，恢复工作，国家补发了他停职期间的工资。张勤俭是刘双河的姑父，又当过他的媒人，因而两家关系密切，彼此来往不断。三年前刘双河盖房子去姑姑家借钱，张勤俭二话没说就从箱子底儿掏出五百元钱交给他。今年秋后，七十多岁的张勤俭一直卧病在床。看病需要花钱，张勤俭的儿子没有办法，只好大年三十向刘双河讨账。刘双河无钱还账，心中既愧疚又难过。送走表弟后，他回身坐在堂屋中间方桌旁边的老式木头椅子上，拿过烟袋荷包捻上一锅旱烟，吧嗒吧嗒地抽起来，霎时整间屋子里升腾起一股呛人的烟味。这是位饱经风霜的老人，已经五十多岁，头戴一顶褪了色的深青色帽子，帽檐被折断了好几块，最前面那块无力地下垂着。他木雕泥塑般端坐在那儿，高高的颧骨，花白的胡须，满脸的皱纹，唯有眼睛中还依稀透着些年轻时候的光彩。

刘双河一家五代全是农民。二十多年前他与堤头村的一户孙姓人家的姑娘结婚，姑娘名叫孙秀娥。那时秀娥已经失去了母亲，与父亲孙石根相依为命。孙家祖辈上曾经经商，据说在老县城开过

第一章

大饭店，后来回到村里修建了房子，置办了土地，一家过着半耕半租的生活，家境还算殷实。新中国成立以后孙家家庭成分被划为富农，多余的土地全部被村里没收。每逢社会运动，孙石根两口子就被拉到村口土台子上接受批斗，经常弄得灰头土脸，苦不堪言。日子越过越艰难。秀娥娘禁不住折磨，没过多久就病逝了。因家庭成分不好，秀娥虽然模样俊俏、心灵手巧，但二十四五了还找不到个合适的对象，急得孙石根直犯头疼病。后来，幸亏与他熟识的张勤俭出面保媒，终于和刘庄的刘双河定下一门亲。双河家从祖辈上就是贫农，根正苗红，可家里实在太穷，三个男孩子一直讨不着老婆。如今张勤俭做媒，两家都表示同意，当场为两个年轻人择定了婚期。结婚时，孙家半点彩礼也没收，双河牵着秀娥的手徒步迈进家门，一包香烟、一盘瓜子外加几捧大红枣作了谢客礼。婚后，小夫妻相敬如宾，没红过脸儿，可两个人只觉得一样不足，就是连生了四个女娃娃，没有一个男孩子。大女儿新兰出生那年，孙石根老人偶染风寒得了场重病，那时三年生活困难时期还没结束，连吃的都找不到，更甭说药了，再加上农村医疗条件有限，孙石根身上的病拖了大半年始终不见好转。他知道自己大限将至，就把女婿叫到堤头村托付后事，不久便撒手而去。刘双河夫妇在亲戚的帮助下掩埋了孙石根老人的遗体，在坟前痛哭一场后告别堤头村，重新回到刘庄，依旧过着给村集体种地挣工分的日子。

改革开放后，村里一开始实行家庭联产承包责任制，按人头每人分到二亩多地。刘双河家分的地种不过来，大女儿新兰就早早辍学，跟着父母耕耘劳作。几年后，日子稍微好些了，姑娘的婚事也提上了日程。新兰这女娃出落得跟她娘年轻时一样俊俏，人又勤快利落，说媒的踏破了门槛子，可她自小就定下一桩"娃娃亲"，说媒的再多刘双河也不动摇。那"娃娃亲"的男娃姓宋，叫栓柱。栓柱家住十里地外的南楼村，栓柱的父亲宋明德跟刘双河从小拜把子，感情好得如同亲兄弟，在栓柱和新兰很小的时候两家就定下了这门亲。宋家人口多，有五个男孩子，生活异常拮据，宋明德答应让栓柱做刘双河的上门女婿。为了让俩孩子早日成亲，刘双河咬牙向亲友们借了一千多元钱，盖起四间新房。栓柱自打和新兰结婚后，就搬到刘庄来住了。

栓柱来家后，地里的活计终于有了帮手，一家人共种着十六亩地。他们根据道路的远近和土地的肥瘠，把六亩地作为口粮田，上半年种小麦，下半年种玉米；另外十亩地分别种棉花、大豆、高粱等经济作物，增加家庭收入。一家人早出晚归辛勤耕作，温饱总算解决了，可是每年乡里和村里还要摊派农业税、村提留、乡统筹什么的，这些也需要一笔开支；新兰的三个妹妹新梅、新英、新青还在上学，每学期需要交纳一定数额的学杂费；而且新兰和栓柱结婚一年后，随着儿子刘大华的出生，又增添了不少花销。一年下来刨去成本，收入和支出相抵，手里根本没有几个结余。全家人的日子仍然过得紧巴巴的，还账的事情更无能为力。

为减轻家庭负担，新梅、新英、新青姊妹三个凑在一起商量。新梅一双明亮的大眼睛盯着两个妹妹稚气未脱的脸，毅然地说："我跟爹娘说，明年不去上学了，在家帮着料理家务。你们两个继续上。""那怎么行？！姐，你学习成绩那么好，咱家还指望你考大学呢，你不上学那多可惜啊，还是俺们俩下来吧！"新英和新青争着说。

第一章

她们三个把想法跟父母一说，刘双河急得直搓手，连忙说道："孩子们，俺知道你们想啥。可你们不知道，上学好啊，能学很多知识，以后不当睁眼瞎。你们应该听话，等年纪大了再后悔可来不及了！"

"爹，我们不后悔！"三个孩子异口同声地说。

"这样吧，你们再和你哥、你姐商量一下，听听他俩咋说。"母亲孙秀娥在一旁劝说着。

栓柱听完新梅她们三个的意见后，跑过来跟岳父岳母说出了自己的想法："爹，娘，俺的意见是让三个妹妹都继续上学。家里的活俺能干好，另外俺打算农闲时候去外面干建筑挣钱。过去俺跟人学过瓦匠的手艺，村里二楞、福来、老木他们来邀过好几回了，要跟俺搭伙去，以前大华小，俺没答应，过完年俺想出去试试。"

刘双河捏着紫红色的烟袋杆儿，眯起眼望着中等身材、皮肤黝黑，眨着两只晶亮大眼睛的女婿，点了点头。

最后，经过反复商量，大家决定暂时按照栓柱的意见办，新梅如果高中毕业考不上大学，就不去复读，在家里帮着干活，照顾家庭；栓柱可以在家里农活不忙的情况下，外出打工挣钱，而新英、新青则必须继续上学。

第二年一开春，趁着农闲，新兰和母亲就收拾好行李，让栓柱随着二楞、福来、老木他们到县城去打工了。

Z县县城是新中国成立后新建的一座城镇，五十年代从老县城东迁而来，距离刘庄五十多里路。县城规模其实并不大，如果从空中俯瞰，整个城区如同一个四四方方的棋盘，棋盘四条边长均不超过八里路。城中心只有十条街道，东西方向和南北方向各五条。城区内规模较大的工厂不超过十座；国营的、集体联营的、个体的商店总共数不到五十家；连县人民医院在内，卫生医疗机构只有七处；另外还有十几所学校和一所影剧院。县城西边紧靠徒骇河，大堤旁树木葱茏，形成一道绵延几十里的绿色长廊，河滩里芦苇摇荡，河面上渔帆点点，为县城增添了少许的妩媚。过去有文人爱看那河上帆影、波间夕照，专门写诗赞道：水抱新城是大观，羲和弭节堕金盘。波流宛转风帆下，樯影飘摇暮霭残。厌次客来沽美酒，瀛洲信到寄平安。鱼盐书画浑难辨，河上逍遥仔细看。

县外贸局在县城中心偏南的位置，正在修建办公楼，因承建单位是县第二建筑公司，所以栓柱他们都要同二建签订临时的劳动合同，并且要将首月工资全部缴纳作为保证金。

二楞、福来、老木他们连续几年在外从事建筑行业，与第二建筑公司的管理人员已经相互熟悉了，去年都已经与公司签好了合同。

栓柱到县城的当天，二楞、福来领着他赶到二建公司办公室，很快签了合同。伙计们都挺高兴。建筑公司后勤部门把他们安排到工地旁边一间废旧仓库改成的临时住所里，通知他们明天正式进工地干活。这群人把行李一股脑儿地扔在地铺上，就到不远处的一家名字叫"大众快餐"的饭店聚餐。这家饭店门脸不大，是沿街的一排五间砖瓦房，门头白底黑字，下面留着电话。饭店迎门安装着曲尺形的吧台，吧台两边是散客席，他们七个人拣靠近里面一点儿的座位坐下。不到三十岁的俏丽老板娘拿着菜谱走过来，热情地招呼客人点菜。二楞、福来他们以前经常光顾这家饭店，都对老板娘印象深刻，暗地里管她叫"大众西施"。因工程未开工，他们囊中羞

第一章

涩,只点了一样荤菜、三样素菜,而五十六度的二锅头却慷慨地要了两瓶。这群乡下人以各种不同的姿势围坐在桌旁,一面喝着酒,一面不时瞄一眼正在忙碌的老板娘,一面畅谈着每个人那些令人心醉神驰但又非常遥远模糊的前景。

接下来的日子,在外人看来,工地上整天人来人往,忙忙碌碌,热火朝天,而工地上那群戴着土黄色工作帽、穿着破烂脏旧工作服的建筑工人却觉得生活异常辛苦、乏味,甚至有些压抑,高强度的体力劳动让他们的神经变得麻木、迟钝。他们个个肤色黝黑,经常满脸油汗,身上的衣服湿透了再被风吹干,吹干了再湿透,冒着白花花的汗碱,满身满脸蒙着一层似乎永远也洗不掉的灰尘……

麦收时节建筑队放了十天假,栓柱他们回家收完地里的麦子,种上玉米,又返回县城接着干了三个多月。

眼看五层大楼封顶,只剩下内部装修的工程了,结果负责工程的二建公司的经理却告诉他们,工程资金出了问题,他们只能发两个月工资,扣除一个月工资要交押金。拼死拼活干了八九个月,工人们只拿到了一个月的工钱,还不够支付几个月来吃喝嚼用的账目。消息一传开,这些整日里紧张忙碌的人,扔下手里的工具,带着说不出的委屈和愤怒,大家七嘴八舌,想去讨个说法,可谁也不知道该怎么去说。栓柱过去在南楼时虽然干过几次零工,但工程量小,时间短,工资随着工程结束基本一次付清。可这次不同了,他平生第一次这么长时间在外打工,而且第一次碰到工资拖欠的事情,也顿时失了主意。正在大伙犯愁之际,工人中有一个长着络腮胡子的大个子站出来说:"弟兄们不要着急。俺姓韩,大家叫俺同强就中,俺跟经理干了多年,他多少卖兄弟的面子。俺想出个头,

009

帮大伙向他讨个说法，看他怎么解决，不知弟兄们同意不同意？"难得有人替他们出头，大家纷纷表示同意。

韩同强又寻了几个年纪大一点的工人跟他一块儿做代表，去跟建筑公司交涉。建筑公司的负责人为难地说，县外贸局不拨款，他们也没办法。连续交涉了几次，都没有结果。于是，韩同强又领着几个工人代表去找县外贸局。县外贸局的人解释说："局里本来基建资金挺充足的，可因为下属的一家外贸企业银行贷款到期需要还款，就帮忙垫付了，原想银行贷款很快审批下来，再把资金盘回来，可是银行部门突然变卦，一直拖着没有再审批贷款。现在，局里的运转资金都成了问题，局长到香港出差，连回来的路费都没着落，还要申请县政府想办法筹措，哪里有能力还工程款！大家先回去耐心等一等，等一等。"老韩他们刚走出县外贸局临时办公场所的大门，那名负责解释的工作人员担心激起众怒，于是追出来又是一番安抚，说是局长不在，他们谁都做不了主，只能等局长回来再解决，请大家放心，这是公家决定的事情，楼是公家的，钱绝对黄不了的……

大家没有办法，只得回来重新商议对策。

半个月过去，有人熬不住了，就去其他工地找活干了，要工钱的差事，全权委托给韩同强和其他几个人。大家商议好，如果工资要回来，大家都自愿拿出一部分，作为老韩他们这几个人的活动经费和酬金。

眼看到了秋忙，栓柱他们返回家，忙着秋收秋种。地里玉米收了，麦子也种上了，节气马上就到霜降，建筑工地几乎全都停了工。栓柱他们反复托人打听，始终找不到合适的活计。那天二楞的

第一章

舅舅从外地回来，二楞去看他。他舅舅家在郭店，名叫郭长有，在外地一家化工厂打工，据说在厂里谋了个不错的后勤管理的差事。二楞谈起找工作的事情，他舅舅说那家化工厂装卸队还缺几个名额，二楞如果愿意去，他可以帮忙介绍。二楞就撺掇栓柱、福来他们六七个相好的一块儿去化工厂打工。栓柱跟妻子、岳父岳母商量了一下，决定跟着二楞、福来、老木他们先看看情形，如果有合适的活儿就留在那里干。

一行人到了V市的那家化工厂，那是一家以化肥生产为主，兼营石油加工、精细化工、化工机械等多产品、多门类的综合性化工企业。郭长有打工的厂子属于总厂下设的一个分厂，主要生产尿素、碳铵等产品。经郭长有介绍，厂子安排他们干煤炭装卸的工作，工资按月发放，但需要签订合同，而且也要缴纳一个月工资作为押金。就这样，一行人暂时安顿下来。

郭长有在家是长子，上面三个姐姐下面一个弟弟。长辈无比疼爱，可是他平日里游手好闲、好吃懒做，到了外地也不知收敛，很快跟厂子里几个手脚不干净的工人称兄道弟，混在了一起。其中有个当地的工人，是厂里负责治安工作的小头头，姓白，脾气暴躁，目露凶光，人们当面叫他"白师傅"，背后却都喊他"老黑"。这"老黑"仗着自己是个"坐地户"，就鼓动郭长有同他一块儿偷厂子里的煤炭，偷去的煤炭卸在"老黑"家，"老黑"找到买主后就把煤炭卖掉，然后几个人分赃，"老黑"拿大头，郭长有连同工厂两个保安拿小头。由于每次策划还算周密，他们好几次得手，于是胆子越来越大，终于决定搞一次"痛快的"。因为需要更多的人手，郭长有就开始拉拢二楞。二楞知情后本不打算掺和，可架不住舅舅软磨硬泡，再施以长辈的威吓、金钱的引诱，连哄带骗，没过多久就乖乖地就范了。

那是一个月黑天，下半夜了，厂子里面一团漆黑，伸手不见五指，只有厂子外那条铁路两旁的指示灯无精打采地亮着。栓柱睡得正香，突然听到敲门声。

"谁？"栓柱睡眼惺忪地问。

"是俺，开门！"郭长有的声音。

"哦，来了。"栓柱一面答应着，一面起身开门。

一个黑影挟着一股冷风从门缝里钻进来，"大伙快起来，有紧急任务，快起来，跟俺走！"郭长有催促道。

宿舍里六七个人全都坐起来，窸窸窣窣地穿衣服，有人打着哈欠："搞什么鬼？深更半夜的。"大家不情愿地跟着郭长有向煤场走去。

到了煤场，早有一辆半挂车停在那里。郭长有指挥道："大家行动快点，声音小一点，装车！"大家不禁诧异，平常只管从火车上卸煤，并且由传送带把煤炭传到车间里面去，谁也没料到今晚要装煤。

"这装车钱咋算？"像福来的声音。

"嘘，小声点儿！装车比卸车翻倍，快点儿装！"大家听说装车工钱翻倍，都格外高兴，于是你一锹我一铲，工夫不大就装满了半挂车。看着车子缓缓发动，驶出厂门，大家才哈欠连天地回去睡觉了。

谁也没想到，第三天头晌，有人向厂方举报了，厂长听闻气得浑身打战，一面报警，一面采取措施。民警赶过来，把为首的"老黑"、郭长有带回派出所询问,其他人都待在厂会议室听候处理。过了大半天,才打听到消息,郭长有全部招认。因案发时间短,赃物部分追回,且案犯坦白交代案情,悔过态度较好,所以派出所不予刑事立案,但对二人做出行政拘留并处罚款的行政处罚,其他人批评教育后由工厂自行处理。厂长震怒之余,扣除保安以及二楞、栓柱、福来、老木他们的押金后,让财务部门当日结清工资,连同两个案犯一起开除。

栓柱刚干不到两个月,眼看着化工厂效益挺好,发工资也及时,没想到竟稀里糊涂摊上这桩事,瞬间有种从天堂被打入地狱的感觉,心口窝那团热腾腾的火苗子被人兜头一瓢凉水浇灭了。再看看二楞、福来、老木他们,一个个也都耷拉下了脑袋。年关将近,二楞央求大家,凑钱替他舅舅缴纳罚款,然后等着舅舅出来,一块儿回家。等了五天,郭长有被放出来,大家过去接,谁知郭长有一出门,瞅见福来,二话不说,脱下鞋子抡起来要打,被众人拦下。

二楞说:"舅,他招你惹你了,打他干啥?"

"你问他!"郭长有用一根手指点着福来的鼻子,一张大长脸拉得更长,生气地说。

大家都扭头看福来,福来一脸尴尬地说:"那天晚上装完车,当时工钱没说定,俺等不住,就抽空跑到厂办公室问了一句,谁知……"大家你瞧瞧我,我看看你,说实话,谁也没想到是这么一回事。可这事本来怨不得福来,大家都一起转头埋怨郭长有。

郭长有铁青着脸说:"俺给你们找的活,你们不感激也就算了,为这么点屁事就埋怨俺,真是狗咬吕洞宾,不识好人心!"说完甩手气哼哼独自走了。

望着郭长有远去的身影，福来气得直跺脚，他指着二楞，气呼呼地说："二楞，要不是看在你的面子上，今天俺非揍他不可，什么玩意儿！你们瞧瞧，他哪点像个好人？呸！"大家自认倒霉，又怕伤和气，对福来好言劝慰。

已经腊月二十八了，正赶上小进，明天就是除夕。这伙人收拾好行李，退了旅馆，蔫头蔫脑地坐车往家里赶，下半晌回到县城，身上的钱已用得差不多了。这时二楞提议："咱们一块儿到县外贸局工地看看，万一碰见熟人，说不定还能给出工钱。"大家赶到了县外贸局工地，看看办公楼还是当初离开时的老样子，顿时泄了气。不过，看守工地的那个姓韩的孤老头子还在，他们赶忙过去打听。老韩头见到他们，高兴地说："银行贷款下来了，你们的工钱前两天被韩同强支走了，你们过年后跟他去要吧。"临告别，老韩头送出门来，告诉他们说："咱二建公司的经理说了，过年又开新工地，你们谁要回来，他还要，还要。"

大家向老韩头道了谢，看看天色已晚，就想在附近找个小旅馆住下，随后再找个饭店吃顿饭，明天想办法回家。谁知连着去了几处才发现，县城的旅馆、饭店差不多都歇业了。

县城的大街上人来人往，有步行的，手里拎着些大包小包的礼品；有骑车的，后面载着些沉甸甸的年货。这七个蓬头垢面、衣衫破旧、满脸疲倦的乡下人漫无目的地在街上走着，就像一群偷偷溜出马戏团的动物，突然出现在大街上，他们与县城的节日气氛是那么不谐调，所有过路的人都不由自主地向他们投来充满好奇的一瞥。

太阳就要落了，天空中厚厚的云层被染成了暗红色，栓柱看看天色，计算着时间，他打起精神对伙计们说："刘庄离县城五十里路，咱攒攒劲儿，走着回家吧。这才五点多，半夜以前咱们准能到家，在家睡个热炕头，总比大冬天的睡街上强吧？"

他们接受了栓柱的建议。为了有力气赶路，他们到街旁唯一一家坚持营业的私人商店里，合伙买了几包点心，要了两杯开水，将就着填了填肚子，就迎着裹挟着漫天沙尘呼啸而来的西北风，伴着偶尔响起的噼里啪啦的鞭炮声，踏上了回家的路。

第二章

第二天，栓柱醒来时已经快到午饭时间了，他一骨碌爬起来，揉揉眼睛，儿子大华就睡在旁边，戴着小虎头帽子，身上盖着厚墩墩的新被子，也不知是刚睡下还是从早上就一直没醒，睡得非常惬意。这时新兰推门进来，手里端着一只用毛巾裹得严严实实的搪瓷饭盒。她面色红润而光亮，五官长得恰到好处，一头乌黑的长发编成两个粗大的辫子，身上穿着结婚时做的大红袄，下面一条青色的裤子。

"几点了？"栓柱揉着眼睛问。

"十二点了，你再睡会儿吧。"望着丈夫消瘦的面容，新兰眼圈红红的。

"不了，起来吃点儿东西。"栓柱从炕上出溜下来，穿上妻子给他新做的布鞋。

新兰解开毛巾，拿出搪瓷饭盒，打开盖子，里面盛着一碗打卤面，滴了几滴香油，腾腾地冒着热气。栓柱一边吃，一边可怜巴巴地望着妻子，惭愧地说："新兰，俺对不起你和孩子，俺这回出去，又没挣到钱。"

"不怪你，怎么能怪你呢！出门在外的确不容易……"话到半截，新兰难过得说不下去了。

第二章

"老姑父家的表叔又来讨账了吧?"

"没来,前几天老姑父过生日,爹卖了柜里的粮食,凑足二百元钱送过去了,剩下的爹说明年再还,表叔也同意了。还账的事,你甭再问了。"

"好,俺不问了。咱到爹娘那边去看看。"

栓柱家的院子垒着齐腰的院墙,南边用土坯盖了一座门楼,安装着竹片子钉的栅栏门。院子紧挨着村南边那条笔直的土路,并不大,斜对面隔着路就是村小学,院子最北面一排四间土坯房。房子东边一间是栓柱、新兰的卧房,西边一间是客厅,最西头的那两间放着两排用水泥做成的储存粮食的长方形柜子。客厅南北两侧墙上都安着门,南边是全家人进出的屋门,北边通向里面,隔了两丈多宽的天井又是一排四间老旧的土坯房,中间两间是厨房兼客厅,西边一间住着刘双河老两口,东边一间住着新梅、新英、新青姊妹三个。在南北两排房子中间,盖着两间西厢房,其中一个是大敞间,里面拴着一头毛色泛黄的老牛,另一间四周墙壁上挂满各式各样的农具,中间地上放着铡刀,旁边一只大圆簸箩,里面堆垛着铡得细细的牲口吃的草料。在天井的东南角,种着几棵枣树,其中两棵长得格外粗壮,它们都有着庞大的树冠,深冬腊月,叶子已然凋谢,虬曲锐利的枝干倔强地刺向灰蒙蒙的天空。枣树后面空地上搭建了一个简易的厕所。

栓柱和新兰来到后面屋子的厨房兼客厅,见过爹娘。这间厨房兼客厅,西北角垒着灶台,上面放着八印圆底大锅,灶台旁边有一个老式的风箱。墙上钉着纱橱,里面放着锅碗瓢盆之类的厨具,另外钉着几个大方铁钉,上面挂些炊具。客厅东西墙上都有向外对开的门，西面门南侧放着一口大水缸，水缸旁边放着一个洗脸盆、两只水桶、一块磨刀石和一根扁担。水缸上面斜拉着一道绳子，上面挂满了各样的毛巾。北边靠墙依次摆着方桌、椅子、吃饭的小桌子、矮的木制的板凳之类。方桌上面摆着茶具、新梅她们学英语用的小录音机、燃到一半的蜡烛、几瓶快要见底的白酒等。后面墙上挂着一幅青绿山水的中堂，两旁是对联，上联写"亟盼风雷生故地"，下联配"敢教日月换新天"。那中堂和对联整日被烟熏火燎，纸色都有些泛黄，蠹虫在它们上面光顾过，留下数不清的圆圆的小窟窿。

刘双河坐在方桌旁边木制的老式椅子上，吧唧吧唧地抽着旱烟。他瞅了几眼坐在门口满脸愁容的新兰和栓柱，语气和缓地说："栓柱，刚才听了你说的，知道你出门在外不容易，既然事情已经发生了，发愁也不当饭吃。你的心要放宽一些，不要老是放不下。"

"知道了，爹，俺没事。"栓柱长舒一口气说。

"那好。时辰不早了，孩子他娘，还有你们几个，赶快包饺子吧，年夜饭该咋吃咋吃。俺和栓柱挂'主子'、贴对联。"刘双河在椅子腿上敲灭烟灰，站起身进里屋去拿"主子"。

大年三十挂"主子"，是这一带老一辈传下来的风俗。刘双河从里间屋大衣柜顶上取出层层包裹的"主子"，展开后交到栓柱手上。栓柱麻利地爬到方桌上，取下中堂和对联，小心翼翼地把"主子"挂上去。"主子"上面一格一格按顺序写着已经逝去的祖先们的名字。栓柱挂好了"主子"，前面方桌上接着摆上四样荤菜、两样水果、一碟馒头和一碟年糕作供品，供品正前方摆上一个大茶

第二章

碗，里面盛着金黄色的小米。刘双河点燃长长的三炷香，领着栓柱走出院子，一直走到了不远处的丁字路口。他双手拈香，向北方鞠躬拜了一拜，然后领着栓柱一前一后回来，把香插到大茶碗里面去，接着跪倒在地磕头、烧纸，口中念念有词。栓柱从小就跟着大人做这样的仪式，没有感到任何新奇，只跟在岳父后面，鞠躬便鞠躬，磕头便磕头，烧纸便烧纸。

过年了！农村最热闹的时刻开始了。从中午起，家家户户门口都贴上了火红的春联。下午包完过年饺子，吃过晚饭，村里男男女女、老老小小穿戴一新，都像赶集似的跑到街上，举行"较明"的仪式。仪式是这样的：每家都拿出一捆秫秸，把它们交叉竖着放在十字路口，然后由村子里的长辈用火柴把秫秸点燃，随着猛烈的燃烧，看秫秸往哪边倒，朝着谁家方向倒，就预示着谁家来年要大"火"，发大财，行大运。熊熊的烈火燃烧起来，红色的跳跃的火焰映在人们洋溢着喜悦的脸上，一年来的各种辛苦、挫折、磨难，以及各种不平、烦恼、愤懑，总之所有的不如意，这一刻仿佛随着火的威力统统化为灰烬，一股脑儿都抛到了九霄云外。那些调皮的孩子不停地围着火堆转圈，一会儿又跑到人群的缝隙里追逐打闹，有的趁大人不注意偷偷地将散的爆竹扔进火堆里，发出噼噼啪啪的响声，那激烈的响声与秫秸燃烧的毕剥声、大人生气的呵斥声以及孩子们的欢笑声交织在一起，霎时让整个村子变得沸腾起来。

"较明"完毕，乡亲们各回各家，一家老小团聚在一起守岁。那时刘庄已经通上了电，但还没有普及电视机，不像后来全家人围坐在电视机旁一起观看春节联欢晚会，大家有的打扑克、有的喝酒、有的听广播……

刘双河把一家人集合起来，像是随意拉家常，又像是开家庭会："如今咱实行土地承包责任制，日子慢慢好起来了。孩子们，你们都说说，过年后有啥新打算？"

"我就想考上大学，给咱村争光。"新梅抢着说。

"好，咱村还没有女大学生哩，就看你的了。"新英、新青高兴地说。

"爹，分地后，你和娘的负担重了，俺想帮你们种地，不想上学了。"新英说。

"俺和新英一个想法。"新青也说。

"再说，再说。"刘双河微微点头，不说同意，也不说不同意。他把目光投向栓柱："栓柱，你有啥打算吗？"

栓柱一边倒茶，一边说："爹，这一年在外闯荡，也没啥成绩。本想打工挣点钱快些把老姑父家的账还上，可没想到会碰到那么多麻烦。俺这两天反复琢磨，外面是苦，是累，麻烦也多，可毕竟门路也多，好找工作，收入也多，比待在家光靠种地有奔头。昨天俺跟二楞、福来、老木他们从县城走着回村，他们都表示不怕困难，明年接着出去闯，坚决不待在家里。不过，俺现在的想法还不成熟。"

"柱子，在家创业咋样？既能照顾家，又不耽误挣钱。"新兰说。

"在家创业？咋创？咱现在一没钱二没技术，靠啥创业？难道靠盖房子吗？咱村眼下谁家有钱盖房子？"栓柱有些茫然。

"新兰说得有道理，在家创业，也算一条出路，关键看干啥、怎么干。"刘双河点上一袋烟，深深地吸了一口。

新兰提起的创业，让大家都陷入了短暂的沉默。

栓柱心里想着，新兰大概看到自己在外奔波，心疼了，希望自己安逸地待在家里。他现在实在想不出，在家能够创啥业？她用心是好的，但要改变家庭的面貌，能选择过安逸的生活吗？自己不过一个普普通通的农民，只会干些建筑、种地的活计，手里又没有本钱，创业能创个啥呢？就算创业了，万一折本咋办？盖房子已经欠下债务，等于在路上挖了个窟窿。如果创业失败，不等于再挖一眼井吗？栓柱心里苦闷着、犹豫着、挣扎着，他平生第一次审视自己，发现原来自己那么渺小，那么虚弱，那么可怜巴巴，他分明看到眼前遮挡着一幅巨大的黑色铁幕，任凭他用尽全身力气，却怎么也拉不开……

刘双河见栓柱不说话，就接着往下说："栓柱，你这一年的经历说明，在外面如果找不到合适的工作，钱也不好赚啊。"

栓柱点点头。

"既然在外面打工挣钱难，新兰说的在家创业倒可以考虑，关键看你有没有胆量，还有创什么业、怎么干。"刘双河继续说着。

在一旁静听的新梅插话说："爹，看样子，你心里早有打算。"

其实，栓柱在外打工那段时间，刘双河夫妻和新兰曾经商量过创业的事情，今天他只不过想试探一下栓柱的想法。

栓柱心里一直在嘀咕，打工、创业两样都难，可是创业似乎更难。

这时，孙秀娥哄着大华睡觉，等大华睡着后，她凑过来说道："栓柱、新兰，你们要学习你老姥爷哩。"

一家人都把目光聚到她身上。

无情的岁月，已经把孙秀娥雕刻成一位面容憔悴而且稍微有点驼背的小老太太。她嫁到刘庄二十六七年，一直默默地操持家务，极少在村民面前发表什么意见，即便当着自己的儿女，也不轻易说道家长里短。她这种谨慎的态度一半缘于她的性格，一半缘于她曾经亲历或听说过的家庭苦难。然而这次，她摘下毛线编织的帽子，理了理花白的头发，坐在刘双河旁边，以少有的口吻说："俺们孙家，祖辈上靠经商过日子。你姥爷曾经亲口跟俺说，他的父亲，也就是俺爷爷，你们的老姥爷，新中国成立以前曾经在老县城开过一家大饭店，叫'同祥饭店'，全县都出名。他靠着自己炒菜的手艺赚了很多钱，在老家堤头村置办了土地。后来饭店没了，你姥爷就在家种地。新中国刚成立那会儿，因为家里土地比较多，被划成富农，后来只要有运动，俺们家就挨批斗，家境也跟着不行了。当年，你老姥爷把自己炒菜的本事传给了你姥爷，可惜你姥爷一天也没捞着施展就去世了，临去世前他又把本事传给了你们的爹。"孙秀娥一口气说了一大堆，最后把征询的目光转向刘双河。

刘双河接过话题说道："对，你娘说的全是真事儿。新兰刚出生那年，你姥爷得了重病。那时到处找不到吃的，医疗条件又有限，结果拖了大半年病情始终不见好转。他知道自己躲不过这场劫难，就把俺和你娘叫到堤头村。俺守了他三天三夜，到了第四天，你姥爷看看身边没人，就叫着俺的名字说：'双河啊，俺觉得自个儿快不行了，小娥跟了你，俺放心。可是俺钻研了三四十年的本事还没来得及施展，眼看就要带进棺材里去了，不甘心哪！双河，你想不想学？'俺那时一心只想尽孝，也就没多想，含着眼泪点点头，也不知道你姥爷说的是啥本事。你姥爷哆哆嗦嗦地从炕席下面掏出一个蓝底印花布包袱，从里面拿出一本书，封面上写着'调鼎全钞'四个字，里面用小楷工工整整地抄录着些菜谱。俺那时上过识字班，多少认得俩字，可书上的字太难认，认不全，你姥爷就对俺说：'这本书名字叫《调鼎全钞》，是俺们家祖上传下来的，据说当年八国联军进北京，慈禧老佛爷带着光绪皇帝西游，京里御厨房解散，有一位掌案师傅出京后流落民间，后来投奔山东临清的亲戚，路上碰到一伙子土匪劫道，眼看就要吃大亏。幸好俺爷爷路过那里，一看，那土匪不是别人，正是河北沧州一位绰号叫'独眼龙'的。'独眼龙'年轻时争强好胜，被仇家用金镖打伤一只眼睛，金镖上有毒，差点要了他的性命，后来被俺老爷爷救了，俺老爷爷是行走江湖的郎中，医术高明，不仅救了他的命，还念他侠义分文不取。'独眼龙'十分感激俺老爷爷、爷爷。八国联军入侵中国，世道乱了，'独眼龙'啸聚山林，靠打家劫舍谋生。这次正好让俺爷爷碰见，经过说和，'独眼龙'就把掌案师傅放了。掌案师傅感激俺爷爷的救命之恩，答应教俺爷爷厨艺，学成回来的时候，就把这本书交给了俺爷爷，并且说，他这大半辈子只收了两个徒弟，一个徒弟还在北京城，另一个就是俺爷爷，这书一人手里存一本，日后有缘，两书合一，厨艺就可以达到顶峰。俺爷爷自从学会了厨艺，就回到县城，开了一家饭店，凭这本事，饭店生意越做越好，家里逐渐富起来，后来厨艺又传到俺父亲手上，父亲又教会了俺。只可惜，俺时运不济，没有施展本事的时候。况且家里只有秀娥一个女孩子，现在只能传给你了。'说完，你姥爷喘了半天粗气，养了养精神，就又坐起身对着书给俺一句一句地讲解，有时挣扎着下地做示范。又坚持了几天,你姥爷强撑着把书全部讲完,身体也彻底垮了,先是起不来炕,咽不下东西,没熬多久就闭了眼。"

刘双河把事情原原本本地说了一遍,扭头对着秀娥说道:"孩子他娘,你去把书拿出来,让孩子们都见识见识。唉!为了保管这本书,以前吃了不少苦头哩。现如今世道和以前大不相同,该到它重见天日的时候了。"

老两口今天说的话像《天方夜谭》一样,这帮孩子都听傻了。

孙秀娥转身从大衣柜的抽屉里拿出一个蓝底印花布包袱,从里面取出一本书,正是那本《调鼎全钞》,这是一本线装书,书的颜色有些泛黄,封面和封底都已破损不堪,只有里面的书页依然保存完好。

孙秀娥把书递到栓柱手里,栓柱像捧上了一碗热汤面。他小心翼翼地翻看着书,上面的字密密麻麻的,都是些蝇头小楷,有些字自己根本不认识。

"爹,这书里俺好些字都不认识,俺能学会吗?"栓柱双手微微颤抖,眼中充满了疑虑。

"栓柱,只要下决心学,没有学不会的。老话怎么说的?只要功夫深,铁棒磨成针。只要掌握了炒菜的门道,再学会选料、配料、做法,然后多做多练,懂得掌握火候就行了,其实,没啥稀奇的。只要你肯下功夫,日久年深,准会精通的,放心吧。"刘双河鼓励道。

听了岳父的鼓励,栓柱眼里闪烁着兴奋的光芒:"爹,这么说,俺真的能学?"

"能学。栓柱,你们都赶上好时候了。过去,你老姥爷把本事传给你姥爷,你姥爷又传给俺,俺们爷儿俩都空学了这本事,当年政策不允许,有能耐也没处使唤。像你姥爷,他老人家没赶上好时候,这辈子太不幸了。现在国家搞改革开放,政策多好,看样子再也不用担心变回去了,也该把祖先们传下来的玩意儿拿出来露脸了。"

栓柱把书递给新兰、新梅她们。新梅翻着看了看说:"哥,这书上的字都是繁体字,没啥难的,我差不多都认识,就是不知道说的啥意思。"

"爹,你说,俺女孩家能不能学这个?"书传到新英手里,她歪着头调皮地问。

母亲接过话头:"小英,你姥爷说,他这本事一向只传男不传女的,你看,俺是你姥爷的亲闺女,他都没教给俺。你姥爷说,学习厨艺难免要杀生,阴气太重,古书上讲,咱女的本来就属阴,阴上积阴,容易招灾惹祸。所以……"

没等说完,刘双河摆手制止了她:"你说的话多迷信,都啥年代了,还讲究这些!"然后,他掰着手指头又说,"女的不是不能学,可做饭就要杀生,开饭店更要天天杀生,你们女的天生胆小,恐怕做不来。还有,女的有了家庭,生了孩子,既然要照顾孩子,就没有工夫天天钻研厨艺了。学厨艺非常费功夫,学不到三年五年出不了徒的。"

新英听了父亲的话,合上书一把交到栓柱手里:"哥,俺家的宝贝,看来只能便宜你了。"

"哈哈哈……"一家人都被新英逗乐了。

天已经很晚了，远处喧哗嘈杂的声音以及近处不时响起的噼里啪啦的鞭炮声音，都渐渐沉寂下来。

栓柱仰面躺在炕上，许多想法纠结在心里，兴奋、期待、自豪、胆怯弄得他睁大眼睛丝毫没有睡意。

新兰揭开被子，光着身子钻进来，冰冷而润滑的胳膊箍在栓柱结实的胸脯上，喘着粗气说："想啥呢？"

"没想啥。"

"出去那么久，不想俺吗？"

"当然想。"

"那还不好好表现表现。"新兰用手轻轻捏着他胳膊上的肌肉，撒娇地说。

第三章

大年初一，刘双河一家不到六点钟就起来下水饺放鞭炮。水饺还没端上桌，村里拜年的人就一拨一拨拥进家门。按照习俗，来拜年的人都要朝上拜一拜"主子"，刘双河只得不断地出去打招呼，陪着作揖、还礼。栓柱刚撂下饭碗，新兰几个本家的兄弟就来给刘双河夫妇拜年，并邀请栓柱一块儿去村里给长辈们拜年。刘双河嘱咐他们说："你们等等大田他们，凑齐了一块儿去。"不一会儿，大田、二田、三田果然也来拜年了，这兄弟三人都是刘双河堂弟刘双江家的孩子。栓柱跟他们一起搭伙去拜年了。因为在村里他们辈分比较小，按惯例凡是长辈家里都要走到的，所以要拜大半个村子。等栓柱拜完年回来，已是九点多钟。

二楞正在家里等着他。二楞二十二三岁的年纪，脑袋方方正正的，脸上挂着憨憨的笑，下颌骨稍微有一些前凸，鼻梁不是很高，长着一双细长的眼睛。他身体圆鼓鼓的，四肢看起来不怎么灵活，就像机械地安装在上面似的，走起路来双手抟挚着，两腿迈着八字步。

见了栓柱，二楞拽着他就走，边拽边说："走，到俺家喝酒去！"

栓柱跟着二楞一前一后来到村西头的一座小院子里，这里的陈设跟刘双河家差不多，唯一不同的是院子比较小，院墙也比较矮，院门是用长短不齐的竹片子拼成的栅栏门。在院子西头也搭着一个简易的牲口棚，宽大的石槽后面拴着一头刚刚买回不久的黑色小毛驴。

进入中间的客厅，只见八仙桌已经安放在正中，桌上摆着七八个菜碟和筷子、勺子、酒杯等器具，福来、老木他们几个一块儿外出打工的伙计早早都来了，正坐在那里喝茶。二楞和栓柱进来，大家也没动地方。这群人数福来年龄最小，也数他长得最精神，他坐在靠近角落的那个凳子上，见栓柱进来，指着身旁的座位说："栓柱哥，你来晚了，就挨着俺坐吧。"

二楞转着圈给大家满上酒，一边倒酒，一边说："上次多亏你们帮忙，才把俺大舅的事情解决了。今天请大伙儿来喝杯酒，表示感谢。"

"谢谢你们啦！"二楞娘从里间屋出来，手里端着一盘刚拌好的芥末粉丝。二楞爹以前也在外面干建筑，三年前有次拆旧屋房顶的时候不小心从上面掉下来，摔成重伤，后来抢救无效去世了。搞建筑的一方虽然赔了他家不少钱，怎奈二楞娘接着大病一场，医疗费花去不少，再加上他们家现在住的房子是过去借钱盖起来的，还掉债务，又买了一头小毛驴，已剩不下几个钱。二楞有个姐姐叫大枝，嫁到了Y县的尚店乡。二楞长得五大三粗，呆头呆脑的，除了有膀子力气，什么技术都不会，害怕干建筑却偏偏只能干建筑。谁料，外出两年，力气瞎了不少，可没挣下仨核桃俩枣的，这次更因那个不争气的舅舅郭长有连坑带骗，他还捎带着赔进去不少。若不是他姐姐姐夫帮衬，送米送面，连过年都成问题了。即便这样难，

第三章

庄户人家都爱面子，为了他舅舅的事情，二楞也要招待一下大家，以表示感谢。

二楞娘向栓柱、福来、老木他们道了一箩筐的谢，又让二楞陪着多喝几杯。众人心里暖乎乎的，就你一杯我一盏地喝起来。

大家一边喝一边闲聊，眼看过了晌午。这时，院外忽然传来摩托车的声音，接着有人高声喊："喂，刘二楞，这是刘二楞家吗？"

二楞已经喝得满脸通红，他抆挲着双手应着声跑出去喊道："呦，老韩，怎么是你？！"来的正是他们的工友韩同强。

老韩其实不老，也就三十七八的岁数，一米八的大个子，肤色黑黑的，长着粗而硬的络腮胡子，头上戴着头盔，身上穿着件黄色的军大衣。现在他身体多少有些发福，从相貌看，年轻时也算一个英俊后生。

韩同强见到二楞，就从摩托车上下来，手里拎着个黑色的小皮包。

二楞客气地把他让进屋里，他见工地上那班伙计都在，先是一愣，接着哈哈大笑着说："刚才在村口碰到一个留着山羊胡子的老大爷，他告诉俺二楞家住这儿。来早了不如来巧了，原来大伙都在，太好了！"

"那是俺们村根元大伯，当了三十多年的村支书，你问他算问对人了。快请进，上座！"大家见韩同强来了，不知缘故，齐刷刷站起来让座。

韩同强也不客气，一屁股坐在首座上，他一双大手按在黑皮包上，眼里充满神秘："大伙猜猜，俺干啥来了？"

大家你瞅瞅我，我看看你，纷纷摇头。

"告诉你们吧，俺给大伙送钱来了！外贸局的账要回来了，你们看……"说着，他拉开皮包拉链，从里面掏出一份单据和一沓厚厚的钞票。

前几天虽然听老韩头说过韩同强把工钱支走了，但没料到今天他会亲自送过来。大伙见自己辛辛苦苦挣来的工钱就摆在面前，都异常兴奋。

"来，大家看看。你们一共干了八个月零三天，除去两个月已发的工钱，七个人，一共是两千六百六十元，你们看这单据上都写着呢。告诉你们，为了要钱，俺托了个城里的亲戚，让他请客送礼，摊在个人头上，一人二十元，你们七个一共一百四，钱俺已经花了，这是剩下的二千五百二十元，你们谁拿着？"

"给栓柱吧。"大伙异口同声地说。

"好，栓柱，钱交给你，仔细点点。看，这都是银行新出的票子，'四大伟人'，你们以前谁见过？"

大家脸上堆满了笑容。

分完工钱，大家留下老韩吃饭，老韩毫不客气，添了座椅碗筷，边吃边说："年前，俺帮大伙要回工钱，打听着你们还没回来，暂时把钱拿回家了，你们可不要见怪。后来估摸着你们一定都回家过年了，这不骑着摩托就赶来了。真巧得很，你们都在，哈哈！"

大伙纷纷向老韩致谢。

老韩一摆手说道："过年的客套话咱不多说，大伙也不要谢，俺还有事儿要请弟兄们帮忙呢。"

第三章

"啥事？"

"俺表妹夫在县肉联厂当厂长，叫罗骏，就是县外贸局的下属单位。不瞒大伙说，多亏他帮着咱们说话，才把工钱要回来的。这两年，肉联厂生意还算不错，俺妹夫计划着盖办公楼、盖仓库。工程又承包给了二建公司。你们知道，二建开了好几处工地，人手根本不够用，就又把一部分工程转包给了俺。大伙要是信得过，过了正月二十，就跟俺到县城去接工程，你们商量商量，行不行？给个痛快话。"

二楞一听，当即一拍大腿："韩哥，不，韩老板，这太行了！大伙绝对信得过你。俺第一个报名，跟着你去！大伙说说，去还是不去？都给个痛快话！"

大家正愁找不到活计，听了老韩的话，正巴不得呢，哪里还会推辞，纷纷表示愿意去。只有栓柱犹豫着说："俺还得跟家里商量商量。"

二楞有些着急，大声嚷嚷道："对，俺们都不用商量，自己能做主。你是个上门女婿，这么大的事哪敢定啊，快回去仔细跟你老爹、老娘、老婆、老妹的商量商量吧！"

大家憋不住地笑了。

栓柱涨红了脸，分辩着说："不是这样的。俺……俺打算自己……自己当老板。"

二楞揶揄道："哎哟，柱子，你也不撒泡尿照照自己，俺们这些刘庄的坐地户，没有一个想自己个儿当老板的，就凭你个破倒插门女婿，也敢想三想四？"

大家哄堂大笑。

栓柱无语了。

老韩怕大家酒后闹事,连忙说:"弟兄们,咱这事不强求,愿去的欢迎,不去俺也不恼。"他这时饭已吃饱,起身抱拳:"正月二十一上午九点,俺准时派车到村里来接大伙,咱们不见不散,告辞,告辞!"

众人再次道谢,又虚让一回,送出栅栏门。老韩发动起摩托车,一溜烟地走了。

栓柱回到家,把四百元钱一分不少塞到新兰手里,简单说明一下情况,就说:"快把钱给咱爹送去,先还老姑父的账。"

新兰拿着钱要往里走,却迟疑了一下,回过头说:"柱子,这钱咱真的都给爹,一点儿不留吗?"

"一点儿不留!"栓柱和衣躺倒在炕上,随手扯过一条被子搭到胸口。新兰又高兴又担忧地说道:"柱子,你打算跟着老韩去干,真的不想自己当老板了吗?"停了一会儿,见栓柱不吭声,新兰关上房门,悄悄赶到后院去了。

下午上完坟,刘双河命栓柱取下"主子",重新包好放到里屋大衣柜的顶上,墙上仍旧挂上原先青绿山水的中堂和那副对联。

一家人吃过晚饭,刘双河叫住栓柱,向他打听今天韩同强来的情况。

栓柱就把韩同强如何来送工资,如何邀请他们到县肉联厂干建筑的事情复述了一遍。

听栓柱介绍完,刘双河直截了当地问:"你自己咋想的?跟着那位韩老板去干,还是自己单干?"

栓柱老实地承认:"爹,说实话,自己单干,俺心里没底。"

"你不想学厨艺啦?"刘双河诧异地问道。

栓柱连忙解释:"俺想学。可自己干得有地方,还得有本钱。爹,咱欠着老姑父的账,好几年都还不上,俺觉得现在单干,条件还不成熟。"

刘双河紧接着问:"那你打算咋办哩?"

"俺想先跟您学习,继承姥爷的手艺。同时跟老韩出去再干一年,多攒点钱,把老姑父家的账还清了,等下一年再干。"栓柱说出了自己的打算。

刘双河说:"心急喝不了热黏粥。你的想法也没错,下一年干就下一年干。"他沉思了一会儿,又接着说:"栓柱,俺上了岁数,没有那么大精力去鼓捣这些东西了,这些东西要传下去,只能指望你们年轻一辈人了。新中国成立以前你老姥爷凭着厨艺能在县城立住脚,看现如今这世道,应该更没啥问题。晚干不如早干。以前不干那是因为条件不允许,如果现在条件允许了还不去干,那就纯粹怨自己了。栓柱,让你学习厨艺这件事,俺和你娘盘算很久了,以后万一有啥不能对付的,俺们这两把老骨头替你顶着,你千万不要有啥顾虑啊!"

栓柱眼里有点潮湿,连忙说:"爹,俺一点儿顾虑都没有。去年打工,俺走过好多地方,眼界比以前高多了,现在外面个人开饭店、办商店、摆小摊子的不少,甚至还有个人开工厂的,咱县城就有好几家哩。不过,俺觉得真要办成一件事,没有充分的准备可不行,所以……"

刘双河接过话头说:"所以你就想再出去打工多赚点本钱,下一年干。"

"是这样的。"

刘双河欣慰地说:"你考虑得很周到。这样吧,从明天开始正式学习厨艺,怎么样?"

"行!明天就学!"栓柱兴奋地说。

正月初二上午,栓柱骑着自行车带着新兰和大华去了南楼村自己的老家。四个弟弟都围过来,抱着大华高兴地逗着、笑着。栓柱、新兰给父亲母亲拜年,又到几个本家亲戚家中拜年,一家人嘘寒问暖,有说不完的话。

栓柱有四个弟弟,大弟弟栓成去年刚结婚,媳妇叫娟子,夫妻俩跟父母一块儿种地;三弟栓亭已经初中毕业,刚上高中一年级就自动要求辍学,在家帮着干家务;另外两个弟弟栓栋、栓梁还在念书。

"让栓亭跟俺到县城去闯闯吧,待在家里,长不了啥见识。老三,你愿意吗?"

那栓亭自从不上学后,待在家里俩月时间,看着村里其他年轻人纷纷离开农村往大城市跑,正憋得浑身难受,听大哥一说,非常高兴地说:"哥,我跟你去!"

栓柱的母亲知道拦不住儿子,叮嘱道:"你啊,一点不像你大哥,鏊天这山望着那山高,没个准星。要去也行,碰到事要多问你大哥,千万不能由着自己的性子来!听见了吗?"

"知道了!娘!"

从南楼回来,栓柱他们又走访了官家庄等几处的亲戚,家里就基本安顿得差不多了。利用这段时间,刘双河开始教授栓柱厨艺,同时在新梅的帮助下,栓柱也开始努力阅读《调鼎全钞》这本书。

《调鼎全钞》一书的文字内容全部用文言文写成,共分六个部分。第一部分序言;第二部分总论;第三部分食材选料法;第四部分食物制作法;第五部分面点法;第六部分详细记载了宫廷御宴一百零八道菜品的配料和烹制法。从书本身看,内容相当完整,看不出要分上册和下册。

刘双河告诉栓柱,他现在看这本书为时尚早,因为学习厨艺跟学习其他任何传统技艺一样,必须先从学徒基础做起。第一步要学会刀法,第二步要学会选料,第三步要学会各种菜品的烹饪方法,此后才能逐步钻研书上的高深知识。没有实践基础,光读书根本学不到真正的厨艺。其实,中国绝大多数的传统技艺,都有师徒之间口耳相传的诀窍,更有实践中师傅的手把手指点和学徒的不断领悟,如果没有这些,光靠读书是不行的,就像书读得再好,你也学不会游泳、学不会骑自行车一样。

刘双河向栓柱介绍着学习厨艺必须要注意的几个方面:"厨艺简单说就是一门生活的技艺。学习厨艺,第一是尽量掌握各种食材的性能,你对食物的性能都不了解,那就不可能做到'物尽其用';第二是个人有个人的体质和饮食习惯,比如有些人天生就对某种食材过敏,比如有些人是少数民族,饮食上就会有一些禁忌,这都是自己的体质和生活习惯决定的,要认命,不能胡乱吃;第三就要注重一个'俭'字,吃饭不能过于讲究,浪费食物最终要受惩罚的;最后就是要讲究一个'洁'字,病从口入,吃东西一定要讲卫生,食料要洁净、工具要干净,只有这样,饮食才安全,人才不会生病。"栓柱听着不住地点头。

"学艺贵精,不贵多。"刘双河一边传授刀法一边告诫栓柱。

刘双河拿起一个大青萝卜做示范,告诉栓柱菜墩怎么放,双腿怎么站,右手怎样拿刀,左手怎样配合。然后教给栓柱切刀法、跳刀法、推刀法、砍刀法、锯刀法、压刀法、掀刀法、花刀法等,一共二十二路刀法。教完后,他就让栓柱照着练习。

栓柱过去只知道岳父会种地,不知道还有这么两下子,可见"艺不压身"的老话不是白说的。他打心底里佩服。他学着岳父的样子,拿着大青萝卜,切了一个又一个,一连三天,家里的菜上顿萝卜下顿萝卜,吃得身上到处都带着萝卜味儿。

接着,栓柱又跟着学习选择各种食材,以及各种食材如何切配,全家人跟着鸡鸭鱼肉地又吃了好几天。

后来,栓柱又学习爆、炒、煎、熘、蒸、煮、烧、烤等三十三路烹饪法。

看着栓柱曾经拿过瓦刀、铲刀的手现在已经能熟练地重复着刀切、颠勺等烹饪技艺,刘双河感到由衷的满意,但表面上丝毫不显露出来,而是一个劲儿地挑毛病、找缺点。

栓柱明白,岳父挑毛病越多、找缺点越多,自己就能学到更多的东西,所以暗地里越发用功学习。

转眼到了正月二十一,吃罢早饭,栓柱收拾好东西,同栓亭一起到二楞家等老韩。福来、老木、狗剩、迷糊他们都已经聚齐。

不多时,韩同强坐着一辆长斗车来到刘庄。车停在二楞家门前,他跳下车,招呼大家装东西,见栓柱旁边跟着个年轻人,就问:"栓柱,他是谁?看着好像有点眼生啊。"

二楞赶忙接话:"栓柱的弟弟,栓亭,高中刚毕业,想跟您找口饭吃。"

老韩皱了皱眉，有些埋怨道："栓柱，你咋不早说呢？俺那里可不缺壮工，就缺你这样的师傅。"

栓柱这些天一心扑在学习厨艺上，忘了跟老韩说栓亭的事情，见老韩有些犯难，忙说："韩大哥，您家离得远，没来得及告诉您，请您给个机会，让他跟着学学。俺弟弟高中虽然没毕业，可比俺学问大，说不定到了县城能派上大用场。"

大家也从旁劝说："老韩，多一个人多一份力。工资少开点也行。你就答应了吧！"

韩同强对着栓亭点点头说道："嗯，看个子还行。干建筑这一行要能吃苦受累，你一个生瓜蛋子，行吗？"

"韩老板，我能行，您放心吧。"

"好，那就收下你了。走吧，快上车呀，还愣着干吗？"

第四章

　　县肉联厂建在Z县县城的最南端，北边靠着一条东西走向的国道，这条路四通八达，向东连接着D市、V市。隔着这条路与肉联厂相望的有个吕望村，传说西周时期的开国功臣姜子牙曾经来这里住过，村子因此而得名。肉联厂西边紧挨着一条河，叫作浑河，南边和东边则是一望无际的绿油油的麦田。

　　韩同强先去找肉联厂的会计贾桂仁，一个三十四五岁的小个子中年人，是个倒三角脸型，两只眼睛拼命拉开距离，仿佛单要留下鼻子从脸上逃出去一样。他左手自小残疾，大拇指严重退化，只有四根手指头，走路的时候会刻意用袖子遮挡着。贾桂仁领着他们来到厂区最南头的一个小院子里，让他们暂时住下，又吩咐老韩去领工作。

　　不一会儿，老韩回来，告诉他们下午就去拆掉厂里的旧仓库和旧办公室。他们接着走进隔壁的院子，那里早已经来了七八个人，这些人大都跟老韩有亲戚关系，见了面热情地打着招呼。

　　那位姓韩的孤老头子也到了，负责准备午饭。他在小院角落的厨房里撑起了一口大锅，接通电动鼓风机，把灶膛里的炭火吹得旺旺的，很快就炒熟两大盆菜，还炖了一锅菠菜汤。十几个人拿着馒头，捧着大白瓷碗在院子里或坐或站地吃着。可栓柱觉得饭菜的味

第四章

道实在不怎么样。

大家下午铆足劲儿干活,把旧仓库的顶子全部挑了下来,拆下的破旧水泥檩条码放在围墙底下。

正干得热热闹闹的,忽然听到厂门口传来一阵吵嚷声,接着就见十来个中年妇女不顾保安拦阻,硬生生地闯入工地。她们进来就抢夺建筑工人们手里的工具。有个胆大的,穿着笨重的棉袄棉裤,干脆爬到墙头上,大大咧咧地站在上面,嘴里连声嚷嚷着:"别干了,都停下!停下!"韩同强赶忙过去,大声喊道:"你们怎么回事?为啥让停下?"

"哼!这肉联厂占了俺们吕望村的地,当初俺们和厂里有合同,约定厂里如果有什么装卸、修路、拆建之类的活儿,只要俺们能干的就优先让俺们干。你们才来的这个什么'破锣'厂长不懂规矩,忘了和俺们之前的约定,所以俺们娘儿们过来提醒提醒他。快!叫他出来跟俺们谈谈!"那个站在墙头上的妇女牙尖嘴利地唠叨了一大通。

这时厂里保安部门的头头过来了,他说代表厂长过来,厂里已经了解了情况,正在开会研究处理意见,让大家耐心等待。

果然,时间不长,厂办主任就过来请为首的妇女到小公室进行协商,那群妇女呼啦啦都跟着去了。半个小时后,这些人面带笑容心满意足地回家了。

工地上又恢复了往日的忙碌景象。

晚上收工时,老韩忽然提议让他们到以前去过的"大众快餐"吃饭,大家不知缘故,以为老韩要请客。

"大众快餐"离肉联厂大约五里路,大家边说笑边走着,倒没觉得有多远。一位不到三十岁的细高挑个头的女人就从吧台后面站了起来，俏丽的脸上堆满笑容，这女人要不是嘴唇稍薄一些，眼睛稍鼓一些，你不由得会产生错觉，以为她是从挂历上走下来的电影明星。这人正是"大众西施"，她大概和韩同强很熟悉，甜甜地打招呼："韩哥，雅座给你们预备着呢，人都到齐了吗？马上上菜吗？"

韩同强一脸大胡子下面也露出了笑："掌柜的，等不及了吧？快上菜吧，人都到齐了。"说着，他一伸胳膊就要去摸那女人的脸，被那女的用菜谱挡了回去。啪的一声，菜谱打在老韩胳膊上，发出一声脆响。

栓柱他们洗手洗脸完毕，一股脑儿拥进右边那间雅座，韩同强让老韩头坐首位，自己坐在旁边，其他人按年龄辈分依次落座。有个模样清秀的半大女孩子紧接着就把饭菜端上了桌。吃饭的时候，韩同强说："'大众快餐'这家饭店老板娘叫徐彩霞，她和贾会计是两口子。"大家有些诧异，但也隐约明白了老韩安排他们到"大众快餐"吃饭的缘由。

二楞嘴快："老韩，俺们还以为你跟'大众西施'有一腿呢，嘿嘿！"

老韩咧开嘴笑着说："俺倒是想和她有一腿，可人家瞧不上咱，哈哈！"他示意关上雅间门，然后压低声音说："听说贾会计当年是接班进的县外贸局，当时还不到十八岁。这家伙仗着自己吃公家饭，找对象挑三拣四的。只可惜手上有残疾，城里姑娘不待见，一来二去，年龄就拖大了。后来，这家伙脑袋瓜子忽然开了窍，既然城里姑娘不好找，那还不如在农村找个好的。不久他就认

第四章

识了这位徐彩霞，千方百计买通她父母，硬生生地拆散了她原先在农村订下的那个对象，娶了她。"

"后来呢？"大家好奇地追问。

"后来，县里要建肉联厂，老贾被派去当会计。当初这小子不乐意，认为自己是当厂长的料，可局领导不同意。你想，县外贸局那么多好人，怎么可能让你一个残疾人当厂长呢？再说，这家伙也就学了点财务知识，他高中都没混毕业，能懂个啥哩。"

"哎呀，老韩，俺们不关心这个，快说说'大众西施'！"二楞有些不耐烦。

"你听俺往下说。老贾自从当了会计，一门心思盘算着怎么挣钱，他可不是为厂里，而是为他自己。他觉得厂里业务招待多，就决定开个饭店，让老婆帮他看店。凡是和厂里有业务联系的，都晓得这个缘故，你若不到他这里来吃个饭，厂里结账的时候他就拼命地卡你。"

"老韩，难道你表妹夫不知道吗？他咋不管管？他可是厂长啊。"

"一言难尽！老贾的姐夫原先在乡里当乡长，现在提拔到县里重要部门当局长，大家碍着后台的面子，所以没人招惹他。"

饭已经吃得差不多了，老韩停住话头，叫服务员进来收拾东西、沏茶。老韩对年轻服务员说："闺女，俺咋不认识你，你是新来的吧？"

那个半大女孩子怯生生地望着他，回答道："俺是过年新来的。老板，俺也头一回见你。不过，俺听俺姑提过你的名字。"服务员沏上茶退了出去。

喝了几杯茶水,大家有些乏了,都嚷嚷着回去休息。老韩到吧台要了一条烟,隔着吧台把脸使劲凑到徐彩霞跟前说:"你给俺记着账,咱们一月一清。俺们大伙晚饭就安排在你这里,以后天天来。"

老韩嘴里的热气吹到徐彩霞脸上,她的脸微微有些发红,害羞地说:"好,俺给你记上、记上。"

徐彩霞把他们送出门,招呼了几句,就扭着身子回屋了。

走在路上,老韩收住笑容,愤愤地说:"姓贾的,你还真有两下子。仗着自己是吕望村的,背后有人撑腰,净给老子挑事。看俺以后咋收拾你!"

栓柱走在最后面,他没有听清老韩嘴里说的什么,脑子里只闪过一个念头,既然一个女人都能开好饭店,看来开饭店也不算啥难事。

第二天,吕望村派出几个劳力,开着拖拉机来到工地上,把拆下来的檩条、砖瓦装上车,统统拉走了。此后,每当工地上运来沙子、水泥、砖瓦等物料,也都由吕望村的村民过来卸货。除此之外,倒也没有发生更多的事情。

半个月后,仓库、老办公室都已经拆除,地基用土也已经整平、夯实了,县肉联厂的工地按照计划,今年要建成新式的冷藏库和新的办公楼。整个基建工程由县第二建筑公司承建,部分工程转包给了老韩。老韩新近高薪聘请了两位有执业资格证的技术人员,购买了一些必要的设备,注册了一个建筑公司,从此拥有了独立承揽建筑工程的资质,这是全县第一个私人成立的建筑公司。

栓柱在繁重的体力劳动之余,只要有时间,他就帮着老韩头

第四章

张罗大伙的中午饭。老韩头喜欢栓柱的勤快,又惊讶于他的厨艺,所以经常在韩同强面前表扬栓柱。韩同强也很器重这个办事踏实的年轻人,工资给他开得最高,碰到事情也愿意找他商量,派他去解决,时间一长,他俨然成了韩同强的左膀右臂。

这天下午,韩同强突然急匆匆地从工地上叫回栓柱,让他和老韩头赶紧去徐彩霞的饭店帮忙。俩人急忙赶到"大众快餐"店,徐彩霞、贾桂仁正在那里焦急地等待着,一见到他俩,贾桂仁一把抓住老韩头的手,使劲儿摇晃着喊道:"救兵可到了!救兵可到了!俺们店的厨师老胡,突然接到家里传信,他父亲脑出血亡故了,他着急回家奔丧。俺这里可没了抓挠,问过好几个熟识的厨师都说忙。没办法,只好求老韩出面,请你们暂时帮忙啦。俗话说救场如救火,拜托了!"

老韩头一听这话,使劲摇脑袋:"不行不行,贾会计,俺这两把刷子炒个大锅菜还凑合,在饭店干厨师可真不行。您哪,千万不要让俺老头子丢人现眼了,赶紧另请高明吧!"说完拉着栓柱就往外走。

贾桂仁、徐彩霞夫妻俩赶紧上前,一人拉一个,一口一个大叔、大兄弟地叫着,说什么也不让俩人走。

"你们就帮这一次忙,工钱俺给你们加倍,完事再单独请您俩吃顿饭,拜谢你们!"贾桂仁指天发誓着说。

"贾会计,俺们不为钱!俺们害怕给您干砸了,耽误您的买卖!"老韩头固执地硬要往外走。

"俺心甘情愿请你们爷们儿帮忙,干砸了算俺的,绝对不会赖着你们,这总成了吧?"贾桂仁近乎哀求地说。

"老韩叔,俺看过他们饭店的菜谱,净是些家常菜,咱们也许能对付,不要推辞了。"栓柱有些心软。

"干这个,你能行?"老韩头眼睛斜看着栓柱。

"咱先干干试一试,要不行的话,再请他们另外换人也来得及,离晚饭时间还早呢!"

"那好,栓柱,这次可看你的了,俺给你打下手,要干不了就早点说,别让贾会计受损失。"老韩头将信将疑地同意了。

"好嘞!"栓柱爽快地答应着。

两个人换上厨师的衣服,说干就干。他们来到后厨,按照菜单上的东西备料。栓柱在后厨转了一圈,看了看设备,对一直跟在身旁的贾桂仁说:"贾会计,你这儿的炒菜烧炭有些不讲究,炒出菜来肯定不对味。还有,炒菜的作料也不行,你看这八角、辣椒都不是炒菜用的,必须得换。"

"啊?为啥要换?"贾桂仁瞪大眼睛问。

"你看。"栓柱随手抓过一把八角摊在手掌上,指着其中一个说:"你数数,这个八角有几个角?"

贾桂仁仔细数了数:"十个角,咋啦?"

"八角、八角,怎么可能会多出两个角?"老韩头在一旁撇着嘴说。

"对对对,俺明白了,是这么个理。"贾桂仁摸了摸脑袋。

"那辣椒呢?"

"这些辣椒都是咱们本地的辣椒晒干的。咱们本地辣椒主要用来生吃,晒干炒菜不够入味。真正炒菜用的干辣椒有七星椒、小米椒、朝天椒、野山椒、二荆条什么的好多种,川菜都用这些。"

第四章

"那炒菜烧炭为什么说不讲究？炒的不也挺好吗？"老贾问。

"煤炭的火是猛的，炸、爆、炝之类都可以，但文火炒、炖、煮就不行。还有，咱们老祖宗炒菜都用木柴，这样的火可文可猛，适合做各种各样的菜。"

"栓柱，没想到，你知道的还挺多呀，就是不知炒的菜味道怎么样。"贾桂仁边称赞边疑惑地说。

"今天换炭火来不及了。这么着吧，贾会计，你赶紧出去买一些八角、辣椒回来。"

"栓柱，你识货，你去买吧。对，你和俺老婆去，俺的摩托车就停在外面，你们快去快回。"

"好，就这么说定了。记住，这些八角和辣椒都不要再用！俺很快就回来！"栓柱用摩托车载着徐彩霞去买调料了。

转了好几家调料店，好不容易买回想要的八角和辣椒，他们风风火火地赶回到店里。远远看见店门口停着一辆三轮脚踏车，车厢里装着几只白色的塑料周转筐。

刚到店门口，就听见里面有吵架的声音。进门一看，原来是一位客人正冲着贾桂仁发泄不满："你尝尝，这盘炒土豆丝，到底是炒啊还是腌啊，这也忒咸了，你们想齁死俺？还有，你看看，这土豆丝切得七长八短，有粗有细，这还叫土豆丝吗？！快，把你们老板喊出来！"客人气得用筷子搅动着那盘炒土豆丝，然后啪的一声把筷子摔到桌子上。

贾桂仁满脸赔笑："对不起，对不起，别生气，重新给你炒一盘。您消消气，消消气！"

他回身看见栓柱和徐彩霞回来，埋怨道："哎呀，你俩咋去了这半天才回来！看看，咋办吧？"

栓柱赶紧笑着上前，劝慰道："师傅，您别着急，稍等，俺马上就给您另炒一盘。"

"好，你是老板吧？俺今天给你个面子，再重新换一盘吧。"

栓柱赶紧到厨房，换上衣服，抓紧时间切丝、炒菜，不到七八分钟，一盘青椒土豆丝上桌了。"师傅，您品尝一下，看看这次炒得怎么样？"老韩头、贾桂仁、徐彩霞三双眼睛齐刷刷地盯着客人。

客人夹起一小口土豆丝放进嘴里，咀嚼片刻，接着又连续夹起两大筷子放进嘴里，边吃边咂着嘴。

"味道怎么样？"大伙齐声问。

"嗯，不错，真不错！吃了这么多地方的青椒土豆丝，数这次味道最好。既保留了土豆的原味，还有种说不出来的清香味道。"客人边说边回味着这盘土豆丝带给他的味觉享受。

"哦，原来这样。"贾桂仁激动地抓起栓柱的手，放在眼前仔细端详了下夸赞起来："栓柱师傅，真没想到，你的手不但能盖高楼大厦，菜还炒得这么好！"

栓柱的脸不禁有些发红。他内心的确有些激动，真没想到，自己短短两个月所学的厨艺竟然派上了用场。

转眼间客人吃饱了，拿起餐巾纸擦擦嘴，向栓柱伸出大拇指："行，这位师傅炒的土豆丝味儿好！不瞒你们，俺是个贩枣子的，前年下乡碰上一家卖冬枣的，那天生意那叫一个顺啊，俺光顾挣钱，饿了一整天，回来在'一品鲜'饭店要了一盘青椒土豆丝，跟今天这盘一个味儿！好吃！师傅，你手艺能赶上'一品鲜'的厨师

第四章

了，真不赖！"

客人一边称赞，一边结账，然后心满意足地骑上三轮车走了。

饭店里陆陆续续地来了几桌客人，有些还是回头客。当然，这些人来的原因，并非单纯认可菜品的质量，主要是冲着贾桂仁和他姐夫的面子而来。他们要的菜一一上桌了，这些跑遍山南海北、吃遍各地宴席的客人，也都对今天的菜品质量赞不绝口："老板娘，看来饭店生意不错啊，换大厨了！恭喜发财、恭喜发财！"

有几个做东的，听了自己请的客人对菜品的称赞，觉得特别够面子，因此结账的时候，特意多留下五元或十元钱，叮嘱道："这是专门打赏厨师的，请他买包烟抽。"

夜里十点多，饭店要打烊了。贾桂仁笑嘻嘻地走进厨房："老弟，今天的饭菜非常成功，客人都很满意。没想到你是位深藏不露的大厨啊，谢谢你！"

"没什么，以后有需要帮忙的，您只管吩咐就成。"栓柱搓着手憨憨地笑着说。

栓柱和老韩头告辞回去，贾桂仁顺手从吧台后面拿出两条将军牌香烟，硬塞进栓柱和老韩头手里："今天你们帮了俺大忙，这两条烟你们先拿着，改天我再重谢！"

"贾会计，明天俺俩还过来吗？要是还过来，你先跟老韩打一声招呼。"老韩头嘱咐道。

"那是当然，俺会的。"

送走栓柱和老韩头，贾桂仁暗暗合计，这栓柱不但厨艺好，人又非常实诚，是个当厨师的好材料，他跟老婆嘀咕道："你看栓柱咋样？"

047

"挺好呀。"

"那就请他当厨师。"

"老韩能愿意吗?"

"俺有办法。"

第二天一大早,贾桂仁找到韩同强,面带难色地说:"俺饭店的厨师今天还回不来,再让栓柱和老韩头过来帮一天忙咋样?"

韩同强说:"栓柱是俺建筑队的主力。俺答应你,再帮这一天,就一天,明天就不让他去了。"

"好吧。你放心,这两天工钱俺替你开。"

栓柱和老韩头又来到饭店。贾桂仁悄悄地把栓柱拉到一旁:"老弟,你这么好的手艺,到俺这里来干吧,工钱俺加倍给你。你说,要多少?"

"贾会计,这怎么行?不是钱的事儿。俺只不过是来帮忙的,你还有正经的厨师呢。俺要应聘,他不就失业了吗?再说,工地上的活也挺多,离不开。"

"栓柱,你想想,是老韩的工程干得长久,还是俺饭店开得长久?"

"从眼前看,当然饭店长久。但老韩也是个有能耐干大事的人,跟着他干也挺好的。"

"栓柱,你可得答应俺啊。现在饭店真离不开你,只要厨师一天不来,你就一天不要离开,否则俺真没处抓挠啊!"

"好,贾会计,俺答应你。不过,你得跟老韩说好了,他得同意。"

"你放心,一定办到!"

第四章

下午，韩同强突然急匆匆过来找栓柱，他把栓柱叫到饭店外面，拣个没人的地方，压低声音说："老弟，吕望村的村民又过来闹事了，让俺在建筑队安排几个人干建筑。俺寻思着，肯定又是老贾这狗东西捣的鬼。建筑队现在不缺人手，如果再添人，势必就得减原先的人。他这么干，无非是想逼俺答应让你到他饭店当厨师。这可咋办呢？"

"这……"栓柱一时也想不出好办法，他没料到自己一片好心却惹了麻烦。

"没想到老贾竟然这样！老韩，看来只有暂时答应让俺过来当厨师，他才会答应把吕望村的人说服。俺想，过不了几天他原先聘请的厨师就该回来了，只要人一到，俺马上就回建筑队。"

老韩摇晃着脑袋："看来只有这样了。栓柱，事情似乎没这么简单，老贾这狗东西歪心眼儿多，你要加倍小心啊！"

"俺会小心的。"

晚上，贾桂仁笑嘻嘻地凑到栓柱跟前说："老弟，事情搞定了。老韩答应让你长期在俺这里帮忙。工钱呢，你在工地干一个月六十元钱，俺翻倍，一个月一百二十元，怎么样？"

"贾老板，俺可以干，工钱不成问题，您赏多少俺接多少。不过，咱有言在先，你的厨师一来，俺就立马回建筑队。"

"好好好！仁义啊，栓柱老弟仁义啊！"

第二天，栓柱按约定到"大众快餐"店上班，老韩头留在了工地上。贾桂仁托人悄悄带上钱找到原先的厨师胡小伦，当面送上一封信。胡小伦拆信一看，只见开头先客气一番，后来又指责他不会办事，买的调料价格高而且质量差，做的饭菜口味又不行，简直不能胜任饭店厨师的工作,最后表明结清工资,将他辞退。

"你瞧不上俺,俺还看不上你呢!呸!"胡小伦愤愤地说。

一转眼,三个月过去了。

栓柱在饭店一边实践,一边揣摩《调鼎全钞》上面记载的菜品,经过反复试做,厨艺变得越发精湛了。客人来得一天比一天多,一传十十传百,阖县城的人都知道"大众快餐"请到了一位大厨。

这天上午,县城"一品鲜"饭店的蔡中和老板领着自己手下的几位厨师来到"大众快餐"店。"一品鲜"饭店是县城最大的一家饭店,可以根据客人的不同口味做出不同地方的特色菜肴,满足不同的需要,今天来的赵、钱、孙、李四位厨师就能分做京、鲁、川、浙等不同地域的菜品。

贾桂仁一看这阵势,知道来者不善,一边上前应付,一边冲徐彩霞使个眼色。徐彩霞悄悄来到后厨,告诉栓柱今天"一品鲜"饭店的蔡中和老板领着厨师来了,让他当心点。栓柱微微点头,心想:"这分明是来考俺的。"

蔡中和与众厨师坐定后,贾桂仁满脸笑容地凑过来:"蔡老板,好久不见,您这尊菩萨今天怎么肯赏光了?俺这庙太小,都快盛不下了。哈哈!"

蔡老板推了推搁在鼻梁上面的那副大眼镜,似笑非笑地说:"贾老板,听说贵店请来一位大厨,菜做得极好。兄弟领着我店里的师傅们过来品尝品尝,学习学习。"

"哎哟,蔡老板,您太客气了,俺的厨师怎么能跟您家的各位师傅比呢?他没见过世面,就会炒两样家常菜,入不了各位师傅的法眼。"

"入不入得了法眼,做几道菜尝一尝不就知道了?"蔡中和说道。

"那好,既然各位赏脸,今天俺请客。来,菜谱拿过来。"贾桂仁招呼道。

"慢,今天用不着菜谱。"姓赵的厨师说。

"为什么?"

"大伙都是厨师,根本不用什么菜谱。难道你的厨师离了菜谱不会做菜?"钱厨师一脸鄙夷地说。

"贾老板,快去问他,我们要点菜,他应不应啊?"孙厨师催促道。

"他要是不敢应,我们可就走人啦。"李厨师揶揄着说。

"好,俺去问问他。"贾桂仁擦着脑门上的汗。

时间不长,贾桂仁从后厨出来说:"宋厨师说了,他可以不按菜谱上的做,但是店里条件有限,材料准备不足,没有山珍海味,做不得鲍鱼熊掌、鱼翅燕窝,请各位点一些家常菜,他一定尽量满足要求。"

"那是自然。"众人应道。

赵厨师清清嗓子,说:"我先点菜,要一道'苏造肉'。"

贾桂仁没听清楚:"什么?'素糟肉'?又'素'又'肉',到底什么菜?甭说吃,以前连菜名都没听过。"

"不是'素糟肉',是'苏造肉',得了,拿笔写一下吧。"

赵厨师龙飞凤舞地写下来,徐彩霞的侄女徐小丫拿着单子飞快地跑进后厨,接着又飞快地跑了出来。"俺们厨师说了,这菜他会做。问客人还点其他的菜吗？"

钱厨师接过笔写下"九转大肠"这个菜名。徐小丫又跑进去，不一会儿出来："厨师会做。问还要点什么，他一块儿做。"

"好。"孙师傅写了"宫保鸡丁"，李师傅写了"冬笋鱼片"。

蔡中和拿过单子看了看："好的，就这些，赶紧让你们的厨师去做吧。"

半个小时后，第一盘菜"宫保鸡丁"端上桌。它主料是鸡胸脯肉和去皮的花生，用料极其简单，但最能体现川菜烹制中小锅单炒、一锅成菜的特点。

孙厨师夹起一块鸡丁，放进嘴里品尝，忍不住赞道："果然是微麻、浅辣、淡酸、少甜啊，好味道！好味道！"

蔡中和把鸡丁送到嘴里："老孙，平常我最爱吃你做的这道菜，今天一尝，比你做的还地道！"

接着徐小丫端上来"九转大肠"。这菜以猪大肠为原料，是鲁菜的代表。由于烹制过程中需反复使用数种烹调方法，需要厨师有极大的耐心，并借道家炼丹的"九转仙丹"之术语，起名九转大肠。这道菜烧成后盛入盘中，撒上香菜末，红润透亮，清香扑鼻。

钱厨师夹了一块大肠放进嘴里，细细品尝："好！酸、甜、香、辣、咸俱全，果然不错！"

蔡中和也夹了一块放进嘴里，吃后咂摸着滋味说："老钱，跟你做得差不多，分不出上下。"

接着又上了"冬笋鱼片"。这道菜是典型的"兰溪"菜，一般用青鱼制作。这道菜做好了，色彩艳丽，鱼片嫩滑，笋片脆嫩，鲜香适口。

李师傅用调羹舀了一片鱼肉放进嘴里,品尝了一会儿,微微点头:"难得,难得。虽然不是用青鱼做的,但味道一点也不比青鱼做出来的差。你们尝尝吧。"

蔡中和品尝了一下,肯定地说:"这是片的草鱼片,虽然没有青鱼的味道鲜美,但是也别具风味,别具风味。"

最后端上来"苏造肉"。"苏造肉"是一道清宫名菜,做法简单,但在调料上颇为讲究,用多种中药和香料配合,有开胃健脾之功效。

赵厨师用调羹舀了一勺熟肉放进嘴里,不住地点头:"嗯,果然是汤鲜肉酥,不愧'药膳'的称谓。大伙尝尝。"

蔡中和也舀了一勺,放进嘴里,边吃边点头:"不错,不错。跟老赵做的一个味道。"

大家轮番品尝后,都称赞做得不错。

贾桂仁有些扬扬得意。

这时蔡中和说:"贾老板,没想到你果然动了脑筋,请了这么一位大厨。能不能请出来让兄弟认识一下?"

"当然可以。小丫,快把宋师傅叫到这里来。"

不一会儿工夫,栓柱进来了,他先向蔡老板他们鞠了一躬,然后道:"蔡老板、各位师傅,俺初来乍到,请各位多多指教。"

几个人连忙站起来。蔡中和说:"老弟,不要客气。请问尊姓大名?是哪里人啊?年纪轻轻怎么学会了这么棒的厨艺,你老师是谁啊?"

贾桂仁抢着说:"他叫宋栓柱,家住石楼乡刘庄,地地道道的本地人。哎，栓柱，你厨艺跟谁学的？跟大伙说说。"

"哦，跟俺岳父学的，俺岳父又跟他岳父学的，手艺是家传的。"

"原来是这样，家族传承的，这就不奇怪了。"蔡中和不住地点头，然后感叹着说，"看来咱们家乡果然人杰地灵啊，没想到厨艺方面还有家族传承，难怪戏里会唱'代代出英雄'。"

"小兄弟，看你年纪轻轻，我们分别点了京、鲁、川、浙四个菜系的菜，你怎么都会做啊？"四位师傅不解地问。

"各位师傅。俺们家传的菜是宫廷御膳。御膳自然是荟萃南北各地菜系的风味，制作方法也兼有南北各菜系的特点。师傅们刚才点的这四样菜全是京、鲁、川、浙菜系里最有代表性的菜肴，这些做法都已公开于世，凡是干厨师这行当的，没有不会做的，俺哪能不会呢？"众人听了微微点头。

"不过，俺还想请各位师傅提提意见，菜里有啥缺陷，俺注意下次改正。"

赵师傅说："难得宋师傅这样谦虚。单就这四样菜，我们没有意见，我们想听听宋师傅谈一谈厨艺的根本是什么？敬请赐教。"

"不敢不敢！厨艺，岳父教俺的时候说过，无非就是一种生活的技艺。既然是为了更好地让人生活，首先就要讲究一个'性'字，就是说要尽量掌握各种自然食物的性能，只有这样才能做到'物尽其用'；其次要讲究一个'命'字，各人有各人的体质，各人有各人的身份，饮食上会有禁忌，要认命，不能吃的东西坚决不要乱吃；再次就要讲究一个'俭'字，吃饭不能过于讲究，日常粗茶淡饭只要可口就行，没必要天天山珍海味的；最后要讲究一个

'洁'字，吃东西一定要讲究卫生，食料要洁净、工具要干净、个人要讲卫生，只有这样，饮食才安全，人才不会生病。"栓柱侃侃而谈。他把岳父教的饮食注意要点复述了一遍，最后说："蔡老板、各位师傅，俺也不知道说得对不对，请指教。"

众人听罢连连称赞。

蔡中和笑着说："受教，受教！听了宋师傅一番话，让我们这些满身沾满铜臭气的商人自惭形秽啊！宋师傅天生就是干厨师的，你跟我们的想法不一样。我们只想怎么当老板，怎么多挣钱，对不对啊，贾老板？"

"对，对！他说的这些，俺从来也没有听过，更没有想过，哈哈！他天生是干厨师的料。而咱们呢？蔡老板，咱们天生就是当老板的料！哈哈哈……"贾桂仁在一旁应和着。

临走时，栓柱出来送行，蔡中和拍拍他的肩膀说："宋师傅，有时间到我的'一品鲜'喝茶，咱们后会有期。"

望着蔡中和一行人远去的背影，贾桂仁长吁一口气："俺的娘啊，躲过一劫呀！"

第五章

六月的一天，栓亭忽然来找栓柱。"哥，你快回家去看看吧，你家出事了！新梅说啥也不肯去上学。"

离高考还有不到一个月的时间，这丫头咋这么不懂事呢？栓柱心里着急，赶紧跟徐彩霞请假说："今天晚上俺回家看看，明天九点以前准时回来。"

自从栓柱到"大众快餐"店工作后，就一直没有时间回家，眼下家里正赶上麦收，一定非常忙，他打发栓亭回刘庄帮忙，并让他带给新兰三百元钱。

栓亭把钱交给新兰后就帮着嫂子一家抢收麦子。而新梅从学校赶回来，说什么也不去上学了，她要一心一意帮着家里收麦子。家里人劝说过好几次，她都没有动摇。问她缘故，她也不说，问急了，只是哭。

"赶紧把你哥叫回来，让他再劝劝。"新兰对栓亭说。

栓柱从县城赶回家，问新梅："好好的，咋又不去念书了？眼看就要考试，一旦错过后悔就来不及了。"

新梅说："家里干活需要人，而且我就算去考也未必考得上，我不去了。"

"新梅，俺没有上过高中，更没考过大学。可俺知道知识改变命运这句话。你不要考虑太多,应该继续上学。俺在外面挣钱,地里的活计也有人帮着咱干,你就放心吧。"

"哥,我真不想上学了,觉得上学没啥用。"

"咋没用?你要是考上大学,就会变成非农业户口,咱家就少种一口人的地,少交一份公粮,咱爹咱娘就少操一点心,咋会没用?"

新梅沉默了。

第二天一大早,有一个瘦高个戴着眼镜的男孩子骑着自行车来找新梅。他没有进门,在低矮的院墙外,一边按着车铃铛,一边细声细气地喊着:"刘新梅,请你出来一下。"

新梅帮着母亲做完早饭,正准备到前院收拾东西,听到喊声,跑出来一看,原来是同班的张大壮正在喊自己。她很奇怪,跑到矮墙边隔着墙对大壮说:"张大壮,怎么是你?"

张大壮是新梅她们班的班长,在新梅眼里,他简直就像个老夫子,整天表情严肃,两耳不闻窗外事,一心只读圣贤书。大壮除了学习好,也不怎么跟同学打交道。她偶尔听同学提起过,大壮父亲在县城的农业银行上班,母亲是石楼乡政府的一名干部。

大壮和新梅在石楼乡上初中时就同班,如今考上高中,两个人还在一个班。初中时,大壮个子矮,跟新梅坐前后排。那时的大壮可调皮了,动不动就伸手去揪新梅的马尾辫,弄得新梅有好几次想告诉老师,但又忍住了,因为每当自己有不会做的数学题,大壮总会自告奋勇不厌其烦地为她讲解,新梅心想,就算他将功补过吧。

大壮一直喜欢看课外书,初三最后一个学期的时候眼睛就近视了。他第一天戴眼镜上学时,害怕同学嘲笑,早早就来到学校。刚拐进学校门口，远远望见操场上新梅在那儿摆弄一棵小树苗，一边摆弄，一边抹眼泪。原来昨天晚上天气骤变，一阵狂风暴雨过后，操场旁边新栽的小树苗，有的被雨淋歪了，有的被风刮断了。新梅惦记着这些小树苗，早早赶到学校，发现有的树苗被风吹断，赶紧用绳子把它们缠起来。有一棵树苗彻底被风刮断了，怎么缠也缠不好，急得新梅直掉眼泪。看到眼前的情景，大壮突然心动了一下，生出一种不可名状的感觉。在梦中他曾经随着一位妙龄少女的影子走过很多路，跨过很多桥，看过无数次云，可那个美丽的影子始终模模糊糊的，看不清楚，没想到，梦中千百次出现的影子今天居然活生生地站在面前，怎不令他怦然心动，怎不令他浮想联翩呢？他站在那里发呆，被新梅发现了，挥着手叫他。他连忙捡起地上的一截枯树枝跑过去，用枯树枝作支撑，将断了的树苗重新接在一起。当他们用同样的方法把所有断了的树苗重新接好后，太阳正好从东方的地平线升起，那些新生的树苗沐浴着阳光在微风中摇曳着，仿佛在向他俩频频地致意。

上高中后，大壮的个子呼呼地蹿起来，被安排到教室的后面，和新梅隔了好几排，但他觉得距离虽然远了，自己的心却与新梅贴得越来越近了。

"新梅，我……"见到新梅，张大壮白皙的脸微微红了一下，他使劲推了推鼻梁上的眼镜，"你能不能出来一下？我有话跟你说。"

新梅向四周望了望，问："就你一个人来的？"然后就推开栅栏门，来到张大壮车子跟前，仰着脸说："有什么话？你说吧。"

"新梅，你知道我这个人一向不会说话的，我也只知道念书，从来不关心其他事。可是，可是……"

"有话你就说嘛，别可是可是的。"新梅笑着望着他。

那天新梅上身只穿了一件带横线条的短袖，下面一条半长的裤子，露出长长的胳膊，显出纤细的腰身。她忙碌了大半个早晨，脸上挂着些晶莹的汗珠，乌黑的刘海紧紧地贴在额头上，更加衬托得一张瓜子脸如同牡丹花一般娇艳。

"自从你这两天回家以后，我望着你的座位，心里空落落的，像丢了魂儿一样。新梅，我大概、大概喜欢上你了。"张大壮脸憋得红红的，鼓足勇气把话吐出来。

新梅虽然早有防备，但听了张大壮的话，心还是怦怦地跳个不停。她觉得脸发烫，轻轻地瞥了一眼张大壮，双手不自在地抓起辫梢儿："你来，难道就为跟我说这个？"

"我觉得你应该回来继续上学。"

"为什么？"

"我们都是农村娃。我知道，你一直想改变你们家贫困的面貌，我的想法跟你一样。可我们不能光想自己，也不能只看眼前。改变一个家庭的贫困面貌当然应该，也很重要，可你想过没有，如果我们考上大学，学到科学文化知识，有了真正的本事和才干，是不是能帮着更多的乡亲们致富，改变更多人的命运啊？那才真正活得有意义。你说呢，新梅？"

听了大壮的一番话，新梅感到非常意外，她没想到外表这么文静的青年，竟会有这样远大的抱负，心里开始暗暗赞许他了。但是嘴上却说："我已经跟老师还有爹娘说过了，如果反悔的话，会让他们笑话的。"

"没人会笑话你的。你不去上学，他们都同意了吗？估计没有同意的，他们肯定都在为你惋惜。新梅，你也是个有理想的人，你不会让我们大家都失望吧？"大壮的眼神火辣辣的。

也不知因大壮的话又唤回了新梅的理想，还是爱情的力量挽回了新梅退缩的脚步，新梅咬着嘴唇说道："大壮，你先回去吧，你说的话我一定会认真考虑的……"

张大壮伸出一只手，有些激动地说："新梅，让我们在大学校园里相会吧！"新梅不自觉地把手递了过去，她感到大壮的手特别有力量。

望着大壮消失在远处雾霭中的细瘦的背影，新梅有些出神。忽然她听到姐姐叫她："梅子，快回来吃饭，吃了饭就去上学吧。"

"好的。"

一个多月后，高考的成绩终于公布出来了，新梅考了四百八十分，全年级第十名，被市里师范专科学校中文专业录取了。张大壮则以全班第一名的成绩被省农业大学农学系录取，要读四年本科。

一家人都非常高兴。孙秀娥忙着给女儿打点行装，栓柱从县城特意买回一个时髦的行李箱送给新梅。

只有栓亭一个人闷闷不乐。他自从跟着哥哥到县城干建筑，见了世面，很后悔自己没有好好上学，只有初中文化程度。现在看到新梅丑小鸭变成白天鹅，他心里酸酸的。这个十七岁的年轻人，开始认真考虑起自己的前途和命运来，他不想就这样庸庸碌碌地混一辈子。自那时起，栓亭悄悄拿起高中的课本，暗地里刻苦自学开了。

新梅开学的那天，栓柱早早地起了床，帮着新梅把行李运到

第五章

村头公路上。五点有个早班的过路车,看着新梅上车,班车发动,他也赶紧骑着摩托车奔向县城。到县城的时候,已经六点钟,天光开始大亮。新兰给栓亭做了件新衣服,让栓柱送过去。他沿着县城南边那条路一直向东骑去,穿过城区,前面就到洚河了。突然,他看见一个人慢慢顺着河堤爬上来,满脸的血迹,浑身的泥土,隐隐地还听到似乎有人在喊自己的名字。他吃了一惊,停下摩托车,飞快地向那人跑去,跑到跟前的时候发现那人已经昏迷了。他仔细辨认,呀,原来是贾桂仁!

栓柱连忙跑到路边,脱下衣服挥动着,朝远处的几个早起锻炼的人大声呼喊:"快来救人啊!快来救人啊!"

听见呼救声,有人赶紧过来,凑过去看了看,人还有呼吸,连忙跑到附近的电话亭打电话报警、叫救护车。

不一会儿,警车、救护车就到了。警察在现场拍照取证后,大家一起动手把贾桂仁抬上了救护车。

到了医院,栓柱一边帮忙办住院手续,一边给徐彩霞打电话。不一会儿,贾桂仁的姐姐、姐夫还有徐彩霞赶到了县医院急救室。

"谢谢你宋师傅!幸亏你发现得及时。"徐彩霞流着泪说。

"你们说说,这是哪个挨千刀的干的?!咋这么狠心啊!"贾桂仁的姐姐双手拍着大腿哭喊着。

医生出来了,向家属说明病情:"头部摔伤,有些轻微脑震荡,也流了不少血,但没有致命伤。只是脊椎和大腿骨折,恐怕一时半会儿好不了,严重的话,后半生恐怕要坐轮椅了。"

听说没有致命伤时,贾桂仁姐姐的脸上略微有些放松,又听后面说要坐轮椅,便又难过得哭叫起来:"俺苦命的兄弟哟!上辈子造了什么孽呀，这辈子遭这个罪！"贾桂仁的姐夫劝慰了半天，她才慢慢止住哭声。

这时，警察来了，他们现场取证，对宋栓柱、徐彩霞分别进行了询问。肉联厂的罗骏和十多位同事也赶到县医院探望。

徐彩霞哭着说："昨天晚上，他说厂里有事，跟俺说晚点回家。俺白天累了一天，还要哄孩子睡觉，很晚才睡，睡得有些沉，直到栓柱打电话俺才发现他一夜没回来。呜呜，谁知道竟然发生这种事。"

罗骏说："昨天县外贸局通知要调查厂里的基建账，厂里专门开了个碰头会。会后，老贾加班整理账目，据门卫说，直到晚上十一点半才骑着摩托车离开的。他当时没喝酒，人非常清醒，不过天热没戴头盔，想不到路上会出事故。"

肉联厂安排工人轮流看护。栓柱征询了徐彩霞和贾桂仁姐姐的意见，老贾看病需要花钱，所以饭店不能停业，她们让栓柱赶快回去开门营业，医院的事暂时不要管了。

接下来的几天，栓柱忙乱极了。饭店里只剩他和徐小丫两个人，小丫只不过是一个十七八岁的毛丫头，端盘子洗碗还可以，但买东西、算账还有厨房里一大堆事儿却需要栓柱一个人忙活。虽然徐彩霞也不时地跑来帮忙，但是老贾那边毕竟离不开她。

这时贾桂仁已经醒过来了，据他回忆，当天他刚从肉联厂出来，就见对面飞快地驶来一辆摩托车，开着大灯，刺得他睁不开眼睛。那车直直地向他撞来，大有同归于尽的架势。为避免碰撞，他只好向路南侧拐去，谁知慌乱中没看清道路，前轱辘撞到桥栏杆上面，连人带摩托车翻滚着坠入河中。幸亏河水很浅，他也没有被摔

第五章

进水里,而是摔倒在了岸边。在坠地的一刹那,他感觉对面摩托车上的骑手刹住车,似乎要下来,但停顿片刻后又加大油门,风驰电掣般开走了。紧接着他也昏死过去。不知过了多久,当他醒来时,发现自己仰面躺在河岸上,他努力翻过身向岸边爬去,快爬到顶的时候,远远看到一个人的影子,似乎是栓柱,他用尽全身力气喊栓柱的名字,可锥心的疼痛令他再次昏厥了过去。

警察详细记录下他说的每一个细节,问他是否注意到对方的摩托车牌号或者颜色、型号什么的,但他当时什么也没看清楚,所以说不上来。于是,这案子也就成了一桩无头案,那么多摩托车,就这么一点儿线索,警察也不知该从何处查起。

等摔伤处消肿后,医院给贾桂仁做了手术,手术后万幸保住了腰椎,左腿大腿骨却是粉碎性骨折,治疗后出现了后遗症,走路跛得厉害,基本离不开拐杖了。

生活的压力沉甸甸地压在徐彩霞头上。起初,她希望关掉饭店,一心一意伺候丈夫,但贾桂仁不允许,饭店只好撑下去。车祸后贾桂仁已不能上班,所以自然失去了一部分客人,剩下的客人大多出于对厨师手艺的信赖和仰慕,所以饭店更加离不开栓柱了。

为了更好地把生意做下去,栓柱建议饭店再招聘一名顺菜工,好给自己买菜、进货腾出足够的时间。贾桂仁盘算半天,最后从牙缝里挤出一个字:"行!"

招聘的广告贴出去没几天,有个三十岁左右的男子来店里应聘,身上衣着非常朴素,眼睛里透出干练的神态,他称自己叫辉辉,家住东流头村,务农,已经结过婚,出来打工纯粹为了挣点零花钱补贴家用。

在招聘的事情上，贾桂仁已经全权委托给栓柱，所以栓柱看过问过之后，认为这人比较可靠，就说定工作条件和工钱，让他明天过来正式上班。

东流头村离县城不过十几里路，骑自行车上下班时间很宽裕。第二天到店里上班，辉辉在门口正好碰到徐彩霞，他两眼热辣辣地盯着她，徐彩霞却像躲瘟疫一样闪身走开了。

栓柱什么也没有察觉，他安排辉辉按自己说的做，烧水、劈柴、择菜、洗菜，尽是些粗使的活计。辉辉非常听话，让干什么就干什么，同时也非常用心，有一分力，绝不吝啬半分。栓柱对辉辉的表现非常满意。

转眼冬天来了，韩同强的建筑队已经停工放假，二楞、福来、老木、老韩头他们都回家去了。栓亭没有合适的工作，又不愿回家，就仍旧跟着哥哥住在县城里。现在栓柱租赁了靠县城边上的一处农家院子，与饭店相隔不是很远，原打算接新兰和大华过来一起住的，但大华说什么也不离开爷爷奶奶，只好作罢。这个院子只有两间屋子，外间放着吃饭用的桌椅板凳，里间放着一架木质的双人床，弟兄俩晚上就挤在一张床上。栓柱上班的时候，栓亭一个人趴在桌子上用功读书。为节约煤炭，房子里没有安装火炉。天气太冷了，栓亭看一会儿书，就得站起来在屋子里溜达一圈，暖暖身子；有时用"热得快"烧一壶开水，倒上一杯，捧起来温暖一下冻僵的手指。

这天晚上下班后，栓柱从饭店走回自己租住的小院，到小院门口，听见里面传出阵阵笑声，忽然记起下午栓亭说过，有一群干建筑时认识的小伙伴要来玩，大概大家谈兴正浓，有说有笑的。栓柱不忍心打扰他们,可外面很冷,就重新踅回了饭店。

走到饭店门口,他想掏钥匙开门,却发现门虚掩着。他吃了一惊,莫非有小偷?他警觉地看看四周,黑漆漆的,除了远处闪烁的灯光,连个人影也没有。他蹑手蹑脚地走进去,反手轻轻地关上门。饭店里的一切他太熟悉了,摸着黑照走不误。屋子里安静极了,他突然听到左边里间雅座有两个人在说话,一男一女的声音。他屏住呼吸,心突突地乱跳,果然有贼!

"辉辉,你为什么要来?"听声音像徐彩霞。

"霞,自从分开后,俺一直没忘记你。现在你遭罪了,俺来帮帮你。"辉辉的声音。

栓柱疑惑,难道他们早就认识?难道他俩是相好的?

"当初咱们分手,你不记恨俺吗?"

"恨过。可俺恨自己没出息,保护不了自己的爱人。你走了,俺就想自杀。"

"千万别想不开!"声音听起来有些哽咽。

"霞,快点离开那个残废吧,今后他只能拖累你,一点儿幸福也给不了你。咱俩一起远走高飞吧!"

"不行,俺是有夫之妇,何况还有了孩子。"

"那带上孩子一块儿走,俺不介意的。"

"辉辉,你的好意俺心领了。可他待俺娘儿俩挺好的,他现在摔残了,俺不能撇下他不管。他离了俺娘儿俩,也活不下去的。"

"难道你就不考虑考虑俺的感情?"

"你对俺的好,俺这辈子也忘不了的。这辈子俺亏欠你的,下辈子再还你吧!"徐彩霞已经泣不成声。

"霞，别哭。你一哭，俺的心都碎了！"

"辉辉，时候不早了，你快回去吧，俺也要回家了。"

"霞，俺太想你了，你就让俺再亲亲你。"

"别，别这样！"女的似乎正在无力地挣扎。

"辉辉，你别这样。你要再不松手，俺真的要走了！"

栓柱吃了一惊，脚向后一缩，不小心碰到椅子腿上，里面霎时安静下来。

栓柱急忙从屋里逃出去，径直跑回自己租住的那个农家院子。栓亭的朋友们已经离开，屋里空荡荡的。他正在打扫房间，见栓柱进屋，咧着嘴不好意思地说："哥，屋子太乱了，收拾收拾。"

"都走了？"

"嗯，都走了。"

"大晚上的，别收拾了，赶紧睡觉吧。"

第二天上班，辉辉没有来，徐彩霞也没有来。

第三天，徐彩霞来了，辉辉仍然没有来。栓柱想：辉辉大概永远也不会再来了。

贾桂仁已经能用一只胳膊撑着拐杖出门了。他似乎并不知道曾经有辉辉这档子事。贾桂仁来到饭店，见了栓柱，连声说抱歉，这么长时间，也没雇上一个人，让他受累了。栓柱望了一眼徐彩霞，说："还是老板娘最能干，要谢，你就谢她吧。"

这年年底，饭店的生意特别好，客人应接不暇，实在忙不过来，栓柱准备叫栓亭来帮忙。徐彩霞一听，立马答应，并且许诺按整月给栓亭开工资。

快过年了，栓柱正在为回不回家过年犹豫着，蔡中和找上门来了。

他提着一大堆年货，放在栓柱租住的院子里，并说道："老弟，一点小意思，不成敬意，希望你不要客气。"

栓柱道过谢，把蔡中和让进屋，问："蔡老板无事不登三宝殿，说吧，找俺啥事？只要能办到的，俺一定尽力去办。"

"栓柱老弟，我喜欢你直来直去的性格。我呀，真没什么事，不过就想看看你。顺便问你一句，过年后，是否打算另谋高就啊？"

栓柱摇摇头。

"难道想继续在'大众快餐'干下去？"

"贾老板没亏待俺，况且他目前这么难，俺想……"

"老弟，我钦佩你的人品。但丑话总得说到前头——你不会是看上老板娘了吧？"

"怎么可能！这是谁污蔑俺？"栓柱瞪大了眼睛。

"哈哈，急眼了吧？我不过把别人嚼的闲话当着老弟的面说出来罢了。不过，谣言重复千遍等于真理。你该防备的。"

"谢谢提醒，俺身正不怕影子斜。"

"想没想过跟我干，老弟？"

"这个……暂时还没考虑。"

"不跟我干也没关系，我店里人够用的。不过，老哥想送给你一笔钱，让你离开县城，不要再给'大众快餐'干了。"

"为啥呢？"

"生意场上，除了竞争还是竞争，你死我活呀。县城就巴掌大的地儿，谁也不能挡谁的财路不是？"老蔡脸上露出笑，可栓柱却觉得这笑里面分明藏着一把刀。

"蔡老板,俺一定会认真考虑你说的话的。不过,俺在'大众快餐'干不长的,俺有自己的打算。"

"那就好,那就好。老弟是聪明人,听人劝吃饱饭。告辞了。"

"蔡老板,请你把东西带回去吧,谢谢你,俺家啥也不缺。"

"一点不值钱的东西,不要见外嘛,你就收下吧。"说完,蔡中和风风火火地走了。

眼看就到春节了,"大众快餐"门口挂出一块"春节期间停止营业"的牌子。

栓柱给栓亭买了一辆二手的嘉陵牌摩托车,又购置了些年货,中午打发他先回家去了。他自己决定晚一天回去,目的是向贾桂仁夫妇辞去工作,准备明年在乡下自己开店。

午饭照常在饭店里吃,因为没有客人,所以整个饭店里气氛格外冷清。栓柱做了两样菜,炖了一锅子汤,大家围坐在吧台对面的一张桌子上吃饭。贾桂仁打开一瓶景阳春,给栓柱斟满,又给自己满上。他一只手举起酒杯说道:"老弟,你明天就要回家了,俺敬这杯酒,感谢一年以来你的帮助。"

"不用客气,你是老板,俺是厨师,干好工作那是俺的本分。"

贾桂仁斜着身子,另一只手伸出大拇指,目光在众人脸上巡视了一遍,然后盯着栓柱的眼睛说道:"老弟,不是俺夸你,你太厉害了!论厨艺,全县城你是这个,连'一品鲜'的厨师都不如你。论人品,俺遭难以后,你没有嫌弃,继续帮着张罗饭店,让俺有了指望。老哥佩服你！来，咱兄弟俩干了这杯酒！"说完，自己一饮而尽。

栓柱只好陪着喝了一杯。贾桂仁又把酒满上，酒杯又端起来："老弟，为咱们明年继续合作，再干一杯。"

他见栓柱不端酒杯，就放下自己手里的酒杯，脸凑到栓柱跟前说："老弟，咱把话说开了吧，明年咱俩的合作方式要改一改了。今年，咱俩的关系，俺是老板，你是厨师；明年呢，咱俩的关系就变成合伙人啦，每个月你照拿工资，年终俺再分给你两成的红利，中不中？"贾桂仁眼睛里充满期待。

"贾大哥，既然今天你把话说到这份儿上，俺也就不瞒你了。说实话，你和嫂子拿俺当兄弟看，俺很感激。可明年俺不打算再在这里干了。"

"为啥？！有人来挖你？还是你想开门立户？"贾桂仁一家人瞪大了眼睛。

"对，俺想在刘庄开个餐馆。"

"老弟，你何必自讨苦吃！县城毕竟是县城，人多，消费能力强，单纯为了多挣钱，在俺这里干岂不更方便吗？你用你的厨艺投资，说实话，比俺们这些当老板的挣得都多，而且还没啥风险。你守着个金饭碗不端，你图个啥哩？"

"贾大哥，在乡下开店，离家近，方便照顾家。另外俺还有自己的想法。"

"老弟，你如果嫌离家远，明年就把弟妹和孩子接过来，让她也到咱饭店干活，这样你就没有后顾之忧了。反正，俺不管你有啥想法，俺认准你了，你帮人帮到底，送佛送到西，算俺这个残疾人求你了,行不行?"

"贾大哥,俺有俺的想法,说大点,是人生理想。俺要追求俺的人生理想,这不是钱多钱少的事儿,你要理解俺。"

贾桂仁见栓柱去意已决,开始改变策略,他咕咚一口把酒喝下去,突然放声大哭起来,哭得一把鼻涕一把泪:"俺咋这么命苦啊,老天爷让俺一辈子残疾,俺手也残、腿也残,好不容易碰到个好兄弟,心满了一回,谁想他这么狠心,不管俺这个残疾人了,俺从今天开始,心也残了。老天爷,你咋不让俺去死啊!"贾桂仁边说边躺在地下,撒酒疯似的滚来滚去。

栓柱等人被这突如其来的情形弄蒙了,赶紧到地上去扶他,谁知他嘴里不住地哼哼:"栓柱老弟不答应留下,俺就不起来!"

栓柱半蹲在地上,用一只手护着他的头,害怕磕伤了,另一只手使劲拽他的胳膊,想把他拉起来,可贾桂仁身子扭来扭去,赖着不起来。栓柱只好硬着头皮答应:"贾大哥,俺答应你,留下!你快起来吧!"

这句话说完,贾桂仁顿时止住哭声,坐起身,一把拉着栓柱的胳膊:"老弟,你这话当真?"

栓柱重重地点点头。

"嘻,好了!把俺拉起来吧。"众人一起用力把他搀扶到座位上。

接下来再喝酒却变了一种画风。

栓柱再也不用谁劝酒了,一杯一杯地端起来,喝下去,再喝下去……转眼一瓶酒见了底,他昏昏沉沉地趴在桌子上睡着了。

贾桂仁开始劝他喝,后来又去夺他的酒杯,替他喝了几杯,不

第五章

一会儿也有些醉了,两个人头拱头趴在桌子上睡在了一处。

徐彩霞收拾完餐具,见两个人都成了这样,急得直咬牙。已经傍晚时分了,冬天里天黑得早,饭店里的炉火快要熄灭了,他俩要这样睡下去,非冻出病来不可。徐彩霞先叫了叫栓柱,用尽全身力气,把他从桌子上拽起来,跟跟跄跄地扶着他,要送他回小院。她吩咐徐小丫:"看好你姑父,俺去去就来。"

外面的天阴沉沉的,零星地飘着些雪花。寒风打在脸上,栓柱感觉酒劲一下子散去不少,只是头晕得厉害,脚底下像踩着棉花,他一只手搭在徐彩霞的肩膀上,一步一步蹒跚地向小院走去。

到了院子,栓柱从腰间摸索着拿出钥匙。徐彩霞帮他开了院门又开了屋门,让他坐在床上,拉开电灯后整理好被褥,想让他躺下休息。当她起身拉栓柱时,栓柱却紧紧地抓住她的手,喃喃自语地说:"俺要回家,俺要回家……"

"好兄弟,你睡一晚上,明天就能回家了。"

"俺要创业,俺要创业……"栓柱把头埋进了徐彩霞的手掌中,徐彩霞想挣脱,可栓柱力气太大了,她根本抽不出手来。

"俺理解你的心情……"

"不,你不理解,你们都不理解!想做的事情不能做,不想做的事情逼着你做,有谁帮帮俺呀,谁能帮帮俺呀!"

"栓柱,你要冷静。如果你真想离开的话,俺可以帮你。"

"真的?"

"真的。"

"怎么帮?"

徐彩霞把嘴凑到栓柱耳朵边,轻轻说了几句话。

"这样做,行吗?太委屈你了。"

"没事,俺了解他,他就是那天底下头号自私自利的人。"

门外传来缓慢而沉重的脚步声。

徐彩霞飞快地朝栓柱使个眼色,栓柱突然一把抱住徐彩霞,让她坐到自己的大腿上,一只手摸她的脸,一边摸一边大声说:"好嫩的皮肤!摸着像缎子一样滑。"

徐彩霞摇着头,躲着栓柱的手,嗲声嗲气地说:"你觉得滑,就让你摸个够吧!"

"不要脸!"屋门突然被推开,贾桂仁挂着拐杖一瘸一拐怒气冲冲地闯进来。他脸色苍白,浑身打战,指着栓柱的鼻子骂道:"你,你这个黑心狼!俺拿你当好兄弟待,你就这样对俺,勾引俺老婆,还打俺饭店的主意,假惺惺地骗俺,让俺留下你,没门!姓宋的,今天俺算知道你是个啥人啦!你滚!快滚!今后你走你的阳关道,俺过俺的独木桥,咱俩井水不犯河水!"

他吼完栓柱,接着又冲愣在一旁的徐彩霞吼道:"不要脸的骚货!还不快滚回去!老子再晚来一步,绿帽子就戴上了!快滚!"说完,上前拽着徐彩霞往外走。

"贾大哥……"栓柱站起来,想说什么,话到嘴边又硬生生咽了下去。

"呸!谁是你大哥,整天人模狗样儿的,原来是个不要脸的畜生!畜生!"

贾桂仁一边骂一边一瘸一拐地走出了院子。

栓柱感到头晕目眩,重新坐回到床边。他耳朵里忽然听到砰的一声响,似乎有人在挨打,似乎有人在哭泣,后来哭声、骂声渐次远了。他迷迷糊糊地躺下,似睡非睡间,忽然听到有个女人在唱歌:"巍巍的山上哟,长着高高的树;高高的树上哟,缠着长长的藤;长长的藤上哟,开着红红的花;摘一朵红花儿啊头上戴,俺那个出远门的情郎哥哟,咋还不回来;情郎哥在天边哟,唱着歌,那歌声阵阵哟,飞进妹妹的心窝窝……"伴随着歌声,隐隐约约好像新兰走了过来,仔细一看,又像是彩霞,她们的面容一会儿清晰,一会儿模糊,渐渐消失在梦里了……

第六章

也不知是不是睡觉着了凉，栓柱回家以后就开始感冒发烧，家人都劝他去看医生，他硬撑着不去。后来有点儿咳嗽，嗓子难受，沙哑得说不出话来，急得新兰跑到乡卫生院，请大夫开了一盒消炎的药。栓柱吃下药后，炎症才消退了。过年，在农村，家家户户都要喝酒、走亲戚，但今年栓柱被新兰看得格外紧，亲戚只走了两三家，酒一滴也没喝。

大年三十晚上，举行完"较明"的仪式后，刘双河一家人团聚在一起，孩子们又各自畅谈着来年的计划。

新梅聊起她在学校里的许多新鲜见闻，谈到城乡差距时，说道："现在城里人消费观念那叫一个超前，他们都贷款买房子，先住上，然后慢慢还贷款；咱这里都是先攒钱，等钱攒够了再盖房子，正好跟城里人反着。"

"城里人最爱享受。赶明儿俺也要贷款，不盖房，俺买辆车，到全国各处去看看，带上咱一家人。"新英说。

"姐，你要能买上车，俺就给你当司机——不，干脆给你卖票，然后挣好多好多钱。挣了钱，咱在山里盖间大房子，一家人住着，再也不回来了。"

"你们想得美！姑娘家家的这么野，还要在山里住，胆儿也忒

第六章

肥了,看谁家男人敢娶你!"孙秀娥调侃着小女儿。

"哼,他们不敢娶,俺还不稀罕他们呢!"新青说。

"说到对象,哎,新梅,上次来咱家找你的那个小伙子挺不错,俺跟你哥趴在窗户上可都瞧见了,别不承认。他怎么样了,你们还有联系吗?"新兰笑着问。

"你呀,操心受累的命!依我看,你看好我哥就行了,我的事少管!他常年在外打工,又是什么大厨,那可是名人啊,多少双眼睛勾着他,小心让人把魂儿勾跑了!"新梅答非所问,把球又踢给新兰。

新兰一根手指头戳在新梅的额头上:"好厉害的嘴头子,小心将来碰到个厉害婆婆掌嘴!俺告诉你,你哥呀,他再不出去打工了,要在家里伺候俺们娘儿俩。柱子,对不对?"

"对,俺不想打工了,想自己在家干。"栓柱一字一句地说。

"栓柱,你说说,你想咋干?"刘双河追问道。

"爹,请你和根元爷爷说说,咱村口不有片林子地吗?那是集体的土地,俺想辟出一块地来盖个饭店。"

"好,谈谈你的具体想法,咱爷儿俩好好合计合计。"刘双河兴奋地点上旱烟袋,猛吸一口,然后缓缓喷出一圈一圈缭绕的烟雾。

正月初八,刘双河专门备了一桌酒席,请老支书刘根元上门,又让栓柱到南楼把父亲宋明德接过来作陪。

在席上,刘双河请求刘根元划出村口的一块林子地,并说明了用途。

刘根元听完以后,摸了摸山羊胡子:"双河啊,那块地,我可以向村委提出建议,划给你,但要以宅基地的名义划。为啥?因为如果不按宅基地划,别人就要攀扯。可是,一旦按宅基地划,你却用它来开饭店,别人还会出来攀扯。所以,你们就要承担一个劳力头三年的农业税。这样一来,就把各方面的纷争都压下去了。不知你同意不同意?"

"叔,咱还能再商量商量不?"

"双河,你不要小瞧这块地,依我这老眼看,将来这块地要升值哩。我听说省里好像有翻修道路的意思,将来路修好了,你抢都抢不到手的。"

"既然这样,那好,就这么说定了。来,亲家,咱哥儿俩一块儿敬杯酒。"刘双河拉着明德一块儿向刘根元敬酒。

很快,村委开会研究后把地划给了栓柱。栓柱先补偿了林木损失,然后平整土地,准备盖房子。

他到韩同强家里,请老韩帮着筹划盖房子。

老韩问:"打算怎样盖?"

"就按照'大众快餐'的规模来吧。俺在那里干熟了,觉得挺顺手。"

"好,改天俺去'大众快餐'拿尺寸。咱说好了,俺要包工包料,你得给弟兄们留点油水。"

开弓没有回头箭。为盖房子,栓柱一家人拿出所有的积蓄,却还不到一千元钱。老姑父张勤俭不知听谁说栓柱要盖饭店,催促儿子连夜送来三百元钱,可栓柱没要,他说:"老姑父上了年纪,治好病养好身体比啥都重要,表叔,这钱俺说啥也不能接。"表叔见他态度坚决,执意不留,只得揣着钱回去了。碰巧大壮来家找新

第六章

梅，听新梅说起栓柱要盖饭店的事情，就回家央告在县农业银行工作的爸爸帮忙。他爸爸听了栓柱的情况，非常支持，主动帮忙办理了两千元低息贷款。

几天后，韩同强从县城回来，向栓柱说起"大众快餐"的情形。自从栓柱走后，贾桂仁对徐彩霞改变了态度，天天不是打就是骂，并且在同行面前造谣说，自己的老婆差点被栓柱拐跑了。因为一直没有找到合适的厨师，"大众快餐"门口现在贴出了转租的告示。

"栓柱，你不会和'大众西施'真的有一腿吧？"老韩半开玩笑半认真地说。

栓柱苦笑着摇头说："俺和她，一清二白，根本没有任何私情。那是她帮俺想出的脱身计。没想到，俺脱身了，她却受罪了。"

"哈哈，反正俺不信。难道你是个和尚，送上门来都不要？要换成俺，哼！"

"咋样？"

"早把他老贾的帽子染绿百八十回了！哈哈哈……"

韩同强备齐了建筑材料后，把建筑队调过来，大家齐动手，不到半个月时间，一溜五间砖混结构的红瓦房拔地而起，又经过两个月装修，饭店正式开业。店里主打当地的特色小吃"锅子饼"，兼营各种家常的炒菜。

开业那天，村支书刘根元被邀请揭匾。上午十点十八分，鞭炮齐鸣，老韩、二楞、福来、老木、栓成、栓亭、大鼻涕、狗剩、迷糊等人，还有刘双河、刘双江一家人簇拥着刘根元来到牌匾前，四周围满了看热闹的村民。刘根元伸手揭开覆盖的红绸子，只见牌匾黑漆做底，"栓柱锅子饼店"六个颜体金字在太阳下闪闪发光，那字一看就是王希胜老师的手笔。

"好兆头！"刘根元激动地说，"乡亲们，今天咱村栓柱的饭店正式开业啦。这可是咱刘庄头一份啊，栓柱给咱刘庄增了光、添了彩。今天，我们祝贺他开业大吉，以后我们就支持他发展，多到他店里来吃饭，好不好？"

"好！"众人都跟着喝彩。

这时，从远处驶来一辆带斗的小货车，上面拉着两个大花篮，里面插满了鲜花。到饭店门口车停住了，从驾驶室里走下来个胖子，栓柱一看，竟是那个"一品鲜"饭店的蔡中和老板。

蔡中和看见栓柱，满脸笑意地说道："恭喜恭喜，老弟你今天开业大吉，荣升老板，也不打声招呼，害得我来晚了，恕罪恕罪！"

"哎呀，蔡老板，欢迎光临！请你还请不到呢，欢迎欢迎！"

栓柱拉着蔡中和向众人介绍："这是县城里'一品鲜'饭店的蔡老板，大家都认识认识。"

蔡中和回身吩咐司机："把花篮卸下来吧。"众人帮忙把花篮卸下来，端端正正摆在饭店门口两侧。

"老弟。"蔡中和从衣兜里掏出一个红包，"这是我的一点心意，不成敬意，请笑纳。"

"蔡老板，您能亲自到场祝贺，俺就感激不尽了。花篮俺收下，礼金坚决不能收。"

"干咱们这行的，虽然是竞争对手，但毕竟低头不见抬头见。

第六章

前阵子，我答应过老弟，只要你离开县城，我就会送你一份厚礼。我姓蔡的决不食言。老弟，今后你我互相支持，请不要推辞。"

"蔡老板，你的确那样说过。但俺离开县城回家创业，仅仅是为了实现俺个人的一点愿望，跟您、跟任何人都没关系。这钱俺坚决不能收，如果收了，大家就会认为俺是一个见利忘义的小人，以后在餐饮界俺将无法立足。请您一定谅解！"栓柱诚恳地说。

"好！没想到栓柱老弟有这等志向，那好，我恭敬不如从命。老弟，你这里来也来过，看也看过，我店里事情还比较多，就此告辞！"老蔡双手抱了抱拳，说什么也不肯再留，栓柱只好目送他坐车缓缓地离开。

饭店开业后，起先还比较冷清。但栓柱人勤快，厨艺高，饭店的菜品质量好、菜量足、服务热情周到，时间不长，进店的客人渐渐多起来，不管是过路的、常住的，操办白事、红事的，也不论筹办生日、孩子过满月、房筑基、酬谢媒人、感谢老师，都愿意把酒席摆在这里。

不到半年光景，十里八村、男女老少，无人不知无人不晓刘庄有个上门女婿开的"栓柱锅子饼店"。

栓柱干得顺风顺水，银行贷款提前还清不说，家里还多少有了一些积蓄。

店里生意越来越好，他和新兰俩人忙不过来，就打算花钱雇个人。

这时，新英见姐姐姐夫整天忙得顾不上家，坚决要求辍学，高一刚考完试，就再也不去上学了。

这时新梅、新青也都放了暑假，新青在家帮着看孩子，新梅、新英帮着姐姐照看生意,这样,一家人才刚刚能倒换着歇口气。

常言道,树大招风,才高招嫉。从刘庄沿着大马路往南五里路,路东边有个郭店村,也就是二楞的娘舅郭长有那个村。话说郭长有自从上次在V市的化工厂跟一群小混混偷煤被捉以后,他只好回到家里,挨着村口也开了一家饭馆。他自己并不会厨艺,只得到处寻厨师,正好打听到有个姓胡的厨师赋闲在家,就去请了过来。碰巧这位厨师就是那个被贾桂仁一封信辞退了的胡小伦。

胡小伦来到郭长有的饭店,帮着打理生意,给店起了个名字,叫作"郭店餐馆"。这胡小伦干厨师多年,本身也有一定的厨艺,因此经验丰富,把饭店内外打理得井井有条,再加上周围饭店不多,没有竞争对手,所以生意格外好,也发了不少财。郭长有见胡小伦这么能干,非常高兴,对他言听计从。

饭店红火起来,郭长有渐渐有些飘飘然,不知自己吃了几碗干饭。有一天,村民郭小蔫的父亲郭老蔫放牛回来,从饭店门口经过,偏巧牛拉了一摊牛粪。郭长有一见,噌地一下从饭店蹿出来,跟郭老蔫理论,让他赔偿损失。郭老蔫说,牛拉粪实属意外,不能怨牛,更不能怨他,只要打扫完就没事了。郭长有不同意,埋怨郭老蔫故意埋汰他,吓跑了不少顾客,必须要给予赔偿,双方三说两说,一言不合动起手来。郭老蔫挨了一顿揍,憋了一肚子气,回家当晚心脏病发作去世了。郭小蔫因此找郭长有评理,郭长有死活不认账,郭小蔫没办法,报了警。警察问明情由,准备将人带到派出所,对郭长有立案调查。可现如今郭长有有钱了,他四处托人说情,后来疏通关节,竟然把郭老蔫的事情压下去了。经过这次事件,郭店的老百姓没有不怵他的。

第六章

谁知，栓柱这边饭店一开，顿时影响了郭长有餐馆的生意。眼见来餐馆的客人越来越少，郭长有和胡小伦心里发急。他们一打听，原来客人都跑到"栓柱锅子饼店"去了。一听栓柱，胡小伦想起自己当初被挤走的事情，新仇旧恨加在了一起，他下决心要报复。他告诉郭长有设计好的计划，郭长有挑起大拇指称赞："高！这主意高！"

挑了个星期五，"郭店餐馆"歇业半天，郭长有、胡小伦备下一桌酒席，单请石楼乡工商所的所长王大麻子。王所长是一名退伍军人，转业分配到地方，他四十多岁，身材魁梧，可惜一脸麻子，因为读书不多，所以素质并不是很高。那时群众法制观念比较淡薄，违法违规、逃避追责甚至暴力抗法的事情屡有发生，在广大农村地区这样的例子就更多了。县工商局为更好地开展工作，就选派一些作风泼辣的干部到基层任所长。个别所长手中略微掌握了点小权力，就忘乎所以起来，不顾影响，把群众吃请不当一回事。

郭长有、胡小伦私下没少请王所长吃饭，这次王所长也没太当回事。他领着手下的小张、小李一块儿来赴宴。酒过三巡、菜过五味，郭长有借着敬酒之机，欲擒故纵地说："王所长，这次恐怕是俺最后一次请客了。"

"为什么？"王所长瞪着眼珠子问。

"王所长，你可知道现在刘庄那里又开了一家饭店？"

"听说过，没时间过去看。怎么回事？"

"人家开店，一不办照，二不办证，三不交管理费，啥成本没有，空手套白狼，竞争又不择手段，菜价压得最低，都快把俺们店挤对死了！"

"哦？有这事？小张，你知道吗？"

"所长，这阵子局里有活动，所里人手少，我们有好一阵子没开展巡查了。这个店新开业，大概还没有办理营业执照，至于办没办卫生许可证，我就不清楚了。"

"既然有群众举报，那上班以后咱去查一查。"

见所长要查，胡小伦从旁撺掇着说："所长，那小子一不请客，二不送礼，分明就是个铁公鸡。要让他得势了，俺们都得饿死！俺们都关门了，谁还请您吃饭啊？像这样四六不通的主儿，您想办法让他关门得了！"

"对，对，让他关门大吉，关门大吉！"郭长有也在一旁煽风点火。

王所长一张麻子脸阴沉沉地说道："要真像你们说的那样，真得好好治治他！"

星期一上午，栓柱刚从外面买菜回来，就见一辆执法摩托车开进院子里，一个麻脸的高个子，领着一胖一瘦两个执法人员走进来。三个人来到屋里，麻子脸高个儿问："谁是老板？"

栓柱不知怎么回事，忙笑着迎上去："俺是。"

原来进来的三个人正是麻子王所长、胖子小张和瘦子小李。

王所长问着话，小张做着笔录。

"你姓什么？叫什么？"

"俺叫宋栓柱。"

"你开店多长时间了？"

"快半年了。"

"办没办营业执照和卫生许可证？"

第六章

"还没有。"

"好吧,你看看笔录,签字按手印吧。"

栓柱不知底细,看看笔录,签上名字按下手印。

"我正式通知你,从今天开始必须停止营业,到乡里工商所接受询问调查。小李,给他下询问通知书。"

下完询问通知书,三个人又在饭店里转了一圈,拍了几张照片,转身走了。

栓柱稀里糊涂的,不知怎么回事,他交代家里今天停业一天,自己到工商所问问情况,一切等回来再说。

来到工商所,依旧是小张做询问笔录。笔录做完后,小张让栓柱签字,栓柱问:"同志,你问得那么详细,做什么用?还要让俺签字按手印,你先跟俺说说,到底想把俺怎么样啊?"

"实话告诉你吧,你没有获得证照,擅自经营的行为违反了《城乡个体工商户管理暂行条例》有关规定,是违法行为,必须得接受行政处罚。"小张表情严肃地说。

"俺认罚。同志,你说说,得罚多少钱啊?"

"你先签字,签完字我再给你普及一下法律知识。"

"同志,你先给俺普及一下法律知识呗?这要罚也要罚得人心服口服,对不对?"

"好吧。"小张强压着火气,"宋老板,你要想当好老板,不能只会炒菜,只会经营,最要紧的是要明白法律,你懂不懂?不懂法律,你今后寸步难行。"

"是是是,俺的确是法盲,俺接受教训。"

"老宋,你开饭馆,至少要办卫生许可证、营业执照、个体工商户税务登记证，这几个证涉及卫生、工商、税务多个部门。你不办理好这些手续，就不能营业，擅自营业就违法，必须接受行政处罚。"

"那这些证件咋个办法，你能跟俺详细说说吗？"

"你先签字，配合我们工作，接受行政处罚，然后我再告诉你。"

"你说，你要罚多少？"

"按照法律规定，罚款五千元以下，同时没收全部违法所得。"

"啊？！"栓柱脑袋嗡的一下，"罚这么多呀？"

"当然，你只要配合我们的工作，可以适当从轻处罚。"

"那，究竟要罚多少？"

"我问下领导吧。"小张到隔壁办公室去了一下，很快回来，"王所长说了，最低也得处罚三千元，同时没收你的违法所得两千元。"

"这不还是五千吗？"栓柱有些急了。

"没收和罚款不是一回事，你不要理解错了。"

"反正都是交钱，咋不是一回事啊？就是一回事！"

"你签不签？"

"同志，你就是要了俺的命，俺也拿不出这么多钱啊！"

"谁要你的命？你说话注意点！快签字吧，再不签就给你写上'拒签'了。拒绝签字，从重处罚。"

"同志，俺回家商量商量，回来再签吧。"栓柱说完，飞快地跑出去了。

第六章

"真没用！"栓柱恨不得抽自己几个嘴巴子，开饭店这么大个事儿，自己为什么不事先搞好调查，办好手续呢？看来，人家小张同志说得对，不明白法律，当不好老板。

事情既然发生了，着急也没什么用。栓柱回家同新兰商量，新兰说："韩大哥路子广，认识的人多，你找他问问去吧。"

"好吧，你们在家等着，俺这就到县城找老韩。"

韩同强正领着他的建筑工人们给县供销社盖办公楼。栓柱着急地把他从工地上叫出来，把事情经过向老韩一说，老韩挠着头说："栓柱，哥光顾替你高兴了，当初没有提醒你。开饭店手续比较麻烦，一两天办不下来的。现在就更麻烦了，俺托罗副局长帮你问问。"

"罗副局长？哪个罗副局长？"

"就是以前肉联厂的罗骏厂长，俺表妹夫，现在升了，担任县外贸局常务副局长。"

"太好了！这下俺就放心。"栓柱长呼一口气。

"放心什么？他一个副局长，在县里根本排不上号。俺只能求他帮你问一问，管用不管用，很难说。"

"韩大哥，俺买条烟送给罗局长吧，找人用得上。咱不能白使唤人啊。"

"那倒不必，他从不收礼。俺先去问问他，看这事他能办不能办吧。"

栓柱跟着韩同强来到县外贸局。栓柱在门口等着，韩同强到里面找人。

等了大约有一顿饭的工夫，老韩耷拉着脑袋出来了。

"咋样？"栓柱急切地问。

"没用。"老韩有些丧气地说，"俺表妹夫跟石楼乡那个工商所王所长平级，他们以前认识，但没有深交，帮你问了下，对方坚决不松口，这事难办喽！"

他见栓柱蹲下身去，以为栓柱支撑不住了，赶忙上来扶他。

"难道就这样了吗？"栓柱推开他，摆了摆手。

"俺出来时，俺表妹夫说了这样一句话，叫什么'做两方面工作'，栓柱，啥叫'两方面工作'？俺咋没弄明白他说的啥意思？"

栓柱一拍脑袋："对！俺明白啥意思了！韩大哥，你回去吧，俺去找个人，他一定有办法。"

老韩捋了捋满脸乱蓬蓬的大胡子，摇晃着脑袋说："他明白个啥哩？"

栓柱穿过好几条街道，拐进一个院子，在一栋三层楼前停下来。抬头一看，只见大门口悬挂着"一品鲜"饭店的牌子。

这时已经下午三四点钟了，有订餐的客人三三两两地进去，门口两边站着两位年轻俊俏衣着时尚的女服务员，不停地向客人点头致意："先生，您好！欢迎光临！请进！"

栓柱第一次来到"一品鲜"饭店，走进大厅，里面已经灯火通明，一楼斜对着大门有一个大吧台，吧台两边用屏风隔开做成一个一个小雅间。小雅间中间是一条贯穿整个大厅的通道，通道上面摆着几盆高大翠绿的富贵竹。吧台旁边安放着硕大的冷柜，冷柜旁边有两排大鱼缸，里面悠闲地游着些从外地购进的海鱼、淡水鱼、甲鱼之类。吧台后面墙上安装着摆满各种名酒的博古架，其中的一

第六章

角供奉着一尊彩陶烧成的财神像，像前摆放着一只绿锈斑驳的铜香炉，里面燃着小孩手指般粗细的一炷香。

这时，一位瘦高的文质彬彬、西装革履的年轻人来到栓柱面前："先生，您好。我是这里的大堂经理，请问您有什么事情需要帮助？"

"您好，俺想找一下蔡老板。"

"请问您和老板事先有约吗？"大堂经理问。

"没有，俺找他有点急事，请您说一声。"

"先生，您贵姓？"

"俺叫宋栓柱。"

"好的，宋先生，您稍等一下，我先去说一声。"

时间不长，在大堂经理的引领下，栓柱来到二楼最东边的一间办公室。蔡中和正在老板桌后面的真皮座椅上打着电话，见栓柱进来，示意他在老板桌对面的真皮沙发上坐下。大堂经理帮着沏好一壶龙井茶，关上门退了出去。

蔡中和放下电话站了起来，向栓柱伸手，栓柱赶紧起身，两个人隔着老板桌握了握手。老蔡笑着说："老弟，你是我这里的稀客，欢迎你过来指导！请坐请坐。"

"蔡老板，俺碰到困难了，请您帮着想想办法。"

"哦，你慢慢说。"

栓柱就将事情的原委详细述说了一遍。

老蔡听完，满不在乎地说："放心吧，不是啥大事，我帮你解决。"

接下来，老蔡岔开话题，同栓柱聊了一会儿家常，接着说到有关餐饮业发展方面的问题。

"老弟啊,你涉足餐饮这行业可以说正逢其时啊。现在社会发达了,居民消费水平普遍提高了,人们开始追求更高的生活质量,餐饮业——不光是餐饮业,其他行业都一样,迎来了难得的发展机遇。你可比我有优势啊,有家传的本事,可以永远立于不败之地。"老蔡感慨地说。

"不,俺刚开始干,没有经验,哪能跟您比!"栓柱接着老蔡的话茬说。

"经验?谈何经验!都是一步一步逼出来的。像你碰到的这件事吧,如果完全按死规矩办,那谁也不用干了,所以这里面就有商量的余地。表面上这是个死局,可退一步换个方式,它就不是死局,是活局。人生在世,免不了要跟形形色色的人打交道,打交道多了,就能把死局转换成活局,这也许就是你所谓的'经验'吧。"听老蔡这一大通话,似乎有感而发。

"蔡老板,您打算怎样办?如果需要花钱,只管说。"

"用不着。"老蔡沉思了一会儿,"晚上我约了几个朋友一块儿吃饭,你参加吗?"

"都有哪些朋友?"

"有县法院执行庭的房庭长,公安局的田副局长,还有工商局的吴副局长。哦,为了一件合同纠纷的案子。"

"这些人俺一个也不认识,就不参加了。"

"也好,那你先回家等消息吧。放心,没问题,事情包在我身上。"

栓柱连说了好几句谢谢,心怀忐忑地走出"一品鲜"饭店。

第六章

此时已到饭点,来"一品鲜"饭店吃饭的人很多,饭店一楼大厅里人声喧哗,座无虚席。二楼、三楼的雅座也全都亮着灯光,整个大楼从外面看,灯火辉煌,照得如同白天一样。外面道路上骑自行车的、骑摩托车的、开小汽车的,各式各样的人来来往往,川流不息,这座县城仿佛一个孩子从沉睡中被唤醒的样子,到处焕发着一股蓬勃的向上的气息。

栓柱找到老韩,想邀他出来吃顿饭表示感谢,老韩说:"改天俺请客,现在建筑队正黑白加班搞工程大会战呢。"栓柱抬头看了看工地,果然,勤劳的建筑工人正陆陆续续地爬上脚手架,准备挑灯工作。

第二天,大约十点钟,栓柱愁眉苦脸地坐在自己家饭店吧台里面,忽然外面有人进来,原来是工商所的小张和小李。

"宋师傅,你好!"小张满脸的笑。

"张同志,你好,是不是找俺来签字的?"

"也对也不对。宋师傅,今天王所长说了,案子该咋立咋立,念你是初犯,认错态度好,格外减轻对你的处罚,罚款五十元,补交一个季度的管理费十元。你缴纳罚款和管理费后,就可以办营业执照了。"

栓柱一听,喜出望外,赶紧办手续、交罚款,然后打听好程序,依次办理了卫生许可证、营业执照、个体工商户税务登记证等证件。等证件下来后,饭店重新开张,不久又恢复了往日的繁忙。

栓柱饭店重新开张的消息当天传到"郭店餐馆",郭长有和胡小伦非常纳闷。郭长有跑到工商所找王连庆所长,向他报告了这个情况。

王所长没好气地说："老郭啊，你年纪老大不小了，以后少给俺添堵！就为这破事儿，你猜谁找俺了？县外贸局的罗副局长！县外贸局没正局长，他主持全面工作，转正就在眼前。还有俺们局吴副局长，正管着俺。这两位帮忙打招呼，俺敢不听吗？这小子，真还不能小看哩！"

郭长有挨了一顿批评，垂头丧气地回去了。胡小伦问明缘由，对郭长有说："老板，这事儿咱就这么忍了？"

"不忍还能咋？"郭长有白了他一眼。

"俺可咽不下这口窝囊气！要不，咱明的不行来暗的，红的不行来黑的！"

"难道你有好主意？"

"有。"胡小伦伏在他耳朵旁嘀咕了几句。

郭长有点点头："好！就这么办！咱治不死他，也得恶心恶心他！"

第七章

　　八月十五中秋节，正是农村秋收的时节。一首儿歌唱得好："秋天到，秋天到，田里庄稼长得好。棉花朵朵白，大豆粒粒饱，高粱涨红了脸，谷子笑弯了腰，玉米堆得赛山高。"在鲁北平原上，家家户户都在忙碌，乡间小路上运粮食、棉花、水果、蔬菜的队伍络绎不绝。栓柱家也不例外，刘双河领着秀娥、新兰忙着往家运玉米、棉花、大豆；店里就栓柱和新英两个人在忙活。这时候，吃饭的人走了一拨又来一拨。因为农忙，大伙吃饭都不按时间点儿了。

　　这天下半晌，二楞、福来他们各自陪着家人来店里吃饭。因为已经错过正常的饭点儿，客人不太多。他们简单地点了些饭菜后坐在大厅的散客席上等候，只见靠近门边的一张桌子旁有三个人低着头吃饭。三个人都留着长头发，身上的衣服花里胡哨的挺扎眼。

　　吃着吃着，一个头发乱蓬蓬、满脸蓄着钢针一样短胡须的汉子突然站起来，大声嚷嚷道："服务员，过来！"

　　新英听他喊，不知发生了什么事，连忙跑过去问道："怎么了？"

　　汉子指着面前的一碗西红柿鸡蛋汤："你看看，你们做的啥玩意儿，里面有啥？"

新英俯身一看，见汤里面漂着一只黑色的苍蝇，她也没多想，赶忙道歉："师傅，对不起，俺们重新给您换一碗。"

短胡须汉子提高了嗓门，嚷道："一句对不起就完了？你们店这么不讲卫生，以后还咋叫人吃饭？""对呀，以后怎么吃饭？"坐在他旁边的两个长头发汉子也应和着。

"俺都说对不起了，你还想怎么办？"新英声音也提高了。

栓柱听到吵闹声，从厨房跑出来："怎么回事？"

"你是老板吧？"

"对，俺是老板，师傅，您有事和俺说。"

"好，你饭菜不卫生，里头有苍蝇，怎么说？"

栓柱看了看那碗汤："师傅，俺给你另换一碗汤，不收钱，可以吧？"

"不行！你得赔俺精神损失费！"短胡须汉子不依不饶。

"师傅，俺们不是故意的。您瞧，这苍蝇如果从厨房落进汤里，应该混在汤里面，可这只苍蝇翅膀上一点汤也没沾，肯定是在外面飞进去的。请您原谅，俺们以后一定改进！"

"甭管在哪里，反正在你店里，你就得赔！"

"师傅，您怎么不讲道理啊，俺……"没等栓柱说完话，短胡须汉子突然挥动拳头，朝栓柱脸上打过来，栓柱猝不及防，微微一侧头，拳头正擦着脸过去，栓柱觉得耳朵里嗡的一下，哎哟一声蹲下了身子。

众人都没有想到短胡须汉子会动手，眼看三个人站起身抬胳膊伸腿就要打栓柱，新英惊呼一声："打人了！"

这会儿吃饭的，大部分是刘庄的乡亲，本村不向着外来户，

第七章

二楞、福来还有几个年轻人拎着凳子围了上来，那三个汉子也不含糊，抄起桌子上的碗向众人投掷过去，众人用凳子、胳膊肘一挡，只听见啪啦声不断，碗摔碎了一地，汤汁洒得到处都是。

双方开始动起手来。栓柱闪在一边，害怕事情闹大，连声制止，可是哪里还制止得住。

好汉架不住人多，三个长头发汉子渐渐落了下风，他们见事情不妙，用力冲开人群，来到店外，沿着公路撒腿就跑。二楞挥着板凳在后面猛追，眼看就要追到跑在最后面的那个短胡须汉子了，谁知那汉子猛然一个转身，一手拨开二楞挥舞的板凳，另一只手从裤腰里拽出一把短刀向二楞刺来。二楞没料到这手，没躲开，"扑哧"一声，肚子上挨了一刀，血立时流出来染红了褂子。"了不得了，杀人了！"福来跟在后面，一边喊一边还要去追，被栓柱大声喝住。那三人见众人不追了，忽地钻进路旁的高粱地里，转眼间消失得无影无踪。

大家赶过来救二楞，二楞捂着伤口坐在地上，脸色苍白。栓柱抱起二楞大呼："快，把那辆地排车推过来，赶紧送医院！"有人拉过停在路边的地排车，卸下上面拉着的几包棉花，把二楞架到车上，大家有拉的有推的，飞快地将人送往乡卫生院。

到急救室一查，二楞被刺伤了肠子，需要立即动手术缝合，栓柱一边招呼众人推着二楞进手术室麻醉，一边让福来赶紧到乡派出所报案。不一会儿，警车开进乡卫生院，来了三个警察，进来找人做笔录，众人都过来做证，签字按手印。完事后，警车拉着栓柱到"栓柱锅子饼店"勘查现场，拍照、测量、询问记录，忙活了大半天。

二楞娘刚才吓坏了，坐在凳子上哆嗦得站不起来，新英在一旁劝说着，现在看栓柱回来，二楞娘忽地冲过去，一把抓住栓柱的手，焦急地问："二楞咋样，咋样啊？"

"奶奶，您甭着急，二楞叔受了点皮外伤，不打紧，正包扎呢。俺这就带您上医院，千万别着急！"

听说二楞没事，二楞娘一颗悬着的心才放下来，眼泪夺眶而出："老天保佑，没事就好。他要是有个三长两短，俺怎么对得起他死去的爹呀！"话到伤心处，不由得哭出声来。

当晚，村子有多半人去乡卫生院探望，二楞手术做得很顺利，现在在病房里，医生说只要静养一个星期就没事了。栓柱、福来、新英三个人轮流守护了一夜。

第二天，二楞的姐姐大枝和姐夫大奎来了，紧接着二楞的大舅郭长有一家也来了。大枝心疼得大呼小叫："栓柱，你跟派出所说说，让他们快点查案子，早一天严惩凶手，替俺兄弟报仇！"郭长有在旁边急得直冒汗，心想：怎么会这样？怎样会这样？他万没想到自己亲手导演的这出戏差点要了亲外甥的命，看来善有善报、恶有恶报，害人必害己这些老俗话真不是白说的。从此，他彻底打消了为难栓柱的念头。侥幸的是，当地派出所因一直没有查到凶手的下落，就将案件作为一般的治安案件做了处理，所以这次郭长有暂时没露底。栓柱、二楞到派出所问过几次后，没有什么结果，久而久之，事情也就这么搁下了。

二楞住院后，栓柱将饭店停业，在卫生院守护了两天，看着他身体逐渐恢复，白天就让新兰和新英守着，准备自己晚上过来照顾。福来平时和二楞形影不离，要好得很，他自告奋勇晚上守护二楞。连续好几天，福来、新英共同在医院守护二楞，晚上，福来把新英送回家，自己再骑车返回卫生院。

这天，新英自行车的链条断了，放到修车行维修。福来说："坐俺的自行车回去吧，俺带着你。"

两个人骑车走在那条颠簸的大马路上，新英嫌颠得腰疼，就说："福来哥，下来走走吧，俺腰疼。"

一轮圆月挂在天上，照得路面明晃晃的；远处有地里劳作晚归的农民，赶着牲口，牲口脖子下面的铃铛不停地清脆地响着。路旁的树木浓密的叶子和地里稠密的庄稼阴森森的，有些吓人，秋虫的呢喃声不时在耳畔回响。

"福来哥，你打算在外面打一辈子工吗？"新英轻轻地问。

"不可能。俺想先打工挣点钱，然后去考驾照开车。"福来推着车子慢慢走着说。

"为什么要学开车？"

"那用处可多了。可以把咱村里的粮食、棉花、水果、蔬菜什么的拉到城市去卖，也可以从城市运东西回农村。不过，俺看光种粮食挣不了大钱，必须学点手艺，或者搞点副业，靠手艺或副业发家致富。栓柱哥不就这样吗？他是俺的榜样。俺要是学会开车，就准备给人当司机挣钱，等挣下钱俺就买车，自己当老板。"福来畅谈着他的人生计划。

"想不到，你还是个胸怀大志的人呢。"

"那当然，俺将来就要像栓柱哥那样，自己当老板。俺要开着车到全国各地去转一转、看一看，以后就住在城市的楼房里。"

"和俺心里想的一样。"新英自言自语地说，也不知福来有没有听清。

"新英,你将来有什么打算?"轮到福来问她了。

"俺没啥志向,就想一个人出去走走,看看外面的大世界。"

"那,咱俩一块儿去咋样?……"才说了半句,福来觉得不妥,咽下了后面的话。

"福来哥,你说话算话,不骗俺?"

"哪能呢?俺要骗你,就……"福来有些激动,不知拿什么作答,"就出门撞厄运!"

新英赶紧用手堵他的嘴:"常出门的人,甭说这种不吉利的话。俺信你。"新英心里喜滋滋的,却故意努着嘴说。

"新英,到家了,俺看着你进家门。"

"不,俺看着你走。"

"那好吧,俺走了。赶紧回家吧。"

福来掉转车头,按着清脆的铃声渐渐远去,消失在茫茫的夜色里。他觉得有一双美丽的眼睛一直在后面望着他,那目光如同冬天里的一堆篝火,烤得他心里暖烘烘的。

大枝看出了名堂,有一次,她故意逗福来:"大侄子,姑给你介绍个对象,你愿意吗?"

"姑,结婚的事儿,俺还没工夫想呢。"

"啥叫没工夫想啊!男大当婚,女大当嫁,你也老大不小了。说,想要个啥条件的?"

"姑,你净拿俺开玩笑,俺现在这条件,哪个姑娘愿意嫁给俺?"

这几天,二楞已经能坐起来了,他接茬儿说:"福来,你谁也

第七章

甭找,新英就挺好,让你姑给你说合说合咋样?"

福来咧着嘴笑起来:"你伤口不疼啦?一提媳妇就来劲!"

二楞也笑了,用手指着他:"你看,俺都说到他心眼儿里去了,看把小子美的,嘴都快咧到后脑勺上了!"

"好,好,俺明天就上门去说。就怕新英不愿意。"大枝继续试探着说。

"姑,你只管去说,她愿意。"福来不知是试探,张口就说。

"傻小子,你那点儿小心思,连过路的都看出来了。俺今天就去说媒,事儿成了,你可要谢俺。"

"你小子要好好伺候俺!过来,给俺揉揉腿!"二楞不住地打趣福来。

果然,大枝下午回到娘家,就鼓动她娘去说媒。

晚上,二楞娘端着针线笸箩来到刘双河家,借着干活的时间,把意思向孙秀娥说了,碰巧新兰在旁边听见了,也帮着福来说好话。"俺们家孩子们的亲事儿,都得先问她们个人,同意了才算数。婶子,等英子回来俺问问她,改天再给您回话。"

新英从医院回来,新兰过去找她悄悄地说:"英子,你有好事儿啦!"

"俺有啥好事儿?"

"有人给你介绍对象。"

"俺不稀罕!新梅都没找,俺急啥?"

"谁说新梅没找?她和那个大壮早就相好了,甜得像那个糖啊蜜啊似的,毕业后,他俩笃定要结婚。"

"姐,俺年龄还小,对象的事不着急。"

"那好，俺可跟娘说了，你要后悔一辈子的。"

"姐，你说得跟真事儿似的，那头是谁啊？"

"小心眼儿，不是不着急吗？还问。"

"你快说说呗！"

"福来。"

见新英不说话，新兰故意逗她："咋的？不愿意啊？不愿意就算了。"

"他嘛……还凑合。"

"傻丫头！不害臊！"新兰用手指在脸上刮一下，做了个羞臊妹妹的动作。

二楞出院了，医生嘱咐他要在家静养，不宜从事重体力劳动。栓柱给他结清了全部医疗费，又送了一百元钱表示感谢，二楞说什么也不要。

福来自从跟新英定了亲后，也不再出去干建筑了。他下定决心要学驾驶技术，新英非常支持他。

那时考驾照要到市里去，价钱也挺贵，报名费需要一千八百元。为了学车，福来豁出去了，他求亲告友凑足钱，在市交运驾校报了名。

上驾校后，最初安排学员集中学习驾驶理论，内容有国家法律法规、汽车驾驶原理、维修知识等，福来学得非常认真，老师教的每一堂课他都做了笔记，不懂的问题课后追着老师不停地问。一个月后，他们上午进行理论学习，下午分组学习维修车辆和驾驶技术。福来被分到第一组，共有十个学员，由一名姓崔的教练带着学习。

福来那一组驾驶的是一辆东风尖头教练车。刚开始车轮悬停，

第七章

学员们轮流上去学习怎样挂挡、怎样起步、怎样加油门、怎样踩刹车、怎样停车这些最基础的知识。熟练以后放下车轮,用摇把将车发动起来,在场地上练习倒桩、坡道定点停车和起步、侧方停车、单边桥、曲线行驶、直角转弯、限速通过限宽门、起伏路等多项内容。

天气太冷了,驾驶室里面只能坐两个人,一个学员开车,教练坐在旁边,其他学员都挤在后面敞开的车厢里,他们都戴着大棉帽子,穿着绿色的军大衣,互相靠着取暖。

学员们吃住都很艰苦,虽然有食堂,但花样非常简单:早晨馅饼、稀饭;中午三合面馒头、炖大白菜;晚上一锅青菜汤,还是三合面馒头。即便这样,很多从农村来的学员为了节约,一天只吃早饭和晚饭两顿,把午饭省掉了。

过年的时候,福来从驾校回来,整个人瘦了一圈,新英见着他时,心疼得眼泪差点掉下来。

福来从随身带的挎包里掏出一个塑料包装袋,里面有一条大花的纱巾,他把纱巾递到新英手里,轻声道:"这是俺专门给你买的,乔其纱的,可好看了。"

"你哪儿弄的钱买这个?乱花钱,俺不稀罕!"新英努着嘴,生气地把纱巾扔到了地上。

福来赶紧弯腰把纱巾拾起来,掸掸塑料袋上沾的土,解释道:"这不是帮忙挣来的嘛。俺们驾校附近有一个香油厂,生产的香油运到北京生产什么烧伤膏。那天,有辆拖挂车开进去装香油,结果厂子里道路太窄,车装好后,司机师傅倒不出来车了。有人给他出主意,让他到驾校请老师来帮着开出去。结果那司机就找来了。大家一听装着一大车香油呢,没有敢试的,急得司机掏出了二十元钱,说谁能把车倒出来就给谁。俺没忍住,就跟着去了,结果拖挂车还真让俺给倒出来了。"

话没说完,新英咬牙喝道:"福来,你就编故事吧,俺不信!"

"为啥不信?"福来有点儿摸不着头脑。

"你说人家一个正儿八经的大车司机,咋会倒不出来车?你一个没拿驾照的学员,咋会比人家强?鬼才信你呢!"

福来有点急了,辩白道:"开始俺也挺纳闷,后来打听明白了。那司机原来是香油厂厂长的表哥,车是香油厂的,司机的驾照是他临时花钱买来的。俺原先打算免费帮个忙的,后来知道他的情况,不拿白不拿,就拿了那二十元钱,花了三元钱,给你买下了这条纱巾。"

新英转怒为喜,笑着说:"真的?不骗俺?"

"谁敢骗你呀?人家这么想着你,你还不理解。"福来的表情像受了天大的冤屈。

"那好,你过来。"看着福来把脸凑过来,新英快速地吻了一下,转身抱着纱巾喜滋滋地跑了。

几天后,新英趁栓柱不忙的时候说:"哥,福来现在刚考了个B照,他们教练说,只要再交六百元钱,就能考A照,考了A照,教练会推荐福来到市交运大队开货车。你知道,福来现在家里缺钱,所以俺想先跟你借点儿。"

"新英,福来跟咱是一家人,客气啥。钱的事情就包在哥身上了。"

过年后,栓柱借给福来六百元钱,让他接着考A照去了。

第八章

正月十五以后，饭店开门，店里忙不过来，栓柱就让栓成到饭店给自己打下手，帮着干些买菜、顺菜的活计。

这天，栓成的媳妇娟子突然跑来："栓成，快回家看看，咱爹摔倒了！"兄弟俩吓了一跳。栓柱催促栓成："快，赶紧回去，看摔得重不重。"

栓成匆匆回家一看，原来又是邻居"老倔"媳妇惹的祸。这"老倔"也是弟兄四五个，家里穷，年纪大了好不容易讨个老婆。他老婆娘家家庭成分是地主，"文革"时期挨批斗，也嫁不出去，最后只得嫁给"老倔"。媳妇在娘家本来就娇生惯养，嫁给"老倔"后转年添了儿了，更是尾巴翘上天，横草不动竖草不拿，还动不动使性子尥蹶子，不给"老倔"好脸子。这女人快四十岁了，一不下地，二不做饭，天天就知道描眉画眼，坐在门口，向村里来往的后生搔首弄姿。她心里从来不考虑其他人，洗澡水、洗脸水、洗脚水出门就倒，弄得半个胡同到处都是水，东北风一刮，结成冰，越积越厚，胡同里简直成了"滑冰场"。栓成和父亲就住在对面，出门必经"滑冰场"，明德老汉过去也曾滑倒过几次，提醒过好几回，可"老倔"老婆还是"外甥打灯笼——照舅（旧）"。

这次摔得重了，大腿上青了一大块。娟子听到动静，赶紧把公公扶起来，一瘸一拐地搀回到炕上倒下，她想去找"老倔"老婆评理，公公婆婆都说："算了，低头不见抬头见，歇一会儿就好了。"

"爹，娘，咱不缺胳膊不缺腿，凭啥怕她！也太欺负人了！"

娟子去找"老倔"老婆论理了，谁知被那老婆倒打一耙："俺在门前倒水，为的是防备有人进门对俺图谋不轨，他大冬天的没事出来胡溜溜个啥？老不正经，摔了活该！"

再老实的人也经不住她这些话，娟子跟她破口对骂起来，接着俩人扭打在一起。半个村子的人都出来看热闹，大伙平时心里就不平，见有人出来教训"老倔"老婆，都远远地看着。

"老倔"老婆这时索性坐在地上，披头散发，大哭大闹起来。"老倔"一直躲在屋里不出来，看见老婆吃亏，就蹿出门挥着笤帚啪啪地抽打娟子。大伙这才一拥而上拉架。

娟子气昏了头，转身骑车去找栓成。不大一会儿，栓成回来了，两个上学的弟弟栓栋、栓梁正巧也回家来吃中午饭，他们一见父亲摔的样子，都非常气愤，不顾父亲母亲阻拦，一起去找"老倔"算账。

两家见面，说了没两句，话不投机，当街对打起来。栓成兄弟三人围攻一个，"老倔"自然吃亏，身上拳头巴掌挨了不少。她老婆见男人受欺侮，不怕事闹大，从家里抄起一把铁锹快速递到"老倔"手上。"老倔"铁锹在手，舞动如飞，打退三人。栓梁见"老倔"动了"兵器"，也反身回到院子里拣了一个木头杈，挥舞着迎战。不想"老倔"力气大，三下两下就把木头杈一个齿弄断了，栓梁败下阵来。栓成怕兄弟吃亏，连忙迎上去，不想一铁锹迎面铲

第八章

来，用手一挡，手划破了，流出血来，回身要跑，被"老倔"一铁锹闷在头上，就听啪的一声，栓成头破血流，昏倒在地。"杀人啦！出人命啦！"周围邻居刚才还在看热闹，现在见有人受伤，赶紧都上来劝阻，栓栋见哥哥受伤昏倒，眼珠子发红，拿起两块板砖扔过去，"老倔"一铁锹拨开一块，另一块打在肩膀上，疼得他一咧嘴，一只手倒拖铁锹，落荒而逃。

有邻居死命抱住栓栋的腰，不让他去追；一面有人忙着向家人报信，一面赶紧报警、救人。栓柱的母亲出来一看栓成躺在地上，满身满脸的血，急得大叫一声："俺的儿哟！"差点背过气去。明德老汉着急得一个劲儿用拳头擂自己的胸膛。

不大会儿工夫，警车开来了，在村民帮助下，大家先把栓成抬上车到医院就医，然后派人四处搜捕"老倔"。下午两点左右，逃到亲戚家的"老倔"在亲友们的劝说下，到乡派出所主动投案。

栓柱得信后，顾不得饭店忙，让新英自己守店，骑摩托车带着新兰赶到乡卫生院。这时栓成已苏醒过来，因手上、头上伤口太长，做了消毒处理和缝合手术，此刻他疼得躺在病床上直咧嘴。

"栓成，你说你也老大不小的了，这是闹的哪一出？！"

不等栓成答话，娟子不满地说："哥，'老倔'他们一家欺负人，咱爹摔伤了，他们不认错不说，还胡说八道，满嘴喷粪！是他们先动的手！咱们这次吃大亏了，一定不能饶了他们！"

这时，两名警察也过来找栓成调查，栓成两口子又把前因后果向警察叙述了一遍，请求严惩凶手。警察告诉他们，将会严格按法律程序处理。

栓柱和新兰一起回家看父亲，父亲已经能够起来走路了。栓柱坚持要带他到医院拍片，父亲说什么也不肯。

"爹，您看这事儿咋办好啊？"

"咋办？邻里之间关系闹得太僵，以后可就没法相处了。看看'老倔'啥态度，反正栓成没大碍，依着俺最好私了。"

"双方都在气头上，怕很难让步啊。"栓柱叹口气说。

第二天，栓柱到派出所询问，知道"老倔"也已经住院治疗胳膊，他不仅不认错，而且提出条件：双方都受伤，互不承担医疗费，互不道歉。

栓柱正不知下一步该怎么办，栓亭从县城回来了，是栓栋打电话报的信。

"哥，虽然是邻居，但咱不能助长他的歪风邪气，对这样的人不能让步，跟他打官司！"

"对，跟他打官司！"栓成和娟子当场表示同意。

栓柱无话可说，对栓亭说："你赶紧回去找老韩，让他问问该怎么办，既然都同意打官司，就要把官司打赢了。"

"好，我这就回去。"

一天后，宋栓成转到县医院治疗，同时，向县法院递交了刑事附带民事起诉书。原告请求法庭追究被告的刑事责任，同时赔偿原告的医疗费和精神损失费。几天后，法庭决定受理，向被告下发传票。而被告也向法庭递交了起诉书，诉讼请求内容大致相仿。法庭经过合议，决定将两个案子合并审理。

开庭前，双方都请托了熟人，展开了另外一场较量。本案最关键的环节是伤残鉴定。幸好法医是位极其负责、公正的人，他没有偏袒任何一方。鉴定结论很快出来了：栓成轻伤，"老倔"轻微伤。按照刑法规定，"老倔"将面临被判处三年以下有期徒刑并赔偿误工费、交通费、餐费、住宿费、精神损失费、治疗费等结果。

"老倔"和他老婆终于知道害怕了，他们托本村的村主任替他说情。因村主任和"老倔"是本家，自然答应了请求，他找到栓柱，恳切地说："'老倔'和他家里人现在都知道错了，愿意认错，希望高抬贵手，放他们一马。你看，要是'老倔'真的去坐牢，他孩子小，老婆又不本分，到时家非散了不可。"

"主任，俺得先跟弟弟们商量商量，然后给您回话。"

栓柱把村主任的话告诉父亲明德和母亲。明德老汉说："俺还是那个意思，邻里相处，以和为贵。闹到这步田地，都怨他们不懂事。"

母亲说："柱子，你去问问小成，问他和娟子是不是不愿在南楼待了，他还要不要爹和娘了？你去问！"

在县医院病房里，兄弟们聚在一起商量怎样处理这件事。

栓亭说："我还是那个意见，坚决不让步！如果这次让步了，乡亲们怎么看？以后二哥的腰杆子还能挺起来吗？打人犯法，杀人偿命，'老倔'自作自受，无论出现什么后果，他谁也怨不着！"

"法院怎么判怎么是，不能让他那么消停！大哥，你兄弟这是受的轻伤，要是受了重伤，或者让人打残了、打死了，你还会替人家说话吗？"娟子嘴皮子不饶人。

"弟妹，你误会了。栓成受伤，哥也难过，俺也想痛快地报仇出气。可是，静下心想想，假如真坚持让法庭重判，'老倔'的家就真毁了，同时，村主任咱也得罪了，你们以后的日子也不会消停，除非你们搬出南楼。你们想过后果没有？"

"搬就搬！哥，你不在咱村子，现在过得不也挺好吗？反正家里穷，也没啥值得留恋的。树挪死、人挪活，俺宁可搬出南楼，也要出了这口恶气，解了这个心头恨！"栓成咬着牙说。

栓柱说："你解恨了，家咋办？爹娘咋办？"

栓成在病床上朝着家的方向跪下，大声哽咽地喊道："爹，娘，请二老原谅儿子不孝吧！等俺以后出息了，再把你们接出去享福。爹啊，娘啊，原谅你这个不中用的儿子吧！"

听着弟弟的哭喊，栓柱无语了。他回来把事情告诉新兰，新兰说："为啥非得往外头跑呢？人生地不熟的。干脆让他们两口子搬出南楼，搬到刘庄跟咱们一块儿干吧。"

"说了，不顶用。他俩打定主意要到外地打工，拦不住的。"

新英在一旁听到了，插话说："姐，哥，你们最好别拦着。俺觉得这也许是好事。你看，他们打官司打到这份上，把面子看得比啥都重要，他们要离开南楼，那也是为了争面子，为了争口气，说不定这样一来，他们憋着劲儿在外闯荡，以后兴许真能变成个大富翁回来。"

栓柱又把弟弟打算离开南楼的话向刘双河夫妇说了一遍。刘双河说："栓成两口子外出，精神可嘉，可到底要吃苦头哩。"

孙秀娥说："唉，他们有这想决，就由着他们去吧。栓柱，你跟他俩说，如果在外面过得不好、不如意，就赶紧回来，千万别硬撑着。"

在原告宋栓成的坚决要求下，法庭终于做出一审判决：判处被告"老倔"一年零六个月有期徒刑；判处被告赔偿原告误工费、交通费、餐费、住宿费、精神损失费、治疗费等共计人民币七千六百三十元。"老倔"在法律有效期内没有提出上诉，县法院一审判决生效，立即执行。

后来，"老倔"服刑期间，他老婆悄悄卖了家具领着孩子回了娘家，不久改嫁外县。"老倔"家里兄弟得信后，跑到他老婆娘家，好说歹说才把孩子领回来。转年"老倔"刑满释放后，见家门口铁锁把门，屋子里空空荡荡，心彻底凉了，当即把孩子托付给爹娘，独自离开南楼，闯荡天下去了。

栓成出院后，因"老倔"家没有可执行的财产，不得不借钱还上住院期间的医疗费。栓成害怕报复，不敢回家，领着媳妇和一岁多的女儿小娟去了南方某个城市，先是靠捡破烂为生，后来在一家私营企业打工度日，再没有回老家。

第九章

A照拿下来了，福来的教练崔老师没有食言，在市交通运输队给他谋了一份开货车的差事。福来年轻、勤快，人又踏实，当年实现了两个运输队规定的行车百日"无故障"，被评为运输能手，还获得了一笔数额可观的奖金。不到半年时间，福来就把当初借来的所有学费全部还清了。

自从栓成的事情发生以后，栓亭也受到了刺激，送走栓成后，他到饭店找栓柱说："哥，我想继续上学。"

"继续上学？怎么可能！你刚考上高中就不上了，这都两年多了，咋还能回得去呢？"

"哥，我已经问过王希胜老师了，他说可以帮我办理休学手续，如果学校批准，像我这样的情况是可以复学的。"

"真的吗？太好啦！能够复学，说明你还能参加高考，还有希望。可你不上学这么长时间了，再去上，学业能赶趟吗？"

"我只能说试试。哥，这几年我一直在自学高中的课程，应该没落下。不过，如果我复学读书，就没办法再赚钱养家，二哥二嫂又走了，栓栋、栓梁和爹娘就全靠你一个人了。"

望着弟弟坚毅的眼神和消瘦的面容，栓柱由衷地感到欣慰，弟弟真的长大了，但愿上天能够赐给他好运气。他拍拍弟弟的肩膀：

第九章

"放心吧，哥能承受。只要你有出息，哥支持你！"

栓柱和栓亭一块儿去找王希胜老师，再次求他帮助栓亭恢复学籍。王老师五十多岁了，个子不高，面容清瘦，写得一手好颜体。他教了一辈子书，这时正担任高三毕业班的班主任。他很同情栓亭的遭遇，说："栓亭，你是一个有出息的学生，我会尽量帮助你的。"

按照上面文件的规定，高中生因病或特殊原因，可以办理休学，但有一定的期限要求，在王老师的帮助下，临高考前两个月，栓亭终于办理了复学手续，没有耽误填报高考志愿。

复学后进行了一次班级测试，栓亭的数学、英语成绩不太理想，总名次排在全班三十多名。即便这样，在学校也引起了不小的轰动，没人相信，一个辍学两年多的学生，居然还能考出这样的成绩。

接下来的两个月，为把耽误的学业补上，栓亭几乎拿出了拼命的劲头。为了提升英语听力，每天下了晚自习他就独自猫在操场的路灯下，打开一只小录音机反复听，一直听到十二点钟才骑车回家。第二天早晨他不到四点就起床，先复习一遍数学然后才去学校。他每天都坚持如一。栓栋、栓梁开玩笑说哥哥疯了，他却说："此时不疯何时疯？年轻能够快跑的时候如果不快跑，以后老了可就跑不动喽！"

功夫不负有心人。栓亭参加了当年的全国统一高考，二十多天后，高考成绩公布，栓亭达到省内专科录取分数线，被省城济南一所商业专科学校录取了。收到录取通知书那天，栓亭当着全家人的面突然哇的一下哭出了声，这几年他在生活激流里痛苦挣扎的所有辛酸、委屈和无奈，都随着这一声哭泣释放了出来。

栓亭一下子成了附近几个村庄励志的榜样，几乎所有知道他名字的家长都拿他的例子鼓励自己的孩子："苦不苦，看看人家宋栓亭；行不行，比比人家宋栓亭。他通过刻苦自学考上大专，你们正儿八经上学的，更应该向他学习。"这件事情着实激励了附近村庄寒门学子的斗志，几年下来，石楼乡先后考出了多名名牌大学的本科生、硕士生还有博士生，有的甚至考到了国外。

栓柱非常高兴，他专门举办了一次谢师宴，把王希胜等老师请来。王老师高兴得眉毛胡子颤抖，他环视着一同参加谢师宴的乡亲们说："我原本最讨厌这些俗套，向来不参加此类活动，可这次为什么要来呢？就是为了让我的学生们都明白教育兴则国家兴的道理，让他们都向宋栓亭同学学习，为父母争气，为自己争气，更为我们国家的将来争气！"王老师的话赢得了乡亲们热烈的掌声。

栓栋、栓梁、新青还有村里几个学生听了王老师的讲话，他们纷纷向栓亭投去钦佩的目光。

栓亭开学后，栓柱的负担比以前更重了。为吸引更多顾客，栓柱对家乡的"锅子饼"技艺进行了深入研究。"锅子饼"从清代流传至今，成为当地的名吃，深受当地群众喜爱。栓柱开饭店之所以将它作为主打产品，就是看中了它的特色。中华大地，十里不同风，百里不同俗，一个地方有一个地方的风味特色，"锅子饼"深深地扎根在鲁北大地上。这种地方名吃其实很简单——外面一层薄饼，里面裹着炒菜。传统的做法：在平底锅中把饼烙熟，一次出锅两个，烙足数量后，放在一旁备用；然后炒菜，一般有辣椒炒板肠、豆芽炒肉丝、鸡蛋角瓜炒虾仁三种；炒菜完毕,不需出锅,只要减小灶火,用事先烙好的薄饼把菜裹起来,凑足一斤,拦腰一刀切开,然后即可装盘上桌,既简单又实惠。"锅子饼"在当地饭店虽家家能做,但各家风味不同,做得最好的就数他的"栓柱锅子饼店"。他烙的饼又薄又结实,放在太阳底下透明,揉成一团不碎,放到口里柔软而筋道,散发着麦子特有的清香。他做的肉菜也都精心选料、精心烹制,经过反复试验,由原先的三种花样,扩大到十几种,使顾客就餐有了更多的选择。

每天晚上回到家,栓柱就拿出那本《调鼎全钞》一段话一段话地仔细研究,从序言起,不懂的字就查字典,再不懂,就等周末新梅回家时向她请教。

这部书的序言颇为复杂,新梅专门做了翻译,栓柱工工整整地抄录在纸上:

> 我继承祖先的恩泽,在御厨房负责烹饪,用尽心思志虑,精心研究厨艺。二十多年来,到处学习搜求,搜集了很多有价值的烹饪方法。这本书共十卷,上自水中陆上的珍馐美味、羊羔禽雁鱼类,下至酒浆醋酱、咸盐肉酱之类,凡是《周礼》中记载的庖人、亨人、内饔、外饔所掌握的食品加工和烹调技术,无不光彩鲜明地齐备于书中,其取物之繁多,用物之宏阔,比《齐民要术》所记载的物品饮食之法还要详备。更能集中南北优势,把很多精美的肴馔一一呈现在书中,内容华美而不过分,有条理而不凌乱。《周易》说:君子靠酒食来宴乐。正是说的这个意思吧。从前,伊尹凭着割烹的理

论来取得商汤的信任，于是开创了商朝六百年的基业。商高宗武丁在任命傅说做宰相时说："譬如要做味道调和的羹汤，你就是调味的咸盐和酸梅。"于是建树了使商朝中兴的伟业。老子说："治理大国同烹制小鲜是一样的道理。"圣人们做这样的比喻，表现了他们的志向。所以说这部书，虽然是食谱，称之为治谱，也是可以的。

在第一部分总论中，对烹饪的原理进行了详细阐明，比如对物性、作料、卫生、调剂、搭配、独用等从营养学、卫生学的角度做出阐释；对烹饪的火候、色味、变换等技术要点也进行了阐幽发微，甚至连装菜的器皿、上菜的顺序、用菜的时节都一一说到；同时对南北各种地方菜、民族菜进行了对比，标明它们的特色，如"满洲菜多烧煮，汉人菜多羹汤""南人重甜，北人重咸"等，洋洋大观，简直就是一本现代版烹饪学原理方面的书籍。

后面为选料、配料、面点等烹饪实践操作知识，全部是传统知识和个人经验的总结，异常丰富。

栓柱对这本书爱不释手。为了保护原书，他把重要的知识全部手抄一遍，订成厚厚的一大本，平常放在枕头底下，没事就拿出来翻看，原书仍旧交给孙秀娥保管着。

过去栓柱只是抱着书本看，自打开店以后，他有了实践机会，除了那些珍贵的菜品因店里没有原料，不能实际操作外，其他凡是能做的，他几乎都尝试着做了一遍甚至数遍。从理论到实践本身就是知识的飞跃，再加上栓柱爱动脑筋，勤于动手，所以两年下来，栓柱的厨艺变得更加精湛，渐渐在当地有了名气，就连邻县尚店乡

第九章

的人也都知道"栓柱锅子饼店"的名号,经常有人光顾。

当时鲁北农村每逢红白大事,有招待宾客的习俗,改革开放初期还不兴上饭店,有事的人家一般都聘请本村或附近有名的厨师掌勺在家里做菜,尤其结婚的席面,非常讲究,有"两荤一素三道饭、鸡鸭鱼肉十八碗"之称。宴席做得好,不仅主人有面子,要赏厨;客人更觉得有面子,也要赏厨。所以能够得到"双赏"的厨师非常有荣誉感,当地人都称呼这样的厨师为"大腕儿"。离刘庄不远的虎王村有位闫师傅就是一位"大腕儿"。这位闫师傅秉承家业,厨艺精良,在附近各村非常出名,只要一提他,男女老少没有不知道的。久而久之,闫师傅成了一块铁招牌,看谁家对婚丧大事重视不重视,就体现在有没有请闫师傅掌厨上。

二楞在家养伤,不能从事重体力劳动,二楞娘着急,希望儿子早日结婚。二楞小时候订的娃娃亲,那女方家就是虎王的,也姓闫,他们知道二楞家的情况,起先想赖婚,无奈女儿脾气长相都一般,别人一打听,都不愿结亲。现在二楞娘委托媒人上门催婚,没奈何只得答应,但是提的条件非常苛刻,不但要"三金"等彩礼,还要"三转一响四十八条腿"。"三金"指金项链、金戒指、金耳环;"三转一响"指缝纫机、摩托车、手表和电视机;"四十八条腿"指十二件家具,包括床、立柜、五屉柜、梳妆台和座椅、写字台和座椅、方桌和四把椅子。二楞娘没办法,跟女儿大枝商量,借钱置办齐了"三金""三转一响""四十八条腿",另外又送去六百元彩礼钱,亲家才勉强答应。临结婚又提了两个条件:要吹吹打打用花轿迎亲,结婚的席面必须要闫师傅掌勺。

二楞娘一切为了儿子,咬牙答应下来。结婚那天,吹吹打打,花轿接着新娘,二楞骑着高头大马,喜气洋洋地回村来了。二楞家道喜的亲戚来了不少,亲家那边男亲女眷也都到了,足足有二十多席。拜天地的仪式结束后,眼看过十点钟了,派去请闫师傅的大田还没回来,二楞娘非常着急。

不大一会儿,大田骑着自行车急匆匆赶回来,满头满脸的汗:"奶奶,那闫师傅架子大得很,问俺要什么'请厨钱',去的时候,您可没说要给他钱啊,怎么办?"

"哎呀,老天爷!他要多少?"二楞娘急得直皱眉。

"二十元。"大田说。

"二十元!让俺上哪里去淘换这二十元?"二楞娘急得差点晕过去。

这时在厨房里帮忙顺菜的二田拎着勺子跑出来,他听说闫师傅没来,也着急了。

二楞娘看见二田,就说:"二田,既然闫师傅不来,今天你就替俺炒菜吧。救场如救火啊!"

二田脑袋摇得像拨浪鼓:"不行,不行,俺只会顺菜,不会炒菜。再说,您亲家不是说过就让人家闫师傅炒菜,俺炒咋行?"

"那可咋办?"二楞娘撩起衣襟直擦眼睛。

"这样吧,把栓柱找来,也只有他能办啦。"大田说。

大枝跑过来说:"要不先这样,俺这里还有十元钱,大田,给你,你再去请闫师傅,就说今天请厨钱先给十元,咱们赏厨钱补上,你看他答应来吗。同时,你拐个弯去请栓柱来帮下忙,万一闫师傅请不到,咱也耽误不了事儿。"说完把攥在手里的十元钱塞给大田。

第九章

大田离开时间不长，栓柱就自己骑着摩托到了。二楞娘一见栓柱，像见到救星一般，抓住栓柱的手："你可来了！今天得借借你这把手了！"

栓柱进了厨房，见菜都已备好，就按照事先拟好的菜单一样样做起来，不大会儿工夫，头道菜就搁在了传盘上，由村里帮忙的半大小子们端着上桌了。

正准备炒第二道菜，忽然大田带着一个矮胖的人进来了。这人五十岁左右的年纪，长着一双金鱼眼，肿眼泡子，头发理得特别短，肩膀上搭着一块沾满油渍脏兮兮的烂毛巾。来人正是闫师傅。

闫师傅一看有人正在炒菜，一脸不屑地说："快快，闪一边去，哪里来的野路子货！"

栓柱忙撂下活计从厨房出来，闫师傅一见栓柱，他们彼此都认识，只是没有打过交道。

"哟！这不是'锅子饼店'的栓柱吗？怎么，不干'锅子饼'干炒菜啦？"闫师傅打心底里有些瞧不起他。

栓柱见闫师傅来了，连忙取过一块毛巾擦手，准备跟他握手。闫师傅却没有握。

栓柱收回手笑道："既然大厨来了，那俺就回去了，店里还关着门呢。"

"慢着！"闫师傅一把拦住他的去路。

"干什么？"栓柱不解地问。

"干什么？栓柱，你敢抢俺的彩头，想必有两把刷子。今天，咱们俩比画比画，你要输了，以后甭想再抢俺的好买卖！"

"闫师傅，今天二楞结婚，俺不能和你比试。"栓柱把毛巾搭在院里扯的绳子上，转身就要走。

"嘀，俺知道，是你小子怕了，认怂了！"闫师傅有点盛气凌人。

"那俺要赢了呢？"栓柱见他那副咄咄逼人的样子，实在压不住火，停住脚步。

"你要赢了，俺今后就再不出来丢人现眼了！"闫师傅双手抱胸，斜瞪着眼珠子。

"好，比就比！"

村里人见过拔河比赛、音乐比赛、象棋比赛，从来没见过厨艺比赛的，大家都想见识见识，连那些正在坐席的男亲女眷，也顾不得礼节，揣着好奇心围过来观看。

"既然要比赛，为公平起见，咱们比赛三场，三局两胜。你看怎么样？"栓柱说。

"行，三局两胜就三局两胜。不过，得有裁判。"闫师傅说。

"今天正好刘庄和虎王的人都在，就从两个村各挑两个人当裁判，怎么样？"有好事的在旁边提议道。

不一会儿，四个裁判确定了，分别是刘庄的二田、老木还有二楞媳妇的两个娘家叔叔。

比赛前，大田用勺子敲着盘子宣布："乡亲们注意啦！乡亲们注意啦！为了给二楞叔结婚助兴，虎王的闫师傅和刘庄的宋师傅两位厨师经过商量，决定举行一场厨艺比赛，比赛采取三局两胜，裁判从两村各选两个人担任，胜者继续掌勺炒菜。下面，比赛开始！"

第一场比赛，比的是切工。两个人分别拿过一个萝卜切片。

随着菜刀上下翻飞，不一会儿萝卜片就切好了，各自放在一只盘子里，由大田端到四位裁判面前。各位裁判一看，两个人切的萝卜片都跟古代的美玉一样，厚薄均匀，放在太阳底下都透亮。第一局不分胜负。

第二场比赛，比做"四喜丸子"。这是个应景的菜肴，因为主人家有喜事。这也是闫师傅最拿手的，他暗想，俺年年给人家做"四喜丸子"，做了十多年，都不计其数了，看来这次自己赢定了。接着双方各自取料，动手做起来。

"四喜丸子"是鲁菜菜系的一道名菜，也是著名的"八大碗"之一。在"满汉全席"中有个"上八珍""中八珍""下八珍"的说法，"八大碗"即为"下八珍"，俗称"八大碗"。"八大碗"集中了扒、焖、酱、烧、炖、炒、蒸、熘等烹饪手法。传到后来，各地的"八大碗"根据不同的风土人情、习俗和口味，都是就地取材，因而菜品也不同。在农村，"八大碗"也是宴席上必有的主菜，因为"八"谐音"发"，人们会图一个口头吉利。在刘庄一带流行的"八大碗"有着四荤四素的说法，其中四个荤菜有扣肉、丸子、扣肘、方肉；四个素菜，一般有萝卜、海带、粉条、豆腐这几种。其中的"丸子"在婚宴时常常被做成"四喜丸子"。

闫师傅做的"四喜丸子"跟栓柱做的"四喜丸子"用料和烹饪都有所不同，闫师傅是典型的民间做法，而栓柱却是按照《调鼎全钞》上所讲的方法来做，相当于"宫廷做法"。

丸子做出来了，每个盘里盛四个，热气腾腾地端上桌，表面看差别不是很大。四个裁判只知道闫师傅做的"四喜丸子"好吃，都把第一筷子放在闫师傅做的盘子里尝个鲜。嘿！酥软爽口，味道果然不错。吃罢丸子，茶水漱口，接着再尝栓柱的丸子。大家一尝，都傻了，他们从来也没吃到过这么好吃的丸子，有的干脆忘记了体面，另外拿起勺子去吃第二口，也顾不得说好，只想让好东西早点下肚。闫师傅见大家只顾吃，不说话，以为栓柱做的"四喜丸子"里错放了什么东西，也要了双筷子夹了一块，放进嘴里。他一尝之后，心里咯噔一下凉了。就凭自己做了这么多年的"四喜丸子"，像这种口味，这么好吃的也是第一次尝到，当下豆大的汗珠子从脸上淌了下来。原来闫师傅用民间手法制作的"四喜丸子"中为了增加丸子的韧性，放的淀粉比较多，高温制作之后，淀粉有些发苦，因为汤汁浓，掩盖了苦味。但栓柱采取的宫廷制法中，绝不用淀粉，用的是纯鸡蛋清，所以入口之后，不仅酥软，而且半点苦味都没有，丸子里蕴含着不尽的香气和清气。闫师傅心想：看来"人外有人，天外有天"，自己小瞧栓柱了。四个裁判眼看着闫师傅吃完，都拿眼睛瞄着他，他们等了半天，见闫师傅不吱声，最终还是新娘的叔叔会说话："这次两位师傅做的'四喜丸子'各有特色，口味都很好，我们都挺佩服。这次两位师傅不分上下，平局。栓柱、闫师傅，你们同意吗？"闫师傅赶紧连声道："同意，同意！"栓柱没言语。

"你们下面还比吗？"二田问。二田心里在想，要是闫师傅识趣，现在就告退，还能保住面子，大家免伤和气。谁知闫师傅非要再比。

第三场比赛是炸藕合。炸藕合成败的关键有两个：馅料和炸制。栓柱想，上一回合在馅料上不同，滋味自然不同，但除了四个裁判知晓，其他人未必知道，这次要在炸制的时候想办法，让大家伙都看到不一样的技艺。

切片、填料、裹糊完毕,闫师傅先炸。他熟练地添油,油温升到六成热时,将生藕合下锅,待馅料熟后捞出沥油,然后切开装盘,那藕合颜色金黄,味道酥脆可口。到栓柱炸时,栓柱向旁边的客人要了一条灰色长围巾,让客人把自己的两只眼睛蒙上。然后他来到灶前,熟练地添油,待油温上来,用手在锅上一试,端过生藕合,用筷子熟练地下锅,等到锅中的油一滚开,麻利地把藕合捞出来,不大一会儿,一盘香喷喷、黄澄澄、外焦里嫩的炸藕合端在众人面前。"好!"人群中爆发出一阵喝彩声,接着有人高喊:"栓柱赢了!""老闫,有本事你也蒙上眼睛炸一次!"

闫师傅没想到栓柱还有这两下子,听到人们的呐喊,他的脸唰地红到了脖子根儿,心想得赶紧离开这里。他一边取下破毛巾擦汗,一边朝桌上扔下十元钱,回头对栓柱说:"你小子真长本事了,咱们走着瞧!"一边说一边踉踉跄跄地走了。众人见他狼狈的样子,又是一阵哄笑。

大田一边笑,一边把十元钱拿过来递给栓柱:"栓柱,'请厨钱'今天就归你了!虽然比老闫少了点,可这是你用真本事赢的!"

栓柱也笑了起来,说:"俺不是故意显摆自己,就是想让闫师傅明白,学会厨艺不能用来欺负人!这钱啊,算俺给二楞的礼钱,记账吧。"

"好,记账!"大家又一阵哄笑,然后各就各位,各干各的差事去了。

第十章

自从厨艺比赛栓柱胜了闫师傅以后，十里八村的乡亲们口耳相传，很快就都知道了，上门求栓柱帮忙操办红白大宴的人络绎不绝，但都被栓柱以饭店生意忙为由谢绝了。人们见请不到栓柱，回头还得去请闫师傅帮厨。那闫师傅自败给栓柱后，以前骄傲自满的姿态大有收敛，"请厨钱"减半收取不说，做菜也更加尽心尽力了。

过年后，天气就要暖和起来，村里要举行两委换届。老支书刘根元年纪大了，向党组织提出申请，坚决要退下来。最初，他想推荐刘双河参选村主任，推荐刘双江参选村党支部书记。可刘双河说："叔，俺没有管理村子的经验。另外，俺比你小不了几岁，精力也不行，请您推选其他人吧。"于是只好作罢。老支书在村里干了三十多年，村里每个人的脾气秉性摸得透透的，他认为刘双江守成有余，但缺乏开拓精神，最好能够选举一位有闯劲的年轻人担任村主任，这样才能够更好地带领乡亲们致富。

谁知找来找去，还是没有合适的人选。最后村民代表大会选举刘双江担任村主任，同时党员大会选举刘双江担任村党支部书记，等于村党支部书记、村委会主任一肩挑。

这天，刘双江倒背着双手来到栓柱的饭店。新兰一见，赶忙从

第十章

吧台后面站起来,笑着打招呼:"叔,你咋来啦?"

"新兰啊,你们饭店收拾得不错啊。栓柱在吗?"刘双江在饭店里转悠一圈,拉过一把椅子坐下来。

"叔,俺在这儿。"栓柱听见动静,从厨房出来,"叔,找俺有啥事?"

"哦,栓柱,叔的确有件为难的事找你。咱一家人不说两家话。你知道,过去你开这家饭店占用的地方,村里虽然以宅基地的名义划给了你,可你不知道有多少双眼睛盯着你哩。当初根元叔和你爹商量着,让你连续三年每年承担一个劳力的农业税,给你压下不少口舌是非。现在三年期限转眼到了,俺成了村里的当家人,这时如果把你承担的农业税免了,不明事理的人就会找事,闹腾起来,俺没办法收场啊。"

新兰刚要说话,栓柱拦住她,说道:"叔,这个事您和俺爹商量着办,如果需要,俺可以继续缴费,您说让啥时候停俺就啥时候停,俺绝不会让您为难。"

"好孩子,谢谢你支持叔的工作。俺会找你爹商量的,你放心吧。"刘双江见目的达到,站起身向屋外走,栓柱忙着去送。

"刚当上官就六亲不认了!"新兰窝着火,嘴里嘟囔着,懒得起身送。

几天后,新兰给刘双河说起这件事,刘双河说:"你叔没找过俺啊。"新兰起身就要上门去说理,被刘双河一把拽回来:"当年咱一家人挨饿,俺婶子,就是你双江叔他娘,从牙缝里挤出口粮接济咱家,俺们才活了下来。现在,你叔刚接手村子的事情,他想在全村群众面前树立威信,为了公事让咱多缴点农业税,咱就找上门去，那不叫忘恩负义吗？你不要去找了。"

"明明说好的缴三年，就这么一句话不算数了，缴到多少咱是个头啊？"新兰愤愤地说。

新梅马上就要毕业了。张大壮找到她，希望她继续报考专升本，而他自己接着去读研究生。

新梅说："大壮，那怎么成？我的家庭和你不一样。我爹和栓柱哥负担已经够重的了，亏着栓柱哥这几年打工、开店拼命地挣钱，我们家才能撑着，我不能只想我自己，不管别人。"

大壮说："新梅，我可以负担你的学费。我读完研以后，准备选择留在大城市，到时候把你接过去，咱们好好过日子。"

新梅诧异地望着他："大壮，你读书读得脑子坏了？当初，你对我咋说的，你还记得吗？"

"当然记得，我当年说过'如果我们考上大学，学到科学文化，有了本领和才干，能帮着更多的乡亲们致富，改变更多人的命运'。"想起当年的话，张大壮有些激动。

"难为你还记得。那你为什么还要选择留在大城市？你不要回家乡啦？"新梅追问道。

"不管农村也好，城市也好，都需要人才。我喜欢搞研究，当然希望待在条件好一些的地方。希望你能理解！"大壮没有让步。

"好啊，张大壮，我刘新梅瞎了眼，看错人了！这才几年啊，就把家乡扔到爪哇国，忘得一干二净了！你当初许下的诺言呢？怎么说一套做一套啊，以后咱们怎么在一起过日子？你走，我不想再见到你！呜——"新梅埋头哭起来。

"新梅，你误会我了，真的误会我了！现在回农村，就等于半途而废，以后什么成绩也做不出来，我这辈子就完了！"大壮着急起来，可一时又找不到恰当的语言表明自己的想法。

"好，我误会你了。你要你的前途，我回我的家！咱们各奔前程，谁也不用管谁！"新梅哭着跑走了。

望着新梅远去的背影，大壮一时不知所措。他思绪纷乱，却又理不出头绪，关于毕业后留在城市还是留在农村的问题的确困扰着他，令他内心无比地纠结。但他清楚，他的理想在农村，他的事业在农村，他的所爱也在农村，将来无论走到哪儿，无论从事什么职业，农村都是他的根儿。

关于城市和农村的问题，不要说张大壮，就是生长在那个年代的所有人都会有截然不同的认识。各种不同的观点交织、汇聚在一起，碰撞出时代思想的火花。为了解决困扰学生的思想问题，帮助学生树立正确的人生观和价值观，山农大组织了一场主题辩论会，辩论主题色彩鲜明，就是城市好还是农村好。张大壮代表班级参加了辩论赛，通过这场辩论赛，终于让他解开了那个心结。

辩论赛在学校阶梯教室举行，对手是山农大生物工程系的学生，担任一辩的是一名留着齐耳短发、身材颀长、脸色白皙、长着一双水汪汪大眼睛的女生，名字叫张萍。在陈述发言阶段，作为正方一辩的张萍说："我方的观点是城市好。理由如下：城市比农村经济发达，就业条件好，教育发展快，文化生活丰富。城市比农村经济发达，主要表现在基础设施好，居民可支配收入高；相对农村而言，城市拥有发达的二、三产业，就业机会更多；城市教育资源丰富，教师综合素质高，可以更好地教育培养社会需要的各类精英人才；城市文化设施多，信息高度发达，居民文化生活更加丰富、充实。城市拥有这么多优势，吸引着大量农村人口向城市转移，这也恰恰是城市比农村好的有力证明。"

张大壮担任反方的一辩，他在陈述中发言道："我方的观点是农村好。理由很多，比如农村空气好，居住条件好，教育更贴近大自然。农村以第一产业为主，没有高污染的工业，空气好，环境无污染，因此人的呼吸好、睡眠好，身体也就好；农民都住在宽敞的平房，不用去挤狭窄的楼道，更不用担心住在水泥丛林里，太阳被遮挡，邻里之间互不来往，心情受压抑；农村的孩子从小活动场所就大，跟大自然亲密无间，能够学习到很多在书本上根本学不到的知识。对方辩友说的农村劳动力向城市转移的问题的确是个现实问题，但不远的将来，城里人也许更向往农村，希望到农村安家落户。"

在自由辩论阶段，双方坚持自己的观点，唇枪舌剑，互不相让，僵持不下。正反方的观点胶着在究竟是城市还是农村更有利于个人的发展方面。正方认为城市就业机会多，工资待遇好，个人进步快，更容易实现个人的理想和价值，结论是"宁挤城市一张床，也不住农村一间房"。反方则认为，现在的农村一切问题都集中在经济不发达上，而正是这种经济上的不发达，为各类人才大显身手提供了更为广阔的舞台，正所谓"一张素白的纸上，才好做千里江山的图画"！

在总结阶段，张萍提到："对方辩友的思想很明显是理想主义的，而生活却是无比现实的。城市拥有比农村更好的基础设施，更多的就业机会，更高的发展平台。选择城市，就能获取城市提供的这些资源，更快地发展自我，更好地接近未来，才能真正实现人生的价值。请问，这些条件农村都具备吗？如果不具备，那实现我们的理想就等于一句空话。"

张大壮则总结道："过去的中国革命，走了一条农村包围城市、武装夺取政权的道路，解决了中国农民翻身解放的问题。今天的中国实行改革开放，要实现民族复兴、国家富强，就一定要从根本上解决'三农'问题，这不仅是理想主义，更是不折不扣的现实主义。确如对方辩友所说，今天的城市发展快于农村发展，但我们不能因此就瞧不起农村，更不能放弃农村。事实上，城市和农村无法割裂，今天的二元发展有其深刻的历史原因，但我要说的是将来，农村的快速发展必将很快提到民族复兴的日程上来，因为，没有农村的发展就称不上全面的发展，放弃农村的发展更是不负责任的发展。而农村的发展不会一片坦途，也绝非一蹴而就，所以同城市相比，农村的发展更需要人才。希望更多的有志青年，积极投身农村发展的时代洪流，为'三农'事业贡献青春和热血。最后，请让我借用一句诗结束发言：为什么我的眼里常含泪水？因为我对这土地爱得深沉！"

大壮的总结发言，赢得了评委和听众的热烈掌声，就连对手都跟着鼓起掌来。

辩论赛结束不久，张萍有一次专门跑来找大壮，希望大壮加入她们班组织的太阳剧社，说大壮非常适合朗诵莎士比亚的作品。大壮笑着摇摇头，他向来认为剧社这样的组织仅仅是为了男女生便于谈情说爱，并非砥砺品行的磨刀石，所以轻轻一句"我没有表演天赋"委婉地拒绝了。

"也好，你不愿加入剧社，我也不勉强，但我可不可以邀请你参加我们剧社组织的有关活动？"张萍满脸期待。

大壮沉思片刻，实在找不出推辞的理由，只好勉强地说："好吧，我接受你的邀请，有时间一定捧场。"

见大壮接受了邀请，张萍很高兴。她从小在城市长大，出身干部家庭，对农村的印象并不深刻，自从辩论赛上听了大壮的发言，便对农村生活产生了浓厚的兴趣。有一天，她甚至冒出个大胆的想法，说不定哪一天会跟着张大壮跑到农村去。这个想法的突然出现，令她心神不定了好多天。

不久，太阳剧社举办了一次登泰山观日出活动，张大壮获邀参加。其实，大壮去年有过一次登山看日出的经历，不过那次登山正好碰到阴雨天，只饱览了泰山的云海奇观，并没有看到壮丽的日出。据当地人讲，泰山中气候无常，"十看九不出"，意思就是说，十次登泰山看日出，九次都看不到。因此，观泰山日出一直也是大壮的一个梦想，所以他毫不犹豫地答应了，并邀请同班的高君伟一块儿去。

那天晚上十点，男男女女十几个同学在校门口集合，大家带着厚衣服和手电筒向泰山出发，走了大约一个小时，来到了泰山脚下，开始徒步向上攀登。夜色黑沉沉的，雄伟的泰山如同一座硕大黝黑的纪念碑矗立眼前，让人产生一种"泰山压顶"的感觉。开始的路比较平缓，大家走得很快。除了夜风偶尔送来的松涛，以及鞋子踏在山路上的摩擦声，四周一切都显得那么寂静。到了中天门，天还是黑黢黢的，大伙坐下来稍事休息。大壮抬头仰望天空，见夜幕中无数璀璨的星星不停地眨着眼睛，仿佛久违的好朋友在跟自己打招呼。大壮想，刚才光顾着向前走路，没有顾及这些星星，其实

第十章

在泰山观星同样是一种莫大的享受。人生也大抵如此吧，不停地奋斗和攀登固然有无穷的魅力，但偶尔的回顾和停留或许更能发现别样的风景。

中天门过后，路上的人渐渐多起来，路旁石头上的题字也渐渐多起来，大伙儿一边走一边用手电筒照着路边的字欣赏，不知不觉间已到十八盘。据说十八盘是泰山最难登的一段山路。路两边坐满了人，连阶梯上也坐着很多人，这些人都是为了登山看日出的，其中有些人因停下来的时间太长，冷得忍不住换上了一身厚衣服。在这里休息十几分钟，大家深吸一口气，开始挑战所谓的难度。十八盘的路果然比前面陡峭一些，而且可以停下来休息的平台也少。大家不约而同地放慢了速度，尽量让腿脚迈得更舒服些。这时不知是谁，一边气喘吁吁地走，一边背诵起杜甫的《望岳》，引得大家有说有笑起来。不到凌晨三点钟，他们来到了十八盘的尽头——南天门。

南天门上灯火通明，十分热闹，有一些卖小吃的摊子，还有租军大衣的。不少人围坐在小吃摊旁，吃饼、喝稀粥，顺便歇歇脚。张萍等几个女生在这里租了军大衣，偏新的大衣租金五元，旧的三元，每件押金二十元。张萍帮着张大壮和高君伟租好了两件新军大衣，说什么也不让他俩付钱。大伙没敢多休息，继续向上爬，穿过天街，最后到达日观峰。

许多人在那里等着看日出。大壮站在一块大石头上眺望着无边无际的群山，只见山峰之间白云涌动。望着那厚厚的云层，大壮想，这次估计又看不到日出了。正在失落间，忽然云层像河水一样流动起来，东方的天际泛起了微微的鱼肚白，它逐渐地扩大，四周的云彩也不再黑蒙蒙的,变得光洁而发亮了。不一会儿,云层边上染上了淡红色,淡红色再渐渐加深,范围不断扩大,东方的半个天空都变成了橘红色。所有人的目光都聚焦在东方,在那一片像大火一样燃烧的橘红色云层的下方,突然冒出个亮点,慢慢上升,像修长的眉毛,继续上升,渐渐露出了太阳的小半个轮廓。那个时刻的美妙,相信世间任何语言都难以形容得出来。三四分钟以后,太阳完完全全跃出来了,像一个新生的婴儿一样,亮亮堂堂地展现在天际,让人感受着它那磅礴的力量。几分钟后,一缕柔和的阳光洒向人间,照亮每个人的脸,每个人的脸上都洋溢着难以言说的兴奋和喜悦。

"啊!太阳出来了,太阳出来了!"大壮他们情不自禁地高声呐喊起来。

看完日出,他们又到山上各处游览。路过碧霞元君祠的时候,高君伟向太阳剧社的同学们介绍说:"碧霞元君,也就是俗称的'泰山奶奶',据说还是张大壮同学的老乡哩,大家愿不愿听他讲讲那个美丽的传说?""愿意!"大伙异口同声地说。

大壮亮亮嗓子,娓娓说道:"传说我们老家有一对夫妇,男的姓花,年过五旬喜得一女,取名花仙,爱若掌上明珠。其实花仙长得并不好看,是个标准的丑姑娘。后来家乡流行起瘟疫,老夫妇相继去世,花仙便成了孤儿,村里善良的乡亲们轮流抚养她,看着她一天天长大。花仙家院子里有一棵老枣树,结的枣圆如铃、甜如蜜、脆如瓜,人称'冬枣',非常好吃。父母去世前,拉着不太懂事的花仙说:'这棵冬枣树,千万别糟践了,听你爷爷说,这种树非常难得,来之不易。'她父母去世后,花仙不会管理,已经多年

第十章

不结枣了。可是，没想到有一年老枣树生长得特别旺，葱茏的绿叶间竟然结出好几颗枣。枣子熟了，又红又大，玲珑剔透，花仙摘下来自己舍不得吃，敬奉养育她的婶子大娘。婶子大娘被她的感恩之心打动，谁都不肯吃，非要花仙自己吃不可。花仙无奈，只得依从她们。谁也没想到，花仙吃了那枣子后，竟然出现了奇迹。不几天工夫，花仙就发生了脱胎换骨的变化，粗矮的身形变得苗条修长，满头秃疮结痂囫囵脱下，长出满头秀发，眉清目秀，变成了一个楚楚动人的窈窕淑女。有一天，村里来了一位山神，对大家说，花仙是泰山大帝的娘娘，自己奉命带她去泰山同大帝完婚。说罢就给花仙梳洗打扮，转眼间打扮得如同仙女下凡。山神带着花仙腾空而起，踏上五彩祥云朝泰山方向飞去。花仙同泰山大帝完婚后，就被封为碧霞元君，被人们世代供奉。"

"大壮，吃了冬枣，就能变成'泰山奶奶'，有那么神奇吗？你们家乡真有这种枣吗？"大家好奇地追问。

"家乡的老人们一直这样说。可惜我没见过冬枣。"大壮如实地回答。

到南天门时，大伙把军大衣退了，换回押金，张萍又点好早餐，安排同学们吃饭。大壮和高君伟要付账，张萍说他们太阳剧社有活动经费，不必个人掏钱。吃过饭，大部分同学乘缆车下山了，张大壮、高君伟游兴未已，要徒步下山，这次张萍没有去乘缆车，非要跟张大壮和高君伟他们一块儿走。

因为是白天，下山的速度比上山快多了。一路上，张萍一边兴致勃勃地欣赏着路旁石头上历代文人的题词，一边问张大壮和高君伟的感想。

高君伟说:"泰山号称书法的圣山,这些历代文人留下的墨宝太珍贵了。"

大壮则认为不然:"这些题字,恰恰反映了我们国民的弱点。你看,在我们国家,爱一个东西,可以盖很多章、题很多词,甚至不惜把它们带进坟墓;恨一个东西吧,可以焚,可以埋,恨不得让它们顷刻化为灰烬,万劫不复。这就是国民性格中爱走极端的表现,至少不能说是优点。"

张萍对大壮的言论感到诧异。

三个人在对松亭休息的时候,张萍同大壮交流今天看日出的感受,她赞叹道:"今天的日出太壮观了,太美了!真想一辈子住在泰山上不走了。"

大壮没有顾及她热烈的情绪,眼睛眺望着远处的山峰说道:"日出虽然壮观,可在山里我感到内心无比压抑。"

"为什么?"张萍更加诧异。

"通过看日出,我似乎看到了属于我们的时代。每个时代都有每个时代的日出,比如咱们国家刚过去的那些时代,是呼唤英雄也产生了英雄的时代;现在轮到我们这个时代的日出了,我们每个人肩上的使命是什么?我们应该做什么?怎么做?做到什么程度?这些都需要我们认真思索,用时间甚至整个生命来回答。日出的确非常壮观,作为一个时代的觉醒者,站在泰山上看日出是可以的,也是必要的。但作为实践者,仅仅站在泰山上是不行的,他必须接受时代的召唤,必须走下山去,到更广阔的天地里去,到生活的洪流中去,到普普通通的老百姓中间去,与他们同呼吸、共命运,做到患难相随、生死相依、休戚与共。只有这样,他才对得起生他养他的时代。"

张萍听完大壮的话,有些似懂非懂。她自言自语地说:"你的观点跟我爸的观点倒有些类似。"

不想大壮听到了,转过头笑着问她:"请问你爸是干什么工作的?"

张萍稍微迟疑了一下说:"我爸呀,在省里机关上班,是一名普通干部。不过,你毕业后如果想分配到省城,我倒可以跟爸爸说说。"

张大壮没有多想,继续说:"如果以后见到你爸,我只想同他讨论哲学问题。至于分配的事情,暂时还没考虑,我打算去考研。"

"哦,这样啊。那咱俩一块儿去考,你报哪儿我就报哪儿。"话没说完,张萍脸一下羞红了,不由得低下头去。

第十一章

　　新梅从市师范专科学校毕业后,被分配到石楼乡初中担任了一名语文教师。毕业的时候,同班的一位胖乎乎的名叫闫宝生的男生跟新梅分到了一个学校,他知道新梅有张大壮这个男朋友,但从她毕业到上班始终没见到张大壮的影子。有一次他终于鼓起勇气问新梅:"新梅,怎么没见到大壮啊?你们是不是闹别扭啦?"

　　"不要提他!"新梅生气地说。

　　"看来你们真闹别扭了。新梅,他不追你,我可要追你啦!我可是认真的!"闫宝生喜滋滋地说。

　　"有你什么事儿?!"新梅瞪他一眼,迅疾走开了。

　　"真是名副其实的小辣椒!哇,我喜欢!"闫宝生真的以为有机可乘了。

　　几天后,新梅收到一封信,信封上字迹工工整整的,一看就是大壮寄来的。

　　晚上,她回到宿舍拆开信,见上面写着:

　　梅:

　　　　你好吗?听说你回到石楼的母校,当上了一名你理想中的人民教师,真心为你高兴。我完全尊重你个人的选择。

第十一章

　　那天你走之后，我深深地反思自己，我感觉没有把话说清楚，你一定误会我了。

　　目前国家的政策，主要是农村支援城市。为什么？因为只有城市的事业快速发展起来，我们国家的工业、科技现代化才能真正发展起来，而只有城市发展了，实现了工业、科技现代化，才能反过来更好地支援农业现代化。我之所以选择留在大城市，当然有个人的部分私心，是想让我们将来生活更好一些，但更主要的目的，是为充分利用城市的科研资源，跟着老师多学知识，以后用我学到的知识报效农村。我的专业是农学，我的目标在农村，我的事业将来肯定也在农村，这点没有任何改变。

　　当然，无论农村也好，城市也好，都需要人才，都离不开教育。你从事教育事业，我完全支持，当初的提议，不过是想让你进一步地提高自己，学更多知识，将来更好地为农村服务。我没有任何别的企图，请你相信我！请你原谅我！

　　梅，自你生气走后，我感觉自己的精神快要崩溃了。我不能没有你，没有你就像春天没有花，夏天没有雨，秋天没有月，冬天没有雪，我的整个生命都会黯然失色的！

想念你的壮

　　新梅默默地读着信，眼泪簌簌地流下来。她多想现在就见到她朝思暮想的大壮啊！

　　在昏黄的台灯下，她提笔给大壮回信，表示理解他也谅解他，信的末尾说:"壮,我等着你,等你学成归来,实现你的理想!"

从此以后,两颗年轻的心贴得更紧了。

新梅上班后,孙秀娥夫妇曾经问起她跟大壮的婚事,问他们是否有订婚的打算,新梅说不急。而福来家毕竟在农村,跟大壮情况不同,父母都比较着急,托二楞娘来说合,希望福来跟新英能够早点订婚,并且希望能够年内结婚。因此,刘双河夫妇决定,让新梅和大壮、新英和福来一块儿订婚,福来和新英可以年内结婚。

张大壮的父母也希望把婚事早日定下来。大壮认为自己还在上学,可以等考上研究生再说,但拗不过父母的意见,只好答应。那年国庆放假期间,刘双河家为两个女儿举办了订婚仪式。订婚仪式在县城"一品鲜"饭店举行,蔡中和专门腾出一间雅间,装扮一新。仪式简单而庄重,三家人都非常满意。

在举办完订婚仪式后,老蔡负责派车把宾客们送走,最后专门留下栓柱,领他到自己的办公室,寒暄几句,老蔡开门见山地道:"栓柱老弟,现在外面大城市里的饭店兴起了饭店加卡拉OK的模式,将餐饮和歌舞娱乐融合在一起。这是一股时代潮流,你说咱们应该不应该跟啊?"

老蔡突然问他这件事,栓柱一点儿心理准备也没有。他略微思考一下,说道:"老蔡大哥,既然你这么问,俺就说说俺的想法。这种经营模式不能说对,也不能说不对。"

"为什么?"

"关键要看饭店怎么定位。如果你把饭店的功能定位成仅仅满足顾客的餐饮需求,那么单纯做好餐饮就成了。你若把饭店的功能扩大,那么其他任何形式都可以搞。"

"有道理。栓柱,你倾向于哪方面?"

　　"俺说不好。不过,以俺的饭店来说,规模太小,搞你说的卡拉OK恐怕没有足够的空间。俺还是希望在菜品质量方面再下下功夫,让顾客吃得更好一些,暂时没有精力考虑娱乐问题。"

　　"我原先也是这么想的。但你知道吗?最近'大众快餐'的老贾已经改了经营模式,连饭店名字都改成了'大众歌舞餐厅',现在生意好得很哩。"老蔡点燃一支烟,接着说:"老贾不知从哪里聘请来几个摩登女郎,个个能歌善舞,到他那儿吃饭、跳舞的人比以前明显多了好几倍。舞伴不够用时,他还让老婆和老婆的侄女陪着客人跳舞哩。"

　　"老贾人比较封建,怎么可能让老婆陪客人跳舞?"

　　"唉,老贾这人你又不是不知道,一切不都为了钱嘛。"

　　栓柱眼前仿佛出现了一群男女在酒足饭饱之后,互相依偎着在旋转的霓虹灯下跳舞的情景。从老蔡充满期待的语气及满是羡慕的表情中,栓柱感觉到,在不久的将来,"一品鲜"饭店也会改名字的。

　　在那个疾风骤雨般改革的年代,有很多突破人们想象力的东西,像突然从地底下冒出来的植物,遇到合适的气候和温度,就疯狂地生长起来,迅速地占满大地上的各个角落。到这年年底,乡下的餐厅加卡拉OK的模式也普及了,一时间到处一派灯红酒绿、莺歌燕舞的景象。

　　栓柱也有些动心。有一天下午,他跟着二楞、老木去郭长有的"郭店餐馆"吃饭。那里现在也装修一新,一间雅间摆放着吃饭的器具,另一间被改造成了小型的歌舞厅。因为生意火爆,郭长有头发很长了也来不及去理，他一面指挥着穿得花里胡哨的女服务员招徕客人，一面一遍遍地跑到厨房张罗做菜。那天，栓柱喝了点酒，也被推推搡搡地推到舞池里跳舞。一位身材微胖的名叫金花的女服务员紧紧抱着他，胸膛有力地抵着他。也不知跳了多久，忽然门砰的一声被推开，新兰、二楞媳妇、老木媳妇满脸怒气冲进来，她们各自找各自的男人，有的揪耳朵，有的抓胳膊，有的推后背，将他们生拉硬拽了出来。新兰扯着栓柱耳朵，边哭边拽着说："不要脸！你们这样脸对脸、胸贴胸地跳，早晚会跳出事儿来的！"

此后，栓柱再也没有去那种地方跳过舞。

订婚仪式后的第二天，张大壮到新梅家探望。因为他们关系已经确定了，新梅就让大壮进来参观自己和妹妹们的闺房，新英、新青围着大壮有说有笑。刘双河夫妇见未来女婿上门，忙着张罗饭菜。大壮参观完新梅她们的闺房，来到外面的天井旁，四周看了看，突然把目光凝聚在了院子里那两棵粗大的枣树上。那两棵枣树长得十分旺盛，树上结的枣子又大又圆，一串串沉甸甸地垂下来，一颗颗鲜嫩水灵，有的已经泛红，那斑斑点点的红色浸入淡绿色中，如同官窑烧成的彩釉陶瓷一般，煞是好看，贴近了就能闻到枣子散发出的清幽的香气。新梅看他围着枣树不停地转圈、打量，还不停地用手比画，样子怪怪的，担心他失礼，就走上前提醒他。谁知大壮见到新梅，忍不住激动地一把抱住她的腰，把她抱离地面，用力地转了一圈，把新梅吓了一大跳，脸羞得绯红："大壮，放开我，快放开我！让人看见多不好意思。你咋了，魔怔啦？"

大壮放下新梅，又过去拉住一枝枣树枝，抑制不住内心的激

第十一章

动说:"新梅,你知道吗?你家院子里这两棵枣树,那可不是普通的树,它们叫冬枣树。这种树以前我只在书上见过。没想到,'远在天边,近在眼前'!咱鲁北农村就有!这大概是上天赐给我的!它们和你一样,都是上天的恩赐!"大壮双手合十,做了个祈祷的动作。

新梅听他这么说,忽然记起来了:"对,这树上的枣子熟得比其他树上的都晚,结的枣子又大又甜。枣子熟了,不能用竹竿子打,一打就破,也不能用铁钩子钩,掉在地上一摔就碎,必须拿手摘。"

"你知道这树多少年了?"大壮问。

"不知道。反正打小时候记事起它们就长在这院子里了。你想知道,就去问你未来的老丈人吧。"新梅打趣地说。

正巧刘双河从屋里出来拿东西,见他们站在那边说话,就走过来让大壮进屋,准备吃饭。

"伯,你们家这两棵冬枣树种了多少年了?"

"这叫啥树?'冬枣树'?俺还是头次听说这名字。俺一直当它们是零枣树,听你这么一说,果然应该叫'冬枣树'。来,尝尝,这枣子可好吃了。"刘双河拉过一个枣树枝,准备从上面摘枣,被大壮阻止了:"伯,您先别摘。您能告诉我它们是从哪儿来的吗?"

"这两棵枣树,是俺和新梅她娘结婚那年,从新梅她姥爷家院子里移植过来的,到现在快三十年了吧?那时候,她姥爷身体还行,院子里栽满了很多种叫不上名字的树。结婚后一个多月,她姥爷让俺移栽两棵枣树,并说,这树结的枣,又好吃又好看,说不定将来能派上大用场。这不,就是这两棵。"刘双河一边回忆往事一边满怀深情地望着那两棵树。

这时孙秀娥也出来了,见他们正在谈论那两棵枣树,不由得勾起她对往事的回忆:"说起当年俺家的枣树,还有段故事呢。"

大伙都把目光转向她,新梅、新英、新青三个女儿都围在母亲身边,认真地听着。

"过去俺们家从俺老爷爷那辈上,在老县城开了一家'同祥饭店',俺爷爷本身学得一手好厨艺,做菜讲究,味道可口,饭店传到他手里,生意很好。俺奶奶小名叫枣儿,年轻时在草台班子唱过戏,最拿手的是唱咱家乡的'渔鼓戏',那可是名传十里八乡的角儿啊。自打跟了俺爷爷后,以开饭店为生,日子过得挺不错的。后来,日本鬼子来了,日伪汉奸横行霸道、祸害乡亲们。俺爷爷和奶奶就到老家置了地,准备把饭店关张。那年,县警备队策划起义,派一名在饭店里当伙计的地下交通员外出向八路军送信,把信藏在鱼肚子里混出县城。起义成功后,鬼子汉奸恼羞成怒,不知谁走漏了消息,他们就到饭店抓人。俺爷爷和伙计得信后赶忙逃走,鬼子汉奸砸毁了饭店,抓了俺奶奶,把她吊在饭店门前一棵大枣树上用鞭子抽打,让她交代俺爷爷和伙计的下落。俺奶奶宁死不屈,鬼子和汉奸得不到任何线索,恼羞成怒,就把她杀害了,至死俺奶奶骂不绝口……"

"后来呢?"几个女儿也头次听母亲讲这段家事,都迫不及待地追问。

"后来,汉奸和鬼子丧心病狂,架上柴火,泼上汽油,把俺奶奶的尸体焚烧了,连同吊着她的那棵老枣树也一块儿烧死了。"

第十一章

说到这里，孙秀娥声音哽咽了，周围听的人眼睛也都湿润了。

"你姥爷那些日子正好和你姥娘在乡下，俺那时还不到五岁，他们领着俺东躲西藏，生怕鬼子和汉奸来家里祸祸。第二年抗战胜利，鬼子投降，你姥爷就去县城寻找他父亲及母亲遗骨的下落。有人说他父亲被日本人抓住杀害了，也有说参加八路军了，还有人说他父亲投奔了国民党海上保安队，总之下落不明。他母亲的遗骨早已被好心人装在坛子里掩埋了。寻到母亲遗骨后，你姥爷运回家在祖坟安葬。你说怪不怪，那棵枣树被鬼子汉奸一把火烧成木炭，大家都以为它死了，谁想第二年在树根下面又蹿出几根新苗，后来你姥爷就把枣树苗运回了堤头村。现在堤头村里这种枣树，都是你姥爷种下后人们再次移植的。新梅，你大舅家院子里那棵大枣树就是从老县城移过来的。"

众人都听呆了，好久才醒过神来。

当年枣儿被鬼子、汉奸杀害后，孙秀娥母亲惊吓过度，生了场大病，因医治不及时落下病根儿，身体一直很虚弱，新中国成立后家里土地被没收，运动一来，还经常挨批斗，因此也早早过世了。三年生活困难时期，孙石根老人也病故了。孙秀娥因为没有亲兄弟姊妹，就把房子转给了自己的堂弟，此后每逢回娘家就到堂弟家里落脚。

几个女儿头一次听母亲说起这凄惨的往事，她们将信将疑地说："娘，您说的可都是真事，不是像电视剧里编排出来的那样吧？"

刘双河说："你娘的话都是真的，自己家里的事儿咋能编排呢？这些事儿你们老姑父也知道，他曾经多次说起过。他说，你老姥爷年轻时家里开饭店，算个阔少爷，他最爱听戏，有戏瘾。有一年寒冬腊月，走过一所深宅大院，从里面传出锣鼓响，伴随着银铃般的唱曲，一下子把你老姥爷的魂勾住了。可墙太高，里面啥也看不见，他急得在院墙外兜着圈地找，后来终于搬来几块大石头垫着脚，才勉强凑到墙头上看见里面，原来人家正在唱堂会呢。那唱戏的不是别人，正是那个叫枣儿的。打那以后，你老姥爷就迷上了，追着枣儿的戏班子到处听戏。

"后来，县城闹土匪，不知啥原因把枣儿扣下了，大概是绑票吧？土匪放话让戏班子拿钱赎人，如果到期不赎人就把枣儿卖到妓院去。戏班子哪有钱赎人啊。你老姥爷知道了，傻呵呵地求土匪放人。土匪头子叫'徐三棒槌'，就问他，你是她啥人啊就让俺放人？他骗'徐三棒槌'说是枣儿的男人。'徐三棒槌'就跟他要赎金。偏巧'徐三棒槌'的老母亲要咽气，最后一个心愿是吃上一口老家的'叫花子鸡'，原来老太太老家是江苏泰州的，当年淮河发大水逃荒落难到鲁北，吃不上鸡死不瞑目。'徐三棒槌'虽然身为土匪，可人是个大孝子，他说只要有人能做'叫花子鸡'给他娘吃，无论提啥要求他都答应。你老姥爷当场跟'徐三棒槌'订了君子协议，他做'叫花子鸡'，土匪放枣儿。那'叫花子鸡'你老姥爷做得最好，时间不长就做出来了，送到老太太嘴头上，老太太嚼了几口，点点头，流下两行泪，心满意足地合眼了。结果你老姥爷还真的凭这只'叫花子鸡'换回了枣儿。枣儿知恩图报，答应嫁给你老姥爷，从那以后，再不唱戏，一心一意跟你老姥爷开饭店过日子。"

"爹，这事老姑父咋知道得这么详细啊？"新梅好奇地问。

第十一章

"你们忘了？你们老姑父张勤俭那可不是一般人，上过县志哩。新中国成立以前在县城明地里做点铜盆子铜碗的小生意，暗地里走街串巷打探情报，和你老姥爷店里的伙计毛蛋是一伙的，都是八路军的地下交通员。你老姥爷和毛蛋给八路军送信的事儿，后来让日本人和汉奸发觉了，出动保安队去抓捕，多亏了你老姑父舍命去送信，他们才能及时逃走。鬼子和汉奸抓不到人不甘心，把枣儿杀害了，也是你老姑父和乡亲们保存了她的遗骨。第二年鬼子投降，枣儿的遗骨得以迁回祖坟安葬。新中国成立后，你老姑父当了石楼公社的通讯员，后来又当上副主任，为了工作的事情曾经打听过你老姥爷和毛蛋的下落，听说毛蛋随部队去了东北以后又南下去了广东，可就一直没有半点你老姥爷的音信。

"说起冬枣树啊，还是你姥爷家院子里那棵长得好，现在大概快五十年了吧，结的冬枣味道一点儿都没变。"

"新梅，咱们一块儿到堤头村看看那棵冬枣树吧。我要做些研究。"听了刘双河夫妇讲述的那些不平凡的往事，大壮研究冬枣树的心思更加迫切了。

第十二章

　　堤头村离刘庄不到八里路，吃过午饭，大壮和新梅一人骑一辆自行车赶了过去。

　　转眼到了堤头村。村子东南方穿过Z县那条最大的河流徒骇河，村子就建在河堤下面，大概它也因此而得名。村子很大，有四五百户人家。河堤上、村子里到处都是树，正逢秋天，树上的叶子五颜六色的，像谁用彩笔画上去的一样，煞是好看，装点得村子像个大花园。

　　进了堤头村，新梅的大舅一家下地干活去了，大门上了锁，院墙高高的，墙内只露出一棵枣树高大的树冠，看样子这棵树足有五六米高，树梢上也稀稀疏疏地挂着些又圆又大的红彤彤的枣子。

　　新梅想到地里把大舅叫回家，不过大壮说："先不忙，咱到村里其他家看看还有没有冬枣树。"他俩绕着堤头村转了几圈，发现有十几棵冬枣树，但都赶不上新梅大舅家院子里那棵粗壮。

　　正准备离开，偏巧新梅的大舅正将一车粮食运回村，远远地望见新梅，招呼道："新梅，你来了，咋不叫俺一声呢？"

　　新梅忙迎上去说："大舅，你和妗子正忙地里的活计，我们又帮不上啥忙，来就为了看一眼咱家的枣树，没别的事儿。"

第十二章

新梅的大舅上下打量着大壮,问道:"新梅,他就是大壮吧?"

"舅,俺是大壮。"

"哎呀,你第一次来,必须到家里坐坐。快请,快请!"

新梅大舅忙着拴好牲口,打开大门,热情地把他们领进院子。

走进宽敞的院子,只见有一棵大枣树立在那里,树干直径足有四十多厘米,五六米高,圆圆的树冠像平地支起的一座大帐篷。树上的叶子密密层层的,顶上长着硕大的枣子,那枣子红彤彤、圆鼓鼓的,像一颗颗亮光闪烁的玛瑙珠。大壮和新梅站在树底下,用手抚摸着粗糙而嶙峋的树干,下午的阳光从树叶缝隙间射下来,落到地面上,像洒了半院子的金子。新梅大舅沏了茶端出来,放在吃饭桌子上,又搬来几把小凳子,让大壮、新梅坐下说话。

他见大壮眼睛一直盯着树看,就说:"俺家这棵枣树,俺也不晓得叫啥名字,反正跟俺年龄差不多,有五十年了吧?大概在抗战胜利那年,俺大伯,就是新梅的姥爷,从老县城移植过来的。这棵树结的枣子与众不同,熟得晚,水分大,甜味足,好吃着哩。可惜存不住,也晒不出干枣,晒干了就一层皮。前些年打算把它卖了换种别的树,谁知刨树那天,早上天气明明好好的,老大的太阳,买主来了,刚拿铁锨刨了没几下,忽然变天了,乌云滚滚,电闪雷鸣,吓得刨树的人丢下铁锨就跑没影了。后来村里老人说,这树通灵性,碰不得,以后就再没动过卖它的念头。"

大壮问:"这枣树一年大约能结多少枣啊?"

"别看树大,可俺不会管理,一年只能结个七八十斤吧。这两年有到村里寻摸这枣子的,出价还不低呢,一年少说也能卖个三五百元，赶上养头猪的收益了。乡亲们见能挣钱，都从俺院子里育树苗搞移栽，已经栽了不少了，这树挺好活的。"新梅舅舅笑得脸上的皱纹都多了。

"要把这树摆弄好了，也不失为一条致富的好门路。"从新梅舅舅家出来，走在路上的时候，大壮自言自语地说。

接下来几天假期，大壮要来一辆摩托车，他带着新梅到老县城附近的村庄去实地勘察，结果又发现二十几棵冬枣树。

在老县城东关一处村子后面的打麦场边上，他们偶然发现了一棵大冬枣树，树干直径三十多厘米，高六米多，看样子树龄至少有几十年了，可依然枝繁叶茂，树枝上挂着不少红灿灿的大枣子。他俩正仰着头聚精会神地看着，从村子里走出位头发花白的老大娘，一手拿着根绑着铁钩的竹竿子，一只胳膊上挎着个竹篮子。她来到大树底下，用钩子钩住一个枝子，使劲拽到头顶，然后用另一只手熟练地摘着枣子，随摘随放到篮子里。大壮和新梅赶紧上前帮忙。

老大娘说："你们两口子看样子不像俺村里人，是城里人吧？这是俺家的枣树，你们尝尝，这枣可好吃啦！"

新梅和大壮对视一眼，新梅不好意思地说："大娘，我俩路过你们村子，从来没见过这么大的枣树，有点好奇，所以过来看看。"

老大娘说："闺女，不瞒你，这枣树可神哩。"

大壮忙问："大娘，这树有啥神的，能跟我们说说吗？"

老大娘说："听老辈人说，三月初三，王母娘娘过生日，在瑶池摆下蟠桃宴，邀请各路神仙来捧场。宴会上，各路神仙纷纷献上寿礼，无数奇珍异宝霎时堆满半座金銮殿。这时南极老寿星来

第十二章

了,他手里可有好东西呀!只见老寿星手提着两篮红彤彤的枣儿,这枣儿一个个像小苹果模样,全红的如玛瑙,带绿的像翡翠。可好看归好看,不过是个枣儿,作为王母娘娘的寿礼,是不是轻了一点啊?大伙都有点儿担心。仙女呈给王母娘娘,王母轻轻地咬开一颗,咦?真好吃!比蜜要甜,比梨要脆,一入口便化了,不留一点渣渣儿。王母一连吃了几颗,一个劲儿地称赞:'好枣!好枣!来呀,列位仙家快来尝尝。'这参加宴会的神仙里有位叫泰山奶奶的,成仙前老家就住咱们县,她也分得两颗仙枣,她吃了一颗,哎呀,太好吃了!第二颗就没舍得吃。她决定将这一颗留个种儿,让家乡人也尝尝鲜儿。第二天她驾着云彩返回老家,把枣核种在地里,仙枣从此在这里扎下了根,一棵、两棵、三棵……越来越多。因为仙枣每年初冬才成熟,人们管它叫冬枣。冬枣不但好吃,而且还对身体好。跟你们说实话,俺娘家就是这村的,俺小时候一直吃这棵树上的枣,这不,俺老娘今年都活到九十六了,身体还结实着呢。"

"呦,这枣原来这么好啊!"大壮和新梅异口同声地称赞道。

"好处多着呢。你们年轻人多吃点儿好处更多,不光长精神,还能多生儿育女哩!"

"大娘,现在国家实行计划生育,不能多生。"大壮说。

"哎呀,你看大娘这脑子。这才一年没吃冬枣,就得了健忘症啦!"

"哈哈哈!"三个人有说有笑。转眼老大娘装了一篮子枣儿,她抓了几把枣儿硬塞给大壮和新梅,转身回村去了。

开学前一天,大壮再次来到新梅家,他用一只泡沫箱带走十几斤冬枣,打算带到学校去研究。

刘双河问:"这树从来都是根生的,还有别的方法移植吗?"

"有,嫁接。我这就接一个。"大壮一边说一边用靠接法在旁边的小枣树上嫁接了一段冬枣枝,他用塑料绳把嫁接的枣枝捆绑结实,上面用铁丝撑起来做了顶小帽子,套上透明塑料袋,捆扎结实。临行前,大壮告诉新梅:"这个枣枝明年才能发芽,冬天风大,注意找根竹竿固定住它,千万不要让风刮折了。"

到了冬天,新梅小心翼翼地用竹竿把大壮嫁接的那个枣枝固定起来。她看了几回,见那嫁接的枣枝还是原先的样子。新梅心里虽然疑惑着,但她相信大壮,明年春天枣枝一定会发芽的!

快进腊月了,福来家看好日子来到刘双河家,希望过年前让新英嫁过门。时间已经很近了,家里开始紧张地筹备起来。

因为栓柱是新英娘家的大哥,不能让他再办理宴席,福来家准备请闫师傅主厨,询问栓柱的意见,栓柱说:"当然好,俺们没有意见,但千万不要太铺张。"

福来、新英结婚那天,闫师傅早早地来了,自从上次比赛败给栓柱后,他已经好久没有进刘庄了。这次来,他格外卖力,一进厨房就叮叮当当地摆弄个不停。

新人拜过天地后,刘双河、栓柱一家人被接到福来家,男女亲属按辈分安置了六七桌。大家正吃得高兴,大华从外面蹦蹦跳跳地进来,他跑到新梅面前,拉着新梅的手说:"大姨,外面有人找。"

新梅随着大华出门一看,吃了一惊。原来门外来的不是别人,是学校的闫宝生老师。只见他今天着意打扮一番,穿着笔挺的西

第十二章

装,扎着红色的领结,头上喷了发胶,脚上一双锃亮的皮鞋,他满脸堆着笑,手里捧着一束鲜艳的玫瑰花。他见新梅迎出来,紧走几步,来到新梅跟前,单腿跪在红地毯上,双手献上玫瑰花。吓得新梅往旁边一躲:"闫老师,你……"

"新梅,请你接受我,咱们处朋友吧!"闫宝生恳求道。

"不!不可能,我已经跟大壮订婚了。"新梅拒绝道。

闫宝生继续恳求:"你虽然订婚了,可没有结婚啊。我仍然有追求你的权利,请接受我吧!"

"你快点起来!今天我妹结婚,你这么做,影响多不好。"新梅催促他起来。

"我选择这个场合,就为了让大家都明白我有多爱你,请接受我吧!你不接受,我就不起来!"

福来家的院子里已经围了一圈人,后来的人还以为婚礼又增加了什么仪式,站在一旁好奇地观看。

栓柱见新梅处境尴尬,赶紧走上前,拉起闫宝生:"这位老师,你既然是新梅的同事,来参加俺妹妹的婚礼,俺们全家欢迎你!请快起来吧,随俺入席喝酒,有什么话,咱坐下再说,行吗?"

闫宝生一边躲,一边固执地说:"今天当着各位亲友的面,我想大声说,刘新梅,我爱你!新梅,请你接受我吧!"

众人都听见了,哪里见过这种稀奇事儿,一时都不知所措。

突然,闫师傅肩上披着破毛巾,腰里系着白围裙,手里拎着擀面杖跑了出来:"小兔崽子,今天跑到这里来丢人现眼了,还不快滚出去!"他一边大喊,一边挥舞着手里的擀面杖。

147

闫宝生一见闫师傅，先吃了一惊，忽地爬起身，扔下玫瑰花扭头就跑，有两个围观的人猝不及防，被他撞了好几个趔趄。闫师傅像黄鼠狼撵鸡似的追出去，一边追，一边破口大骂。

闫宝生一溜烟跑远了，站在远处回头张望，闫师傅再要追时，对方就跑得连影子都不见了。闫师傅气喘吁吁地回来，到大伙面前，叹口气说："俺说这小子怎么会这样，媒人来了多少，总是横挑鼻子竖挑眼，这也不行那也不行，原来憋着一肚子坏水，气死俺了……"

有好事的问他："闫师傅，刚才你撵走的那个年轻人是谁啊？"

"是俺不争气的儿！"闫师傅来到栓柱和新梅跟前，涨红着脸说："栓柱，还有这闺女，对不起！俺替犬子向你们道歉！刚才的事儿，你们权当没发生。回家后，俺和他娘好好教训他，看他以后还敢不敢出来丢人现眼！"说罢，冲大伙抱抱拳，仍旧回厨房炒菜去了。

回家后，新兰悄悄问新梅："在学校难道他也这样无礼吗？"

"没有，只是派学生送过两次信，自己递了一次字条，我没搭理他。没想到他竟然会这样，要早知道，就报告学校了。"

"不到万不得已，千万不要告诉学校。你看看闫师傅和他儿子都那副德行，有其父必有其子。就他那样，给大壮提鞋都不要！"

一句话，逗得新梅扑哧一声笑了。

三天后，新英回门，告诉家里人，福来跟她商量说，明年市交运公司换车，到时替换下一批中巴车，价格很便宜，车况也不差，福来想买下一辆，再从县交运公司购买一条线路跑客运。大家都说

第十二章

很好。新英请栓柱帮他们到县里跑跑门路，看有没有合适的线路，另外帮他们筹措一万元钱。

新兰说："钱没问题，俺和你哥凑凑，兴许够。只是咱家县里头没人，这买线路的事不好说。"

"俺去找找老韩，让他跟那个罗局长说说，看有没有啥办法。"

"哥，你们一下子凑那么多钱肯定有难处。我跟大壮说，让他求他爸给咱弄点低息贷款。"新梅插话道。

"那，俺替福来谢谢你和大壮哥啦！"

"你呀，刚结婚胳膊肘就往外拐！"新梅用食指戳她一下。

几天后，栓柱去找韩同强。已经快到年底了，老韩开车带栓柱赶到罗局长家，这时，罗骏已经担任县外贸的局长一年多了。

罗骏听罢当场表示支持。老韩和栓柱没想到罗骏这么痛快就答应了，其实他俩还不知道，在最近的一次县委常委会议上已经决定任命罗骏担任石楼乡的乡党委书记，只是文件暂时还没有对外公布。县委领导同罗骏谈话时，告诉他石楼乡现在面临经济下行压力比较大，主要原因就是思想保守落后，缺乏创新理念，农业发展滞后，工商业发展相对缓慢，如果不尽快解决这些问题，很容易酿成大的社会矛盾，进而影响全县的经济发展和社会稳定。接受任命以后，他感到肩上的担子沉甸甸的。由于没有开展详细的调查研究，他头脑里暂时还没有形成有针对性的施政方略。这时栓柱来找他，无意间触发了他的思路，他觉得与其政府给农民出主意想办法，还不如调动他们自己的积极性，让他们自己解放自己、发展自己。想到这里，他决定给县交运公司的经理打个电话问问情况，于是爽快地答应了栓柱的请求。

　　过年不久,在罗骏的争取下,客运线路的事很快批了下来,Z县新开辟了一条从石楼乡车站到省城济南的客运线,价格也不贵,福来同县交运公司签署了长期合同。两个月后,福来从市交运公司开回一辆半新的中巴车,办理了过户手续。从此,石楼乡间的公路上出现了一辆往返省城的客车。

第十三章

　　罗骏到石楼乡上任后,用了一个多月时间深入各村调研。经过调研,他发现石楼乡农业人口占百分之九十二,农作物品种单一,没有成规模的工商业,整个乡的经济收入只相当于县城驻地乡镇的十分之一,在全县排名最后一位。如果不尽快改变这种落后面貌,单是国家分配的农业税、乡镇统筹的教师工资两项就没有办法解决。如果这两项不能妥善解决,将会酿成极大的社会矛盾。

　　石楼乡当地有一句俗语:你越怕啥,就越来啥。这不,真就出问题了。

　　根据全县的财政政策,在乡镇工作的教职员,县财政负担工资的百分之八十,乡镇财政负担剩下的百分之二十。那些财力雄厚的乡镇每个月工资都能照常发放,石楼乡就不行了,乡里财政紧张,属于等米下锅的那种。以前的主要领导托熟人、跑关系,东挪西借,寅吃卯粮,欠下一屁股债务。上一任领导调走后,一大家人吃饭的担子全落在了接任的新领导肩上。罗骏开展调研工作时,意识到问题的严重性,赶紧给县里打报告,建议为石楼乡面向全县发行地方政府债,借以缓解乡财政压力。县领导准备对此开会研究。因为要等会议结果,所以连续四个月乡镇负担的百分之二十的工资就没有下发,这让乡里很多教职员有些按捺不住了。

这天，分管教育工作的王副乡长匆匆来找罗骏："罗书记，不好了！初中有个姓闫的老师写了封申诉信，组织老师要联名送给县领导。信中说，如果再不补发工资，老师们就要集体停课，给学生放假！"

"这怎么可以？赶紧分头动员，让老师们不要冲动，乡领导要研究好对策。"

"吴乡长已经带人做工作去了。有个别老师闹得很厉害，他让我过来向您报告一下。"王副乡长焦急地说。

"好，过去看看。"

在乡教育组的会议室里，一群神情激愤的老师正在逼问吴舜卿乡长，弄得吴乡长脸红筋涨的，汗水顺着面颊直淌。

吴舜卿正处在窘境，见罗骏进来，立即转移大家的注意力："老师们，不要着急，你们看，咱们乡新上任的罗书记来了，大家欢迎！"

除了少数几个学校领导跟着吴乡长鼓掌，其他人都没有动静，大家都不说话了，安静地等待新书记发表意见。

罗骏快步走到会议室最前面站住，他环视着每一张脸，然后大声说："老师们，没想到我刚调到石楼，咱们竟然在这种场合下见面了。对不起大家，请你们听我说几句话好不好？"

会议室内鸦雀无声。

"老师们，大家的心情我完全理解，谁家没有困难？哪家不等着工资发下来养活妻儿老小？可是，老师们，你们都是人类灵魂的工程师，在你们身上寄托着国家教育培养人才的希望，同时，教书育人也是你们不可推卸的责任。如果你们停课，让孩子们放假，那

第十三章

耽误的将不是简简单单的几节课,而是咱们家乡甚至是国家的未来啊!同志们想过没有,你们肩上责任重大啊!"

"总不能让我们饿着肚子讲课吧?"有人插话道。

"好,说得好!不光你们饿着肚子讲不了课,工人能饿着肚子开动机器吗?农民能饿着肚子种地吗?我也不能饿着肚子和同志们交流,对不对啊?"人群中发出一阵笑声。

"那我就要说了,什么原因让我们的老师们饿着肚子讲课呢?很明显,咱们的乡财政出了问题。那么问题出在哪儿呢?就一个字——源。我们乡财政主要来源是向农民征收的统筹款,可我们的农民呢?要向国家交公粮,还要交村提留、乡统筹。老师们,你们难,可你们比比咱们的乡亲们,真正难的是他们!我来乡里工作快两个月了,为了摸清情况,我天天往村里跑,在田间地头和乡亲们拉家常,听他们跟我诉苦。说句实话,听着他们的话,我心里真不是滋味。咱们乡虽然解决了温饱问题,但老百姓缺乏更可靠的经济收入来源,所以日子穷啊,苦啊!为什么穷?为什么苦?我看问题就出在思想还不够解放,还没有找到一条挖掉穷根的新路!"

"罗书记,那您找到了吗?"有的老师问。

"老师们,经过这两个月调研,我基本摸清了咱们乡的情况。接下来,我准备做两件事情,希望大家支持。当然,有一件事情还要开班子会研究,我在这里不妨先透露一下。第一件事,乡政府已经向县政府打了报告,就是拟申请县政府帮助我们发行一定规模的地方政府债。大家听了可能觉得奇怪,怎么政府还能发债?当然能发债,政府发行债务进行投资是社会主义市场经济条件下的一项重要举措。我们通过发行一定数量的地方政府债,主要用于对公共事业进行投资,包括缓解我们乡当前面临的财政支付压力。目前县领导正组织会议研究我们的报告,相信很快就能解决。"

"第二件事,下一步要在我们石楼乡掀起经济结构调整的高潮。老师们经常读书看报,了解国家支持农村二、三产业发展的方针政策,还有省内外其他先进区县发展经济的经验,我就不多说了。我要说的是,下一步我们要围绕我们乡的自然条件,发展特色农业、特色工业、特色商业,只有特色经济发展了,我们才能在全省甚至全国市场占有一席之地,才能不断开辟财源,才能真正让乡亲们挖掉穷根子,过上好日子。大家说,是不是这个理儿?"

听了罗骏的分析,老师们不住地点头。

罗骏继续说:"老师们,无论发展经济也好,改善生活也好,都离不开教育,更离不开你们。我了解到,咱们乡经济虽然落后,可教育并不落后!特别是咱们乡有像王希胜老师这样的许多优秀教师,培养出了大批人才。在这里,我要感谢老师们,你们辛苦了!今天,我希望大家先回去,监督我们这届乡领导班子的行动。来,吴乡长,你过来。"罗骏拉过吴舜卿,"我们俩共同向老师们保证,在年内争取干出个样子来,报答乡亲们的厚爱。到年底,如果大家的工资问题还解决不了,我就和吴乡长一块儿停职检查,咱们大家一块儿上县领导那里要工资、讨说法!怎么样啊,老师们?"罗骏恳切地望着大家。

"罗书记,我们支持您!"老师们几乎异口同声地说。

"好,那就请大家回去,继续上课,不要再有什么怨言。如果谁想不通,可以直接到我办公室,冲我发牢骚、骂娘都可以!"

老师们陆续散去。

第十三章

"罗书记,您有时间吗?我还有话说。"等其他老师都走后,一位年轻的女教师从会议室外面走进来。

"当然可以,你说吧,有什么要求?"

"罗书记,我叫刘新梅。刚才听了您的讲话,我心里太激动了!我完全赞同您的观点。"新梅说话有些激动。

"谢谢小刘老师的理解和支持。"罗骏伸出手,快速地握了握新梅的手。

"罗书记,您讲话中提到要掀起石楼乡经济结构调整的高潮,请问,您还有更具体的意见吗?"

站在一旁的学校领导一听,害怕新梅不知道深浅乱说一通,赶紧上前劝阻:"小刘,罗书记肯定有成熟的意见,你怎么可以这么问呢?"

"不,刘老师问得好!"罗骏示意学校领导不必阻拦,"看来,小刘老师一定有什么好的想法和建议,请说吧。"

"您看,在村里发展冬枣产业,行吗?"新梅开门见山地说。

"哦?发展冬枣产业?有什么依据吗?"罗骏非常感兴趣。

"罗书记,我对象叫张大壮,他正在山东农业大学上学,马上要毕业了,他已经报考了北京林业大学的研究生。这些话,都是他说的,他这段时间一直在做冬枣方面的研究。他曾经说过,冬枣是咱当地独具特色的自然资源,开发冬枣产业是今后石楼乡农民致富的一条好路子。"新梅向罗书记介绍道。

"太好了!刘老师,在开发冬枣产业这个问题上,张大壮同志的观点和乡里、县里领导的观点不谋而合啊!如果方便的话,请把张大壮同志的联系方式告诉我,改天我一定拜访他,谢谢他为我们乡出了个金点子！"罗骏从口袋里掏出一个小本子，郑重地请新梅在上面写下大壮的联系方式，然后放进口袋，用手在口袋外面使劲按了按。

教师停课风波才过，一场更大的风波又在酝酿着。

那时的石楼乡和全国大多数乡镇一样，农民除了缴纳国家农业税以外，还要缴纳村提留和乡统筹，即所谓的"三提五统"，指公积金、公益金、管理费三项村级提留和教育附加费、计划生育费、民兵训练费、民政优抚费、民办交通费五项乡镇统筹。这些费用，一部分由乡镇企业、村办企业缴纳，一部分由农户缴纳。石楼乡因没有乡办、村办企业，这些款项都集中向农户收取，每年夏、秋两季征收。这些税费，有的农户能够按时缴纳，但有的农户因土地歉收、家人疾病、孩子上学等种种原因暂时缴纳不了或长期拖欠，形成了债务。为确保欠费农户能够按时缴费，过去的石楼乡政府采取了三项措施：一是组成专门的工作队，每月逐村逐户上门催要；二是对欠费农户上学的孩子采取措施，不缴费学校不给发新书；三是将长期欠费户开列名单，起诉到乡法庭，然后申请法院强制执行。由于乡里人手不足，工作队队员聘请了部分临时工担任，这些人素质普遍不高，工作方式简单粗暴，态度野蛮，搞得群众既怕又怨，但是敢怒不敢言。

这天下午，县法院执行庭的房庭长在石楼乡工作队的陪同下，一行五人开车来到刘庄，将公务车停在"栓柱锅子饼店"的门口。栓柱正想出门打招呼，却见他们没有进店，而是大摇大摆地进村去了，知道准是为催缴款项的事情而来。

一行人到了村支书刘双江家，房庭长掏出一份名单，上面写着

第十三章

刘二楞、刘老木、刘迷糊等十几个人的名字，他指着名单对刘双江说："老刘，你们村一向是先进村，现在怎么突然冒出这么多'钉子户'？"

刘双江一边同来的人一一握手，一边满脸含笑地回答："房庭长，俺们村还算少的，您到南楼、郭店、堤头看看去，这种情况只比俺们村多，绝不比俺们村少。"

"老刘，话扯远了。你看看，这名单上的人都在家没有？"

刘双江接过名单一看："大部分都在。只有一两个在外地打工没回来，不过，家里老人、妇女都在。"

"那就好。走，我们先去刘二楞家。"

房庭长问明二楞家住址，就率领一行人赶了过去。

二楞正在往石槽里续草料喂那头黑色的大草驴，房庭长一伙人推开栅栏门闯了进来。

"房庭长，他就是刘二楞。"乡工作队人员介绍道。

房庭长见二楞一副待答不理的样子，话里就略带着些气："你就是刘二楞吗？"

二楞努了努眼睛。他瞅着工作队的人就心烦，所以并没有停下活计，不耐烦地说："是啊，又来催账啦？"

"二楞同志，你不是借账，我们也不是催账。依法缴纳税费是每个农户应尽的义务，现在乡里已经把你们长期欠费人员的名单报到了法庭，我们今天过来执行。"

二楞一时也没听太明白，顶了句："啥'法庭''朝廷'的，俺听不懂。甭管哪个单位来讨账，反正俺没钱。"

二楞娘和二楞媳妇正在屋里哄孩子睡觉，听见外面吵闹，快步

157

走出门来。

房庭长一听二楞的话,有点压不住火:"刘二楞,你别不自觉,欠费你还有理了?今天,你必须把欠的费全部补上!"

二楞娘忙上来说好话:"同志,请屋里坐,甭跟他一般见识。俺是他娘,有事你跟俺说,中不?"

"大娘,你们家欠了两年的费了,乡里把你家列为重点对象,今天必须把费缴上,不然,我们可就不客气了!"房庭长不依不饶。

二楞火气也上来了:"俺没钱,也借不到钱,你们有种绑了俺!"

二楞娘一边拦儿子,一边求情:"同志,请您高抬贵手,俺明天就上他大舅家去借钱缴款,您再宽限几天,咋样?"

房庭长正想借坡下来,工作队一名队员冲他使个眼色说:"大娘,我们都来三趟了,每回您都说上他大舅家去借钱。可我们查了,郭店的郭长有开饭店不假,可上个月他领着饭店里的一个服务员私奔了,家里正闹得不可开交,饭店也关门了。他自己欠着一屁股风流债,哪有啥闲钱借给你们?"

"那好,今天要是交不上欠费,咱们就强制执行!去,把他家的驴子牵走!"本来,房庭长是想吓唬吓唬二楞,让他赶紧出去筹措款项,补缴欠费。谁知,工作队一名新聘任的临时工不识轻重,听房庭长一说,果然上前一把解下缰绳,牵着驴子就要往外走。二楞媳妇也信以为真,她本来就对嫁给二楞有意见,一听这话,这次干脆闹崩了,她指着二楞,脸不是脸鼻子不是鼻子地骂道:"刘二楞!你这个有人生没人养的孬货!自从嫁给你,除了还账还

第十三章

是还账,这日子没法过了!你自己过吧,老娘要回娘家,不伺候你了!"说完,扭着水桶般粗的腰踢开栅栏门,一边哭一边一溜烟地向虎王娘家跑去。

邻居们听到哭喊声,都纷纷聚到二楞家的院子里。

二楞娘一见媳妇撇下孩子跑了,登时气撞胸口,一口气没喘匀,两眼一黑,晕死过去。邻居们赶忙过去把她轻轻放倒在地上。

眼见媳妇跑了,娘也倒下了,工作队的人正拉着驴子的缰绳,二楞完全误会了,他脾气彻底发作,已经把犯法不犯法完全置之度外,顺手抄起一根木棒,抡圆了向那个牵牲口的人脑袋打去。棍子挂着风声,要真打到脑袋上,非开了瓢不可。吓得那人赶紧闪身,人躲开了,那棍梢儿正扫在驴耳朵上。那驴子一惊,向后使劲一退步,一下子把牵驴子的人拽倒在地,胳膊正好垫在一块半截砖头上,当时就断了,疼得他脸煞白,脑门冒虚汗,嘴里不停地喊疼。工作队的其他人员见二楞行凶,全都上来,把二楞围在当中,准备把他制服,急得二楞大声喊:"乡亲们,都逼出人命啦,还不动手?大伙不齐心,将来都是这个下场!"

二楞一句话,那些平时受乡工作队过分催逼的乡亲们被挑动起来了,七八个壮汉冲上前,也不管什么庭长不庭长,工作队不工作队,挥拳就打,拳头巴掌雨点般落下来,打得几个人抱着脑袋拼命往村子外跑去。

消息飞快传到乡里。罗骏到县里参加会议去了,只有吴舜卿在办公室,有人赶紧把情况报告给他。吴舜卿听完房庭长和工作队的遭遇,勃然大怒,分别给乡派出所和县公安局田副局长打了电话,要求出动警力抓捕有关滋事人员。一个小时后,天近傍晚,六辆警

159

车满载警察呼啸着冲进刘庄。

刘双江知道村里发生了严重问题，他本想上前劝阻，可二楞当着乡亲们的面破口大骂："你这个吃里爬外的老王八！你干的事以为大伙不知道吗？你欺骗村民多交提留款，剩下的塞进自己腰包里！你别以为人人都怕你，老子偏不怕！"大田、二田、三田闻听，肺都气炸了，抄起家伙什儿就要冲上去围攻二楞。刘双江气得直跺脚："祖宗们，你们咋不知道害怕哟，难道非要把天捅个大窟窿吗？都滚一边儿去，俺管不了了！"气得他顿足捶胸地走了。

刘双河见不是个事儿，赶紧到饭店找栓柱，让他抓紧时间去向罗书记报告，同时嘱咐道："一定要见到罗书记本人，让他亲自来处理，否则事情会越闹越大！"

栓柱骑着摩托赶到乡里，一听罗书记到县里开会去了，又风驰电掣般赶到县城。那天县里的会正好在研究募集资金的事。经过一天的反复协商，最后形成决议：根据当前实际情况，由县财政出资成立一家投资公司，向全县群众有偿募集建设基金，群众自愿认购，每人最低一百元，主要用途就是支付石楼等乡镇拖欠的教师工资，剩余的用于发展县里急需发展的其他民生工程事业。

散会后，罗骏找梁县长汇报工作。梁县长说："我看了你写的报告，没想到石楼的经济状况那么差。县里已经开会研究过，完全同意你在石楼实施经济结构调整的建议。为了配合这项工作，县里准备成立一个领导小组，由你们乡党委政府牵头，县财政、科技、林业、农业等部门参加。你们要抓好冬枣科研、市场调查、产业试点工作，争取早一天闯出一条致富的新路，帮乡亲们彻底挖掉穷根子。"

第十三章

"好，我们回去抓紧时间研究，一定按您的指示办。"

谈话还没结束，办公室工作人员急匆匆进来找罗骏："罗书记，石楼乡似乎出了事情，有位老乡在办公室等你。他请你务必出去见他一面。"

罗骏告辞出来，到办公室见是栓柱。他们早已经非常熟悉了。

栓柱一见罗书记，赶紧把他叫到外面的楼道里，简要地汇报了情况。罗骏问他："栓柱，你咋来的？"

"俺骑摩托车来的。"

"你赶紧回去报信。我们乡里的车在下面，我马上赶过去。"

六辆警车开进刘庄，一字排开，二十多名警察从车内跳下来，猛虎一般朝村里扑过去，迅速地将二楞家包围起来。

经村里干部和乡工作队人员的指认，警察没费多大劲儿，就把二楞及刚才动手的几个人缉拿归案，戴上手铐，准备押走。

二楞娘这时刚苏醒不久，眼看着二楞他们就要被带走，连气带急，浑身打着哆嗦，眼珠往上一翻，又昏了过去。

这时村里有年长的人走到警察跟前说："警察同志，二楞他们虽然犯了错，可你看他娘这边情况也不太好，需要住院。二楞家就剩他一个了，你们把他带走了，万一他娘有个好歹，俺们邻居们没法担待。"

"对，你们不能把人带走！村支书呢？他躲到哪里去了？都啥时候了，咋吓得连个屁也不出来放啊？"几个大胆的村民又围拢上来。

"干什么？难道你们想包庇罪犯吗？！"为首的警察厉声呵斥。

双方正僵持不下，忽然从村外驶来一辆摩托车，骑摩托车的正是栓柱，他大声喊道："都停一停！先不要抓人，罗书记来了！"

不大一会儿，乡里唯一的那台吉普车驶进村子，罗骏从车上下来。

村民一看是罗书记，都松了口气。

罗骏快步走到警察面前一一握手并说道："同志们，辛苦了，辛苦了！人你们暂时还不能带走。"

他转身来到乡亲们面前，高声喊道："乡亲们，你们的事情我刚听说，大家不要着急，千万不要着急！听说，刘二楞同志的母亲昏倒了，她在哪儿？我要去看看她老人家。"

村民把罗骏带到二楞家的堂屋里，二楞娘直挺挺地躺在炕上。

罗骏到跟前摸摸脉搏，回头急切地问："村里有没有赤脚医生？赶紧叫过来看看。"

"罗书记，俺在这里。"一个四十多岁年纪的小个子男人凑过来，肩上挎着个药箱子。

"快！你给看看，人要不要紧？"罗骏催促道。

赤脚医生从人缝里挤进来，摸摸脉象，翻翻眼皮，对罗书记说："罗书记，俺刚才给她服下了速效救心丸，暂时没有生命危险，不过，需要马上送医院急救。"

"好，好。"罗骏出去安排警察把二楞娘抬上警车，又叫新兰和一位邻居家的年轻妇女陪着，警车鸣着警笛呼啸着往县医院去了。

罗骏回来对警察说："同志们，妨碍执行公务，砸毁公务车，确实违法，应该严肃处理。但事情有个轻重缓急，现在有老人生病

第十三章

住院需要抢救，没有家人照顾不行，请你们把刘二楞等几个村民交给我，让他们先给家人看病，等候处理。可以吗？"

"罗书记，万一他们跑了咋办？"

"同志们，你们多虑了。人跑了我来负责！"

警察打开手铐，把二楞他们都放了回来。

"乡亲们，今天的事情虽然事出有因，但闹到这个地步，我这个乡党委书记有责任啊！是我的工作没有做好，我对不起大家！乡亲们，请你们原谅！"说罢，他朝乡亲们深深地鞠了一躬。

"乡亲们，都回去吧，回去吧！"看着围观的人群逐渐散去，他回头示意警察都回去。

最后，当场只剩下二楞、栓柱以及后来赶到的刘双江等少数几个人。罗骏严厉地说："刘双江同志，乡党委责成你们村委对刘二楞等同志妨碍公务、砸毁车辆的行为进行严肃批评教育。你们村委工作不力，酿成矛盾，要向乡党委做出深刻检查！"

"是，是，罗书记，俺们今后一定改正！"刘双江不住点头，脸上堆着尴尬的笑容。

"咱们乡以后再也不能发生这种事情了！"罗骏生气地走了。

第十四章

教师索薪和刘庄抗税风波深深地震动了石楼乡的党政领导班子，让乡党委和乡政府的主要领导感受到了前所未有的压力。他们在加快发展农村经济、增加农民收入、改变贫困落后面貌方面迅速达成共识，但在采取什么样的方式发展经济方面却产生了严重分歧。

在罗骏主持的第一次乡党委会议上，两种观点发生了激烈碰撞。

罗骏向与会人员传达了县政府的会议精神，对补发教师工资、刘庄事件处理等问题进行了阐述。他接着说："刘庄事件，给我们带来一次极其深刻的教训，它给我们敲响了警钟，我们的观念如果再不改变，经济发展再没有新的突破，像这类事件只会越来越多。"因此，他的目光在在座的每一个人脸上停留了几秒，然后又说，"同志们，解放思想，更新观念，全面调整经济结构，大力发展农业产业化必然成为我们下一步工作的主线。"

"抓解放思想，更新观念，要结合当前的形势，紧紧围绕农民要致富、农业要增收、农村要发展这个主题开展，要把党和国家的政策法律宣传到位、贯彻到位、落实到位，避免形式主义。本次会议结束后，乡党委要组织几次大的教育培训活动，必要时组织村干部到县委党校进行轮训,这次一定要敢于较真碰硬,敢于同一切阻碍发展的保守落后思想做斗争,切实把思想观念转变过来。

"在经济发展方面,我认为石楼乡目前最大的问题还是'三农'问题,不解决'三农'问题,我们就打不破发展瓶颈。而解决'三农'问题的关键,就是要围绕调整农业内部结构、发展农业产业化做文章。我现在只提一个大致的设想,有些问题我们可以讨论,本次会议先定个调子,希望乡政府尽快拿出切实可行的一套方案,我们下次再详细研究。

"为了拓展同志们的思路,先谈谈我的观点,抛砖引玉。调整农业内部结构,我们省很多市、县都走在了前列,值得我们学习和借鉴。比如寿光的蔬菜、烟台的苹果等,都已经形成产业化经营,成了全国叫得响的品牌。下一步,我认为有必要告别传统的单一的粮食种植模式,以发展高产优质高效农业为目标,积极开发冬枣产业。第一步要大力发展庭院经济,号召全乡农户在庭院中种植冬枣;第二步要吸收最新科研成果,在部分村进行试点种植,进而实现大田种植,待取得成功经验后,全面推广。针对这一问题,请同志们各抒己见。"

吴舜卿第一个发言:"对罗书记提出的两个方面的问题,第一'解放思想,更新观念'方面,我没有意见,完全举双手赞成。第二方面的问题,调整农业经济结构问题,第一步大力发展庭院经济,号召全乡农户在庭院中种植冬枣,我也同意。但关于第二步,我认为为时尚早。大家想想看,自从新中国成立以来,我们乡农业生产就一直以粮棉种植为主,已经形成了传统,在群众观念中根深蒂固,一时恐怕难以改变;另外,冬枣种植的确是一个全新的产业，其经济效益如何，只是根据不太可靠的社会调查，就算比普通枣子多卖几毛钱吧，但它亩产多少？市场多广？潜力多大？我们知道吗？恐怕谁也回答不上来，所以没有经过试种，盲目发展要冒很大风险。群众不答应，市场前景不明朗，这样的产业如何发展？如果硬要发展，那领导满意吗？群众满意吗？所以，发展冬枣产业不能靠头脑发热，不能打无准备之仗，更不能对党和国家的事业不负责任，一定要慎重、慎重、再慎重！"

吴舜卿意犹未尽，继续说："发展经济，解决'三农'问题，也不能光瞄准农业经济结构调整这一篇文章。我看多管齐下更能见效，比如大力发展工业和商业，就非常必要。我举个例子，我们邻县的尚店乡，去年在傅家河西岸开了一座小型的炼油厂，附近村庄的不少农民都到厂子打工挣钱，一个工人年收入达两千多元，听说今年炼油厂不仅收回了全部投资，而且向乡财政上缴利税达十万元。同志们，多么令人羡慕啊！还有，咱县的东流头乡，在发展商业经济方面也具有鲜明的特色，比如，去年以来餐饮行业兴起了'餐饮加娱乐'模式，当地领导抢抓发展机遇，建立了'餐饮加娱乐'经营一条街，吸引了本县及邻县大批客商前来消费、兴业、投资，短短一年时间，乡财政收入就翻了几番。同志们，这些成功的例子，难道不值得我们去学习借鉴吗？这些成功的经验，难道不值得我们加以总结推广吗？"

罗骏知道，吴舜卿说的这些话，都是有所指的。最近乡政府正在与市外一家客商洽谈，准备在南楼和刘庄之间建一座小型的造纸厂。对方之所以愿意投资，一方面是看中了石楼乡丰富的植物纤维资源，如石楼乡出产大量的芦苇、麦秸、棉秆等；另一

第十四章

方面，石楼乡地处傅家河中下游段，也利于造纸厂排放污水。石楼乡原先的乡党委主要领导拍板决定引进造纸厂，双方已经签订了合作意向书，准备进一步协商签订正式的合作协议。罗骏来到石楼乡后，经过周密调查论证，认为造纸厂没有配套污水处理设施，不能有效控制环境污染，经上报县政府，及时把该项目叫停了。为此，吴舜卿到县里找过梁县长多次，梁县长让他征求罗骏的意见。吴舜卿与罗骏谈话多次，试图说服罗骏同意上马造纸厂项目。罗骏也多次亮明自己的观点，只要造纸厂能够配套排污设施，污水排放达标，即可上马；如果做不到，双方停止洽谈。罗骏告诉吴舜卿，石楼乡需要发展，但绝不能以牺牲环境为代价。当吴舜卿提出在石楼乡建立"餐饮加娱乐"一条街的建议时，罗骏反驳道："搞那种'餐饮加娱乐'的东西，说白了，就是搞所谓的'红灯区'，以那种方式吸引客户消费、投资，是一种非常短视的行为，是与社会主义精神文明建设、法治建设倡导的公序良俗原则相违背的，最终只能败坏社会风气，被外商瞧不起，破坏招商引资环境，结果得不偿失。"经过多次谈话，吴舜卿对罗骏的思路始终不能透彻了解。为消除隔阂，罗骏苦口婆心地反复开导他。在罗骏的心中，已经为石楼乡勾画出一幅巨大的发展蓝图，这幅蓝图的主要部分就是以开发冬枣产业为核心的农业经济结构调整，然后是围绕冬枣产业横向、纵向延伸的工商业发展链条。罗骏反复强调，开发冬枣产业犹如一步大棋，在石楼乡经济发展的硕大棋盘上发挥着举足轻重的作用，这步大棋如果下好了，一盘棋就全活了。后来，他把这个工程形象地称为"红花绿叶"工程。吴舜卿表面上虽然表示理解，但思想深处并没有真正转过弯来。

罗骏见他旧话重提，就打断了他的发言："老吴，这次会议主要是研究怎样发展冬枣产业，不是研究要不要发展冬枣产业。这个问题，我们已经多次交换过意见，请你注意。"

吴舜卿一听，腾的一下站起身："罗书记，这是党的会议，我作为党员发表个人意见难道不对吗？"

"当然对，我不是那个意思。"罗骏解释道。

"那你是哪个意思？总不能'一言堂'，不让人说话吧？罗书记，你刚到乡里参加工作，没有乡镇工作的实际经验，如果急于出成绩，让大伙跟着你冒这样大的风险，万一搞砸了，谁负这个责？谁又负得了这个责？"吴舜卿寸步不让。

"同志，我负责！"罗骏拍案而起，"现在，石楼乡已经到了最危险的时刻，我们正坐在火堆上烤！石楼乡三万多父老乡亲的眼睛正盯着我们啊，同志们！石楼乡所有问题的主要矛盾都出在经济发展方面，矛盾的主要方面就是经济结构调整没有突破，我们能不能跨出这一步，具体说，冬枣产业能不能搞起来、能不能搞好，事关石楼乡发展全局。抓好农业经济结构调整，大力发展冬枣产业，任何人都不能动摇！如果谁动摇，谁就没有资格面对石楼乡的三万乡亲父老！"

所有参加乡党委扩大会议的人员都从书记这段斩钉截铁的发言中听出了一股火药味儿。

"罗书记，既然你一意孤行，那我只好再次向上级领导反映我的看法了！"吴舜卿站起身，他用中途退场的方式表达不满。

其他几个党委委员想起来拦下他，罗骏示意大家坐下："同

第十四章

志们,人能留下,思想转不过弯儿来也是徒然。对同志一要说服,二要等待。"他叹了口气,自言自语道,"可我们已经等不起啦!"

乡党委会议因吴舜卿中途退场不欢而散,对发展冬枣产业没有能够形成乡党委决议。

会后,罗骏向梁县长汇报了会议情况,梁县长告诫他说:"吴乡长脾气比较犟,那是因为现在他思想上还没有转过弯儿来,你要耐心地做他的思想工作,争取他的支持。"

"县长,我知道。您最好也找他谈一谈,给他明确的指示,对上级领导的意见,吴乡长是一贯重视的,执行起来也是不打折扣的。"

罗骏放下电话,抱着胳膊走到玻璃窗前,望着外面的天空。天空灰蒙蒙的,像要下雨的样子,空气里含着大量水分,潮乎乎的,让人感到格外沉闷。所有人打心底里都希望来一场痛快的雷雨,打破这无边的沉闷。

开春以后,刘庄村东侧的大马路开始翻修,有段时间路被阻断了,客人明显来得少了。栓柱站在饭店门口,盼着路能够早点修通,但又没有人告诉他具体哪一天才能修好,他的内心既期盼又惆怅。从去年以来,他的负担越来越重了,三个家庭的重担压在他肩上,令他喘不过气来。大华去年下半年也开始送乡幼儿园上大班了,明年就要上一年级了,新兰正为接送孩子的事儿发愁呢。

二楞娘出院了,媳妇也从娘家接回来了。这天,二楞娘让大枝扶着到饭店来向新兰道谢。

"新兰,亏你们搭把手,救了俺们一家。"二楞娘眼含热泪感激地说。

"奶奶,乡里乡亲的,千万别见外。"新兰劝慰道。

大枝扶着二楞娘坐下,二楞娘说:"没想到这次二楞闯下这么一场大祸,幸亏碰到罗书记这位活菩萨。他不仅没有为难二楞,叫到派出所写了保证书就放回来了,还帮俺治好了病,俺的医疗费都是公家出的,花了五百多元呢。"

大枝也说:"亏了你们家栓柱跟罗书记熟络,能递上话,要不然这次二楞非坐牢不可。他还打伤了人、砸坏了车呢,要俺们个人赔,怕把房子、地卖了都不够。再加上俺大舅也出事了,俺们家现在连个借钱的地儿都没有了。"

栓柱赶忙说:"不对,这里面没俺啥事,是你们碰到好人了。"

新兰问:"对了,奶奶,前一阵光听说二楞叔他大舅出事儿了,到底出啥事儿了?"

二楞娘满脸愁容,叹气道:"按理说,当着你们小辈的面,这话不该说。还不是他大舅开的那个能唱歌跳舞的饭店惹的,现在人跑没影了,找都找不回来。"

原来,郭长有上次因打架气死本村的郭老蔫后,郭老蔫的儿子郭小蔫一心告状报仇,后来逼得郭长有四处托关系找门路,又赔了他五万元钱,事情才渐渐平息。郭小蔫拿了郭长有的钱,郭长有一直耿耿于怀,伺机报复。郭小蔫自打父亲死后,觉得在村里人前人后抬不起头来,就把地撂给媳妇宋金花,独自到外面打工去了。那宋金花娘家是南楼的,从小娇生惯养,要不是自小定下"娃娃亲",又收了郭老蔫的彩礼,她才不会嫁给郭小蔫呢。现在郭老蔫死了,郭小蔫扔下她和五岁的女儿出去打工,让她一个人领着孩子

第十四章

在家种地,她哪里受得了那个累啊。幸亏几个娘家兄弟过来帮衬,才勉勉强强把地种上,至于拔草施肥、打药捉虫这些日常的事情,就全由它去了。可这个女人天生是个多情种子,有事没事爱串个闲门子,搔首弄姿地卖弄个风骚,惹得阖村光棍眼里喷火。郭长有四十来岁,老婆人老珠黄已引不起他多少兴致。他每天看着这个风情万种、体态风骚,嫩得能掐出水来的宋金花,恨不得一把抱过来搂在怀里。这天,他在路上碰到宋金花,嬉皮笑脸地凑过去:"大妹子,有件事儿想跟你商量商量,不知你有没有兴趣?"

因为有郭老蔫的事情,宋金花还没放松警惕:"孩子他伯,你能有啥事儿?"

郭长有说:"好事。是这样,上次老蔫叔的事儿闹得咱两家关系紧张,看小蔫兄弟这样,俺心里实在过意不去,一直想找补找补。你看,现在俺饭店生意特别好,就是缺人手,忙不过来。大妹子你心灵手巧,模样又俊,哥想请你到饭店上班,帮着俺管管账、给客人递个茶送个水,活不累,俺工资给你开得高高的,咋样?"

那宋金花一听还有这好事,恨不得立马答应。但她考虑到没有征得郭小蔫同意,不便马上答应,略微迟疑了一下。

郭长有心知肚明,假惺惺地说道:"大妹子,这样吧,你如果不愿来,俺也不勉强。如果因为害怕小蔫兄弟不同意,那你大可放心,小蔫兄弟问起来,就说哥让你到饭店上班为着找补你钱哩。还有,到时候真挣了钱,小蔫兄弟感激你还来不及,哪里还会埋怨你?你说,是不是这个理儿?"

郭长有一席话,彻底打消了宋金花的疑虑,她当即应承下来,转天就到饭店上班了。果然,郭长有说到做到,让宋金花在饭店替他记账，给她分派最轻松的工作，工资开得高高的，宋金花乐得心里都开了花。为答谢郭长有，她逢个客人少的阴雨天，把郭长有邀到家中，炒了菜烫了酒，两个人边喝边唠嗑，不像老板和员工，倒像亲亲热热的两口子。郭长有三杯酒下肚，眼红耳热，再看宋金花，面泛桃花，目送秋波，高挺的胸脯嫩白如玉，郭长有再也把持不住，一把把宋金花搂在怀里，亲了上面亲下面，然后抱起来放到炕上。那宋金花半推半就，两个人郎有情妾有意，当下做成了好事。此后，两个人在村里出双入对，双眠双宿，形影不离，丝毫也不顾忌乡亲们的议论。

郭小蔫在外面听到风声，急忙赶回村，当面指责宋金花不守妇道。宋金花知道事情露了馅儿，顾不得羞臊，索性大吵大闹起来，逼着郭小蔫同她离婚。郭小蔫生性懦弱，遇事只知逃避，见妻子王八吃秤砣铁了心要走，只得同意离婚，让宋金花净身出户，自己带上女儿，家门一锁又出去打工去了。在宋金花的撺掇下，郭长有也打算跟老婆离婚。谁知他老婆不是善茬，先是一哭二闹三上吊不同意离婚，见郭长有继续执迷不悟，就叫娘家人上门来理论，再加上郭长有儿女年龄已大，都不同意自己爹娘离婚，弄得郭长有上不去下不来，身子仿佛悬在半天空里。

这宋金花见郭长有决心难下，搂着他脖子哭道："俺两个月身上没来信儿，怕是怀上了。你要再不下决心离婚，俺就买瓶敌敌畏，死在你饭店里，让你这辈子也发不了财！"

郭长有没办法，拉着大长脸说："她不离，俺有啥办法？"

宋金花哭着说："她不离，咱长着腿不会走吗？走得远远的，到别处去干发财的营生，离了她你走不动道儿啊？"

第十四章

万般无奈之下，郭长有三十六计走为上，带着宋金花，划拉了饭店的现金和存款，跑到外地去了。他老婆得知俩人私奔，赶紧报警，又到郭长有父母跟前寻死觅活地闹，家里像翻了天一样。老板一走，群龙无首，"郭店餐馆"只好关门大吉。

二楞娘叹息着说："都怪俺那不懂人情的兄弟，那么大岁数还不让人省心。你说，开那个饭店有啥用啊，净祸害人了！"

大枝忙说："这活儿得看谁干。人家栓柱不也开饭店，咋就没事哩？都怨俺大舅不好好过日子。"提起大舅，大枝忽然想起一件事："俺明天得回家去了，来了半个多月，也不知大奎咋样了，俺得回家看着他点儿。"

栓柱笑道："姑，大奎叔你放一万个心，今天早晨俺还看见他和二奎叔一人拉着一车羊从俺门口过去呢。他们忙得连个招呼都来不及打。"

大枝笑着说："那就更该回去看看了，人牵不跑，别再让羊牵跑了。"

正说着，就见新梅推着自行车兴冲冲地回来了。

新兰老远和她打招呼道："梅子，啥事啊？看你那高兴劲儿，莫不是大壮要来了？"

新梅推着自行车从大马路上下来，用力跺跺脚，把鞋上的尘土弄干净。她一边跟二楞娘、大枝打招呼，一边对栓柱和新兰说："你们咋猜到大壮要来？"

"俺呀，会相面啊，你那么高兴，除了大壮你还会为谁？"新兰拿她逗趣。

"大壮来干什么？这时候离毕业不还早吗？"栓柱问。

"哥,大壮这次回来,一是为了写毕业论文,二是因为乡里要开座谈会。"

栓柱好奇地问:"回来写论文?在学校不能写吗?乡里开座谈会,关大壮啥事儿?"

"上次我们学校老师们闹事,我当着罗书记的面说起冬枣的事情来,没想到他那样认真,专门派王副乡长找我,让我联系大壮,问周末能不能赶回来,说乡里要搞一个开发冬枣产业座谈会。于是我就给大壮打了个电话,把事情原委说了一遍,大壮正在赶写毕业论文,选题就是关于冬枣苗木繁育和栽培的,他说这次不仅自己要来,还要把他的辅导老师和几位一块儿考研究生的同学叫来呢。我这不赶紧回来商量商量,咱们怎么接待啊?"新梅有些着急地望着栓柱。

栓柱却从容地说:"新梅,根本用不着咱们招待,你只要跟乡里一说,所有的接待乡政府肯定会负责的;再说,大壮这次不是一个人来,你不用过于操心。对啦,你跟王副乡长说了吗?"

"说了。"新梅说,"王副乡长高兴坏了,说罗书记正准备开个'群英会',这下满意啦。"

"嗯,罗书记这人真不错。"栓柱称赞道。

"是啊,这次县里集资款刚拨下来,就把拖欠教师的工资全部补发上了,大伙儿都说他说话算话。"新梅掩饰不住心里的高兴。

"真不错,大好人!"二楞娘接着话茬跷跷大拇指,说完,让大枝搀扶着告辞回去了。

二楞娘刚走不多会儿,两辆机动三轮车停在了饭店门口,一前一后进来两个人,一个高个子,一个矮个子。栓柱一看,来的正是

第十四章

尚店乡二楞的姐夫大奎和弟弟二奎。他们从附近农户家中收购散养的羊,然后卖到县城的大饭店里去。栓柱见是他俩,笑着说:"刚才俺大枝姑和奶奶还念叨你俩呢,这不说曹操曹操就到,可惜你们一家子没碰到面。"大奎笑着说:"都老夫老妻了,说啥可惜不可惜的。"说罢俩人要了二斤"锅子饼",两份炒菜,一大盆西红柿鸡蛋汤。

栓柱一边麻利地上菜,一边听两个人交谈。大奎叹息道:"这下咱乡的炼油厂彻底完了。"二奎回应道:"可不是嘛,爆炸炸死了一个人,烧伤了六个。"

栓柱忍不住停下脚步,回头问:"你们说的是尚店乡去年新建的炼油厂吗?"

大奎说:"可不是嘛,昨天晚上炸的。前阵子厂子安检不合格被责令停产,据说晚上偷偷炼油,刚开了蒸汽阀不久,炼油锅就炸了,当场死了一个人,烧伤了五个。油锅里的油爆炸后,燃烧起来,像过年放烟花一样,很多人大老远都看到了,也听到了,厂子顷刻间烧成了一堆灰烬。"

栓柱疑惑地问:"不对啊,不是说烧伤六个吗?咋又五个了?"

二奎说:"还有一个是我们俩的客户,他养了快一百只羊。那天傍晚在河边放羊,正准备回家,突然听见一声巨响,从天上飞下些火球来,落得到处都是,结果把他和羊都烧着了。情急之下他和羊都跳到傅家河里,幸好他的命保住了,但羊淹死了十一只。今天,他在医院治烧伤,家里通知俺俩去收羊,我们拉着死羊去卖,在我们县城饭店卖出一批,又在你们县城卖出一批。幸亏俺们常年贩羊,客户信得过,才勉强都卖掉了。唉,一直忙到现在才回来吃饭。"

栓柱说:"他损失这么大,还不赶紧去找炼油厂索赔?"

大奎说:"索赔?哼,这边厂子一爆炸,那边老板就卷铺盖走人啦。从昨天晚上开始,公安正满世界通缉呢。"

"人抓到了没有?"几个在旁边吃饭的客人也停下筷子,扭着脖子问。

二奎说:"那谁知道,反正炼油厂老板开厂子没少花钱,要不手续咋能办下来?这一出事儿,准有人给他通风报信哩。"大奎用手戳他一下:"说话注意点儿!吃饱了吗?吃饱了赶紧走人,快把货款送过去,养羊的还等钱治伤呢。"

两个人又喝了几口茶水,拿餐巾纸擦擦嘴,急匆匆地开车走了。

第十五章

星期六上午,座谈会在石楼乡政府会议室召开,石楼乡党政领导班子成员,县政府办公室、科技局、农业局、林业局的领导及农艺专家,张大壮以及他请来的白教授和几位同学都参加了会议。会议由罗骏主持。

白教授在发言时激动地说:"去年国庆节,大壮同学给我带来你们家乡的特产——冬枣,我看了以后非常惊讶,这种枣子非常独特,我以前从来没有见过。我赶紧联系省农科院几位专家说明情况,他们听到后都非常感兴趣,于是我将冬枣分别给他们送过去。经研究,断定这是极为独特的冬枣野生种源,在全国独一无二,如果经过精心培育和种植,具有非常良好的食用价值,能够创造很高的经济效益。这种稀世珍果出在你们县,是上天对你们这方土地的眷顾,你们拥有这样得天独厚的资源优势,希望一定要好好地珍视它,好好地开发利用它,让它造福于全县人民。"

县里的农艺专家孙老师就对冬枣的初步研究成果向与会人员做了介绍:"经过全面普查,我们县共有二百八十多株冬枣树,能够作为优质资源的有四十多株。经过一年来的研究,我们发现冬枣具有早产、丰产的特点,经野生酸枣砧嫁接培育后,一般两年即可结果,第三年即可进入丰产期,经估算,丰产期每亩产量可达六百公斤左右，按照现在的市场价格每公斤三十元，每亩收入可达一万八千元！"

在座的乡镇、农业、林业等部门的领导听了这个消息，无不欢欣鼓舞，认为开发冬枣产业的时机已经成熟了。

下午，石楼乡党政领导班子继续召开扩大会议，研究部署开发冬枣产业问题。在这次会议上，吴舜卿做出让步，认为可以选择主动性比较强的村庄，在农民自愿的情况下适当开展试点工作。大家心里清楚，吴舜卿之所以这么快转变态度，跟最近Y县尚店乡发生炼油厂爆炸事故，乡政府支付巨额赔偿费有很大关系。会后，乡政府制定出台了《石楼乡政府关于开发冬枣产业调整农业经济结构的意见》。

在扩大会议召开的同时，乡政府办公室秘书陈锋陪着白教授和张大壮一行人一起参观堤头、刘庄的冬枣树，特邀新梅陪同。

张大壮的同学里有一个女的，留着齐耳短发，颀长的身材，白皙的脸庞，长着一双水汪汪的好看的大眼睛；另外还有一位个头不高，但外表看起来非常精干的男同学。"她叫张萍。他叫高君伟。"张大壮为新梅一一介绍。当介绍到张萍的时候，她主动拉着新梅的手，意味深长地说："很高兴认识你。我和大壮是同学，又同时考上了林大的研究生，你说，我们俩缘分是不是很大？"说到"缘分"两个字时，她的脸微微红了一下。新梅听了，心里一阵阵泛起酸来。

那时刚到四月份，太阳晒得到处暖烘烘的，杏花、桃花、梨花都开过了，冬枣树刚刚发芽，小小的芽苞嫩黄嫩黄的，大家围着冬枣树指点着、谈论着、笑着，不像在搞研究，而像是进行一场惬意的春游。白教授对着冬枣树不住地赞叹，他滔滔不绝地向学生们讲着在课堂上学不到的知识，张大壮飞速地记录着，一篇毕业论文的框架已初步形成了。

当大家来到新梅家天井时，大壮惊喜地发现，去年他嫁接的那个冬枣枝已经成活，吐出了米粒大小的嫩芽，他兴奋地说："看，这是我去年嫁接的，它活了！活了！"望着大壮兴奋的样子，新梅心里无比满足，她觉得她的呵护没有白费，她的努力得到了应有的奖赏。

这时，敏感的张萍意识到一个问题，悄悄问大壮："大壮，怎么回事？你怎么会在这里嫁接这个？"

"没事，我是去年考察冬枣时一时兴起，随便嫁接的，没想到居然成功了。"

新梅在旁边听了，真想过去补充一句："我是大壮的未婚妻，我们俩已经订婚了，大壮到未婚妻家做客不挺正常的吗？"可话到嘴边，又咽下去了。

太阳偏西的时候，白教授一行人坐车离开了石楼。望着车子远去的影子，新梅突然生出一缕淡淡的莫名的惆怅。

第二天下午，石楼乡政府召开动员会，确定在刘庄、虎王、南楼、郭店、堤头等村开展冬枣试点种植，并在刘庄建立冬枣科技服务中心，聘请白教授、孙老师担任技术顾问，负责冬枣苗木繁育、栽培研究和农技人员培训，并提出全乡农户每家庭院里必须种植两株冬枣树，每户培训一名冬枣技术员的硬性要求。

动员会结束后，罗骏分别同刘庄、虎王、南楼、郭店、堤头等试点村的两委班子负责人谈话，要求他们尽快召开村一级的动员会，全面做好组织动员工作。

刘双江从乡政府开完动员会，又被罗骏留下谈话，回到刘庄时已经晚上七点多钟。他不敢耽搁，决定立即召开村党支部会，传达乡动员会议精神，研究在刘庄如何进行冬枣种植的贯彻落实。没想到，在征求意见环节，与会的党员发生了激烈的争执。

有的党员认为，应该响应乡政府的号召，开发冬枣产业，带领村民开辟新的致富道路。但也有党员认为，目前调整农村经济结构只有少数地方在实行，全国绝大部分农村地区仍然延续着传统的种植模式，他们致富的门路主要依靠发展村办、乡镇企业等经济组织。提出不同意见的党员还罗列出一大堆问题，比如开发冬枣产业需不需要村民自愿？如果村民自愿选择种粮食而不选择种冬枣怎么办？比如开发冬枣产业需要劳动力，可现在村里的年轻人都跑出去打工了，家里只剩下些老弱病残的人，这些人根本不能承担繁重的体力劳动，如果把外出打工的劳动力叫回来，产业发展成功了好说，万一不成功，造成的损失由谁来弥补？还比如要种冬枣那树苗谁提供、技术培训谁搞，今年公粮咋缴、提留咋收？等等。会议一直开到后半夜，也没有商量出个结果。

乡动员会议结束后，石楼乡党政领导班子主要负责人每人承包一个试点村，每周两次到现场办公。罗骏主动要求到刘庄蹲点。两天后，他带着王副乡长、孙老师一块儿到刘庄。王副乡长此时已兼任了石楼乡冬枣科技服务中心主任，孙老师兼任副主任。

一行人找到村支书刘双江，然后召集村委一班人开会，罗骏说："今天来的目的，主要是为冬枣技术服务中心选址，给咱们的'财神爷'找个落脚地，再商量商量中心筹建和家庭技术骨干培训的事情。请村委的同志们发表下意见。"

村委成员七嘴八舌地发表自己的意见，有的说南边好，有的说北边好，没有什么成熟的思路。

王副乡长说："刚才进村时，我发现'栓柱锅子饼店'那场地不错，那里除了饭店，其余都是树林，里面还有枣树，是块培育树苗的好地方。另外那里也不是口粮田，不跟乡亲们争嘴。把冬枣技术服务中心安置在那儿，大伙说咋样？"

刘双江担心地说："王副乡长说的，俺们完全同意。只是栓柱的饭店在那里，生意挺好，要让他挪走，他要跟村里闹起来可咋办？"

"好办，栓柱的事情我去说，这个问题就不用讨论了，接着再筹划下面的工作吧。"罗骏说。

散会后，王副乡长带领其他村干部去测量土地，筹划建设冬枣技术服务中心育苗场，罗骏跟刘双江来找栓柱。

罗骏开门见山地说明来意，然后说："栓柱同志，为了开发冬枣产业，让全村人尽快富起来，只能委屈你了。"

栓柱说："罗书记，您啥也别说了，这个道理俺明白。饭店开得再好，也只能富俺一家，只有把冬枣产业发展起来，才能让乡亲们都发家致富。为了乡亲们，俺有舍小家顾大家的觉悟，您啥时候让俺搬走，俺立马就搬走。"

罗骏说："我有两个想法：一是按照国家现有的法律法规，给你核定损失进行必要的现金补偿；二是现在乡供销社正在盖二层沿街商铺，由乡政府出面给你协调一套，将补偿折合成租金跟你签订无偿使用一定年限的租赁合同。你究竟同意哪一个，自己掂量掂量。"

栓柱说:"罗书记,您就是让俺免费搬俺也乐意。"

刘双江急得直给栓柱递眼色,意思是说,天底下哪有像你这样傻的,还不赶快答应!

"改革就是为了惠民,决不能让你个人吃亏。"罗骏说。

"既然这样,罗书记,俺还接着干俺的老本行。"栓柱说。

"你是同意第二套方案啦?好,就这么定了,你过几天到镇上签合同吧。"罗骏爽快地表态道。

很快,冬枣技术服务中心落成了。这个中心建起了占地面积五十亩的冬枣苗木繁育栽培示范园,原来的"栓柱锅子饼店"改建成中心办公室。在中心科技工作人员的共同努力下,当年组织实施的《冬枣苗木繁育及栽培技术研究》荣获全市科技进步二等奖。经过白教授的推荐和争取,省开发办拨付石楼乡冬枣生产开发专项扶持资金三十万元。

政策支持虽然有了,可刘庄村民们的积极性怎么也调动不起来。王副乡长经过周密调查,认真分析原因,他对罗骏说:"问题就出在村两委。刘双江同志瞻前顾后,办事不果断,发展冬枣产业的信心严重不足,已经同他谈过多次,可他每次都能找出一大堆理由搪塞。比如开发冬枣产业要不要村民自愿,如果村民自愿选择种粮食不种冬枣他们村干部也没办法;又比如村里的年轻人都跑出去打工了,叫不回来,根本没有办法搞培训;还比如要种冬枣那今年公粮咋缴、提留咋收;等等。问题和困难一大堆啊!"

"村两委工作没有力度,拖后腿了。看来,不换思想,只能换人了!"罗骏嘱咐道,"要对刘双江同志提出严肃批评,责令其辞去村委会主任职务,不辞职,依法启动村民会议罢免程序!"

罗骏想动员栓柱回村竞选村主任。他派人去找栓柱。栓柱刚同供销社签下租赁合同,正在装修房子,听说罗书记找他谈话,连忙跑到乡政府。

见了罗骏,寒暄了几句,罗骏话锋一转切入正题:"栓柱,今天请你过来,想同你谈谈你们村上的事情。"接着把事情原委及想推荐栓柱竞选村主任的想法说了一遍。

栓柱听完沉思了片刻,说道:"罗书记,承蒙您看得起俺。可俺说句话,您不要认为俺不识抬举。"

"好,你说,错了也不怪你。"

"罗书记,您也知道俺这身份,俺本来是南楼村人,后来给刘庄当了上门女婿,俺一个外村的,管本村的事情怕不合适。还有,俺的志向就是当个好厨师,没有当干部的心理准备。俺觉得自己炒菜还行,当干部俺可没那个本事。"

"你要不当,那谁当合适?难道还让老刘继续当?"

"俺看福来挺合适。"

"福来?为什么?你说说看。"

"福来和俺是连襟,虽然比俺小,可这小子胆子大、脑子活,说干什么就干什么,而且干事情都比俺有办法。他要是选上,准保能把村子发展好。"栓柱打着包票说。

"好。我和福来同志不熟悉,你先找他说说,看他愿意不愿意,然后我再找他谈。"罗骏送栓柱出门时加了一句,"要快,这事耽误不得。"

栓柱找到福来时,福来刚刚换了一辆大客车开回家来。他见栓柱来了，赶紧让进屋："哥，饭店那么忙，你咋有空来哩？"

"来看看你的车，顺便找你说件事。"

福来赶忙让新英去张罗饭菜，栓柱摆手不让做："俺说两句就走。"

栓柱进屋在方桌旁的椅子上坐下来说："福来，罗书记昨天找过俺了，为你哩。"

"啥事，哥？"福来一时摸不着头脑。

"人家罗书记要抬举抬举你，让你回村竞选村主任，你乐意不？"栓柱问。

"双江叔不是干得好好的吗？咋说不用就不用啦？"福来和新英都疑惑地问。

"你们不在家，不知道村子上的事。人家罗书记要给村民办好事，开发冬枣产业，可双江叔思想转不过弯儿来，硬拖着不办啊。"栓柱说。

"开发冬枣产业，这么好的事都硬拖着不办，乡亲们不跟着倒霉吗？"福来有些着急。

"对，人家罗书记就是这么说的。他让俺推荐一个有能力、脑子活、敢闯敢干的人当村主任哩。俺想来想去，就推荐了你。你同意不同意？"

"哥，俺不是不愿意，可眼下有困难。你看，俺生意正顺风顺水的，又刚买了新车，咱家人手少，俺脱不开身。让俺扔了生意，俺还真舍不得。"福来罗列着困难。

"福来，哥跟你说，当年咱们家里穷，一块儿到县城干建筑，又一块儿去化工厂卸煤，那时有多难啊，过年回家到了县城，没有

第十五章

公共汽车也没法住店，咱们只好冒着风雪跑了五十多里路回家。记得在路上你问过俺这么一句话：咱这穷地方啥时候能富起来啊？俺没办法回答，可这话一直憋在俺心里，憋得难受。如今政策好了，俺开饭店，你跑客车，咱两家的日子红火起来了，可咱这个地方的穷根子还在，落后的面貌还没变啊。福来，你年轻有觉悟，有魄力，也有能力，你应该站出来为刘庄的父老乡亲出把力啊！俺也知道你有难处，不过难处是暂时的，你不就是开个车，卖个票吗？你花钱雇上个司机，再让新英卖票，实在不行让你姐或者新青倒替着卖票收钱不就行啦？再说，当村干部又不是三百六十五天天天上班，你有的是时间去开车。"栓柱给他摆着道理。

"理儿是那么个理儿，可万事开头难，发展冬枣产业，农户没有启动资金可不行。如果没有资金，枣树苗上哪儿买？农业税怎么缴？一家老小生活咋弄？这么大数目的资金，咱上哪儿弄？还有，枣子产出来，销路不好怎么办？这个风险很大。弄不好，把自己赔进去不要紧，如果坑害了乡亲们，罪过就大了。"福来预先想了一大堆困难。

栓柱说："这个罗书记他们早就想到了，他们通过省开发办拨付了三十万元扶持资金，又从县里争取了五十万元，这些钱作为无息贷款分配给刘庄等几个试点村，发放给自愿开发冬枣产业的农户作为启动资金，贷款期限为五年。资金问题你不用考虑。至于销路，罗书记正准备向县里打报告，请县里成立一个实业公司，负责开拓市场，专门收购、销售村民种植的冬枣哩。"

福来十分钦佩地说："没想到他们考虑得这么周全，要真那样的话，俺就跟着大干一场！"

不久，乡里免去了刘双江村党支部书记的职务，任命乡办公室秘书陈锋兼任刘庄党支部书记。刘庄召开村民会议，同意了刘双江辞去刘庄村委会主任职务的申请，重新选举福来为村委会主任，村委其他成员继续留任。

新一届村委会成立后，村党支部书记陈锋在村民会议上讲话，他说："乡亲们，大家都知道，我们石楼乡现在的经济发展落后于全县其他乡镇。为什么？问题出在哪儿？是我们地少还是我们的人懒？都不是！问题出在这儿！"陈锋用手指着自己的脑袋，接着说，"对，是思想问题。罗书记说过，思想不解放就打不通致富路，所以乡亲们都要认真想一想，发展冬枣产业到底应该还是不应该？罗书记虽然刚到我们乡工作不久，但他跑遍了石楼乡所有村庄，了解群众的疾苦。他曾经对我说，如果石楼乡抓不住这次机遇，冬枣产业发展不起来，我们将会成为历史的罪人！乡亲们，我们要走一条新路，这条路前人没有走过，也许它充满荆棘，也许会付出难以预料的代价，可是我们必须要走，而且必须要走好。这次咱们刘庄村两委换届是乡党委政府做出的重要决策，非常及时，非常必要，乡亲们一定要认真领会，坚决拥护乡党委政府的决策。希望乡亲们和我们新一届村委一条心，咱们全村群策群力，共同搞好冬枣产业大开发，闯出一条崭新的致富路！"

福来也紧跟着站起来表态："老少爷们儿，俺曾经在报纸上看过，一九七八年安徽小岗村十八位农民冒着极大风险立下'生死状'，在土地承包责任书上按下红手印，实现了让咱农民'吃饱'的愿望。今天，罗书记带领大家开发冬枣产业，帮助咱挖掉'穷根'，走上一条致富的新路。他为咱老百姓着想，咱能辜负他吗？

不能！现在各方面条件都比十多年前不知好上多少倍，难道咱刘庄的老少爷们儿天生就是孬种吗？不！别人能干的，咱也照样能干，而且一定能干好！"

第十六章

　　自从刘双江下来后,虽然他憋着一口气,但认为福来好歹是自家门上的女婿,所以也就没有故意刁难他。

　　可后来接连发生了几件事,让他爷儿俩到底撕破了脸。

　　福来担任村主任后,首先发动村民在自家庭院里种冬枣树。刘双江家院子里种了石榴树、葡萄树、苹果树、桃树、梨树等果树,像个大果园。他家孙子孙女多,有了这些果树,不用跑到集市上去买,果子一下来,孩子们就能跟着尝个鲜。如果在院子里再种冬枣树,实在种不下了,所以村集体无偿分配冬枣苗后,他没有种,把树苗扔在一边,时间一长,树苗枯死了。他以为这事过去了,谁知一个月后,村里大喇叭就吆喝上了,在全村人面前点了他的名。刘双江心里不痛快,想找福来理论,又考虑到事情的确怨自己,就暂时忍下了。

　　福来做的第二件事情,是让每户村民家里出一个代表,每天晚上去冬枣技术服务中心上培训课。为了提高村民的"参训率",福来想出一个"小手拉大手"的计划。他代表村委会找到村小学校长,请他安排学生参加一个活动,就是号召学生鼓动自己家长去参训,每周评奖一次,给家长"参训率"最高的学生在全班同学面前佩戴小红花。这下,孩子们积极性可来了,到了晚上,一到开课时

第十六章

间就拽家长去上培训课,家长不去就不依不饶。刘双江三个儿子并没有分家,大田、二田、三田都忙着在外打工,回不了家,刘双江就自己一个人去上培训课。可后来刘双江的一个孙子、两个孙女找上门和他理论,说人家福来说了,他一个人去只能代表他一户,不能代表三个儿子家,弄得好几次挨批,他们在全班同学面前都快抬不起头了。双江心里生气,就去找双河。刘双河一摊手:"俺也没办法,俺、新兰、新英都得参加,连新青都必须去学。要找,你自己找福来去吧。"

刘双江心想,福来连老丈人的面子都不给,看来这小子还真有点六亲不认的架势哩!他心里埋怨着,可回来后还是让大田、二田、三田媳妇乖乖地去听课了。

刚开始上课,村里净是些老人还有中年妇女,课堂纪律并不好。村里很多老娘们儿凑在一块儿,什么鸡抱窝猪下崽、东家长西家短的,荤段子素段子一段接一段,经常弄得大家哄堂大笑,教员们在上面讲课还没有下面动静大。福来又想了个办法,每堂课讲完,就抽签让四五个人轮流上去讲什么心得体会。大田媳妇手气差,连着几天都要上台,有一次上台支支吾吾实在讲不出来,当着大伙的面被快言快语的村妇女主任李翠香数落一通,说什么"你啥也不懂,就知道拱自家男人被窝"之类的话,害得儿媳妇同儿子大田大吵一架,跑回了娘家,让刘双江带着孙子管吃管喝折腾了半个多月。

福来做的第三件事就是撤换了村里的团支书。村会计大鼻涕的婶子是大田媳妇的老姑,当初大田找这个媳妇,还是她老姑做的媒。大鼻涕的婶子有个闺女,名叫凤仙,高中毕业后在家待业,大鼻涕婶子就请刘双江为闺女谋一个差事。过去新兰没有结婚时，曾经担任过村团支书，后来出嫁了，年龄也大了，村团支书一直空着。刘双江就做个顺水人情，让凤仙当上了。为此，大鼻涕的婶子逢年过节没少表示感谢。可福来当上村主任不久，就把凤仙的团支书撤了，换上了刚停学不久的新青。原因是大鼻涕的婶子爱在村里装神弄鬼糊弄人，干些看手相、相面测字、看风水，甚至治疗疑难杂症、非法行医的勾当。刘双江想，这纯属村民个人自愿嘛，又不是强买强卖，何况大鼻涕的婶子从来不收钱，只收点杂七杂八的礼品，最出格的情况也不过让病人给凤仙做了一身新衣服，这根本算不上非法牟利。为撤掉凤仙团支书的事情，大鼻涕的婶子没少给刘双江找麻烦，大田媳妇也闹过几次别扭，可他已实在无能为力。

麦收以后，说好全村各户必须将一半口粮田换种冬枣树苗，如果自愿换种的，都免费提供苗木。村里立马分成了好几派，一派坚决不换冬枣树苗，哪怕一分地都不换；一派听村里安排，按规定给一半口粮田种上了冬枣树苗；福来、栓柱、二楞、老木、大鼻涕等少数几家则将口粮田全部种上了冬枣树苗。

很快，无息贷款批下来了，每户按栽种冬枣树苗的亩数领取贷款。福来、栓柱、二楞、老木、大鼻涕家种得多，领的钱也多，村里就有眼红的。他们委托刘双江过去说情，希望给没有栽树苗的村民也提供一部分无息贷款。

福来一听，立马拒绝："二叔，这可不行，乡里定的规矩俺不能改。再说，这钱最终是要还的，你们种粮食，以后没收入，拿啥还贷款？"

刘双江指着他说："死脑筋！乡里乡亲的用得着分那么清楚

吗？你在咱这儿瞎认真，也不出去打听打听，听说，吴舜卿蹲点的郭店村，有三分之二的农户都没种冬枣树，这贷款不照样都发了吗？大伙人人有份，过去欠税费的农户签完贷款合同，钱就被村委扣下了，你瞧瞧人家村干部多会干。你呢？"

"二叔，你说的那是郭店，咱这里可是刘庄，各村有各村的法，各人有各人的道。您已经不担任村支书了，您的建议俺知道了，就不要再干预村委的决策啦。"

刘双江被福来连讽带批一席话推了回来，半点面子都不留，气得心脏直打战，心里想：好小子，咱们骑驴看唱本——走着瞧！别高兴得太早，有你小子哭的时候！

有一次，刘双江到乡里赶集买菜，恰巧在乡政府门口碰到吴舜卿外出检查工作回来，就找他诉了诉苦。

吴舜卿也是满脸的无奈："这些事儿，我跟梁县长反映过多次，县长却像着了魔一样，听不进逆耳忠言，看来只有等工作出结果了。实践是检验真理的唯一标准嘛。但愿不要被某些人破坏了农村现在的大好形势。"

听吴舜卿这话，似乎对解决当前的局势也感到束手无策，于是，刘双江那颗充满不平、怨恨、愤怒的心也暂时平复了下来。

可不久后的一天，县纪委突然派出工作组来到石楼乡，到几个试点村的村委详细调查核实无息贷款发放、使用情况，又到刘庄核实村团支书任用情况，找到栓柱核实饭店补偿的情况。工作组核实完情况没有做任何结论就回去了。几天后，县纪委发出通报，对石楼乡冬枣产业开发专项资金使用的混乱情况进行了点名批评。此后资金要收回或者什么人员要受到处理的谣言四起，弄得试点村的农民心里惴惴不安，栓柱也不敢再继续装修房子了。在后来的一次会议上，梁县长专门就这一问题展开自我批评，说自己听信不实之词，差点扰乱了全县调整农业产业结构的步伐，并强调错误要坚决纠正。后来，乡里派了一个工作组，到郭店、南楼等村，将原先平分给村民的无息贷款全部收回，原合同作废，按照刘庄的做法重新签订合同，无息贷款重新进行了分配，扣留的村民的欠款也全部予以退还。栓柱见没了问题，继续装修房屋，并选个日子，放了鞭炮准备开业。

吴舜卿很快被调走了，到县农业局担任副局长。王副乡长担任了石楼乡党委副书记，代理乡长的职务。

刘双江开始见工作组来村里核实村团支书任用情况，暗中得意，一心想看福来的笑话。不料，工作组刚走几天，大田媳妇就匆匆来告诉他说："俺老姑家凤仙跟人跑了！爹，您得赶紧想个办法把人弄回来！"刘双江一听，吃了一惊，忙问："咋回事？"大田媳妇说："前几天，老木的小子小木从部队上回家探亲了。小木在海南当兵，当的是海军，几个人守着个海岛，常年上不了岸。小木和凤仙是同学，又一个村，当兵前两个人就好上了。那时他们都跟家里大人说了，老木两口子不同意，嫌俺老姑是个神婆子，两个人还差辈儿，论辈分小木得管凤仙叫姑，不能乱了套；俺老姑也不同意，嫌老木家里穷，希望以后给凤仙找个家庭条件好点的。两家就这么别扭着。小木高中毕业后一气之下报名参军去了。可两个人情投意合，中间的线一直没掐断呢。小木这次从部队回来，俩人一碰面，又黏糊在了一起，请示各家大人，还是不同意。俩孩子没辙了，索性一不做二不休，搭伙出走了！爹，您看，这可咋办呢？"

第十六章

刘双江一听事情比较棘手，就说："你看这事儿闹的！你快去跟大鼻涕说，赶紧让村委开介绍信，到部队上把人领回来！"

大田媳妇答应着，赶紧去找大鼻涕。大鼻涕听明白缘由，心急火燎地去找福来。福来说："这事不着急，咱先议议。"随即他组织开了个村委委员碰头会。会上，福来发言道："俺当初把凤仙撤下来，不让她干团支书，一方面确实因为她娘带头搞封建迷信。另一方面咱村小学今年要增补一名民办教师，乡里让村里推荐，凤仙有高中毕业证，年龄也合适，咱村就把她推荐上了。不过还要等乡教育组最终决定，所以暂时不方便透露。今天，小木和凤仙的事情，大伙先商量个意见，有了意见咱再办。"

妇女主任李翠香说："凤仙和小木的事情，俺刚知道。俺说两句，他们俩的事，于情于法都没问题，属于自由恋爱、自由结合，任何人不能阻挠干涉。"另一位委员说："俺查了咱村的《刘氏家谱》，小木和凤仙祖上不是一支的，到现在都传了快二十代了，辈分不辈分的早没关系了。"

福来对大鼻涕说："你看，大伙意见很明确，都支持小木和凤仙。你回去劝劝你婶子，让她不要干涉凤仙的婚姻自由。另外，俺想给他俩写封信，让凤仙回来担任村小学的民办教师。你也告诉你婶子，这都啥年代了，以后那套鬼啊神啊的封建迷信的东西就不要再弄了，别给自己找不自在。"

散会后，大鼻涕到他婶子跟前如此这般一说，他婶子掉下泪来，哽咽道："快让福来写信，让小妮子赶紧回来，她今后干啥俺都不拦着了！"福来也去找老木做工作。来到老木家，远远地看他正蹲在门口愁眉苦脸的，见了福来，也不起身，喃喃地说道："你说,这都差辈儿了,以后咋整啊?"福来说:"咋整啊?好办,除了亲爹亲娘、亲爷爷亲奶奶,其他称呼一律照旧不就得了?活人还能给尿憋死?"老木一听,不由站起身,将信将疑地问:"福来,你说的办法真行得通?"福来说:"保准行得通!你还有意见?"老木露出笑容,长出一口气说:"这事只要解决了,俺一百个同意。不知亲家那头啥意见?"福来拿胳膊肘子碰他一下,打趣道:"都说好了,老木叔,你就等着抱孙子吧!"

老木望着福来的背影,自言自语道:"孙子、爸爸、姑……唉,咋还这么别扭呢!"

福来给小木写了封信,以村委的名义告诉他,他和凤仙的事情已经处理好了,希望凤仙赶紧回来。谁知,两个月后,他收到回信,小木在信中说,他考上军校准备去读书,凤仙在海南也找到了合适的工作,他们将来准备在那里安家,不回刘庄了,并且请求福来以村委会的名义帮助凤仙办理户籍证明。俩人分别给各自的家人还写了家信。福来把信送到两家大人手中,大鼻涕的婶子又掉下一大串眼泪,说她给别人算了大半辈子的命,偏偏没算好自己的命。老木倒是挺高兴,大声说:"不回来更好!省得姑啊、侄啊的乱叫,听着让人心烦!"不等说完,老木媳妇破口骂道:"你这个榆木脑袋!让俺咋说你才好哟!儿子都考上军校,要当军官了,他这辈子还能回咱这穷地方来啊?你要还这样,看老了谁还管你!"

到了农历八月中旬以后,农户们栽植的枣树有的结枣了,很多慕名而来的外地客商到了石楼乡,他们有的好奇地参观枣树,有的花大价钱收购农户手中的鲜枣,质量好的冬枣甚至卖到了一公斤一百二十多元。刘双河家那两棵老枣树因精心呵护和修剪,今年长

第十六章

得格外旺盛，足足结了一百五十公斤冬枣，总共卖了一万多元，一下子就还清了无息贷款。

市场就像一只看不见的手指挥着人们的经济活动。巨额的利润瞬间让整个石楼乡沸腾了，让整个县也跟着沸腾了！

刘双江这几天心情十分焦灼，大田媳妇因为地里没有种上冬枣，跟大田大吵一架后，又跑回娘家去了；二田媳妇、三田媳妇虽然没有跟自己的丈夫吵架，但对待公公的态度也明显不像往日那样恭顺了，有时候悄悄对外人说，自己没福气，嫁到这样一个迂板的家庭，天生就是受苦受累不招人疼的命。刘双江几次想到福来面前服个软，说上点好话，赔上个不是，让福来再免费给他拨些冬枣树苗子，可两脚迈不出院门那道门槛子。

一天，大鼻涕媳妇到刘双江家借镐头，刘双江好奇地问她："他婶子，你们家地里不是全免费种上枣树苗了吗？还要镐头干啥？"

"孩子他伯，俺看这种枣树怕闹不成哩。"

"为啥？"

"你瞅瞅，这冬枣好是好，可果子太鲜，水头太大，存不住。跟你说，俺庭院里去年种的冬枣树，今年头一回结枣，只有那么十多斤枣，俺一个也舍不得吃，摘下来放在篮子里搁在北屋的阴凉里，盼着哪天能卖个好价钱。那天果然等来个收枣的，出价也合适，俺打算卖给他，可等俺再去拿枣子，一看，篮子里的冬枣全烂了。俺一分钱也没挣下！"

"那你准备咋办？"

"后来，俺也向其他人打听了，情况都差不多。大伙说，这冬枣确实是稀罕物儿，也能赚钱，可就是存不住，要保存，那得盖什么气调库。你说咱们庄户人家，连个冰箱都买不起，哪有钱盖气调库？俺看，这事儿长不了，还不如把枣树全拔了，种上麦子，错过季就晚了。"大鼻涕媳妇说罢，火急火燎地走了。

刘双江暗自庆幸，得亏自己有主见，没有乱跟风，才免掉一场灾难。那天吃罢晚饭，他叫来大田说："现在种冬枣的都后悔了，要改种麦子哩。你赶紧把你媳妇接回来，该咋过日子就咋过日子，还像以前一样。"

农户们商量着拔掉冬枣树改种麦子的消息很快传到福来耳朵里，福来通过大喇叭喊话稳定村民情绪："大伙千万不要毁了冬枣树，俺今天就去向上级反映这一问题，明天一定会有一个明确的答复。"喊完话就到乡里找王乡长反映问题。

王乡长已经汇总了各村报上来的问题，像什么采青卖青、用零枣冒充冬枣、缺斤短两等问题都已经掌握了线索，群众反映最集中的就是冬枣储存问题。王乡长向罗书记汇报后，当晚就组织召开乡党委扩大会议，会上听取了冬枣技术服务中心孙副主任的建议，决定在乡政府驻地投资四十万元建设一座果蔬保鲜库，为村民提供冬枣冷藏服务，彻底消除农户的后顾之忧。

第二天各村喇叭都播放了乡政府修建果蔬保鲜库的决定，所有种冬枣树的农户犹如吃了一颗定心丸，一场有惊无险的毁树风波总算结束了。

张大壮考到北京林业大学后，就读林学院的研究生，师从王教授。国庆节时，大壮从新梅家带上一些冬枣送给老师品尝。王教授对冬枣这一稀有品种非常感兴趣，专门指导大壮深入研究冬枣培育、管理、贮存、病虫害防治等方面的问题。她告诉大壮："任何产业的发展最终都要走向标准化,要尽快制订冬枣生产各方面的标准,为冬枣产业发展铺好路、打好基础。"

张大壮平时就爱去两个地方,一个图书馆,一个实验室。为了及时弄懂一个技术问题,他经常连饭都顾不上吃。而每当他吃不上饭的时候,总会有人把一份热乎乎的盒饭递到他跟前。送饭的不是别人,正是张萍。张萍是城市干部子女,现在在北京林业大学生物科学院就读研究生,她颀长的身材,白皙的面庞,一双水汪汪的大眼睛,再加上平时衣装整洁,在整个研究生院简直就是一道亮丽的风景。同学们见她这样对待大壮,都以为他俩是情侣,对他俩羡慕不已。

时间一长,大壮也觉察出张萍对自己的情谊超出了一般同学的感情,他明白张萍的心思,但又不忍心伤害她,只好有意躲着她。他想：自己深爱着新梅,只有找个合适的机会向张萍说明了。

眼看快放寒假了,周末的一天,张萍忽然送来一张北京某剧院的音乐会演出票,邀他晚上陪自己去看。大壮手里捏着票,犹豫再三,原想让自己的同学兼好友——也在北京林业大学就读研究生的高君伟去的,但觉得推辞不礼貌,只好应约前往。

剧院离学校不太远,两个人步行前去。张萍走在旁边,她原先的齐耳短发现在留成了马尾辫,走路时辫子在脑后一晃一晃的,好看极了。

这是一场八七版电视连续剧《红楼梦》的主题音乐会,果然荡气回肠,缠绵悱恻,当唱到《葬花吟》中"尔今死去侬收葬,未卜侬身何日丧？侬今葬花人笑痴,他年葬侬知是谁？试看春残花渐落,便是红颜老死时。一朝春尽红颜老,花落人亡两不知"的时候,张萍忍不住啜泣起来。音乐会结束,他俩一块儿走回来。

"你哭啦?"张大壮明知故问。

"这么激动人心的爱情故事,谁不感动?"张萍脸朝着他,笑得妩媚动人。

"是啊,宝黛的爱情的确令人同情。他们的悲剧是那个时代男女感情和人生命运的缩影,跟今天已经完全不同了。"

"大壮,你跟我说真话,你喜欢我吗?"走着走着,来到一处灯光幽暗的地方,张萍突然停下脚步,屏住呼吸问他。朦胧的灯光下,大壮能够感觉到张萍正在用她那双水汪汪的好看的大眼睛热辣辣地盯着自己。可是,瞬间他脑海里闪过新梅的影子——那个表面娇小柔弱但内心无比坚强的身影——他嗫嚅着说:"张萍,咱们是不可能的。"

"为什么?为什么?"张萍连声追问。

"我已经有未婚妻了。"大壮进一步挑明,"就是刘新梅,上次去石楼乡你们见过的。"

"是她!大壮,你怎么会喜欢上一个乡下女人?"张萍满脸写着惊讶。

"爱一个人其实用不着解释,两情相悦嘛。"

"大壮,你说说我哪里比不上她?"

"张萍,你们俩不能比,你有你的好处,她有她的优点。"

"大壮,你知道吗?我姨妈在英国一所大学任教,我读完研究生,准备去英国读博、定居,今后不打算在国内发展。你跟我一起去吧,以你的聪明才智和对学术的执着,将来一定能够成就一番大

第十六章

事业的。你就听我的吧,算我求你了,好吗?"张萍用近乎哀求的目光望着大壮。

大壮的心软软的。是啊,一个男人做梦都想成就一番大事业,如果此时接受张萍的爱意,他完全清楚,自己将踏上一条在绝大多数世人眼中无比辉煌的道路。可他能那样做吗?

"张萍,你对我的情谊让我很感动。可是,我……"

"你……什么都不要说了,不要说了……"张萍的眼泪顺着脸颊淌下来,她话没说完,扭头跑走了。

"张萍!"大壮本来要去追的,可双脚沉重,站在原地一步也挪不动。

栓柱自从迁居新店后,及时到乡工商所、卫生部门、税务部门更换了证件,将原先的老牌匾依然挂在门头上方。开始营业后,生意更忙了。

这天,蔡中和突然来找他,告诉他县里为加强对餐饮业的管理,准备成立餐饮协会,希望栓柱能加入。

"加入这个餐饮协会有啥用处呢?"栓柱好奇地问。

老蔡说:"有些好处。比如咱们加入后,就能成为会员,会员之间可以开展交流,互相学习,抱团发展,碰到有损害餐饮业利益的行为,可以由协会出面解决。还有,就是互相监督。栓柱,自打搞餐饮加娱乐模式后,许多卡拉OK打着饭店的幌子尽干些扰乱社会治安的事情。你听说了吗?'大众歌舞餐厅',就是以前你干过厨师的那个'大众快餐',门头刚改了一年多,上个月就出事了。"

"咋了?"栓柱问。

"还不是因为干那些挂羊头卖狗肉的勾当,最初只是蹦蹦跳跳、搂搂抱抱,后来真刀真枪地干起来啦。就在上月,公安部门扫黄把老贾关进去了,饭店查封不说,一家人也难免会承担法律责任。不仅如此,你知道东流头乡的'餐饮加娱乐'一条街吗?这次扫黄那里的饭店也被查封了不少。"蔡中和叹口气继续说:"唉!现在像老贾这样的还有很多,你们乡郭店村那个郭长有不就领着小姐私奔了吗?栓柱老弟,当初哥后悔没听你的话,也办了个卡拉OK,现在扔也不是,不扔也不是,尴尬得很哩!如果成立了餐饮协会,咱们这些合法经营者就可以联合起来去监督那些违法经营者,可以用协会的名义投诉举报。你看咋样?"

栓柱考虑了下,说:"的确很好。俺同意加入,可怎样才能成立呢?"

老蔡一拍栓柱的肩膀说道:"这个就不用老弟操心了,有人替咱们张罗。"

老蔡走后没几天,突然给栓柱打来电话,说:"餐饮协会的事儿黄了。"

"为啥黄了?"

"老弟啊,咱们县要成立餐饮协会的事一公开,好家伙,想加入的人可真不少,其中很多靠不正当经营赚钱的饭店老板托关系跑人情也要加入,弄得俺们几个发起人没了主张。你说不让他们加入吧,咱得罪不起方方面面的领导,如果让他们加入,那监督就成了一句屁话。最后大伙一商量,看来成立餐饮协会条件暂时还不成熟,只能以后再说了。兄弟,你自己明白就行,千万不要到处乱说。"

第十六章

栓柱挂上电话,摇摇头,自言自语道:"不要到处乱说,俺跟谁去说呀?"

"跟谁说,说啥呀?"这时,新兰正好接大华放学回来,接着话音道。

"哦,俺跟老蔡说话,不是跟你说。老蔡说,成立餐饮协会的事儿黄了。"栓柱过来拉着大华的手进屋。

"为啥黄了?"新兰问。

"现如今有钱人太多,关系又硬,都来找呗。"栓柱摇摇头。

这时大华突然拉住栓柱说:"爸爸,俺老师想让俺当班长。"

"为啥让你当班长?"栓柱忙问。

"因为俺大姨是老师,他认识俺大姨。"

"有道理,你老师挺有眼光的。"栓柱瞅了新兰一眼,笑着说,"看,咱儿子跟他大姨沾光哩。"

"爸爸,俺们班上有个大毛,他不让俺当班长,他非要自己当。"大华表情有些气愤。

"他为啥不听老师的?难道他学习好?"新兰问。

"不是,他说他爸在乡里管着给老师们发工资,他就应该当班长管着俺们。"

"那你咋说的?"栓柱问。

"俺说,俺爸是开饭店的大老板,能挣好多好多钱,用不着他爸管!"大华捏着小拳头,两腮一鼓一鼓地说。

"好!"栓柱用手刮了一下孩子的鼻头儿,"咱爷儿俩的脾气一样!"

"看把你美的!"新兰斜了栓柱一眼,一边放下大华的书包,一边叮嘱道,"儿子,快去写作业。以后可不敢瞎说,说大话会闯祸的,记住了吗?"

"记住了,妈。"

第十七章

又是一年春。

为充实县一级政府部门工作力量,全县准备从乡镇各个单位遴选二十名工作人员,过了正月十五就要报名。闫宝生拿着报名表找到新梅:"老同学,你看,按照报名条件,目前咱学校就咱俩符合要求,你报不报?"

新梅一下就猜中了他的心思,他这叫"欲擒故纵"。学校本来人手就不够,即便两个人都报名,学校也只能放一个。他先来问自己,其实是希望自己主动放弃,不要同他竞争。她感到一阵恶心,皱了皱眉头说道:"我还没想好呢。"

"新梅,你看我条件一般般,在乡里找个对象都困难,所以非常希望报名试试运气。哪像你,有研究生等着你,到时候他分到哪儿你就跟他调到哪儿,你的前途根本不用发愁。"

新梅看他一副着急的样子,故意逗他:"这么说,你对我彻底死心了?"

"彻底死心了。不死心还能咋样?我爹说了,我找你就像踩在地上够星星——吃星(痴心)妄想。"

"好好好,你考你的去吧,没人跟你争!"新梅不愿听他瞎咧咧,转身走了。

也不知闫宝生真有水平，还是托了关系，反正报名考试不久，他被县政府办公室录用了，摇身一变成了闫秘书。

他时来运转，成了某些人眼中的"钻石王老五"。身份不消说水涨船高，说媒的也跟着纷至沓来。

有一次，有人给他介绍了一位县供销社的会计，名字叫吴倩倩，出生于干部家庭，人才出众，光华照人，就是年龄比闫宝生大两岁。想来当年找对象时也是条件苛刻，百般挑剔，把自己的大好青春耽搁了。但闫宝生丝毫不介意。

闫宝生身份上的优势补足了形体上的弱点，吴倩倩形体上的优势又弥补了年龄方面的不足，两相比较，可谓半斤对八两，旗鼓正相当，于是他俩决定正式交往，不消半年时间，就卿卿我我，到了谈婚论嫁的程度。

福来接手村主任后，村里边有的是鸡毛蒜皮的小事找他处理。

村东头大鼻涕媳妇和老憨娘因为找不到鸡窝里的蛋闹矛盾，老憨娘说她亲眼看见她家的鸡跑到大鼻涕家鸡窝里趴着，咯咯嗒嗒叫着出来，就等大鼻涕媳妇下地回来开门取蛋，可大鼻涕媳妇回家后两个人到鸡窝前一看，里面却什么也没有。于是老憨娘说大鼻涕媳妇捣鬼，大鼻涕媳妇说老憨娘耍无赖，两个人各不相让，吵闹到村委会找福来评理。福来也不知什么原因。那天孙秀娥正好到家看外孙小华，见她俩一个劲儿吵，就说："她大婶子，大奶奶，你俩为了一只鸡蛋在小辈面前吵闹，也不嫌害臊！俺知道你那只鸡是咋回事，那叫'孵空'，看来这只鸡想要做鸡妈妈了，你到外面养公鸡的地方淘换些鸡蛋，让它孵小鸡吧。"两个人一听，恍然大悟，都不禁各自拍了下自己的额头，相互打着哈哈走了。

第十七章

村西头老木和狗剩因下雨排水问题差点动了家伙什儿,两家先后找福来评理。老木和狗剩是前后邻居,每逢下雨,老木家房子上流下来的雨水就排到狗剩家院子里造成积水;狗剩为加快排水,就贴着老木家的地基修筑了一条排水沟,将院子里的积水排到院外。排水沟修成后,老木认为修排水沟伤害了房子地基,影响房子寿命,就要求狗剩把排水沟填起来,狗剩不干,两家先动嘴,接着动起手来。福来到现场查看一番,发现排水沟的确离老木家后墙太近,就要求狗剩把排水沟填上,让出至少两米的距离重新开挖一条排水沟排水,这下两家才平息了纠纷。

村北头迷糊家的孩子和虎王村的孩子玩打仗游戏,虎王村的孩子朝迷糊家孩子上方投掷了一块石头,石头从树上落下来,正好掉到迷糊家孩子脑袋上,把头打破了,鲜血直流。迷糊媳妇就去虎王村找事主,对方说孩子闹着玩,不是故意的,要她自认倒霉自己负责。迷糊媳妇没办法,拉着孩子到村委找福来。福来一看,急忙骑摩托车到乡卫生院给孩子包扎伤口。他回家后就找虎王村的村主任帮助协调,最终由虎王村那孩子的家长承担了全部医疗费。

每天尽是一些东家长、西家短的事情,福来腾不出手解决大问题。后来,他想了个主意,在村委会下面设立了一个村民纠纷调处小组,由村妇女主任李翠香任组长,村里几位德高望重的老人为成员,凡大小纠纷,先由小组成员处理,这样一来,他清净了不少。

开春以后,村里除了少数几家外,大部分农户都愿意在地里种冬枣。要种冬枣,没有树苗咋办?很多农户开始发起愁来,有的向福来反映,说去年种枣树都是乡里免费提供的,不知今年还能不能免费。福来赶紧到乡里跟陈锋商量,他们共同找到王乡长。王乡长说：“今年咱乡冬枣技术中心培育的树苗到处都在抢。这样吧，你们村打个报告，看需要多少棵，我和罗书记共同批一下，再无偿给你们村提供一年的树苗。"

陈锋和福来连声感谢地出来，当天就给乡政府打了报告。

树苗批下来，很快栽到地里，可问题紧接着又来了。

原来，这冬枣树苗栽上后，当年并不结枣，需要等一年的时间。这么长时间很多农民一点收入都没有，家庭生活陷入了困境。怎样解决这个困难呢？福来召集村委会开会研究。

大鼻涕说："去年乡里给先种冬枣的村民们提供了无息贷款，这部分没有问题，枣树只要管理好，秋后就能见收入，也能把账还了。最困难的要数去年那些不想种冬枣的人，他们去年没种冬枣，没有资格贷款，今年种上了，贷款又没了。这些户占了咱们总户数的一半，挺难弄的。"

李翠香说："要不咱村委会出面帮他们贷款？"

她一说，其他村委委员都表示反对："银行贷款利息很高，他们不乐意咋办？毕竟贷款到期都是要还的。"

福来说："要不咱这样，反正大家地里的树苗都种上了，留妇女、老人在家管理着就行，咱们组织其他年轻人到外面打工怎么样？"

大伙儿都点头，可有人表示担忧："这么多人一块儿出去打工，哪里需要啊？"

福来说："不着急，俺去找栓柱哥商量商量，总会有办法的。"

福来找到栓柱，把自己的想法一说，栓柱也同意，说道："这样吧，俺马上去趟县城，问问老韩的建筑队需不需要人手，也只有

第十七章

他那里才能安置下这么多人。再说咱也跟他熟悉，工资有保障。"

栓柱到县城去找韩同强。老韩现在把公司办公地点迁到了县城，有了自己的办公室。来到老韩的办公室，栓柱把情况一说，老韩高兴得不得了："老弟，俺今年接手了好几处工地，正为缺人手迟迟开不了工发愁呢，没想到你就把人给俺送来了。太好了！还能再多来点儿吗？"

栓柱一想，看来老韩这几年公司发展得不错，石楼乡其他各村也都面临着像刘庄这样的情况，如果其他村的剩余劳力都能来，说不定是件两全其美的事。于是他说："这个问题，你可以跟你表妹夫好好谈谈，也许他正想找你哩。"

话音未落，老韩办公桌上的电话丁零零响起来。老韩接起电话，果然那边传来罗骏的声音，说的事情竟然和栓柱预料的一模一样。老韩听完后，满口答应着说："你们有多少人俺要多少，最好来些技术好的。"

老韩放下电话，满脸笑容说道："栓柱老弟，俺看你以后改行算了。"

"改啥？"栓柱好奇地问。

"改算卦啊，你小子算得可真准哪！"说完，两个人哈哈大笑起来。

老韩收住笑容说道："老弟，过几年你也到县城发展吧。"

"到县城发展？为啥哩？"

"你看，俺当初在乡下时，依托县二建公司注册了一家独立核算的分公司，那时候，人家二建吃肉，俺喝汤，净吃别人剩下的。去年年底，县二建公司实行股份制改革，根据资产和负债核算

207

出净资产，按照集体持股百分之五十一，职工个人共同持股百分之四十九的比例改制，俺以俺分公司的资产入股，正式成了县二建股份有限公司的一名股东，现在担任副总经理。经过这段时间的运作，承接的工程比以前多多了，利润可观啊。走，俺领你去看看。"说罢，老韩领栓柱来到一楼的成果展示厅，里面摆放着一幅硕大的立体楼盘规划图，图上街道整齐划一，建筑楼盘鳞次栉比，设计风格美轮美奂，把栓柱都看呆了。

老韩拿起指示棒，指着一排楼房说道："你看，这些地方是俺们的一期工程，包括三处沿街商业楼改造工程，六个居民小区住宅楼建设工程；后面是二期工程，规模更大。"

"老韩，这就是以后咱们的新县城啊？这么大啊！"

"对啊，所以俺才让你见识见识，开阔一下眼界嘛。俺没来县城以前，跟你一样担心，认为农民的事业在农村，县城这是人家城里人待的地方，跟咱不搭界。可后来到县城工作一段时间后俺的想法变了。无论城市还是农村，现在都缺建设者，只要你把自己当作一个建设者，那城市和农村就都需要，在哪里都没有区别。栓柱，你有一手好厨艺，到县城来展示展示吧，这里有比石楼乡更高的台阶。你看现在沿街商业楼正规划建设，你看中哪一套，俺可以按成本价卖给你，你认真考虑考虑。"

"谢谢，谢谢！俺一定认真考虑。"

几天后，福来亲自开着自己家的大客车，把刘庄三十多名年轻人送到了韩同强的建筑公司。

冬枣树开始吐芽了，需加强管理。福来请冬枣技术服务中心的技术员现场手把手地教村民冬枣管理技术，像怎样施肥、怎样抹

第十七章

芽子、怎样修剪、怎样疏枝、怎样防治病虫害等,让村民都一一掌握。由于村里大部分年轻劳力都外出打工了,只剩下老人和妇女,福来不放心,他天天像长在枣树园里,穿梭在青枝绿叶之间,连自己的生意都顾不得了。新英的孩子小,脱不开身,看在眼里急在心上,她找父亲母亲想办法。刘双河没有办法,征求新青的意见,新青说:"反正俺已经不上学了,就帮姐姐卖票去。"从此新青担任了售票员的工作,天天随大客车往返于省城和石楼乡之间。

地里的冬枣树一天一天长大,像等待检阅的士兵一样整整齐齐地矗立在充满希望的田野上。枣树开花时节,蜜蜂围着枣树嗡嗡地闹着,采粉酿蜜,空气里弥漫着一缕缕清香。辛勤的农民也围着枣树不停地忙碌着,编织着丰收的梦想。

可谁也没想到,那年冬枣树病虫害闹得特别厉害,连冬枣技术服务中心的技术员都束手无策。他们看着冬枣树不断枯黄落叶,建议赶快喷施一些剧毒农药消除病虫害,可这一建议被罗骏制止了。

罗骏想起了张大壮,他委托新梅给大壮打电话,说明冬枣病虫害泛滥的情况,让他务必回家一趟,帮助乡亲们解决冬枣病虫害问题。

十万火急,新梅不敢耽搁,给大壮打了长途电话,大壮说:"罗书记的意见是对的,如果冬枣喷施了剧毒农药,质量就被破坏了。新梅,你跟乡亲们说让大家不要着急,我马上向导师报告,请她想办法。"

放下电话,张大壮径直去找王教授。王教授问了问情况,说道:"事不宜迟,我马上跟学校打报告,咱们林大成立一个调研小组,尽快启程去山东。"

两天后，一辆咖啡色的面包车驶进石楼乡，停在冬枣技术服务中心办公室门前。王教授带领学生张大壮、高君伟、张萍等六七个人从车里下来，与早已等候在那里的市、县、乡领导一一握手。王教授不顾长途乘车的劳累，急切地说："咱先到园子里看看。"地方领导反复劝她先休息一下，都被拒绝了。

王教授领着学生进入冬枣林，反复观察、记录、采样，不时向冬枣技术服务中心的技术员询问情况，最后得出结论，冬枣树受到了一种名为青蚜的害虫的侵害。王教授介绍说："青蚜幼虫全身颜色碧绿，类似中国的蚜虫，其生理特性属于完全变态的昆虫。这种昆虫并非国产，它来自北温带的其他国家，也不是枣树常见病虫害，主要侵害烟叶等农产品。如果仅施用普通治蚜虫的农药效果肯定不行，只有喷施剧毒农药才能完全控制。"

跟在一旁的市、县、乡领导都很焦急，问道："王教授，如果喷施剧毒农药，那冬枣不就毁了吗？这可怎么办啊？有没有其他办法？"

"有，当然有。可这种办法比较费人工。"

"请您详细说一下。"

"要采取两头堵的办法，一是号召人们捕捉青蚜的成虫青蛾，不让它产卵，从源头上扑灭病虫害；二是采用黄板诱杀，利用青蚜对黄色有趋向性的特点，制作长方形木板，一般宽二十厘米左右，面上涂黄色油漆，再涂一层黏虫胶，挂在树枝上，或用支架插于园内，每亩三十块左右，放置在东西两个方向，易于被阳光均匀照射，这样防治效果好；三是要喷施特效农药杀虫，有点类似防治绿盲蝽象的方法，不过还要在基础农药中加入农科院最新研制的一种

第十七章

新型农药才能发挥最佳效果,具体用药量要根据实际效果调整。"

"好,我们马上组织实施。"

根据王教授的建议,Z县政府第二天就发出了全民捕捉青蛾的号召,并下达了每人捕捉五十只的任务。号召发出后,群众积极响应,全县家家户户男女老少一齐出动,城里乡下都搞起了捉青蛾比赛。特别是在校学生,积极性最高,夜晚打着手电筒到树林里、草棠中四处搜觅青蛾,颇有股不捉尽害虫誓不罢休的劲头。

王教授在刘庄指导村民抗击病虫害,晚上被接到县宾馆住宿。师生们又进一步研究完善了防治青蚜的方案,休息时已经很晚了,大壮也顾不得回家。

王教授因工作日程安排紧张,第二天上午就带着高君伟、张萍等人返京,她单独留下大壮嘱咐道:"大壮,这次冬枣的虫灾比较严重,调研小组决定派你留下做好防灾减灾工作,你要深入田间地头加强对农民朋友的指导,落实防治方案,同时认真做好记录,总结规律,建立相应的病虫害防治标准。"

市、县两级领导都赶来送行,向王教授一行人表示感谢。

送走王教授一行人,张大壮就要赶去石楼乡,梁县长走过来,紧紧握住他的手说:"小伙子,听说你为了冬枣病虫害防治,联系学校派来专家,自己却忙得顾不上回趟家,真了不起,我代表家乡人民感谢你!"

大壮有点不好意思了,说道:"梁县长,都是我应该做的,您不要客气。"

这时罗骏赶紧凑到梁县长耳边说:"大壮同志还是我们石楼乡的女婿哩!他未婚妻就是刘庄的,县长,我看他这次也算是回家。"

梁县长一听，高兴得哈哈大笑："是吗？那当然算回家，算回家！"

大壮回到刘庄后，立即投入到冬枣病虫害防治中。乡里给他准备了一间宿舍，他嫌道路远，来回不方便，干脆让栓柱一家暂时搬进去，自己则住到栓柱的房子里。

每到夏天，刘庄村民干农活有"干两头，歇中间"的习惯。早晨，天蒙蒙亮的时候大壮就起来，跟村民们一块儿下地。

从南边的土路向北穿过村子，顺着一条略微有些倾斜的小路，再走二三百步就到了田埂上。田里的冬枣树已经长得齐头高了，像士兵一样整整齐齐站在那里，一棵挨一棵地连到远方，一片浓重的绿色海洋同蓝天白云交会在一起，眼前仿佛展开了一幅法国现实主义绘画大师柯罗的风景油画。一阵风吹过，绿色海洋上顿时波涛起伏，送来些枣子特有的清香，那清香的空气立刻沁入心脾，令人感到浑身每个骨节都无比舒畅。偶尔有一两只叫不出名字的鸟儿从树上展翅飞过头顶，留下一串清脆的啼鸣，那种悦耳的声音丝毫不亚于莫扎特的钢琴奏鸣曲。

村民们见了大壮，都围拢过来。大壮在一块事先准备好的木板上刷黄色油漆、刷拌了农药的黏虫胶，然后教大家怎样固定在树旁。村民们大多是些老人和中年妇女，第一次见这样新奇的杀虫方法，围在一旁叽叽喳喳地议论着，充满了好奇和疑惑。

随着太阳不断升高，大地上暖洋洋的，黏虫板发挥作用了，许多青蛾飞到上面，被黏虫胶粘住，挣扎片刻就死掉了。时间不长，黏虫板上青蚜、青蛾粘死了密密麻麻的一层。见黏虫板满了，大壮

第十七章

让村民赶紧把虫子尸体打扫下来，深埋进土里，重新刷胶后仍旧把板子按原样支起来。

"没想到，这么简单的东西还挺管用。"大家称赞着，对大壮由衷地钦佩。

黏虫板一块块支起来，到傍晚的时候，地里飞的青蛾明显少了，青蚜也死了许多，村民们重新看到了丰收的希望。

大壮的一日三餐都由村委会负责安排，晚上福来本想约他到乡里饭店吃饭，被大壮拒绝了。大壮说："趁农科院的新药还没到，我想给大家讲一下青蚜的具体防治知识。"

吃罢晚饭，大伙都陆陆续续地赶到村小学的教室里听课，新梅也回来了，她紧着给大壮收拾被褥，烧好开水，等着大壮回来。

大壮讲课回来，新梅陪他到后院见了刘双河夫妇。

刘双河正在灯下擦拭农具，见大壮进来，忙把农具放在地上，起身给大壮搬座位。

新梅好奇地问："爹，天这么晚了，你收拾农具干什么？"

孙秀娥戴着老花镜坐在一旁缝衣服，她解释道："你爹看到今年枣树闹这么大的灾，认为免不了要毁树种粮食，所以提前把过去种粮食用的农具拿出来收拾收拾。"

大壮向刘双河介绍了一下虫灾防治的情况，笑着说道："伯，事情没您想的那么严重，您放心，有我们这些人在，一定不会让咱乡亲们毁了冬枣树的。"

刘双河说："俺放心，你们弄的那东西是科学哩。大壮啊，你们没来之前，俺是打算收拾收拾农具，做两手准备。老天爷不让种枣树，难道还不让种粮食吗？庄稼人的地不能闲着，闲着心里就发慌。说实话，现在上面的政策让咱农民发展冬枣，大面积种植，俺心里不踏实啊，俺前些年挨饿挨得怕了。大壮，你说，发展冬枣这事能做长久吗？"

大壮充满信心地说："能，一定能！伯，请您告诉乡亲们，不用害怕，也不要再有顾虑，今年闹虫灾属于特殊情况，那虫子不是咱本地的，是随着外国物品进口入侵咱这儿的，今年按照我们的办法根治后，明年绝对不会再发生这种虫灾了。"

刘双河说："咱这鲁北大平原啥都好，就是虫子闹腾得太欢实。本国的虫子闹腾也就算了，谁想外国的虫子也跟着瞎掺和。你们想的那办法，让俺想起过去老人们说的一段故事。新中国成立以前，鲁北一带土匪横行，无恶不作。有一次一伙土匪绑了两个肉票，为了多榨取一些钱财，他们就想尽办法折磨肉票，晚上脱光肉票身上的衣服分别绑在门外河边的大柳树上。这两个肉票一个家里穷，一个家里富。那富的就想，听说这里蚊子多，而且都是黑底白花的长脚大蚊子，我得使俩钱，让人帮我轰蚊子。他就买通一个小喽啰帮他轰蚊子。那小喽啰还真尽责，帮他轰了一茬又一茬，一直到天亮。结果，富的还是死了。因为蚊子太厉害，一群吸完血紧接着再换一群，最后把富人的血吸干了。那个穷的，没人赶蚊子，这群蚊子吃饱就趴着不动窝了，后来的蚊子插不下嘴，反倒保住了命。"

大壮平常最怕蚊子，今天听未来岳父一说，浑身直起鸡皮疙瘩。告辞回来后他太累了，洗过脚上炕倒头便睡，也没顾上跟新梅多说几句话。

第十八章

　　第二天，新梅早早起床给大壮做好早饭，送到房间里。大壮还在呼呼大睡，被单蹬到一旁，蚊帐口也敞开着，身上被蚊子叮了几个大包。新梅看着他晒黑的面容，不由得心疼。她翻出风油精拿个棉棒给大壮涂上，不料才涂几下，大壮就醒了。他见新梅给他涂风油精，笑着说："我还以为是我妈呢。"

　　"谁是你妈？快点起来吃饭吧，饭菜一会儿就要凉了。"

　　大壮一骨碌爬起来说："坏了，我毛巾牙膏都忘带了，用你的吧。"

　　新梅啐道："呸！你脏兮兮的，才不让你用呢！我昨天给你买好了，就放在洗脸的地方了。"

　　大壮走出去洗漱，新梅说道："你回来咋不跟你爸你妈说一声啊？大姨昨天找我了，让你抽空回家一趟。"

　　"他们怎么知道我回来了？是你说的吧？"

　　"我没说，他们自己从电视上看的。你呀，现在都成了咱县里的大名人啦！"

　　"真的？那你赶快让学生们过来找我签名吧，如今名人的字可都值钱着哩！"

　　一句话逗得新梅咯咯地笑起来。

大壮吃饭的时候，新梅告诉他，昨天晚上谈完话，刘双河打算尽快把牛和用不到的部分农具全部处理掉，因为以后地里长期种植冬枣，这些全用不上了。大壮听着，不由得点了点头。

吃过饭，虎王、南楼、堤头、郭店等几个村的负责人接大壮去指导病虫害防治工作，大壮在这几个村连续忙活了好几天，每天都忙到很晚才回来休息。

几天后，农科院寄来的农药到了。大壮挨村指导着乡亲们配药的方法，又看着他们把农药喷到冬枣树上。

傍晚，喷了一天药的刘庄农民都沿着一条窄窄的水渠奔向村西头的傅家河，福来叫上大壮也跟着过去。

走了三里多路，就见小水渠的尽头有一条弯弯的河流横亘在面前，在夕阳的余晖下，河水波光粼粼，像撒了半河床的金子。

这条河的水是刘庄的生命之源，它经过刘庄到下游与徒骇河汇流入海。过去村里没打机井的时候，村民每天吃水都要到河里来担。现在村里浇地就用这河里的水，夏天这里也是村民洗澡的场所。这条河的水清澈透明，无私地哺育着两岸的农家儿女。通向刘庄的水渠在接近河的地方是断开的，村里用水时要用抽水机抽水。这个地方的水渠用石块砌成，水也比较深，妇女们往往就着这些石块洗衣服，而男人们却潜到岸边的芦苇丛里脱光衣服，溜到河水里去洗澡。

这时已经入伏，每天到河里洗澡的人络绎不绝。福来和大壮也在芦苇丛中脱下衣服，一块儿到水里游泳。河水清清的，冒着丝丝凉气，泡在水里，满身的燥热一扫而空。河的这段比较宽阔，有几个半大孩子正在比赛游泳，他们飞快地从这边游到对岸，又飞快地从对岸游回来，河面上顿时激起一排排浪花，游泳者的击水声、笑语声与远处游鱼跳出水面又跃入水中的泼剌声交织在一起，宛如一阵疾风摇响了窗下所有的风铃。

"福来，你们将来可以在这条河上动动脑筋。比如建一所小型水库，既方便村民用水，也正好开辟一个游玩的去处。"大壮随口建议道。

"那当然，俺们村委会现在没钱，等将来有钱了，俺一定要好好规划一番，把村子建成个大花园。"福来信心满满地回答。

两个人正说着，远远就见新梅站在岸边焦急地向他俩招手。福来赶紧说："大壮，二姐来了，咱赶紧走吧。"

大壮上岸后，新梅一把抓住他，埋怨道："在河里洗澡多危险，多让人担心！你还不快走，你妈今天直接到学校跟我要人了，再不走，我可担待不起啦！"

"急什么，想赶我走啊？我偏要美美地睡上一觉，明天再走。"

"好，明天走就明天走，你不怕人家笑话你，说你找了媳妇忘了娘？"新梅脸红红地说道。

"为解除嫌疑，你这准儿媳妇明天就亲自把我送回去吧！"

吃过晚饭，大壮邀新梅陪他出去走走。两个人顺着村子南侧的小路慢慢往西走。正值盛夏，太阳已经落山，但天还没有完全黑下来。路旁的杨柳高大挺拔，叶子呈青黑色，在潮湿的空气里像笼罩着一团烟雾。树上传来蝉鸣声，路上有三三两两打着手电筒的人，在草丛里翻来覆去地找东西。大壮以为他们在搜索青蛾，新梅却说他们正在捕捉蝉的幼虫，那是当地小孩子们都非常喜欢的美味。

"我们小时候馋肉了,爹娘就会给我们姊妹们捉一些,放在咸菜缸里面腌起来,到蒸干粮时一块儿放在锅里蒸熟,当肉吃。"新梅回忆着她小时候的情景。

"小时候,我们姊妹多,曾经想过要送一个出去,换一个男孩子回来。后来真把新英送出去了,送到栓柱哥家,把栓亭换了过来。结果,我娘有一次去栓柱哥家,看到新英浑身脏兮兮地站在冰冷的地上,小手和脸都冻得紫红紫红的,她心疼了,说什么也不换了,后来就把新英抱了回来。不过从那时起,就把大姐和栓柱哥的婚事订下来了。"新梅述说着往事。

大壮好奇地问:"你们这个地方都兴定什么'娃娃亲',那你、新英、新青怎么没有定啊?"

新梅停下脚步,故意生气地说:"你什么意思?难道希望人家早订婚吗?"

大壮自知语失,赶紧说道:"我就是好奇,随便问问。"

新梅缓和了语气说:"也不是不想定。有人曾经来提过亲,可后来由于我坚决反对,爹娘就没答应。"

"你是怎么反对的?"大壮问。

"我就顺着枣树爬到院墙又跑到屋顶上去,把爹娘喊出来说你们如果答应我就立马跳下去。被他们拒绝后,我真的跳下去了。

"落到地上我一下昏死过去,好半天才苏醒过来,那个来说媒的人当场就吓跑了。

"我跟爹娘说,如果他们再张罗定亲的事,我就还跳,如果跳房子死不了,我就去跳傅家河。

"爹娘真的害怕了,他们给我检查了一下身体,幸亏没有大

第十八章

碍，以后再也不提定亲的事情了，新英、新青也都不提了。"

正说着，他们俩来到那座横跨傅家河的单孔石桥上，新梅指着桥下汩汩的流水说："对，就站在这里跳下去。"

大壮打趣她说："幸亏伯伯他们没答应，否则让我到哪里去找你这么一个人？"

新梅听罢，拉起大壮的胳膊，把头贴在他肩头，柔声说道："大壮，上次你说要接我到大城市去，你的话当真吗？"

大壮说："当然是真的。我想研究生毕业以后要么在北京留校，要么回省农科院工作。总之，一辈子从事农业技术研究，一辈子为农民服务。"

新梅说："要那样的话，你到哪里，我就跟你到哪里。"

张大壮伸出小拇指，盯着新梅的眼睛说道："那咱拉钩，一百年不变。"

"一百年不变！"

天完全黑下来了，月亮从东边升起来，四周田地里腾起一层乳白色的水汽，那水汽越聚越浓，苍苍茫茫的，两个人似乎置身在云端一样。两个相爱的人紧紧地拥抱着，忘情地亲吻着……

大壮从刘庄走后，村里人见了刘双河都跷大拇指称赞，夸新梅有眼力，找了个好对象。

大壮跟新梅来到县城，在家吃了顿团圆饭。吃着饭，大壮妈不断数落儿子："你看你，一个名牌大学的硕士，弄得土里土气的像个老农民，你看这满身满脸的土，呦，手上都起泡了，简直太不像话！新梅，你也不拦挡着，由着他的性子来！"

大壮爸爸见妻子絮絮叨叨个没完，不乐意地说道："孩子做得对，凭啥拦挡着？谁家往上三代不是农民啊，刚到城里住几天，就忘本啊？"

"我不就是心疼儿子吗？才说几句啊，你就搬出祖宗三代来了。"

见大壮爸妈生气拌嘴，新梅匆匆吃了几口，就告辞回去了。

"大壮，快送送新梅，给她捎上点好吃的，这孩子脸皮薄，没吃饱。"大壮爸爸催促着。

大壮、新梅走后，大壮妈叹口气说："这一个农村的，一个城市的，将来他俩怎么在一块儿生活啊？他爸，你看那天电视上站在大壮身边的那个女孩子咋样？要模样有模样，要文凭有文凭，听说人家父母还是省城的大干部，跟咱家大壮可般配哩，不如……"

不等她说完，大壮爸爸气得一摔饭碗："别说了！咱们要尊重孩子自己的意见，婚姻大事不能包办！你要是敢搞破坏，我跟你没完！"

"我不过说说罢了，真要去说，还怕你老张家高攀不起呢！"

"越说越不像话了！"大壮爸爸站起身甩胳膊走了。

自从大壮帮着乡亲们把青蛾治住以后，石楼乡的冬枣树再没发生什么大的病虫害。到农历八月份，有的树上的枣子开始成熟了。

一天，福来午休完，正准备下地，大鼻涕媳妇突然跑来，气呼呼地说："没法过了，没法过了！主任，你可得管管俺家爷们儿！"

福来问："你慢点说，咋回事？"

"去年俺家的冬枣不是烂了吗？孩子他爹说那是因为去年摘得晚，枣都熟透了。他说今年要早点摘下来放着，枣子烂不了。你看

第十八章

树上的枣湛青碧绿的,还没上糖分,现在摘多可惜。俺说不行,他就横眉竖眼地要跟俺拼命。你快给俺评评理,拦住他!"

福来赶忙来到大鼻涕家院子,远远就见大鼻涕腰间扎个大布兜,正从树上摘枣。福来大喝一声:"住手!"

大鼻涕一愣,见是福来,忙笑着解释。

"不用解释。乡里刚开了会,为了防止冬枣采青卖青等违规行为,乡政府正责成乡工作队和工商部门查处呢,上午王所长领着工商执法人员来过咱村,你要是不听,俺就跟他说,让他把你摘的青枣全没收了!大鼻涕,亏你还是个村委委员,你就这样带头啊?信不信俺召集村民会议把你撤了!"

"福来,你高抬贵手,饶过俺们这次吧!"大鼻涕媳妇一听福来这话,吓了一大跳,她抓着大鼻涕的衣服示意大鼻涕认错。大鼻涕吓得半晌说不出话来。

"你嘴头子真不行,刚才还跟俺打,现在见了主任,咋连个屁也不敢放哩?"大鼻涕媳妇不依不饶。

"好了,别吵吵了,他已经知道错了,对吧?"福来向大鼻涕眨眨眼睛。

大鼻涕重重地点点头。

在刘庄村外那条已经夯实了路基的大马路上,王所长带着小张和小李值勤。他们正开车缓慢地向前走着,小张发现南楼村头摆着一个小摊子,旁边竖着一块白漆的新木头牌子,上面写着"销售冬枣"几个鲜红的大字。

"走,过去看看。"王所长示意停下车,三个人一前一后围拢过去。

守摊子的是名中年妇女,那人远远地见工商执法人员过来,吓得拿了杆秤,提起一塑料袋枣子,丢下摊子就跑。谁知没跑两步,塑料袋破了,枣子骨碌碌地滚落一地。

王大麻子当兵出身,虽说上了几岁年纪身体不如以前了,但仍然步伐矫健,几步就把那名中年妇女拦下,喘着粗气问:"你跑啥,跑得掉吗?"

"所长,你看,这根本不是冬枣,是婆枣!"小张从地上捡起一捧枣,递到王大麻子手里。

"怪不得你见了俺们就跑,原来售假贩假呀!走,收拾摊子,跟俺们到工商所去!"王大麻子高声训斥道。

那名中年妇女吓得浑身颤抖,连声说:"所长,俺知道错了,可俺没办法。俺家是南楼的,去年秋后村主任悄悄告诉俺们,不让俺们在大田里种冬枣,让俺们继续种玉米、麦子什么的,谁知去年冬枣行情竟会那样好,俺们大伙眼馋了,都说上了村主任的当。为多赚俩钱,还上多年欠的提留款,俺这也是逼得没路了才想出这丢人现眼的孬法儿。俺今天刚摆出来,还没开张呢,就被你们抓到了。所长,俺不是故意的,请你们高抬贵手饶俺这一回,下次再不敢了!"

王大麻子心软了:"你说的可都是真的?"

"俺有几个胆子敢骗你们当干部的?不信你到村里随便问问去!"中年妇女指了指村子的方向。

"既然这样,念你初犯,又事出有因,希望你立即改正错误,俺们也不再追究。你们既然打着冬枣的招牌,一定要卖真的。你回去告诉乡亲们,现在补种冬枣,完全来得及。"王大麻子主动当起

第十八章

了冬枣种植义务宣传员。

"那村主任还要阻拦俺们可咋办？"

"那你们就去乡政府反映问题，保管解决。"

"好嘞！"那名中年妇女收拾起摊子，千恩万谢地回村去了。

冬枣集中下树时节，石楼乡来了很多外地客商，他们有找到各村的村委会要求包销全村的冬枣的，也有直接去找农户希望在农户家设点收购冬枣的，出的价格都超出人们的预料，霎时买枣的、摘枣的、卖枣的、定点收购的人络绎不绝，一个供需庞大而又杂乱无序的市场正在渐渐形成。为了规范冬枣交易，石楼乡分别成立了冬枣交易管理领导小组和冬枣实业公司，冬枣交易管理小组由王乡长任组长，乡政府有关部门负责人任成员，主要负责规范冬枣交易市场，打击强买强卖、售假贩假、投机倒把、坑蒙拐骗等行为。冬枣实业公司则由县供销社注册成立，公司住所设在石楼乡，负责冬枣收购、存储、销售等问题，其人员分别由少数正式工和临时工两部分组成。宋栓亭刚从省城那所商业专科学校毕业不久，分配到县供销社办公室上班，他听说成立冬枣实业公司，就主动报名要求到石楼乡上班。

栓亭这时已经长成一米八高的大个子，剑眉星目，整个人透着一股子清爽和刚毅之气。三年大专生活，让他如饥似渴的心灵得到了知识的灌溉，那个曾经满脸颓唐、双眸中充满迷茫的少年的影子再也见不到了。上班那天，栓亭早早起来，骑着摩托车来到徒骇河畔，他把摩托停在河坝上，徒步走到大桥的中间。望着滔滔北去的河水，沐浴着带着腥味的河风，栓亭伸出双手，呐喊一声："喂！徒骇河，我回来了——"声音沿着河谷传出好远，久久地回荡着，接连惊起了数只正在河边觅食的白鹭。

自从宋栓亭分配到供销社办公室后,财务室的吴倩倩就经常过来找他,借口无非是借书啦看报啦什么的。栓亭其实早就认识吴倩倩,当年他跟着韩同强盖供销社办公楼的时候,老韩经常安排他到财务室报条子、结账,那时栓亭身材消瘦,又穿着脏兮兮的工作服,很不受人待见。他从窗口把条子递给坐在里面喝着清茶趾高气扬的吴倩倩,吴倩倩正眼也不瞧他,一只手接过条子,看看签字和数额,另一只手噼里啪啦拨上一通算盘,然后拉开抽屉取钱,清点好数目,把钱轻蔑地放在栓亭手里。栓亭接了钱,客气地说声谢谢,又在吴倩倩轻蔑的眼神中飞快地离开。

这天,栓亭正忙着写材料,吴倩倩忽然走进来,她见办公室里没有其他人,就把一张字条塞到栓亭手里,然后迅速地离开了。

栓亭打开字条一看,上面写着:我有非常重要的消息要告诉你。今晚六点,县电影公司门口见。栓亭猜不透啥意思,到了六点只能按时赴约,吴倩倩早在电影公司门口等着了。今天她着意打扮了一番,一袭连衣裙显得身段格外苗条,脸上化了淡妆,眼波流盼,愈发千娇百媚。她踱着步来回张望,远远地见栓亭过来,热情地向他招手,一点也没有了昔日的那种轻蔑态度。

"姐,你找我有什么事吗?"栓亭知道吴倩倩比自己大好几岁,礼貌地问道。

"栓亭,你看你刚来,我对你就有好印象了。咱俩处朋友怎么样?"吴倩倩略带一点羞涩地问。

栓亭没想到她会这样说,委婉地拒绝道:"姐,那怎么行?听说你不是有男朋友了吗?再说,咱俩岁数也不合适。"

第十八章

"栓亭，女人大才知道疼人嘛。我有男朋友不假，可我压根儿就不喜欢他。我又没卖给他，只要你同意，和他说散就一句话的事儿。"

"姐，咱俩真不合适。我家是农民，你是城里人，咱们生活习惯不一样，况且，我已经报名去石楼乡了。"

"为什么？！你咋这么傻呀！你说农村有啥好的？冬天没有暖气，夏天没有空调，一年四季泡不上个热水澡，人家都往城里跑，可你上赶着劲去农村。我问你，脑子是不是进水了？！"

"我是农民，你不了解农民对土地的感情。"

"你是农民，那你为啥下那么大力气考学哩？不就为了谋得一份正式工作，离开农村吗？"

"不，你不理解我。我之所以考学，为的是学好本事，回来更好地建设农村。"

"哟哟哟，没想到你觉悟这么高！栓亭，你就听我一句话，不要下去了，要不，以后你会后悔的！"

"我已经报名，改不回来了。再说，我也不打算改回来。"

"要不，我去求求我爸，把你的名字改回来。我爸过去在石楼乡当过乡长，现在是农业局的副局长，咱主任还是他老同学呢。你要回心转意，事情包在我身上！"

"不，姐，我认定的事情，谁也不能改。"

吴倩倩气得杏眼圆睁，有些不顾形象了。这时电影已经开演，她一气之下把两张电影票叠在一起，三下五除二扯得粉碎，使劲扔在地上，说了句"大傻帽"，就跺着脚咬着牙愤愤地离开了。

栓亭漫无目的地在县城街道上游逛，整条街变得冷冷清清的，远处"一品鲜"饭店的舞厅里传来铿锵而嘈杂的歌舞声,算是对外面清冷的夜色做了些许的补偿。

栓亭在接到闫宝生和吴倩倩结婚请帖的第二天,骑着摩托车到石楼乡报到上班了,他的职务是冬枣实业公司销售部经理。

这个冬枣实业公司驻地在石楼乡,没有具体的办公场所,内部组织也仅有一个框架,暂时只设置了销售部、办公室、财务部三个部门。县供销社机关的正式职工没人愿意到这里来任职,总经理就由石楼乡供销社的主任兼任,乡政府临时在冬枣技术服务中心拨了一间房子,安置了简陋的办公桌椅。栓亭上班后,发现只有他和老姜两个人。老姜原是石楼乡供销社的一名售货员,五十多岁了,过去计划经济时代曾经是一名"一抓准"式的好职工,可惜肚子里没有多少墨水,只干了大半辈子售货员。

"宋经理,看来咱们只好白手起家喽!"老姜摊开双手,环顾着空荡荡的办公室说。

下班后,栓亭到栓柱店里帮忙。客人太多了,屋子里座位放不开,只能在室外临时支起太阳伞,摆下桌椅板凳,让客人在门口就餐。饭店从早忙到晚,栓柱连地里的枣都顾不得摘。没办法,只得让栓栋、栓梁放学后帮自己忙活饭店。新兰抽时间回去到地里摘枣,委托父亲母亲销售。现在栓亭回来了,家里多个帮手,比以前轻松了许多,栓柱非常高兴。但是他看到四处忙乱的景象,不无担心地说:"栓亭,你现在当了经理了,应该帮大伙想想办法,这样下去像放羊一样,会乱套的。"

"哥,你放心吧,我已经向公司和乡里的领导提出了自己的设想,他们正在研究呢。相信马上就会有眉目的。"

第十八章

果然，乡里很快采纳了栓亭的意见，专门在乡政府驻地开辟了一个冬枣交易市场，各地来的散客和农户在市场见面，现货交易。对大型的经销公司，一律到实业公司与村委会或者较大的种植户签订合同，实业公司为合同双方办理冬枣筛选、分级、冷藏、运输等业务，收取少量的费用。同时，实业公司也收购一定数量的优质冬枣，参与市场经营。通过这样调整，石楼乡的冬枣销售很快有了章法，市场秩序比以前改善了许多。

罗骏详细地阅读了栓亭的报告，一边看一边不住地点头，自言自语地说："是个人才，是个人才！"

为增强公司的业务能力，冬枣实业公司面向各村招聘了十多名临时工，新青、李翠香、二楞、老木、狗剩卖完自己地里的冬枣后，都应聘到实业公司干临时工。

一季冬枣收下来，石楼乡凡是种植冬枣的农户，户均收入达到了四万元以上，个别户收入达七八万元。石楼乡经济总收入跃居全县各乡镇前列，一举摘掉了倒数第一的帽子。石楼乡所有的村庄都被震撼了，村村争先恐后种冬枣，家家派人参加培训班，学习冬枣培育、管理技术。其他乡镇也纷纷派出工作组到石楼乡考察，准备大力开发冬枣产业。二楞、老木、狗剩、迷糊这些过去曾经欠下一屁股债务的农户今年把欠款全部还清不说，还添置了机动三轮车、拖拉机等新的农业运输机械，更有很多户准备明年开春翻修他们祖祖辈辈居住的房屋，有的已经悄悄备下了沙石料。

刘双江最近却陷入了烦恼中，大田、二田、三田都哭丧着脸来埋怨他，媳妇们人前人后不给他半点好脸色。面对众叛亲离的局面，家里再不能待下去了，他觉得自己就像一个快要溺水的人，很需要有人拉一把。今天这种局面还不是当初自己一手造成的？现在又能埋怨谁呢？他不停地反思着。

刘双河知道兄弟的难处，就对他说："俺跟栓柱说说，你到他店里搭把手吧，他忙不过来。你的地交给孩子们去种，他们年轻人脑子活，爱怎么干就怎么干吧，不要再管着他们了。"

刘双江接受了这个建议，征得一家人同意后，离开刘庄，投奔了栓柱。

大田兄弟三个人到福来家说了一箩筐好话，争取了村里最后一批无偿冬枣树苗，全部种进了自家的口粮田里。

第十九章

十月底，栓亭将代表冬枣实业公司去烟台参加地方特产展销会。因公司当年盈利二十余万元，县供销社特批实业公司全体员工一起参加，以示鼓励。

参加展销会的人员分两批行动，第一批由石楼乡政府和实业公司员工提前一天参会布展，由王乡长担任领队；第二批则在展销会当天到会，由梁县长亲自带队。

展销会为期五天，本次展销会展示了山东各地有名的地方特产，吸引了来自全国各地无数客商的目光。Z县冬枣第一次在如此大规模的展销会上亮相，以它独特的品质，惊艳了无数双眼睛，到摊位前洽谈、订货、品尝的人络绎不绝。

作为冬枣实业公司销售部的经理，栓亭接待任务繁重，会上他发出不少的名片，也认识了不少外地客商。展销会开幕那天上午，梁县长、分管农业工作的副县长、罗骏等领导都来到现场，他们对冬枣实业公司布展、接待、洽谈、宣传等工作都非常满意，用梁县长的话说："展销会为冬枣产业发展插上了腾飞的翅膀，打开了冬枣通向更广阔市场的一扇门。"开幕式结束后，他们又到其他展位参观一番，下午就返程了。

接下来的时间，栓亭更忙了。他一边跟客商洽谈业务，一边跑到各个摊位参观考察，虚心地向省内外的大公司学习经验，宣传材料装了满满一大包，笔记也密密麻麻地记了一大本。

五天时间很快过去，展销会闭幕那天，大家都说长这么大还没到过烟台，还没见过大海呢，要不下午到海边看一看。征得领导同意后，栓亭带领着老姜、二楞、老木、迷糊、新青、李翠香等十几个人到烟台山公园观光。

烟台山公园是烟台的标志性景区，位于烟台市区北端，三面环海，自然风光秀美。一行人参观完山上的风景后，来到了海边。

烟台的秋天仿佛一块温润的玉，特别纯净。天空瓦蓝瓦蓝的，一点云彩丝儿也没有，碧蓝的海水像蓝天掉下来溶了一块在里面。岸上游人如织，有撑着遮阳伞慢慢走的，有坐在礁石上休憩的，有光着脚在水边嬉戏的。远处有轮船正准备劈波斩浪出海前行，也有轮船要缓缓地靠岸，海岸近处小小的游船星星点点地游弋飘荡，像一群整天不离水的小鸭子。

他们正走着，栓亭忽然听到一阵哭喊声："快看，孩子们的船看不见了！"

只见一对银发的夫妻和一对中年夫妻正焦急地向海面上指着，看样子像一家人。哭喊声是中年女子发出来的，顺着她手指的方向朝海面上看，果然在很远的海面上发现有一个小黑点。有带着望远镜的人过来一看直呼："不好！那里有一些礁石，似乎有只小船搁浅了，上面的人正挥舞着衣服，向岸上求救。"

"这可怎么办啊？"老太太脸色煞白，无力地坐在沙滩上，一只手按住胸口。

"我去！"那名中年男子疾步向海里跑去，被中年女子一把拉

第十九章

住："你又不会水，去也白去！"

栓亭走过去，问道："出什么事了？"

"同志，我们是从南方来的，孩子们非要到海里去玩，就租了一只游艇，谁想碰到麻烦了。"中年男子快速地说。

栓亭听明原委，急忙催促说："你们租的哪里的船？走，快找租船的，让他们想办法。"

"好！快走！"

他们找到租船的人，租船的说："这好办，俺们再开一条船过去，用绳子把那只船拖回来。"

"可船在礁石堆里搁浅了，怎么拖？"中年男子疑惑地问。

"哎呀，你们不知道，再过半小时就涨潮了，船会自动漂起来的，小孩都带着救生圈，你们不用担心。"租船的不耐烦地解释。

"可万一船漏了咋办？你们赶紧去吧！"中年女子扶着那对银发老人也来到近前。

"啧啧，大姐，开什么玩笑，俺们的船都是玻璃钢的，撞不坏哩！"租船的自信地说。

"有备无患，咱们还是早过去吧。"栓亭也催促道。

"好吧。"租船的从岸边的石头上解开一只空船，跳上去，问道："你们谁去？帮俺划船。"

栓亭和中年男子一块儿跳上船。二楞也要上去，栓亭大声说："你们都不会水，去了也没用。我在学校专门学过游泳，还得过全校的游泳冠军呢，我去就行。"

一个小时后，两只小船一前一后地靠了岸，从前面那只小船上下来一对男女青年和一男一女两个十多岁的孩子，栓亭和中年男子

231

从后面那只小船上下来。见孩子们安全上岸,那对银发夫妻一人怀里搂着一个,口中"乖孙""乖宝"不停地抚慰。

那一对男女看样子像是大学生,又像一对情侣,女的下船后不停地埋怨道:"胆小鬼,让你下来把船从礁石上推下来,你吓得站都站不起来,算什么男子汉!"

租船的说:"幸亏他胆小,没有下来推船,你看俺这艘船已经撞得裂缝了,如果再用力推下水,这船非解体不可,那时候你们就都掉水里了。"

男青年这才回过神来,对女的说:"听见了吗?我这叫'胆小行得万年船',谢谢师傅表扬!"周围的人一听,都笑了起来。

"你们别光顾笑,俺的船算完了,好几百块钱哩,你们说,怎么个赔法?"

"师傅,我们又不是故意的,就是船划得快了些,来不及转弯就进去了嘛。师傅,您行行好,我们都是学生,没有钱。请您放过我们吧!"男女青年围着租船的说情。

栓亭走过去说道:"师傅,他们真不是故意的,请你放过他们吧。再说,你在这里租船,一点安全措施都没有,万一他们出了意外,你是不是也有责任呢?"

"孩子们受到惊吓,心里都有阴影了,你们租船的要给个说法!"那名中年男子一边说一边用手帕擦着脸上的汗水。

租船的没有理睬中年男子的话,对着栓亭说:"兄弟,一看你就是个好人。俺在这里干租船的营生,风吹日晒雨淋浪打的那也不容易,这次俺损失实在太大,不赔俺坚决不答应!"

栓亭说:"既然你叫我兄弟,那我就叫你大哥。大哥,你看

第十九章

他们还是学生,这俩呢还是孩子,他们能有多少钱赔你?要不这样吧,我们这些人都是农民,身上也没带几个钱。昨天我新买了一块北极星牌手表,这是在你们烟台商场买的,值个百八十元的。我把表留下当作赔偿,你就放过他们吧。"说罢,栓亭从手腕上把新买的那只北极星牌手表卸下来。

租船的见他说得诚恳,又看看学生和孩子,看样子也榨不出什么油水来,只好接过手表,放在耳边仔细听了听,摆手说:"算俺倒霉,你们走吧!"

那对男女青年连连向栓亭鞠躬道谢,栓亭嘱咐了他们几句,打发两个人走了。

二楞他们刚才准备拦挡的,见栓亭向他们示意,就没有动手。等走远后,二楞气呼呼地说:"栓亭,咱就这样吃亏走人了?"

"不走人咋的?你还要跟他打架吗?"

"打架就打架,谁怕谁?!"

"二楞,咱走就对了,你没见有一伙子当地人正准备围上咱们吗?"李翠香说。

"好汉不吃眼前亏,强龙不压地头蛇。"老木、迷糊接着说。

"哟,刚才你们咋不吭声?这会儿显能耐了。"二楞满脸不屑。

"这位兄弟,请等一等!"大伙回头一看,见刚才那名中年男子从后面追上来。众人不知缘故,忙停下脚步。

那中年男子快走几步,握住栓亭的手使劲摇了摇说道:"兄弟,感谢你,谢谢你仗义救人!"

栓亭说:"快别这么说,人生在世谁没有个难处呢?我能帮就帮一下，你不要过意不去。"

那名中年男子说："我姓陆，名一恒，在浙江工作，这次到山东来办点私事，听说烟台召开地方特产展销会，顺便过来看一下。散会后，陪家人到海边耍一耍，没想到遇到这样的事情。您贵姓？"说罢递上一张名片。

栓亭接过名片，只见上面写着：浙江凯特商业连锁有限公司董事长陆一恒，下面是公司地址和联系电话，他也连忙掏出自己的名片递过去说："陆先生，幸会幸会！"

陆一恒接过名片一看，惊讶地说："哦，宋经理，那天我在展销会上见过你们公司。当时你和几个人正在推销家乡的特产冬枣，我就没过去。没想到，我们有缘，竟然以这样的方式再次见面。"

陆一恒向栓亭一一介绍自己的家人。

栓亭也把老姜、二楞、老木、迷糊、翠香、新青介绍给他。

陆一恒邀请道："宋经理，我们难得见面，晚上找个饭店畅叙一番怎么样？我请客。"

栓亭本想答应，但转念一想，可能他是为了要还人情随口那么一说，还是回绝吧，于是说："陆先生，本应该答应你的邀请，但我们订了今天晚上七点的火车票，就要返程。他们都是头一回离开家乡，现在归心似箭呢，希望您谅解。"

"哦，这样啊，真是太遗憾了。既然你们急着回家，那咱们只能以后再聚了。希望我们能够很快见面。"说着，陆一恒从兜里掏出钱包，数了五百元钱要塞到栓亭的兜里，"一点小意思，路上吃点夜宵吧。"

栓亭连忙拒绝，极力推辞道："陆先生，您太客气了，俺救人和赔表,都是发自内心的,不需要啥感谢。咱们后会有期,再见!"说完,领着一群人告辞了。

"后会有期!"陆一恒望着栓亭的背影,点了点头。

大家早早地赶往火车站去等火车。火车站附近有个广场,广场旁边有一家大商店,新青趁其他人不注意,偷偷跑进商店里,花了一百多元钱买了块北极星牌男表,放到贴身的衣兜里,准备日后送给栓亭。

晚上十点,栓亭一行人坐上火车返乡,李翠香挨着新青坐着,不小心碰了下新青的手,感觉冰凉冰凉的,连忙拉起她的手揣在胸前,然后摸了摸她的额头,问道:"妹子,你感冒了吗?手咋这么凉。"

二楞无意中听到了,伸长脖子关心地说:"新青,叔这里有袄,你披上吧。"

新青忙说:"不用,不用,俺没事。"然后拿眼睛瞟了栓亭一眼。栓亭正聚精会神地整理笔记,丝毫也没察觉。

当年的冬枣销售进入尾声,刘庄的村民全都沉浸在丰收的喜悦中。

这天,韩同强开着车来找福来,见面就发牢骚:"刘主任,你们都发财了,眼睛里没人了是不是?"

"老韩哥,请坐,消消气,什么事情惹你发火啊?"福来一边把老韩让进村委会办公室一边问。

韩同强一屁股坐在沙发上,摊着手说:"福来,你拍着胸脯想想,哥对你咋样?对乡亲们咋样?"

"那没得说啊!怎么了哥?有话快说嘛!"

"福来,当初你们村刚种上冬枣树那会儿,乡亲们收入没着落,你和栓柱找到俺,俺可二话没说,就把你们村的劳动力都包圆了。俺现在遇到困难了,需要赶工期,可你们村那帮伙计们回来卖枣的卖枣,到实业公司打工的打工,都发了财,不管俺了。你说,有你们这么办事的吗?"老韩憋着一肚子委屈。

福来一听,安慰道:"哥,俺当啥事儿呢。这个,好说!你等着。"

福来回头就在喇叭里吆喝起来:"全体村民注意了!全体村民注意了!跟大家说个事儿,今天县二建公司的韩总经理来了,他公司碰到了困难,需要赶工期,如果耽误了工期就会被取消合同,但是现在工地上人员紧缺,一直开不了工。当初,韩总经理曾经收留咱们在他的公司打工,帮助咱村的老少爷们儿渡过了难关,今天他碰到困难找咱们来了,咱刘庄的老少爷们儿该咋办?是做忘恩负义的小人呢,还是做知恩图报的好人?大伙好好掂量掂量,愿意帮忙的,现在就到村委会办公室报名,明天俺开车送大伙进县城!"

喊完话时间不长,陆陆续续来了二十多位年轻的村民报名,福来一一登记在册。

老韩接过名单一看,顿时换成了笑脸:"福来,不愧是俺的好兄弟,这次帮哥大忙了!行了,明天不用你送,俺派车来接,说定了,派车来接!"

转眼又到大年三十了,新兰已经和大华回刘庄了,栓柱收拾收拾饭店里的厨具,打扫一遍卫生,到门口贴上对联,也准备回家。远远地来了一辆机动三轮车,在栓柱饭店门口停住,从后面下来三个人,一看就是一家子,手里提着大包小包的行李。

第十九章

那家男人来到栓柱跟前,亲热地大叫了一声:"哥!"

栓柱一回头,惊喜地喊道:"呀,栓成!你们咋回来啦?"

兄弟俩抱在一起,眼里淌下热泪。

"来,快进屋!"栓柱忙着把栓成、娟子以及他们的女儿小娟让进屋。

栓成向大哥诉说着这几年的苦:"自从俺们离开家以后,到了南方一座城市,本想打工挣钱,混成个城里人,可没想到,咱农民在城里实在太难了。俺和娟子一开始先到处捡破烂,挣不了几个钱,还让城管撵得到处跑,几个月下来,连租房子的钱都没有了。后来,俺和娟子分别找了家工厂干活,那些厂子都是个人开的,老板没命地让加班加班,俺们受的那个苦和累就甭说了!后来多少攒了俩钱,可小娟长大了,又落不下户口,没法上学,俺就寻摸着回来。碰巧一天遇到一位老乡,他告诉俺们,现在家乡正开发冬枣产业,一季冬枣下来,比城市里上班的正式工收入都高,俺和娟子一商量,干脆回来吧,反正家里还有地,俺们种上冬枣,再也不走了。"

娟子也说:"大哥,俺一道上走着一道上看,以前这个时候地里除了棉花柴啥也没有,现在到处都种着枣树,跟进了果园子差不多。俺和栓成回来,也学学种冬枣的技术,靠它吃饭,再也不走了。栓成,你说对吧?"

"对,俺们不走了,明年让小娟报名上学,不能再跟着俺俩受罪!"一句话勾起背着小娟到处捡破烂的苦难记忆,娟子又止不住流下了眼泪。

栓柱说:"你们回来,还没吃饭吧?俺去给你们做饭。"

吃完饭,栓柱开着新买的标致牌汽车,把栓成送回了南楼。

明德老两口见栓成小两口和孩子回来,激动异常,栓亭、栓栋、栓梁都过来帮助哥嫂把家安顿好,一家人坐在炕上包饺子,久别重逢,有拉不完的心里话。

栓柱回到刘庄时,一家人正围坐在新买的彩电前观看春晚。大华问:"爸爸,你咋回来这么晚啊?"

"你二叔、二婶一家回来了。"

刘双河熄灭手中的香烟,高兴地说:"栓成回来了?好事,好事!"

新梅说:"今年咱乡里回来的人可多啦。如今惠农政策好,发展产业对路,农村收入一点儿不比城里差。"

新青接着说:"栓亭哥说,明年如果咱们的乡村旅游、乡村文化再搞起来,收入肯定比今年还要高呢!"

新兰打趣她说:"小青,今天晚上说栓亭好几遍了,俺都替你数着数呢。你是不是对栓亭有啥意思?"

新青一下搂住秀娥的胳膊,撒娇道:"娘,你看大姐,她不正经!"

"咋叫不正经?俺看栓亭人好,有出息哩!"秀娥说。

新兰像是自言自语地说:"你说,新青跟栓亭好了,她该咋称呼俺?是叫俺姐呢,还是叫俺嫂子?"

新梅也打趣说:"叫啥都对,叫啥你都得掏红包!"

一家人都哈哈大笑起来。

孙秀娥忽然想起来:"新梅,大壮放了寒假咋没到家来找你?你们俩闹别扭啦?"

第十九章

"咋没来?娘,你忘了,腊月二十六那天大壮不是来家送过年货吗?那天官家庄俺老姑父过生日,新梅带着你们走亲戚去了。他就带着东西找到饭店,见俺和栓柱正忙,没说几句话撂下东西就回去了。哎,东西不是让你都放冰箱里了吗?"新兰连珠炮似的说着。

"哎哟,瞧俺这记性,都忙活忘了。"秀娥回头嘱咐新梅,"过了年,叫大壮来家吃饭。"

新梅正双手托腮聚精会神地看节目,没有说话,新兰用手轻轻打她一下:"娘跟你说话,听见了吗?"

"听见了。"新梅不耐烦地扭扭脖子。

大华忽然跑到新兰后面,在妈妈背上也轻轻地打了下。新兰拉着他:"哎,大华,为啥打妈妈?"

"谁欺负俺大姨,俺就打谁!"大华努着嘴。

"为啥?"新兰拉着他的手。

"俺老师说,因为俺大姨当老师,他才让俺当班长的。"

"你不说有个大毛同学跟你竞争班长吗?"新兰问。

"大毛随他爸调走了,到县城去了。现在学校里数俺最厉害,爸爸当老板,大姨当老师。"

新青刮了下他的鼻子,说:"俺还真看不出来,大华将来是个当官的料,小小年纪就学会拍马屁了。"

"小姨,等明年你厉害了,俺也拍你马屁。"

一家人顿时哄堂大笑。

第二十章

新兰见新梅不痛快,知道她和大壮之间产生了误会。过年后,在新梅的房间里,她悄悄问:"梅子,你和大壮咋了?一定有事情瞒着大伙。有话不要憋在心里,容易憋出病来。"

"姐……"新梅欲言又止,从随身带的包里掏出一个信封,递给新兰:"姐,你看看这个。"

新兰接过信封,从里面抽出一张照片,见大壮正跟一位女同学在街上走,俩人都是背影,但一看就能看出大壮的样子。新兰又掏了掏信封,里面什么都没有了。

"这信是谁寄给你的?"

"不知道。快放寒假的时候寄来的,就这么张照片。你说,究竟是个啥意思?"

"你没问过大壮?"

"放寒假了,哪里来得及呀,信又不是大壮寄的。"

"八成是照片上这个女的寄的吧?"

"谁知道呢?姐,你说这事该咋办呀?"

"叫俺说,大壮过两天到咱家,你当面问他,看他怎么说。"

初六那天,大壮到了新梅家。拣个没人的时间,新梅把那封信交给大壮:"大壮,你说,这是咋回事?"

第二十章

大壮见了照片，稍微愣了下，脸一红说："梅，请你相信我！"

"当然信你，要不然，也不会让你看信。"

"你看，这女的叫张萍，上次你见过的，她和我是大学同学。上次她主动找我去听音乐会，我就去了。"

"哎呀，你咋这么听话，她一叫你就去了。你是不是对她有啥意思？"

"没啥意思！正是为了说明跟她没啥意思，我才答应去的。"

"那我就听不明白了。你对她到底有意思还是没意思？"

"真没意思！听完音乐会，我就跟她挑明了，说我已经有未婚妻了，她哭着跑了。"

"你呀，什么都好，就是……"新梅点了下大壮的额头。

"就是什么？"

"就是不懂得怜香惜玉。"

大壮听了，要过来抱她，新梅往后一躲，伸手拦着："停，停！您老看看，这信是张萍寄来的吗？"

大壮仔细辨认了一番信封上的字迹，说道："不是她，也不可能是她。怎么会这样呢？"他脑子里忽然闪过一个人的影子："哦，原来是他！"

"谁？"

"高君伟！"

高君伟、张萍、张大壮是山农大的同学，现在又在一个学校读研究生，关系非常好，张大壮和高君伟住在一个宿舍，几乎无话不谈。张大壮在班里是学习尖子，长得一表人才，成了不少女生心目中的白马王子，张萍也不例外，对他心仪已久。高君伟处处视大壮为榜样，可惜个头矮了些，没有女生垂青。他一直暗恋张萍，可张萍对他却没有感觉，久而久之他因爱生怨，把大壮视为自己爱情路上的一块绊脚石，恨不得早一点搬开。

他知道大壮已经订婚，曾经把消息暗示给张萍，可张萍并不相信他，依然和大壮来往。他就想着找机会挑破这件事。那次，张萍约大壮出去听音乐会，高君伟偷偷跟踪，给他们拍了照片，当时他准备寄给新梅的，但听到大壮拒绝了张萍，认为没有必要再寄照片了。谁知，不久后张萍依然去找大壮，劝说大壮回心转意接纳自己，这引起了高君伟的不安，他思来想去，在临放寒假前还是把信寄给了新梅。

高君伟和张萍家都住在济南市，不过张萍家住市里，高君伟家住郊区。寒假期间，高君伟壮着胆子去找张萍，双手提满了节日礼品。他按照张萍学生履历表上留的家庭住址找到省农业厅家属院，在二号楼一单元二楼敲开了张萍家的门。开门的是张萍的妈妈，问明来意后，就把高君伟请到了客厅。高君伟一看，啊，好大的客厅！里面摆着宽大的沙发、茶几，对面桌子上摆放着一台硕大的进口原装彩色电视机。客厅里铺着地毯，需要换了拖鞋才能走进去。踩在软软的地毯上，高君伟觉得仿佛进入了另外一个世界。不一会儿，张萍出来了，她没料到高君伟会来，态度有些冷淡，但高君伟并不在意。

"高君伟，你来找我，为什么不提前打招呼？"

"老同学，咱们在学校抬头不见低头见，现在放假了，几天没见面，心里就盼着。"

第二十章

张萍妈妈把高君伟送的礼物放到另一个房间，洗好一盘水果端出来，放在茶几上说道："小高说得对，你们都同学那么多年了，相互走动走动也是应该的。"

"伯母，我就是这个意思。我们家乡有句俗话叫'人越走越亲'。"

"对，是这么个理儿。萍萍，你把小高领到你的房间，你们去那儿聊，一会儿家里要来客人。"

"伯母，我来市里办事，正好路过你家，顺便过来看看张萍。既然你们家要来客人，我就不打扰了，以后有的是机会。"

张萍正巴不得让他快走，顺口说道："那就不留你了。"

张萍妈妈有点不好意思地说："小高，你看，刚来就要走，成了我们家撵你了。改天一定过来，我们请你在家吃饭。"

高君伟起身告辞，张妈妈让张萍出门去送。

张萍送到楼下，转身就回去了。

张萍回来，张妈妈说："张萍，这小伙子不错，挺懂礼貌的，一点也不像农村的。"

"哎呀，妈！我的事儿你少管！"张萍摔门躲进了自己的卧室。

卧室的窗下摆着一架钢琴，她坐下来，打开钢琴盖，用纤细的手指在上面弹奏了几个音符，无奈心思烦乱，没有雅兴，于是啪的一声又把琴盖子合上了。

石楼乡最近搞了一次冬枣繁育和管理技术培训班，邀请张大壮和县林业局的技术人员授课，全乡各村委、各农户代表参加。由于参训人数较多，所以共分六期轮训。授课期间，大壮和栓亭两个年轻人碰了面，他们互相交流着自己对家乡建设的意见。当谈到今后冬枣市场的营销策略时，大壮建议说："栓亭，你的设想很好。你完全可以把设想写出来，报给罗书记、王乡长他们，征得领导支持和同意后，利用这次培训的机会，跟乡亲们讲一讲。"在大壮的鼓励下，栓亭很快将自己的设想写成报告，交给了王乡长。王乡长看后，非常重视，又反复做了修改和补充，交给了罗骏。罗骏看后，认为这份报告为石楼乡冬枣产业发展勾画出了一幅蓝图。报告的主要内容可以概括为三个方面：一是发展乡村旅游等产业，在冬枣种植业发展的同时，将产业链横向拓宽，发展旅游采摘，建设旅游景区等，推进绿色服务业发展；二是随着冬枣产业的迅猛发展，卖方市场将会很快转变为买方市场，要提前做好准备，加快冬枣营销推广，同时抓好冬枣品牌建设和维护工作；三是发展冬枣深加工，让冬枣产业链向纵深延长。

这份报告与县、乡促进冬枣产业发展的思路不谋而合，更加坚定了罗骏全面发展冬枣产业的信心。他对王乡长说："宋栓亭同志这份报告很好，与县领导加快发展冬枣产业的思路不谋而合。但我们的眼光不能仅仅放在石楼乡这个局部，还要从全县农村经济发展的角度看问题、办事情。我们要在这篇报告的基础上，形成一篇有分量的专题报告，报给县委县政府领导。报告主要从总结石楼乡去年冬枣产业开发的经验做法和今年加快推进冬枣产业发展计划两个方面着手，尽量突出石楼乡的特点，力争总结出石楼乡冬枣产业发展的可复制可推广的经验。"

王乡长听了后心情格外振奋，激动地说："好，我马上着手去办。"

第二十章

报告提上去后，县委县政府领导高度重视，很快拟定了开发冬枣产业的规划，并召开全县冬枣产业发展动员大会，把石楼乡的经验在全县推广。动员会议召开后不久，为更好地发展全县冬枣产业，罗骏被提拔为县政府副县长，王乡长被提拔为乡党委书记，从其他乡镇调过来一位姓李的乡长。

这天，王书记找到陈锋。陈锋现在已被提拔为片区书记，仍兼任刘庄的村党支部书记。王书记说："陈锋同志，这一年多来，刘庄的工作很有成效，村党支部充分发挥了作用，你功不可没。可你身上的担子越来越重，不可能始终盯靠在刘庄，村里的事情就让乡亲们自己解决吧。希望村党支部注重培养吸收年轻有为的青年人入党，充实党的基层力量。到时候你跟福来同志谈谈，听听他的意见。"

几天后，陈锋来村里找福来，福来向他汇报了最近村里的情况。

"今年开春，村里过去没有种植冬枣树苗的地全部种上了，多数家庭都已培养出一名技术骨干，冬枣产业发展得到全村村民的拥护和支持。刘庄村民应缴的农业税、'三提五统'都采用货币形式缴纳，由村里统一兑换成粮食，去年和今春的征收任务已顺利完成，欠费户也结清了历年积下的陈欠。另外，村里街道经过整修，比过去平了；房屋经过规划，比过去整齐了；排水沟全部砌了砖，再也不堵不臭了；过去逢年过节挂'主子'、磕头、较明、上坟那一套旧风习也都停了，村容村貌发生了巨大的变化。如今村民有钱了，有的买摩托车，有的买三轮车，有的买拖拉机；有的起门楼，有的盖房子；有的家里还买上了大彩电、电冰箱，甚至小汽车。过去在外打工的村民纷纷回来种枣树,以前找不到对象的小伙子也不发愁了,外乡愿意嫁到刘庄的姑娘多了许多。

"可刚刚富起来的村民,也滋生出'小成即满'的思想。比如迷糊的爹迷上了喝酒,过去没钱买不起,如今有钱了,爱咋喝咋喝,没人管,渐渐形成酒瘾。家里人发觉后,就把酒藏起来,逼得他到处乱翻。有天晚上,他犯了酒瘾,到床底下搜出一个酒壶,倒了一茶碗一饮而尽,结果第二天醉了整整一天,醒来后直喊酒劲儿大,迷糊一查,吓了一跳,原来他爹喝的是点酒精炉子的酒精,不是散酒,你说危险不危险?

"还有,狗剩的弟弟狗蛋过去因为穷一直找不上对象,现在年龄大了没人愿意跟,可今年家里忽然冒出一个年轻的女子,模样挺好。俩人没登记就同居了,我们村委会多次派人上门去催他领结婚证,可他们就是不去。后来派出所查户口,发现那女的原来是他从去年打工的地方花钱买回来的,派出所民警了解情况后将年轻女子送走了。狗蛋到现在还在跟村委闹哩,埋怨村委会破坏他的好事,让他丢了人又折了本。

"村里有些年轻人手里有俩钱,不知道自己姓啥了,天天你请我、我请你,跑到饭店里唱卡拉OK,成宿成宿地搂着服务小姐跳舞;有的聚在一起打麻将、推牌九,还带赌钱的,弄得邻里之间关系紧张,非常不和谐。还有很多家的红白大事,讲排场比阔气,请客送礼大操大办,结婚彩礼一年比一年重,坟圈子越来越大,大吃大喝铺张浪费严重,弄得村民争着赶时髦,相互攀比,渐渐形成陋习。陈书记,像这些都是群众思想方面有问题,真该好好加强学习教育,否则,时间一长,习惯了,改起来可难啦!"

第二十章

"福来,你反映的这些问题比较普遍,其他村子或多或少也存在,还有比这更严重的。像这些问题,都与党组织没有发挥好作用,忽视对村民的思想政治教育有关系。福来同志,你经过近几年的锻炼,思想已经成熟了,你要积极向党组织靠拢,争取早日成为一名入党积极分子。"

"陈书记,共产党员全心全意为人民群众谋幸福,俺够格吗?"

"够不够格,我说了不算,是党组织说了算,是广大群众说了算。福来,你要准备接受党组织对你的考验,挑更重的担子,总不能让我一辈子在刘庄担任村党支部书记吧?"

"那好,俺马上就写入党申请书。"

两个人正说着,忽然老憨的媳妇慌慌张张地跑进来,声音颤抖地说:"不好了,不好了!主任,你快去看看,俺家的和三田动起手来啦!"

福来扯过一件衣服随便披在身上,对陈书记说:"陈书记,正好你来,咱一块儿过去看看。"

两个人跟着老憨媳妇飞快地奔向村东头,远远就见一群人围着,中间老憨和三田正拿着铁锹对阵。

原来老憨家和三田家今年都翻盖了老屋,村里规定地基的高度都以村南头那条土路为准,任何人家盖房子地基不得超过土路高度五厘米。三田家的房子差不多已经盖好了,老憨家正好给屋基放线。三田怀疑老憨家的屋基比自己家的高,就要求老憨往下铲一铲,老憨不愿意,没好气地说:"地基是建筑队用测高程的镜子测的,又不是拿眼睛瞄的,哪会有错?俺不铲!"三田年轻气盛,拿过一把铁锹就铲起土来,老憨不服,两个人很快扭打在一起。

"住手!"福来和陈锋高声喝住了两个人。

"书记、主任,请你们给俺评理!他家房子地基比俺家的高,以后下点雨,那水不都流到俺家院子里来了吗?凭什么?"

福来围着屋场子转了一圈说:"感觉是有点高。这是哪家建筑公司承建的?"

老韩头从人群外挤进来说:"福来主任,俺是韩同强建筑公司的老韩头,你不认识俺了?"

"认识,认识。你们怎么测的?地基好像高了。俺知道你们的水平,按理不应该这样啊。"福来疑惑地问。

老韩头说:"主任、书记,你们不知道,前面盖的这家房子已经盖起来了,经过几场雨,成了熟地。而后盖的这家呢,虽然打了夯,整了平,可没经雨,没发生沉降,所以地基确实有点高,等房子盖起来,经过沉降,两家的地基就会一样高。"

陈锋说:"原来是这样。"

福来说:"三田、老憨,你们都听到了吗?咱村的房子差不多都是老韩的建筑公司承建的,你们还不放心?"

三田上前向老憨道了歉,不一会儿围观的人都一一散去,各忙各的事情去了。

栓成一家回村后,想要回自己原先转包出去的田地,但地里已经种下冬枣,因转包期没到,种树的那家要价很高,栓成承受不了,所以一家暂时陷入了困境。

栓柱得知情况后,找到弟弟说:"你既然回来了,就不要再走了,干脆跟俺去干吧,多少有点收入,吃饭不用愁。俺有新打算,今年准备去县城发展。"

第二十章

栓柱是这样说的,也是这样做的。他打算把自己的"栓柱锅子饼店"让给弟弟经营,自己到县城去开饭店。

新兰有些犹豫地说:"柱子,咱爹娘毕竟年纪大了,又种了那么多冬枣树,如果咱俩去县城了,田地咋管理呢?"

"那咱们先商量商量吧。"

一家人坐下来商量。栓柱说:"爹,娘,俺有个想法,打算在县城开一家'同祥'饭店,把老姥爷当初干的事业发扬光大,为咱们家争光。"

刘双河鼓励他说:"栓柱,俺们身体还行,你只管放心地去吧!"

新青说:"哥,姐,你们都去吧,家里有俺呢。要是实在忙不过来,新梅、新英还有福来哥、栓亭哥他们都会来帮忙的,你们就放心吧。"

孙秀娥也支持栓柱的想法。

栓柱来到县城,请韩同强、蔡中和等人帮自己寻个开饭店的场所。老蔡说:"老弟,要搁在从前,你要来县城开饭店,俺非雇人把你饭店拆了不可。为啥?同行是冤家嘛。可现在不同了,俺打心眼里佩服你,你来了,咱们县里的餐饮业离出名的日子也就不远了,俺要借你的光哩!"

找来找去,他们还是相中了县外贸局对面那处场所。那里的平房已经全部拆掉,改建成了三层的沿街楼房,过去的"大众快餐"已完全销声匿迹了。那片房子正巧是县二建公司负责开发的,暂时没有卖出去,老韩说话算话,按成本价卖给栓柱一套楼房。栓柱请他找人按照饭店的标准配置把三层楼装修起来,一层用来招待散客，二、三层每层设计十个雅座。

到了八月份，饭店正式开业，门口挂上一块黑漆的大牌匾，上面是拜托王希胜老师题写的五个金光闪闪的颜体大字：新同祥饭店。

饭店开业后，生意异常红火。栓柱抽时间去找老蔡，老蔡正在办公室写字，见栓柱进来，把毛笔放到笔山上，哈哈笑着让座："来来来，老弟，你现在是大忙人，光临寒舍，有何赐教啊？"

"蔡大哥，你啥时候学得这样文绉绉的了？"

"嘻，上次罗县长到饭店做客，他让我抽时间多读读书、写写字，说现在是'儒商'时代，要我跟上形势发展哩。"

"对对对，咱们都应该多学习。哎，你还记得上次要成立餐饮协会的事情吗？俺这次来，就是和你商量这个事情的。"

"哦，真的？你有什么想法，说出来听听。"

"蔡大哥，俺想过了，既然成立餐饮协会利大于弊，那还得成立。咱不怕那些靠关系进来的，他要进就让他进。俺的想法是餐饮协会成立后，每年举办一届厨艺大赛，每个乡镇先进行分赛，各选出一名厨师代表参加复赛，最后进行决赛。厨艺大赛决赛在县城举行，给获胜者发放一定的物质奖励，再造造声势让媒体帮着宣传宣传。这样一搞，就会把那些真心干餐饮的饭店显露出来，那些靠关系瞎胡闹的饭店就会自然淘汰。"

老蔡一拍大腿说："对啊，我咋没想到呢？就这么办！"

第二十一章

　　栓亭听从大壮的建议给乡里打了报告，很快全县发展冬枣产业动员大会就召开了，他作为冬枣实业公司的代表参加了大会，梁县长的报告令他备受鼓舞。会后不久，罗骏调任县政府副县长，临行前，专门派人把栓亭叫到办公室谈话，鼓励他好好干，继续开拓市场，总结经验，力争把石楼乡的冬枣销售工作做得更好。

　　栓亭找到福来，把在刘庄建立冬枣生态采摘园的设想说了一遍。福来非常支持，抓紧召开村委会研究后全体同意，他立即呈报乡政府，李乡长很快批示由冬枣实业公司同刘庄联合成立筹建小组，在刘庄建设全县第一个冬枣生态采摘园。

　　工程承包给了韩同强的建筑公司。老韩打了包票，要用最快的速度、最高的质量建成冬枣生态采摘园。

　　老韩说到做到，用了五个多月时间就建成了。消息传到县城，罗副县长非常高兴，专门向梁县长做了汇报。梁县长说："让他们好好准备准备，过几天北京林业大学的王教授要到我们县考察。王教授是国家林业部门首席专家，中国科学院院士，去年曾到我们县帮助防治病虫害，今年百忙之中又要前来考察冬枣产业，无疑是对我们县地方特色产业发展的最大支持。到时我们一块儿陪她去参观冬枣采摘园。"

王教授来的时候正是初秋时节,学生们还有一个多星期就要结束暑假开学了,省农业厅张厅长陪同王教授一行人参观了刘庄冬枣生态采摘园并听取县政府发展冬枣产业的汇报。

恰逢一个多云天气,天空中朵朵白云缓缓飘动,不时遮住头顶的骄阳。一辆米黄色的面包车在宽阔平坦的柏油路上奔驰。大约半个小时,汽车拐到新修的那条"大马路"上,远远地望见园区入口的绿色果树形牌子。车子沿坡缓缓而下,在宽阔的停车场上停住,王教授、张厅长、钟副市长、梁县长、罗副县长等人依次下车,一片清凉的绿意霎时涌入大家眼帘,姿态优雅的枣树伫立停车场两侧。

沿青色方砖铺就的观光小路深入园区,婆娑的绿帷帐中枣子尚未成熟,圆圆的像婴儿拳头,一颗颗悬挂枝头,宛如在树上牵绕起密密麻麻的绿色装饰灯泡。望着这一颗颗青涩的果实,让人不由得开始想念它皮薄质脆、甘甜爽口的诱人口感,令人不禁馋涎欲滴。在枣林里有辛勤劳作的人,还有三三两两的游客,其中有个手托画夹的学生站在远处高高的栈桥上正专注地写生,仿佛要把眼前的美景全部绘入画中。

为建设生态采摘园,刘庄从傅家河引进水源,建成了一座小型水库。水库水面宽阔,水色清澈透明,在阳光的照射下波光闪闪,一群群游鱼在水底追逐嬉戏。偶尔有白鹭、野鸭等水鸟从水上飞过,留下欢快的鸣叫,与风吹两岸芦苇发出的沙沙声应和着,让人仿佛听到了天籁之声。有了这一大块水面,整个园子似乎有了灵气,走在环绕水库的石子路上,一会儿要穿过一道石板桥,一会儿要爬上一段木制的栈桥,一会儿要通过一条晃晃悠悠的铁索桥,人行在枣林深处，真会产生一种曲径寻幽的趣味，这时，你就会不由自主地赞叹园林设计师们设计的巧妙。站在园中最高处的观景台上，人们可以俯瞰整个园区，那一片绿色如万马奔腾，直连天际，空气里带着甜味，新鲜得像进了大氧吧。远处还有掩映在绿树丛里红瓦白墙的人家，整齐的村中小路，悠闲散步的老农民，村里不时传出若断若续的鸡鸣犬吠声，令人油然生出置身桃花源中的感觉。

这个冬枣生态园突出浓郁的冬枣文化，设有冬枣科普区、冬枣示范园、枣乡艺苑等独具特色的景观，集观光、采摘、旅游、科普、考察、休闲于一体，它的建成无形中提升了冬枣的品牌价值。

王教授一行人被乡村美景陶醉了，她不停地称赞道："真没想到，短短一年时间，这里就建设得像个美丽的大花园，农民朋友们太了不起了！"

"王教授，您是国内林果研究的首席专家，又是我们家乡第一个研究生张大壮同志的导师，我们准备聘请您担任冬枣技术服务中心的高级顾问，请您接受我们的邀请。"随行的梁县长诚恳地说。

"开发我国的林果资源，促进特色农业发展，也是我们院士义不容辞的责任啊。好，我接受你们的聘任！"王教授非常爽快地答应着。

张大壮全程陪同王教授，她和蔼地问他："大壮，按照你的学习成绩，毕业后可以选择留校任教。你有什么打算？"

"老师，我想回到家乡来，继续从事冬枣研究，让我家乡神奇的果子造福乡亲、造福社会。"

张厅长一听非常高兴，说："年轻人，有志气！你们年轻人要都这样想，咱们国家的'三农'问题就不用发愁了。大壮同志，你毕业后要能回来建设家乡，我们举双手欢迎啊！"

"好，能让科学技术服务人民、造福社会，是一名科技工作者的最高荣誉，老师支持你的选择。不过，你也要做好吃苦头的准备。"

"我知道，谢谢老师。"

王教授回北京不久，主持撰写了全国第一部关于冬枣产业化生产标准的报告，经她推荐，中央电视台在农业农村栏目对Z县冬枣产业发展进行了专题报道。省农业厅下拨三十万元专项资金扶持冬枣产业发展，Z县冬枣产业步入了全新的发展阶段。

很快，冬枣上市了，冬枣园里到处挤满了忙碌的身影。

当一缕晨曦从东方升起洒向大地的时候，乡亲们便沿着长满青草的乡间小路，来到还透着丝丝清凉的冬枣园里。轻捷的脚步声惊醒了在树枝上栖息的鸟儿，它们叽叽喳喳唱着歌飞走了。一群蠓虫在晨风中飞来飞去，不停地在人头顶上盘旋，像是在责怪那些打扰它们清梦的人。枣树浓密的叶子在风中轻轻地拂动，一串串红彤彤的枣子垂下来，沉甸甸地挂在枝头，上面还沾着些晶莹的露珠，在阳光下闪烁着璀璨的光芒。不一会儿，太阳升高了，阳光穿过枣树的枝叶斑斑驳驳地洒在果树林中，枣子上的露珠顷刻不见了，园子里霎时变得暖洋洋的，一缕缕透明的、白色的、淡黄色的薄雾逐渐飘荡起来，里面还蕴含着些枣子特有的沁人心脾的清香。

石楼乡所有在外打工的人都回来了。他们腰里系着采摘用的大布兜，一大早就赶到果园里摘枣子。他们有的把摘下来的枣子小心翼翼地倒进塑料周转筐中，装满一筐就放在机动三轮车或拖拉机上，一筐筐摞起来；有的干脆不用周转筐，把包袱平铺在车厢里，上面直接放枣子。等车子装满后，他们先拉回家分拣，然后半夜时

第二十一章

分三五成群地运到乡政府划定的市场上售卖。市场上每天人山人海，一辆辆三轮车、拖拉机挨着号排在路两边，等候远道而来的客商采买，或者由本地的枣贩子收去贩卖。客商来了，枣贩子来了，他们拥到车旁边，打着手电筒，一边查看枣子的质量，一边商谈着采购的价格和数量。那些生意谈妥的人，把车上的枣子卸下统一过磅，然后一筐筐地倒在客商指定的位置，那里的枣子已经堆得像一座座小山包。这些枣子都等着装箱后一大早发运客商指定的城市。结束交易，农民们从客商手里接过现钱，点清数量，心满意足地发动三轮车、拖拉机再去采摘果园里剩余的枣子；也有一些农民盼望得到心中最理想的价格，还在那里苦苦地等待。

正当农民们满怀憧憬期待收获的时候，冬枣市场行情却急转直下。大量的冬枣离开果树涌向市场，可是外来的客商并不比去年多多少，少数有条件的农户纷纷自建或送到乡政府建设的气调库保存，更多的农户则只能眼睁睁地看着枣子挂在枝头。

村里枣子卖不出去，急得福来围着枣园团团转。

这天清晨，福来一出门，路上碰到刘庄的几个村民，他们前几天还满脸挂着笑，现在却都换上了一副愁容。路过大鼻涕家的枣树园子时，忽然听到里面传来几个人的吵闹声。他穿过树林来到大鼻涕家的园子，只见大鼻涕和他媳妇正在同两名妇女吵架。那两名妇女不是本地口音，头上裹着头巾，包得严严实实的，只露着两只眼睛和鼻子，其中一个见到福来，露出惊喜的神色，两只眼睛都笑弯了，她马上拽住福来的胳膊，把福来吓了一跳。

"大兄弟，你不认识我了？"福来仔细端详她，还是没认出来。

那名中年妇女摘下头巾，露出两颗虎牙，提醒说："大兄弟，不怪你不认识我。但我认识你,你那年在市驾校学车是不是去过附近的香油厂倒过拖挂车,车上装着五十六桶每桶一百八十公斤的香油?你晓得了吗?"

福来记起来了,这女的当时在香油厂干车间统计工作,就是她守着装的香油。拖挂车开出厂子的时候,她还专程跑到福来跟前夸过他呢。

"哦,俺记起来了,你是香油厂的统计大姐。你今天咋到俺村里了?"

统计大姐说:"是这么回事。前年,我们那个香油厂被厂长那个混账王八蛋弄得倒闭了。我和我家那口子都是香油厂正式工,厂子不行了,我俩也就放假了。我家那口子外出打工去了,剩下我一个人在家。去年听说你们这里摘枣子需要雇短工,待遇那个高啊,吃饭顿顿管烧鸡,为的就是不让摘枣的时候多吃枣,因为枣比烧鸡还贵,这不今年就约着人过来了,跟雇主说好干一天五十元钱,已经干了一个多星期了,结果今天来,他突然变卦了,说只能一天给三十元钱。大兄弟,我们家离得远,来回路费一天一人就得二十元钱,你说一天挣十元钱咋行啊?大兄弟,你帮忙说说呗。"

这时大鼻涕凑过来,无奈地说:"主任,不是俺不肯给钱。你看眼下这枣子行情,丰收了却卖不出去,这不要人命吗?"

福来说:"人家到咱这儿来一趟怪不容易的,你要降工钱,应该提前告诉人家一声。听我的,今天你还按五十算,如果她明天来,你再按三十算,咋样?"

大鼻涕点点头应道:"既然俺们主任发话了,今天工钱还是五十元钱,不过你们明天要再来的话,只能付三十了。"

第二十一章

那两名妇女对福来、大鼻涕连声称谢。福来顺便问了一句："大姐，记得当年你们那个香油厂生意挺红火的，怎么说倒闭就倒闭了？咋回事？"

"还不是让那个王八羔子厂长弄坏的！他为了多赚钱，让工人往香油里掺加棕榈油，结果被人家北京的制药厂检测出来了，立即和我们解除了合同。香油没了销路，工人都放假了，厂子跟着也倒闭了。那个缺德鬼也傻眼了。"统计大姐愤愤地说。

"原来是这样。那个开拖挂车的现在咋样了，技术练出来了吧？"

"早他妈见阎王去了！他爱喝酒，驾照又是花钱买的，你想能有个好吗？前年跑长途拉货，回来的路上打盹儿出了车祸，连车带人都玩儿完了。"

福来听罢，有些惋惜地摇摇头。

统计大姐接着说："看样子你还替他惋惜啊？人家家里有后台，我们厂长的亲舅是市里的一位大领导，看见外甥处境不太好，就把他调到你们Z县来了，听说到你们县粮食局当了个副局长。那个开车撞死的死鬼得了一大笔抚恤金，媳妇还安排了正式工作呢。厂子倒闭后，厂领导那群王八蛋把厂房设备一卖，钱都揣进他们自己腰包里了，然后调动的调动，休养的休养，一个个跟没事儿人似的，可把工人们坑惨了，弄得我们到处打工挣钱养家糊口，日子还不如你们种地的舒坦呢。你看，你们村现在盖的房子，你们村民的收入，啧啧，比我们这些名义上的正式工强多了！"

听着统计大姐连珠炮似的诉说，福来本想说几句好听的话安慰她一下，可一时间又寻不出合适的话，只好作罢。

从大鼻涕家园子里出来，前面驶过两辆机动三轮车，驾驶员是一个高个子和一个矮个子。福来认得，这两个人正是尚店乡贩羊的大奎和二奎。他们一边开车慢慢向前走，一边一问一答地说话。

大奎说："今天真邪乎，每天都能碰到个租车的，今天一个也没有。"

二奎说："听说今年冬枣行情完了，枣子卖不出去，人们都赔本。你说，谁还来雇咱拉枣啊！"

大奎说："前几天行情不错，你嫂子回家一宣传，咱尚店乡的农民羡慕得眼珠子都红了，很多妇女都争着要来打工摘枣呢。有的都跟俺定好了。"

二奎说："看来，种冬枣也不保险啊。要是照这情形发展下去，明年老乡们肯定就会拔树了。"

大奎接着说："谁知道呢。明天咱俩接着干老本行，收羊去吧。像这样跑来跑去的，连个油钱也挣不着，不划算。"

俩人说着说着走远了。

一时间卖枣难的阴影笼罩在石楼乡千百家农户头上，压得他们喘不过气来。

怎么办？罗副县长听了石楼乡的汇报，一夜没合眼。看来只有走出去了，假如不能尽快开辟外埠市场，冬枣产业将会被无情的市场彻底摧毁！

县里很快制订了冬枣营销方案，由乡镇部门、冬枣实业公司组成十多个营销宣传工作队，分赴全国各地扩大宣传推销冬枣。

第二十二章

石楼乡派出工作组,李乡长任组长,成员有陈锋、栓亭、福来、二楞、新青、李翠香等人,他们负责的区域是整个浙江省。工作组第一站先到杭州。

"上有天堂,下有苏杭",杭州是个令无数人向往的地方。到杭州后,一行人顾不得欣赏美景,径直跑了很多家水果店推销冬枣。店主人初步了解了冬枣后,都表示可以合作,但今年他们的计划都已经排满,来不及安排了。大家漫无目的地转了一天,一无所获,可一时又没有更好的办法。

新青忽然记起来:"栓亭哥,你杭州不是有位熟人吗?"

"谁?"大伙都扭过头看着栓亭。

"净瞎说,我哪有?"栓亭也看着大伙。

"你忘啦?陆老板啊,烟台认识的。"

经她一提醒,栓亭记起来了:"看我忙的,咋把他忘记了!"

李乡长问:"栓亭,你和这位陆老板熟吗?"

"谈不上熟,仅一面之缘。"栓亭就把怎样认识陆一恒的过程详细说了一遍。

李乡长点点头说:"栓亭,现在我们被逼到墙角了,为了咱乡亲们,你就去求求人家。"

"好，我一定把事情办好。"

第二天，栓亭没有提前打电话，带着二楞和新青，按照名片上写的公司地址径直找了过去。

陆一恒的公司坐落在杭州市最繁华的地段，是一座写字楼，有二十多层高。一至五层装修华丽，用作商场，其余各层的房子全部用作出租。

陆一恒的办公室在六楼，三个人乘电梯上去，见楼梯口的墙上悬挂着"浙江凯特商业连锁有限公司"的牌子，就拐进了走廊。这一层全是办公室，其中一个门牌上写着"董事长室"。栓亭就在外面敲门，里面没有人。这时，隔壁走出一位年轻漂亮的女孩子，她非常礼貌地问："先生，请问您找谁？"

"请问，这里是浙江凯特商业连锁有限公司吗？"

"没错，就是浙江凯特。"

"我们找陆一恒董事长。"栓亭把名片递过去。

那个女孩子接过名片看了看，问道："宋先生，您和董事长预约了吗？他现在正在开会。"

"没有预约，我们在这儿等他。"

"那好，先生，请你们先到办公室坐着等吧。"

栓亭、新青、二楞跟女孩来到办公室，在沙发上坐下，女孩为每人沏上一杯茶。

等了一个多小时，走廊里传出了一群人嘈杂的声音。只见陆一恒最后一个走了出来，女孩赶紧跑过去汇报："老板，有客人找您，这是名片。"

陆一恒接过名片一看，非常高兴地说："小丽，赶紧请客人到

第二十二章

我办公室。"

栓亭、新青、二楞被那个叫小丽的女孩领进了董事长室。陆一恒见了栓亭，主动过来拥抱："老弟，你好！没想到咱们又见面了，哪阵风把你吹过来的？"

"陆老板，是这样。"栓亭坐下后，就把销售冬枣的事情说了一遍。

"老弟，这样吧，咱先不谈工作。你呢，好不容易来一趟，今天中午我请客，你把李乡长他们都约过来，一块儿去。"

"陆老板，那怎么好意思！"

"不要客气，说实话，我老家也是山东的。爸爸妈妈都是南下干部，年纪大了，四十多年没回过老家，思乡心切，去年我们举家回去探亲，碰巧就认识了你。这是多大的缘分哪！"

陆一恒打电话叫小丽，吩咐她在西湖旁边的"知味观味庄"订下一桌饭，并说："把我爱人和孩子都叫上，就说山东老家来人了。"

小丽说："老板，那广州的牛老板怎么办？今天中午你们已经约好啦。"

陆一恒略一沉思，说道："没关系，我和牛老板经常见面。这样吧，你跟袁总说一下，让他过去陪一下。"

"好的。"小丽转身出去了。

中午，在知味观味庄饭店，陆一恒一家热情地招待了李乡长、栓亭一行。

席间，李乡长说："陆老板，本来这桌饭应该我们请您，没想到反倒让您破费了。"

261

陆一恒笑道:"李乡长,有句话叫'甜不甜家乡水,亲不亲家乡人',更何况你是家乡人的官员,招待你们是应该的,怎么说破费呢?你们都不用客气,客气就是把我当外人喽!"

李乡长说:"既然陆老板这样说,我们就不客气了。我们到杭州来的意思,栓亭已经都告诉您了,请您务必伸出援手,拉父老乡亲们一把。"

"应该的,我晓得怎么做。我想这样,我们公司是一家商业连锁公司,经营水果不是我们的强项,但可以多少搞一点。我明天给你们组织一个见面会,约几家本地经营水果的大老板,还有广州的牛老板,那可是专门销售鲜果产品的行家,他们都是我的好朋友。你们要认真准备,对冬枣做全面的介绍,争取当场跟他们签约,解决你们的燃眉之急。我这样安排,你们看怎么样?"

李乡长连忙站起身,抓住陆一恒的手,万分感激地说:"太好了!太好了!谢谢陆老板,谢谢!"

第二天,在浙江凯特商业连锁公司的会议室召开了一场冬枣推介会,李乡长、栓亭分别向到会的客商介绍了冬枣方方面面的情况。

栓亭作为主推介人登上讲台,侃侃说道:"各位尊敬的客商、陆总,大家上午好!我们来自山东省北部、渤海湾南岸的鲁北大平原。在这块神奇的土地上,由于特殊的地质与气候条件,孕育出了一种天下独有的稀世珍果——冬枣。冬枣皮薄肉脆、细嫩多汁、甘甜清香、品质超常,因其成熟期晚而得名。经科学检测,冬枣富含人体必需的十九种氨基酸和多种维生素,被誉为'百果之王'和'活维生素丸',备受广大消费者青睐。近年来,我们县为促进农业发展、农民增收，强化农业经济结构调整，大力开发冬枣产业，先后发展了一万多亩冬枣种植园。在去年遭受罕见病虫害的情况下，今年冬枣品质仍实现了大幅提升，产业发展质量进一步提高。但是，由于我们过去对宣传和推介没有给予足够的重视，致使今年的冬枣出现了滞销，严重挫伤了农民的生产积极性。在这里，恳请大家帮助我们广泛宣传推介，关心支持我县冬枣产业的发展，为我们农民致富，为培育中华民族珍稀果品献计出力。同时，我们家乡也建成了冬枣生态采摘园，目前我县到处呈现出琼珠满园、硕果飘香的丰收美景，欢迎各位老板光临，共享采摘之美，共赏鲁北风情，共品天下珍果。谢谢大家！"

与会客商没有料到山东竟有这样一种地方特产，他们对冬枣给予一致好评。浙江爱家生活超市的马老板和广州百惠商业连锁有限公司的牛老板当场与栓亭的冬枣实业公司签订了长期销售合同。

合同签订以后需要马上供货，李乡长、陈锋、福来立即返回石楼乡组织货源。第一车冬枣到杭州后，货很快在浙江爱家生活超市各个分店铺下去，看了超市里最新制作播放的宣传片和打印的宣传资料后，广大市民踊跃购买，销路终于打开了。

一天，广州百惠商业连锁有限公司的牛老板打来电话，告诉栓亭一个新情况，有人在当地水果批发市场上摆摊销售冬枣，价格非常便宜，严重影响了超市里冬枣的销售，让栓亭他们马上赶过去看看。

听到消息后，栓亭、二楞、新青、李翠香坐上火车疾驰广州。

一行人来到广州跟牛老板取得联系，牛老板建议他们先到光明水果批发市场调查。

他们辗转找到光明水果批发市场，见里面有几个卖冬枣的摊位，不过摊子上摆的冬枣又小又蔫，尝了几个，不过稍微有点冬枣的味道。走着走着，他们发现有个水果摊儿上冬枣生意非常火爆，有的人买了好几塑料袋，说准备送给亲友品尝。栓亭过去问价，那个男老板四十岁上下，秃头，说的话栓亭听不太懂，但他对栓亭他们的话却能听明白。栓亭正在纳闷，从屋子里走出一个年轻女人来，那女人挺着个大肚子，行动有些吃力。

栓亭一见那女人，惊讶地叫道："徐小丫？！"

那女人一愣，仔细瞅瞅栓亭，喊道："栓亭哥，是你！"

四只手拉在一起。那女人不是别人，正是当年在"大众快餐"打工的徐小丫。栓亭曾在"大众快餐"帮过忙，和小丫很投缘，所以彼此都有深刻的印象。今天在他乡相逢，自然格外高兴。

小丫向摊主介绍："老六，这些都是俺家乡的亲戚。栓亭哥，他叫老六，是俺男人。"

"快进屋！"老六连忙客气地招呼众人进屋。

屋子里水果摞得满满的，根本没处坐，只能站着说话。

栓亭问："小丫，你咋到这里来啦？"

小丫眼圈儿一红，说道："当初都怪那个不要脸的贾桂仁，他开了个什么卡拉OK店，祸害了俺姑，也祸害了俺，最终也把他自己搭进去了。从他入狱后，俺就离开了饭店，可俺已经没脸回家了，就跑到广州来打工。谁知，刚来的时候又被骗子骗了钱，流落到这里，又饿又累，还病倒了。俺想可能要死在这儿了，幸亏遇着老六和他家的姐姐救了俺。"

李翠香好奇地问："那你咋跟老六过上了？"

"俺病好了，就在他家铺子里打工，前年大姐有一次出去提货，回来出了车祸，人没了。俺见老六怪可怜，就跟他过在了一起。这不，都快生孩子了。"小丫低头看着自己圆鼓鼓的肚子。

新青问："小丫，你卖的这枣是咱家乡的吗？"

"是真的，俺咋能卖假的？"小丫说。

"这些枣是谁供给你们的？"栓亭问。

"上个月吧，有个叫郭长有的人来找俺和老六，他说家里种着六亩多地冬枣，现在枣子行情不太好，价格低，问俺们能不能帮他卖点儿。乡里乡亲的，俺有些同情他，就答应了。他家地里枣子小，但价格便宜，没想到这里的人还挺认，卖了不少，俺也赚了点儿钱。"

二楞说："是不是家住郭店，大长脸的那个？"二楞边说边用手比画着。

"对，就是郭店的。咋了，你们认识？"

二楞嘴一撇："真是俺大舅！"

"原来你和郭老板是亲戚。"徐小丫要过来跟二楞握手。

二楞说："他现在在广州吗？住在哪里？"

徐小丫在门口指点着："他就住在批发市场附近的那家小旅馆里。你顺着这条路走到头，向右一拐就能见到，门头上挂着两只红灯笼。"

二楞说："你们在这里等着，俺去找他。"

二楞来到徐小丫说的那个小旅馆，问有没有山东来的客人。服务员问明情况后，就告诉了他房间号。

二楞的大舅郭长有和宋金花当初带着钱财离开郭店后，一时不知去哪里。还是宋金花脑子好使，忽然想起来说："前一阵子有个从陕西拉煤的胖子到咱店里吃饭，他说他们那里发财机会多，还给咱留了张名片，你找找，名片还在吗？"

郭长有从提包里翻出那个陕西客人的名片，高兴地说："在，还在！"他们一看名片，原来是陕西某城龙门镇的，在地图上一查，那个地方果真是个产煤区。

宋金花提议道："咱不如去投靠他，让他帮咱发财。"

两个人一拍即合，坐汽车转火车一头扎向陕西。到了龙门镇，果然找到了那位拉煤的胖子，原来真是位煤老板。煤老板一听他俩的情况，就帮忙在镇子上租了套门面房，让他们继续开餐馆。以前郭长有在郭店开餐馆，多亏了胡小伦出力，现在俩人啥都不会，郭长有勉强炒一点家常菜，味道也不怎么样，时间一长，餐馆少有人来，加之这地方并不像他们之前想象的那样繁华，因此兜里只有出的没有进的，两个人的日子逐渐尴尬起来。而那宋金花其实并没有怀孕，她撒谎就为了骗郭长有带自己出走。眼看就要山穷水尽了，宋金花就傍上了那位煤老板。两个人很快打得火热，如胶似漆，渐渐地这女人言语之间反倒开始嫌弃郭长有碍手碍脚。郭长有人生地不熟，有气不敢撒，只得睁一只眼闭一只眼装作啥也没看见。那煤老板仗着自己有俩钱，找老婆像买皮包一样，换了好几个，这次又迷上了宋金花，就跟现任老婆离了婚，非要娶她。幸亏宋金花还念点旧情，劝煤老板买下饭店，再送给郭长有一笔精神损失费，打发他回老家。煤老板连眉头都不皱一下，给郭长有开了十五万元现金支票。郭长有支票在手，想着反正也没吃多少亏，就辞别宋金花，重返家乡。

第二十二章

回到郭店，郭长有将十万元钱递给他老婆，又指天发誓，天崩地裂心不变，哄得她回心转意，跟他破镜重圆，从此再不提宋金花半个字。

二楞找到郭长有时，他正在房间里一边喝酒一边摇头晃脑哼着些不着调的曲子。听见敲门声，开门一看，见是外甥，诧异地问："二楞，你咋找到这里来啦？"

"听俺妗子说的呗。"二楞进了房间，在床的另一头坐下。他一边把包放在地上一边说："大舅，听说你卖枣发财了。你用的啥办法？教教俺吧。"

郭长有也没多想，拿个茶杯给二楞倒上酒，说："你大老远来一趟不容易，俺就跟你实话实说，你小子可要替俺保密。"

"你就放心吧，你是俺亲舅，俺会害你？"

郭长有就把他如何卖枣的情况向二楞说了一遍。原来前段时间因冬枣集中上市，有些冬枣没有及时销售，枣农就把好的冬枣选出来存入气调库，很多质量不好的冬枣，干脆扔进了路旁的排水沟里。郭长有过去曾经来过广州，认识这个批发水果的摊主老六，就把这些别人丢弃不要的冬枣和一些好冬枣混合在一块儿，打了包运到广州销售，结果一试，销路挺好。为保险起见，他决定联合县政府的秘书闫宝生一块儿经营。那闫宝生在石楼的时候，没少在"郭店餐馆"吃饭，跟郭长有很熟，俩人一拍即合。闫宝生授意他爹闫师傅专门负责收购残次果品，装箱后发往广州，然后在光明水果批发市场销售，结果扰乱了广州的市场。

二楞听明白了原因，从心底里埋怨这个不争气的大舅。但他脸上并没有表现出来，等郭长有把话说完，就说："大舅，俺听你这么一说,咋觉得你这事做得挺缺德的?俺不能跟你干,俺劝你今后也不要再干。"

郭长有一听,把眼珠子一瞪,呵斥道:"小兔崽子,说啥呢?你跟钱有仇啊?要挣钱,就得这么干,一点儿都不懂,死脑筋!"

二楞说:"大舅,你干的这叫绝户事儿,小心遭报应!"

"兔崽子,你敢咒我?真是蹬鼻子上脸了!"郭长有发火了,拿起枕头打二楞,连推带搡地把他从房间里撵了出去。

二楞回来向栓亭他们汇报了情况。

栓亭对徐小丫说:"小丫,你听我说,这些枣你以后不能替他卖了,不然早晚会出事。"

"栓亭哥,那俺咋办?"

"你就说,最近当地工商部门查得紧,让他以后发质量好的冬枣来卖。"

栓亭把广州这边的情况跟李乡长做了汇报,乡政府接着向县政府做了汇报。县政府采取措施,派出工商、质检、公安等部门联合执法,加强冬枣市场监管,对冬枣的残次果一律严格管理,查获后统一销毁,堵塞漏洞。

第二十三章

那天，闫师傅收满一车冬枣的残次果，准备存放进石楼乡政府驻地的一家气调库内。运枣的大车刚进院子，突然就被一群执法人员围住了。

"下来，我们要检查！"王连庆上前，亮出执法证。

闫师傅从驾驶室里跳下来，胖胖的脸上堆着笑。他手里一边忙着递烟一边说："王所长，俺是免检单位，你们就不用查了吧？"

"哟，这不是虎王村的闫师傅吗？你今年不炒菜，改'炒枣'啦？"王连庆打趣他。

"王所长，您真会开玩笑，俺是收，不是'炒'。"

"老闫，俺们这是例行公事，不查不行。来，上去查一查。"

经执法人员查验，车上装的全是劣质冬枣，按规定必须没收。

闫师傅顿时傻眼了，上前哀告求情。

王所长表情严肃地说："不管是谁，只要涉嫌违法就必须严厉打击。你这车枣必须马上没收、销毁！闫师傅，看来你'炒枣'的本事真不如炒菜地道啊！"

经过询问，执法人员在几处气调库内又查获了闫师傅储存的大量劣质冬枣，要全部没收、销毁。这下，闫师傅可急眼了，赶紧分别打电话给郭长有和儿子闫宝生，请他们想办法。可是，由于案情重大，影响恶劣，乡政府马上向县政府上报，请示处理意见，梁县长批示：立即没收，全部销毁！闫宝生听到消息后，赶紧去找吴舜卿商议对策。吴舜卿道："看来只有觍着这张老脸去找县长了。"工夫不大，他摇头叹气地回来了，闫宝生赶忙问："爸，梁县长答应解决吗？"吴舜卿颓然坐在沙发上，沮丧地说："县长反问我，关于冬枣残次果的标准和违规处理方式，当初是由农业、林业、工商、质检等部门联合制订的，你们自己定的规矩，怎么好自己带头违反啊？弄得我一句话也说不出。看来，任何人讲情都无济于事了。"

这次大量销毁冬枣残次果，闫师傅连本带息，一下子赔进去十几万。闫师傅家本没有那么多钱收枣，除了郭长有和儿子的集资款外，其他款项都是向村里本家和亲友借的，出事后他到处筹措，打算先把亲友的账还上。谁知消息传到吴倩倩耳朵里，她鼻子不是鼻子脸不是脸地训斥了丈夫一顿，弄得闫宝生下不来台，接着又到虎王撒泼耍赖地跟公公婆婆打闹，活像个泼妇。她威胁说若不把钱拿走就立马离婚，吓得闫师傅赶紧把东挪西借凑起来的三万块钱先给了儿媳妇。吴倩倩接了钱扭屁股走人，从此再不登公公婆婆家的门。闫师傅连生气带窝火，不久患上中风，一只胳膊和一条腿没办法抬起，连菜也不能炒了，日子越发艰难了。

郭长有听到消息后无可奈何，他赶紧算了算手里的货款，差不多能冲抵自己的集资，一颗悬着的心终于落了地。他不敢在外边多住，连夜买火车票悻悻地返回了石楼乡。临上火车前，他在车站附近闲逛，无意间发现一个旧书摊，里面有一本算命测字的书，他暗想，自己每次碰到困难总能逢凶化吉、遇难成祥，冥冥之中似有神助，于是趁摊主不注意，偷偷把书揣进怀里，回家后仔细研读一番，日后便干起了给人算命兼看阴阳宅的行当。

刚刚平息广州这边的风波，浙江爱家生活超市那边又出问题了。近来，在杭州的水果批发市场上发现一些商户打着冬枣的旗号销售从山西、河北等地批发的尚未成熟的其他品种的枣，甚至有不法商贩用甜蜜素加工"化妆枣"销售，严重侵犯了消费者利益，扰乱了正常的市场秩序。

栓亭、二楞、新青、李翠香急忙又赶到杭州。第二天见到了爱家生活超市的马老板，马老板安排公司的员工领着他们赶到当地最大的水果批发市场。市场内有许多水果摊上都在销售小个头、颜色发青的枣。一名女摊贩告诉他们："刚上市的冬枣，十元钱四斤。"她的冬枣是今天刚从山东市场批发来的。栓亭拿起枣子尝了一个，感觉枣肉在涩味中有一股淡淡的甜味，根本没有冬枣松脆香甜的口感。他们又走了几个摊位，发现五个卖枣的摊户中有四个都称卖的是"冬枣"，只有一家说自己卖的是山西枣。

栓亭在那个自称卖山西枣的摊子前停下来，问卖枣的汉子："大哥，他们都说卖冬枣，为什么只有你说卖山西枣？"

那汉子操着一口山西方言："我这是真正的山西枣，造假做甚？山西枣本来就很好吃。"

栓亭说："那你晓得不晓得他们假冒人家的东西违法啊？"

"晓得哩。他们糊脑子，不打本地牌牌，却打山东冬枣的牌牌，光替人家扬名，想当'雷锋'哩！"

"那他们为什么要打山东冬枣的牌牌，你晓得不？"

"还不是因为山东的冬枣好吃，在超市里卖得快，价格也高哩。都是为了挣钱养家嘛,不为挣钱为甚?"

"那你又为什么不假冒冬枣销售啊?"

"看你怎么说话哩,卖假货,那是对我人格的侮辱,我要讲诚信哩!"

超市的职员说:"我们店里冬枣销得好好的,都让这些小商贩把市场搅乱了。这事啊,最好由你们当地有关部门出面管一管。"

"那我们就去找市场管理部门说说,让他们帮着打假。"

栓亭他们来到市场管理办公室找到负责的人,出示了介绍信说明情况,希望他提供帮助。

市场负责人很为难地说:"同志,卖枣子的很多,都说在卖冬枣,说实话,我们也不知道他们卖的枣子叫什么名字。请问你们的枣子有注册商标吗?有原产地证明吗?如果有的话,你出示一下,我们可以申请工商部门帮忙管一管。"

栓亭摇摇头说:"抱歉,我们暂时还没有。但我们的枣子我们认识,能区分出来。他们卖的都不是冬枣。"

市场负责人听得不耐烦了,说:"你们连注册商标都没有就红口白牙地说人家卖的枣子都是假的,瞎胡闹!你们快走吧,我事情还很多。"

二楞说:"你这人咋这样,卖假的还有理了?你到底管还是不管?"

市场负责人一听火了:"你们快走,再无理取闹,我叫保安过来赶人了!"

二楞还要理论,栓亭拉着他走出办公室:"走吧,走吧,没有商标注册证,咱理亏,人家没法管。"

第二十三章

栓亭给公司打电话,希望尽快办理冬枣注册商标,实行品牌化管理。

这时,李乡长来电话找他:"栓亭,你抓紧时间回来。县里准备在现在冬枣实业公司的基础上,重新组建成立县级冬枣实业公司,希望你担任实业公司主管营销工作的副总经理,你抓紧回来筹备公司成立事宜。"

"好,我跟陆老板见一下,马上就回去。"

下午四个人一起到爱家生活超市,准备结算第一批冬枣货款,爱家生活超市的马老板同意明天付款,问栓亭是打款还是现金。栓亭一想觉得打款麻烦,就说:"就带现金吧,打款太麻烦。"

"那好,明天上午你们过来取吧。"

栓亭从爱家生活超市出来,就去向陆一恒辞行。陆一恒见到栓亭,说:"老弟,你来得正好,我有事找你商量。"

"什么事?"

"我想在温州那边成立一家分公司,派公司的副总经理去担任负责人,可他走后,我一时找不到合适的人顶替他。老弟,你如果愿意,加入我们公司怎么样?我可以按年薪制聘任你,希望你能认真考虑。"

"陆老板,谢谢您对我的信任和器重,说实话,我也想留下来帮助您。可是,今天刚接到李乡长的电话,让我回去筹备成立新公司,我准备在家乡大干一场。"

陆一恒露出惋惜的神情,说:"老弟,我尊重你的选择,你不能加入我的公司,我只能表示遗憾了。"

"陆老板,即便不在你公司工作,相信今后我们还会有合作的机会。我明天就要回去了，咱们后会有期。"

"栓亭，今天晚上我们一起吃顿饭，我为你饯行。"

"陆老板，这次就不麻烦你了，明天我们就要走了。说实话，来杭州这么多天，我们还没见着西湖呢。我想带他们出去逛逛，顺便给家里买点东西。"栓亭不好意思地说。

"对对，看我疏忽了，本来应该带你们到西湖去玩玩的。这样吧，今天我带你们去。"陆一恒道。

"陆老板，还是俺们自己去吧，您陪着，俺们怪不自在的。"二楞伸出手指了指栓亭和新青，朝陆一恒递个眼色。

陆一恒马上明白了："哈哈！好，那就你们自己去，恕不奉陪了。"

四个人告别了陆一恒，按照路牌指示坐上一辆公交车，中途又倒换了两次，到西湖时太阳眼看就要落山了。

傍晚的西湖别有一番风韵。水色清清，四周草木亭榭的倒影依稀可见；远山叠翠，像碧绿的屏障环绕着；岸上游人若织，或行或驻，兴致勃勃地欣赏着无边的美景。

他们先来到雷峰塔遗址。雷峰塔，又名皇妃塔，相传是一位帝王为了纪念他的爱妃所建。雷峰塔命运多舛，一九二四年时倒塌，现在只剩残砖断瓦供人凭吊。栓亭经过那片遗址时，只因自己曾经到过此地而觉得无比新奇和兴奋，并没有太多的感慨。他想，假如日后雷峰塔能够重建，说不定后人还有一睹奇观的机会。

离开雷峰塔遗址，走上苏堤，眼前便是花港。一进花港，满目青绿，路边的花草树木在晚风的吹拂下摇曳多姿，令人心旷神怡。"花家山下流花港，花著鱼身鱼嘬花"，昔日皇帝的赞美诗言犹在耳，那种人文与景观的曼妙结合犹如江南春雨般滋润人的心灵。在花港观鱼真有种说不出的享受，坐在亭子里，看着水底五颜六色的鱼儿，有红的、白的、黄的、黑的……各种各样，它们成群结队地游来游去。望着这些惬意畅游的鱼儿，新青高兴得像个小孩子。

天渐渐暗下来，一轮金黄的圆月从东方冉冉升起。这时的西湖，水平如镜，月光在湖面上柔柔地跃动着，在周围灯光的映衬下，显出一种夜美人的超凡脱俗的魅力。

天晚了，不能再游了，一行人从苏堤下来，到岸边找了个小吃摊子坐下吃饭。饭后来到一家商店，里面琳琅满目地摆着些当地的特产。新青见柜台上有一只红木雕刻的木鱼，她拿起木槌轻轻地敲了两下，发出清脆的声音。

李翠香见了，笑着说："小青，你敲那个干啥？难道你想出家啊？"

"出家？这儿又没寺院，到哪儿出家？"二楞接着话茬说。

商店的售货员过来，一本正经地说："谁说这儿没寺院？多着呢！像什么灵隐寺、净慈寺不都是寺院？不光有僧人，还有尼姑哩！"

李翠香拉着新青的手："咱别听他啰唆，快去那边瞧瞧栓亭买啥了。"

上次收到新青送的手表，一直也没有回赠礼物，这次栓亭准备买一条围巾送给她。栓亭花了三十多元买下一条大红围巾，是广东的香云纱做的，他当作礼物送给新青。新青惊喜地收下了，羡慕得李翠香翻来覆去看了好几次，嘴里直说好。栓亭又给父亲和哥哥买了几盒新产的龙井茶。其他人也都各自买了自己称心的礼物。

第二天大家从爱家生活超市取了钱，并把钱放在新青的背包里，四个人坐火车返回山东。

　　"新同祥饭店"开业后，几乎天天客满，栓柱忙里忙外，没有一点儿空闲。倒是老蔡办事利索，县餐饮协会很快成立起来，大家公推他担任第一任会长。为庆祝县餐饮协会成立，蔡中和组织了全县第一届餐饮大赛，设立"金牌厨师"奖，邀请省、市餐饮协会会长及省城饭店的主厨担任评委。

　　经过第一轮初赛和复赛，最后选出两名厨师参加决赛，擂台设在县招待所。这两名厨师分别是"新同祥饭店"的宋栓柱和"渤海湾大酒店"的胡小伦。胡小伦自打跟栓柱结怨，一心想着报复，后来郭长有拐跑女服务员后，"郭店餐馆"歇了业，胡小伦也跟着再次失去工作。他左思右想，觉得还是自己技不如人，就到专门教烹饪的学校进修了半年，学了些炒菜的新技巧、新样式，回来后，被县城的"渤海湾大酒店"聘为厨师。这次比赛，胡小伦果然不同凡响，一路过关斩将，从初赛、复赛一直杀进了决赛。在他看来，"金牌厨师"奖志在必得。现在，他面前只有一个劲敌——宋栓柱。这个人虽然没有正儿八经上学学过厨艺，但继承家学，既肯动脑筋琢磨，又能下苦功，如今厨艺非寻常可比，因此他心里非常忌惮，可一时又想不出对付的办法。

　　比赛这天很快到了，人们早早地来到县招待所。招待所大厅里设了两组操作台，各种厨具一应俱全。操作台后面是评委席，六张桌子一字排开，铺着墨绿色的桌布，摆放着桌签，上面粉底黑字打印着评委的名字。评委席后面的墙上，悬挂着"县餐饮协会第一届'金牌厨师'奖厨艺大赛决赛"的大红色横幅。操作台前面隔着大约三米的距离是观众席。比赛还没开始,观众席上已经坐满了人,后来的坐不下就自动围成半个圈站在观众席的后面。大家交头接耳,议论纷纷,大厅里人声嘈杂。

胡小伦早早来到现场,见评委还没来,准备去洗手间洗把脸,还没到门口,就听两个人在里面边洗手边议论:"哎,H县医院昨天下午收治了一个伤员,听说为保护国家财产,在公共汽车上被歹徒刺了一刀,从昨天一直抢救到现在,还没脱离生命危险呢。""还有这种事情?那个受伤的人是哪里的?""我昨天刚从H县回来,亲眼所见,受伤的人就是参加这次比赛的宋栓柱师傅的弟弟,不知宋师傅今天还能不能参加比赛?"

胡小伦一听,心中暗喜,没想到天赐良机,这次宋栓柱输定了,终于轮到自己扬眉吐气了!

栓柱昨天晚上在H县医院守了一夜,明德夫妻、栓成、栓栋、栓梁、新兰、福来他们都来了,新青、二楞、李翠香也陪着,新青的眼泪流了一夜。王书记、李乡长还有县供销社的领导听到消息后都赶过来了,罗副县长也到了。二楞就把事情经过向大伙详细地说了一遍。

原来,栓亭一行从杭州坐火车回来用了将近十六个小时,第二天临近中午才到省城。他们简单吃点东西,就去长途汽车站转乘汽车,碰巧正是福来家的大客车。一行人到车上后心情格外放松,觉得跟到家一样,都眯着眼睛打瞌睡。

车到H县境,忽然从车上站起一个瘦高个儿,长得尖嘴猴腮,满口大黄牙,穿一身蓝色半旧的中山装。他来到汽车前面回转身,伸出两只手大声嚷道:"兄弟姐妹,老少爷们儿,俺从小学了点变戏法的手艺，现在给大家变一变解解闷，您要觉得好，就捧个场子！"

他不管大家答不答应，顺手从中山装口袋里掏出两个玻璃球，说道："大伙看着，俺一手一个玻璃球，现在俺要把它变没了，你们信不信？"

"不信！"后面有两个留着长头发的男子大声喊。

瘦高个儿踮着脚说："好，你要不信，俺就变给你看。要是俺真变没了，你们输什么？"

"俺输你二十元钱！""俺输三十！"两个长头发男子边喊边从口袋里掏出钱。

"好，说话算话！变了，你们瞧好了！"瘦高个儿把两只手分别攥成拳头，使劲摇了摇，大喝一声："走！"然后把两只手慢慢向前伸开，果然两只手变成了空的。

"哈哈，你们输了，快给钱！"瘦高个儿径直朝后面走过去，那两个长头发男子无奈地把钱塞到瘦高个儿手里。

瘦高个儿把钱举过头顶，环视了一圈："各位老少爷们儿，还有要打赌的吗？愿赌服输。"

他见没人言语，就说："这样吧，刚才大家都欣赏了俺的表演，出个场子钱吧。你们平常上剧院看表演不一样花钱吗？现在俺送上门来，大伙看着办吧，来来，从你开始，一人十元钱。"

车上坐满了乘客，大伙听他一喊，知道碰上无赖了，心里虽然气愤，但谁都不愿意惹麻烦，就这样瘦高个儿从最后一排开始，有的收十块钱，有的收五块钱，收来收去，收到了新青坐的那里。新青可不是个怕事的，见瘦高个儿过来收钱，就站起来说："谁让

第二十三章

你在俺家车上收钱的？你再不下去，俺就报警！"瘦高个儿见一个柔弱的女孩子呵斥他，根本没放在眼里，撇着嘴说："哎哟！没想到你这么年轻就成老板了，你要真是老板，更应该赏俺们一口饭吃！"说完，冷不丁一伸手，把新青怀里的包抢到手里转身就跑，他原想跑到前面要挟司机开车门逃跑，没想到栓亭忽地站起身，大喝一声："把包放下！"瘦高个儿哪里肯听，铆足劲朝着栓亭胸口打来一拳，栓亭侧身躲过，探手一下抓住瘦高个儿的衣服领子，挥手一拳打在他面门上。这小子两眼冒金星，脚步踉跄，差点摔倒。栓亭过去和他抢包，正在弯腰之际，忽然觉得后面有人扑过来，扭头一看，正是刚才那两个"长头发"。原来他们跟瘦高个儿是一伙的，瘦高个儿变戏法，他们两个当托儿。两个人从后面蹿过来围攻栓亭，栓亭展开架势准备还击。二楞急了，也起身帮忙，他恍惚觉得眼前这两个长头发男子眼熟，忽然想起当年自己受伤时的情景，于是大声喊起来："老少爷们儿！这俩小子过去行过凶伤过人，公安局正逮他们呢！快动手！"

　　二楞这句话一喊，鼓动得几个胆子大的汉子站起来，准备上前去抓。没想到，歪倒在一旁的瘦高个儿突然爬起身，从腰里拽出一把明晃晃的水果刀，恶狠狠向栓亭捅过来，栓亭躲得慢了些，水果刀"扑哧"扎进腹部，鲜血当时就溅了出来。栓亭忍住疼痛，一拳打过去，结结实实打在瘦高个儿鼻梁骨上，瘦高个儿"妈呀"一声，扔掉水果刀双手捂着脸弯腰跪倒。众人见歹徒持刀行凶，激起了愤怒，一起下手，三五下就把三个歹徒摁倒在车上。新青一边招呼司机："快开车！送人上医院！"一边和李翠香扶着栓亭坐下。手里没有止血的东西，新青就从脖子上取下那条栓亭给自己买的新围巾按在伤口处。

汽车风驰电掣般到了H县县城，司机迅速将车开进县公安局大院，他跳下车向警察说明情况，五六个警察飞快冲上车，把三名歹徒铐上，押进看守所。这时司机又飞快地开车赶到了H县医院，众人七手八脚用担架把栓亭抬进急救室抢救。此时栓亭脸色苍白，呼吸微弱，他紧紧握着新青的手，想说话却又说不出，嘴唇都已经没了血色。新青淌着眼泪用手捂着他的嘴，声音哽咽地说："栓亭哥，什么也别说，你的话俺全懂。在俺心里，早就是你的人了，你要好好活着、活着……"

栓亭被送进急救室抢救。二楞跟大家说："老少爷们儿，今天的事情大家都亲眼看见了，走，咱们再回趟公安局做笔录。受伤的这个人叫宋栓亭，他是为保护国家财产才被歹徒刺伤的！"

"走！"众人没有一个不答应的。

车返回公安局，大家都做完笔录，司机把人挨个儿送了回去，然后回家告诉福来。福来连忙打电话通知栓柱、栓成，同时向李乡长报告。

H县医院经过一夜的抢救，栓亭仍然昏迷不醒。罗骏联系了市医院派专家过来诊断。经过检查，专家也没有办法，歹徒的刀刺中了肝脏，流血太多，人已经没有生还的希望。

众人的心像灌了铅一样沉重。

今天就要举行厨艺决赛了，栓柱还能参加吗？

第二十四章

已经到了厨艺决赛的时间,栓柱还没有出现。胡小伦打算找评委,让他们直接给自己颁奖。

众人也在焦急地等待着。这时,栓柱匆匆忙忙地赶到了比赛现场。他头发蓬乱,一脸倦容,向评委和观众深深鞠个躬,什么话也没说,换好衣服站到了操作台前。

见人已到齐,蔡中和立即宣布厨艺决赛开始,要求厨师以鸡肉为原料,限时一个半小时,各做一道传统名菜。

胡小伦做了一道江南名菜"误入藕花深处"。这道菜也称"荷香栗子鸡",选用当年产的土鸡为主料,配以刚上市的新鲜栗子,再用荷叶包裹,经过烧、蒸的方法烹制而成。他竭尽全力,把这道菜品调制得非常好,色泽红亮、香气浓郁,栗肉酥香、鸡肉鲜嫩。

栓柱做了一道鲁菜"玉堂富贵",选用鲜嫩的鸡胸脯肉为主料,配以胭红浓香的火腿,加上别具风味的几道时鲜,用滑炒的方法烹制而成。他在拼盘时摆成牡丹花造型,整盘菜端上桌顿时感觉色香味俱佳,令人垂涎欲滴。

评委们品尝了两位厨师做的菜,交换了下意见,正准备宣布比赛结果,现场忽然进来两名警察。

他们打断比赛,来到胡小伦面前问道:"你是胡小伦吗?"

"是，俺就是胡小伦。"胡小伦不明就里，应声回答。

没想到，站在他面前的那名警察亮出一张拘捕证，厉声说："那好，跟我们走一趟。"

"为啥？"胡小伦瞬间蒙住了。

旁边那名警察迅速上前给胡小伦戴上手铐，一边铐一边说："据'小义哥'供述，你曾伙同他故意伤害他人，你要配合我们接受调查，走！"

胡小伦一听"小义哥"三个字，顿时感觉两腿发软。

原来"小义哥"跟胡小伦邻村，两个人从小一块儿长大，臭味相投。"小义哥"从小没了父亲，母亲改嫁，他跟着祖父祖母生活。由于祖父祖母的溺爱，他缺乏家教，整天净干些偷鸡摸狗、打架斗殴的事情，年龄不大就蹲了好几次班房。出来后，"小义哥"依然"大错不犯，小错不断"，胡作非为，渐渐成了当地一霸。不过胡小伦父亲对他管教森严，不许他胡来，所以两个人虽来往不断，但还不是同伙。"小义哥"自从上次被胡小伦收买开摩托车撞伤贾桂仁，打砸"栓柱锅子饼店"刺伤二楞之后，当地派出所追查很严，他见本县待不下去，就跑到省城，结识了瘦高个儿等几个流氓无赖。几个人狼狈为奸，四处流窜作案，身上背着好几起血债。没想到这次失手被群众擒拿进公安局，经过审讯，"小义哥"等几个人彻底交代了所有违法犯罪事实，同时供出了胡小伦和郭长有收买他作案的前因后果，这样警察才迅速到县招待所拘捕胡小伦。天网恢恢，疏而不漏，等待着这伙人的将是严厉的法律制裁！

两名警察押着胡小伦离去，观众席上引发了一阵骚乱。

这时，那名最年长的评委站起身，大声说："大家不要乱！

第二十四章

不要乱,听我说。我们六位评委经过品尝菜肴,一致认为宋栓柱师傅做的这道菜色香味俱佳,胜过胡小伦。而且,胡小伦触犯国家法律,根本没有资格参加厨艺大赛。因此,我宣布,宋栓柱师傅荣获全县第一届'金牌厨师'奖,我向他表示祝贺!"

观众席上顿时响起热烈的掌声。

就在宋栓柱接过荣誉证书和奖杯的那一刻,这个外表柔和而内心无比坚强的农村汉子终于忍不住了,他一下蹲在地上,头紧紧贴在荣誉证书上,呜呜咽咽地哭起来。在场的大多数人以为那是胜利者喜悦的哭泣,只有少数人明白,那呜咽声中其实饱含着永远失去亲人的那种撕心裂肺般的剧痛!

一天后,宋栓亭的追悼会在县殡仪馆举行。

运送栓亭遗体的灵车到了,服务人员把遗体安放在殡仪馆大厅中央的玻璃棺内。栓亭的样子无比安详,像在那里沉睡,他的灵魂仿佛依旧巡游着那片他深爱的土地。在殡仪馆北面的墙上,最上面悬挂着黑底白字的标语,上面写着"宋栓亭同志永垂不朽"九个大字,中间挂着宋栓亭的巨幅黑白照片,照片上方坠着一条黑纱。追悼会由县供销社领导主持,罗骏致悼词。悼词中回顾了这位年轻人平凡而短暂的一生。任何英雄模范人物都不是突然长成和突然出现的,其光辉的人性和高尚的品格是在生活的沃土中一点点积累起来的。就像盖房子,先有坚固的基础,然后才有万丈高楼拔地起;或者像一棵柔弱的小树苗,只有不断接受阳光雨露、吸收营养才能最终长成参天大树。罗骏代表县委县政府向宋栓亭致以崇高的敬意,同时告诉大家,县劳动人事部门正在为宋栓亭办理"工伤"认定,按程序申报烈士称号。

宋栓亭的事迹一传开，各界群众纷纷赶到殡仪馆为他送行，向其家人表示慰问。

新青沉浸在巨大的悲痛中。面对这突如其来的变故，她难以接受，精神变得异常抑郁，脸上再也见不到灿烂的笑容。她的状况令一家人格外担心。

冬天很快来了，喧嚣的大地顿时变得安静下来，岁月渐渐抚平了留在人们心底的创口。

经过全力宣传推销，Z县的冬枣销售一空，农民再次迎来了大丰收。为了庆祝冬枣大丰收，Z县决定举办一次锣鼓秧歌巡回大会演，由各村选报骨干，到乡政府礼堂参加排练。县冬枣实业公司赞助本次文艺大会演。福来决定让二楞、李翠香、新青等村里年轻骨干都报名参加，她让新英去动员新青。新英抱着孩子回到娘家，工夫不大，她跑了回来，手里还拿着一封信，一边哭一边说："你看看，小青走了！"

福来接过信打开一看，见上面写着：

爹、娘：

你们白养俺一场了。自从栓亭哥走后，俺的心也随他去了。爹、娘，你们的养育之恩，俺只有来世再报了！

女儿新青

福来合上信，叹息着说："坏了，新青可能再不回来了！"

新英一脸焦急地说："你说，她一个人孤零零的，能去哪儿呀？你倒是想个办法，把她找回来呀！"

"人海茫茫，上哪里去找啊？"

第二十四章

"俺苦命的妹子哟！"新英趴在炕沿上痛哭起来。

女儿新青出走后，孙秀娥每天以泪洗面，后来大病一场。一家人一筹莫展，幸亏新梅正好放寒假，由她天天在家陪伴伺候母亲。

过年了，Z县锣鼓秧歌文艺大会演从年前一直演到年后，转遍了全县各个乡镇，受到群众的热烈欢迎，对发展冬枣产业起到了很大的宣传促进作用。文艺会演的节目被拍成录像，刘双河一家、宋明德一家用VCD播放机播放着录像，暂时减轻了失去亲人的痛苦。

过年后，冬枣在环渤海百种特产博览会上荣获金奖。在全国首届百家特产之乡评选活动中，Z县被命名为"中国冬枣之乡"。不久，梁县长被任命为Z县县委书记，罗骏被任命为县委副书记，代理县长。在随后召开的县人代会上，罗骏当选为Z县县长。县人代会同时通过了县政府将冬枣树定为县树的决议。

县人代会上的领导一致认为，近几年国家和省、市都把Z县的冬枣开发列为重点项目，大力发展冬枣生产已具备了坚实基础。栽植冬枣树将成为发展高效农业、振兴农村经济的重要途径。应当动员全县人民加快发展冬枣生产，各有关部门要尽快建立起生产科研、技术服务体系，努力为冬枣生产和发展搞好系列化服务，实现农业收入的快速增长，为全面振兴农村经济而奋斗！

同时，罗骏还提出了"一体多翼"的发展思路，即以建立冬枣标准化种植基地为主体，积极向枣制品深加工、枣文化旅游、有机农业、科技研发、物流运输、国际贸易等领域拓展，着力打造立体、全息、生态、科技的现代化农业样板。

新成立的县冬枣实业公司向国家商标局申请了"雁来红"注册商标和原产地域产品保护，冬枣产业从此走上了一条向品牌要效益、与国际接轨的发展道路。

不久,市里召开市委扩大会议,梁书记到市里开会。罗骏到部分乡镇开展调研工作,对继续搞好农业结构调整,开发冬枣产业进行安排部署。这天,他正要到石楼乡调研,忽然接到办公室电话,说梁书记开会回来,要与他交换意见。罗骏立即返回县城,来到县委小会议室。进去时,只见梁书记正背着手来回踱步。

梁书记见罗骏进来,寒暄几句,两个人就在沙发上坐下来。

梁书记表情严肃地说:"这次市委扩大会议,我受到很大震动。在通报会上,全市七个县区经济快速发展,取得了前所未有的好成绩。但全市经济发展增速极不均衡,有的区个别乡镇一年的财政收入都快赶上一个县了,尤其是我们县,因为农业结构调整刚刚起步,工业、商业发展相对滞后,在全市经济社会发展中排名比较靠后。为此,钟副市长专门找我谈话,他说看过咱们县的经济发展规划,总体上感觉不错,但观念还比较保守,还可以再放开一些,步子迈得更大一些。他赞成我们搞冬枣产业开发,对我们县这项工作给予充分肯定,同时也提出要建立贸工农一体化发展思路,让我们充分利用当地资源优势,大力发展二、三产业,争取年内经济社会发展有一个新的较大变化。老罗,钟副市长是我在市委组织部时的老领导,听完他的话,我心理压力挺大啊。"

罗骏说:"钟副市长说得很对,我们县二、三产业发展的确滞后,需要进一步加强规划,快速推进,争取弯道超车,早日迎头赶上。这样吧,梁书记,回头我根据最近工作调研的情况,草拟一个推进二、三产业发展的方案,经县委县政府共同研究批准后实施,怎么样?"

第二十四章

梁书记随即道:"好,请县政府尽快拿出推进二、三产业发展的方案。同时,为了配合打好这一攻坚战,人事方面也要做必要的调整,我让组织部门尽快提出一套方案,把有知识懂管理的年轻干部推上前台,等名单出来后拿到常委会上讨论决定。"

一个月后,Z县推进二、三产业发展大会召开,会议下发实施方案,紧接着做出人事调整,许多年轻干部走上乡镇领导岗位。其中,县粮食局副局长庞雪松被任命为石楼乡的党委副书记、代理乡长,陈锋被任命为乡党委委员、副乡长,闫宝生被任命为东流头乡党委委员、副乡长。

庞雪松是钟副市长的外甥。上次谈话结束,钟副市长私下对梁书记谈起这个外甥,希望梁书记给他安排一个适当的位置,让他接受锻炼。

庞雪松到了任职单位,一不到基层调研,二不找干部谈话,却让秘书把吴舜卿调走前留下的与造纸厂草签的合作意向书拿出来仔细研究。单从意向书上看,这是一个不错的项目,对方有经济实力,一期工程投资两千万元,建成一座纸浆厂,二期工程投资一千万元,建成芦苇、芦竹种植场。两期工程建成后,预计年产值将达到四千万元,上缴利税可达二百万元。庞雪松之所以知道有这个项目,还是听吴倩倩讲的。

庞雪松从香油厂调到Z县担任粮食局副局长时,毕竟年轻气盛,工作之余,难免有空虚寂寞之感。下班后,如果不能回家,他就组织人到影剧院看看电影,或者到"一品鲜"等饭店吃吃饭、跳跳舞。后来在一次宴会上,无意间认识了吴倩倩,见她面如桃花,体态轻盈,万般妩媚,顿时如获至宝。两个人脾气、爱好差不多,很谈得来，时间不长就出双入对，形影不离，举止暧昧。吴倩倩自从知道他跟钟副市长的关系，就更加曲意奉承，软语温存，弄得庞雪松对她十分垂涎，恨不得早日纳入怀中。

去年年底的一个星期六，闫宝生加班赶写材料，不能回家。吴倩倩感到心情郁闷，寂寞难耐，就坐车独自跑到市里新开的大商场购物，在商场附近恰好碰到庞雪松。庞雪松中午邀了一帮朋友吃饭，准备在商场拿条烟赴宴，两个人不期而遇，自然高兴万分。庞雪松邀请吴倩倩和他同去。吴倩倩正无事可干，欣然答应。吃饭时，庞雪松把吴倩倩介绍给朋友们，大家无不觉得眼前一亮，都羡慕庞雪松走了桃花运。饭后，大家又相约到歌舞厅跳舞。吴倩倩唱了几首歌，跳了几圈舞，喝了几杯葡萄酒，整个人飘飘然起来，一群人直玩到下午三点，才陆陆续续散去。

几小时前还晴朗的天，不知何时阴云密布，纷纷扬扬地下起雪来，地上的雪积了足有半尺厚。眼见不能回家，吴倩倩给闫宝生打个电话，谎称同学聚会，不巧天下雪，只好到市里同学家借宿。庞雪松说："我给你开个房间，你在外面住下吧，省得打扰朋友。"吴倩倩心疼花钱，庞雪松说："又不让你掏钱，跟我走吧。"

庞雪松小心翼翼地开车把她送到市里的"天一宾馆"，开了个房间让吴倩倩休息。吴倩倩喝了酒，脚步踉跄地挪进房间里，又倦又乏，撩起被子钻进去就睡，庞雪松也跟着进门。见吴倩倩睡着，庞雪松本打算回去，谁知吴倩倩睡眼惺忪中伸着一只葱白般的玉手，嗲声嗲气轻唤了两声："别走，别走……"庞雪松喜出望外，连忙关上房门，脱掉衣服，钻进被子里……

第二天两个人又缱绻半天，直到大街上的积雪被清扫干净了，

第二十四章

庞雪松才送吴倩倩到长途车站坐车回家。这边，庞雪松的太太习以为常，只一个电话，就知道他有公干，不再过问；那边，闫宝生却一直坐立不安，折腾了大半夜。原来他接到吴倩倩的电话后，分别给几个同学、朋友家打电话，结果都没有吴倩倩的消息。联想到前阵子关于吴倩倩个人生活上的传闻，他心里彻底明白了。他拿着自己和吴倩倩的结婚照趴到床上委屈地呜咽起来。痛定思痛后他想：与其闹个天翻地覆，也不过得个鱼死网破、离婚丢人的结果，还不如通过吴倩倩这块跳板，暂时结交庞雪松，等日后自己功成名就，再行处理。主意已定，等吴倩倩回家后他佯作不知，把这件事隐忍了下来。

吴倩倩见闫宝生像从前一样对待自己，心里倒有些过意不去，于是在家里躲着，忍耐了些日子。

有一天，闫宝生似乎无意之间问她："听说你跟县粮食局的庞副局长认识，是真的吗？"吴倩倩心里一颤，以为老底被掀，正寻思应对之策，闫宝生不动声色地说："没什么，听说这人挺有来头，我也想认识认识。如果跟他不熟，那就算了。"

吴倩倩追问道："你没事想结交他干吗？"

闫宝生叹口气说："我在县政府当秘书，虽说工作稳定，可咱上头没人，咱爸又面临退休，不知干到啥年月才能熬出个头来。如果结交了庞副局长，或者凭他的关系能熬个一官半职，你也跟着我脸上有光，不是吗？"

吴倩倩不知是闫宝生的计谋，就说道："这事有啥难的，下次再见面，我替你说点好话。你有学历有能力，这也不算求他。"

几天后，闫宝生称要跟领导到外地出差，来回需要两天时间，让吴倩倩回娘家吃饭。闫宝生走后,吴倩倩偷偷给庞雪松打了电话,约他晚上见面。到了晚上,吴倩倩刻意打扮一番下楼,庞雪松早早地开车在门口等候。庞雪松开车拉她到徒骇河边一个小树林里,他停下车一把抱过去,一边亲一边心肝宝贝地乱叫。吴倩倩用力挣脱他:"上次我酒喝多了,让你白捡个便宜。今后不能再这样了,我有丈夫,让他知道,我就完了!"庞雪松努着眼睛说道:"怕什么,有我呢,他敢怎么样?"吴倩倩说:"我知道你厉害。你如果真有关系,就照顾照顾他,赏他个一官半职。如果他以后发现咱俩的事,他得了好处,也不便大闹起来。你就当疼我,怎么样?"庞雪松用手一掐吴倩倩光滑柔润的脸,笑道:"好,你今天要是把我伺候好了,我就照顾照顾他。"说罢,另一只手迫不及待地解开了吴倩倩的裤子……

庞雪松没有食言,第二天给市委组织部的一位科长打去电话,求他无论如何照顾一下闫宝生。那位科长曾是钟副市长的老部下,接到庞雪松的电话后,还以为是老领导的意思,就把闫宝生的档案调来,专门查了一查。

第二十五章

　　大壮来找新梅,他早听说了栓亭和新青的遭遇,心里也异常难过。他安慰新梅说:"每个人拼搏一生,其实都是在为自己的肉体和灵魂营造一个住所。有的人生前锦衣玉食,住高楼大厦,可死后灵魂连个安顿之处也没有;而有的人,虽然生活劳苦,身居陋室,却为自己的灵魂筑造了巍峨的殿堂。栓亭和新青大概都属于后者吧。"

　　新梅流着泪说:"他们为筑造灵魂的殿堂,付出的代价实在太大了!"

　　大壮说今年自己研究生马上要毕业了,摆在眼前的有两条路:一条是回省农业厅上班;另一条是参加公派留学生考试,考试通过后到美国读农学博士。他拿不定主意,问新梅自己该怎么做。新梅因新青和母亲的事情伤心过度,冷冷地说:"你自己看着办吧!"

　　张大壮回到学校后,高君伟一直窥探他和张萍的行踪,见张萍仍然跟大壮来往,心里非常嫉恨。

　　有一天他实在憋不住了,找到大壮直截了当地说:"张大壮,你明明已经和刘新梅订了婚,却依然与张萍交往。你这个脚踩两只船的小人,我看错你了!"

　　张大壮也非常生气,提起他给新梅寄照片的事情,怒斥道:

"你喜欢张萍，这我知道，也理解，可你完全用不着用这样卑鄙下流的手段毁坏他人的名誉！"

自此，本来十分要好的同学形同陌路。

庞雪松调到石楼乡任代理乡长后，重新接过吴舜卿当年签署的那个造纸厂的合作意向书，研究过之后他向县政府打报告，建议重启该项目的洽谈。报告传到罗骏手里，他打开一看，眉头一皱，挥手在上面批道：此事以前议过，只要对方上马防污设施，"三废"达标排放，可以恢复洽谈；否则，不得引进。

庞雪松打算派陈锋去跟外商洽谈，结果当天陈锋就回来了，跟他汇报说："庞乡长，谈了，可对方仍然无法满足排污要求，不符合罗县长批示的条件，不能引进。"

庞雪松问："他们的厂子在当地开得好好的，难道我们引进就不行吗？"

陈锋答道："他们在当地政府的压力下，为掩人耳目，的确增设了一套排污设施，但只是摆在那里装样子，当地群众意见可大了，到县里、市里联名告了好几次状呢。"

"那当地领导为啥迟迟不处理？"庞雪松继续问。

陈锋又答道："还不是因为利税缴得多嘛，舍不得关停。不过，最近好像要下决心关停了，所以这家厂子很着急搬迁，价码开得比较低。可是，罗县长有批示，我们不能引进，所以……"

庞雪松不耐烦地说："别说了，我知道了。"

望着陈锋的背影，庞雪松摇摇头说："这么好的机会都抓不住，还想当干部？哼！"

几天后，庞雪松亲自出马，将协议签下，并上报县政府。县政府对项目进行了集中审核和评估，认为如果按照协议规定的设计方案，项目可以上马。项目最后报罗骏审批，罗骏在报告上批道：责成县环保部门加强监督检测，如发现违规排污行为立即采取相关措施。

北京林业大学就要举行公派留学生考试了，学校对每个考生都进行了严格的政治审查。因为害怕大壮参加考试，跟自己争夺仅有的一个名额，高君伟写了一封匿名信向学校检举张大壮脚踏两只船，道德品质有问题，同时把张大壮和张萍的照片寄到了校长办公室。校长认真阅读了那封匿名信，愤怒之余决定将张大壮从考试人选名单中剔除。

名单在系里公示后，同学们议论纷纷，有的指责张大壮，有的同情张大壮。张萍是当事人，她找到王教授替大壮辩护，说自己跟大壮只是普通朋友，根本没有任何关系，希望王教授出面向校方说明情况。王教授感到非常为难，她了解，大壮的确已经订婚。如果这时跟家里的未婚妻退婚，那就变成了现实生活中的陈世美；而如果不退婚，却又跟张萍亲密来往，这种事情越描越黑，谁也说不清楚。无奈之下，张萍给新梅打了个电话，希望她想办法支持大壮。

张萍上次来刘庄时，总是刻意躲着新梅，不想这次为了大壮，她竟然主动给新梅打电话，可见她也是个心地善良的女孩子。新梅想了一夜，给张大壮学校写了一封信，第二天骑车到乡里邮局把信寄了出去。回家时，大华正在做老师布置的家庭作业，抬头瞥见新梅红肿着眼睛，连忙跑过来拉着手问："大姨，你咋哭了？谁欺负你了？"

"大姨的眼睛眯了，没人欺负我。"

大壮正在烦恼之中，学校办公室忽然叫他去，说经过详细调查，原来是个误会，现在准许他参加公派留学生考试，希望他丢掉包袱，准备迎接考试。

大壮非常高兴，把能够参加考试的喜讯打电话告诉新梅，新梅希望他好好准备考试，啥都不要想。

经过考试，大壮如愿以偿争取到了那个公派留学生的名额。他再次向新梅报喜，新梅却祝愿他跟张萍幸福，让他忘掉自己。

大壮不了解情况，以为张萍在背后捣了鬼，满腔怒火地找张萍。张萍告诉他，是新梅主动给学校写了一封信，信中说她跟大壮早已断绝来往，两家也解除了婚约，大壮今后跟谁谈朋友完全是他个人的自由，希望学校不要再因为这件事情调查大壮。

张大壮一听，愧悔交集，当天就发起高烧卧床不起，张萍和同学把他送进医院连续陪伴了两天才逐渐好转。

张萍以为这次大壮应该忘记新梅，回心转意了。病房里没人的时候，她柔声道："大壮，你答应我吧，以后到英国我们留在国外发展，不回中国来了。"

大壮看了她一眼："不回中国？我做不到！"

张萍急忙改口说："那好，你到哪里，我就陪你到哪里。"

大壮拒绝道："张萍，我知道你对我的心意。可我不能欺骗你，更不能欺骗我自己，我们俩真的不合适。"

"难道你还忘不掉那个刘新梅吗？"

"她已经长在我心里，成了我生命的一部分，我想忘也忘不掉啊！"

第二十五章

张萍流着眼泪回家去了。

张萍除了吃饭,一天天把自己关在房间里,张厅长和妻子都很担心。

妈妈最清楚女儿的心思,叹着气说:"都怪那个张大壮!"

张厅长说:"张大壮我见过,的确是位很优秀的年轻人。我要是个女孩子,保准也追着他谈恋爱。可婚姻这东西毕竟靠缘分,咱女儿跟他没缘分,这不能怪张大壮。你要好好开导开导她。"

妈妈决定跟女儿深谈一次。她敲开女儿的房门,轻轻道:"萍萍,你就要出国了,要安心点,忘掉张大壮,忘掉国内的一切吧!"

张萍眼圈红红的,难过地说:"妈,我也试过,可忘掉一个人咋这么难啊?"话未说完,眼泪又下来了。

妈妈轻轻地抱住女儿,搂在怀里,安慰道:"慢慢你就会忘记了。"

"妈,我真的做不到,做不到……"

暑假结束了,张萍自费到英国留学。马上就要登上远洋的客轮了,爸爸妈妈依依不舍,千叮万嘱。已经分配到省农业厅工作的高君伟手捧一束鲜花赶来为张萍送行,他把鲜花交到张萍手里,表达了对张萍的爱意,请张萍接受自己。张萍接过鲜花,什么也没有说。轮船渐渐出海,离港口越来越远了。张萍站在宽阔的甲板上,海风习习吹来,撩动着她的衣裙,拂乱了她的发髻。她眼含热泪眺望着家乡的方向,双手一松把鲜花扔进海里。那束鲜花落到海中,激起一圈涟漪,然后随着海水漂流,漂向了谁也不知道的远方……

几天后,大壮也登上了飞往美国的飞机。在飞机上,望着舷窗外像棉絮一样的云朵,大壮仿佛又回到了梦中。梦中的他跟着一个女孩的影子跑过很多很多路,经过很多很多桥,那女孩分明就是新梅的样子。他恍惚觉得女孩身上长着一对翅膀,在棉絮一样的云朵里向他招手,但定睛看时却什么也没有。

福来这时已经成为刘庄名副其实的当家人,自陈锋担任副乡长后,他就担任了刘庄的村党支部书记。这天,他正沿着傅家河堤走着,突然闻到一股刺鼻的气味,这种气味一直追随着他。他看看四周,没有什么异常的,可那种刺鼻的气味就是不知道从哪里发出来的。

正想着,二楞姐姐大枝从河西骑着自行车过来了。她穿过单孔石桥时发现福来在河边张望,忙跳下车问道:"大侄子,你走过来走过去的,等谁呢?"

福来说:"姑,你闻闻,不知从哪里来了一股子怪味儿,呛鼻子。"

大枝说:"我当啥事呢,这是造纸厂排水的味儿,有啥奇怪的。"

福来忙顺着河堤下去跑到水边上,只见傅家河水色混浊,已不见了往日的清澈透明,水底不停地向上冒着气泡,带着些腥臭的气味。"哎呀,不是说造纸厂上了排污设备吗?这是咋整的?排出来的水咋这味儿啊?"福来脸憋得通红,捏着鼻子跑到堤上来。

大枝说:"造纸厂上月刚建成,俺们尚店乡有好几个村子的村民都在那里上班,一开始排污设备还用着哩。有工人说,最近白天开,晚上就关了,污水直接排到河里边。福来,咱祖祖辈辈住在傅家河边上,吃的、用的可都是这河里的水,你是书记兼主任,你可

第二十五章

要为大伙做主,不能这样眼睁睁地看着,得管管!"

福来两道眉毛拧在一块儿说:"知道了,姑!"

回到村子里,福来召集村委会的成员开了一个碰头会,把事情的原委说了一遍,然后请大家发表意见。

大鼻涕第一个发言:"福来,这事咱可得小心,听说这个造纸厂是庞乡长亲自招来的。庞乡长那可不是一般人物,人家有后台,咱小胳膊拧不过大腿,你要整这事,先得把后果想清楚了。"

不等大鼻涕说完,李翠香抢白道:"大鼻涕,你说啥呢?这么不负责任!造纸厂一排污,地也不能浇了,水也不能喝了,咱好不容易辛辛苦苦种出来的冬枣全给糟蹋了,以后老百姓的日子都没法过了,你知道不知道?"

其他委员也都赞成想办法解决。

福来说:"那好,俺跟附近几个村的村主任联络一下,一块儿到乡里反映情况。大鼻涕、李翠香,你们跟乡亲们说说,准备找造纸厂去评理。"

福来临动身前,给栓柱打了个电话,把家里的情况一五一十地叙述一遍,请他帮忙向罗县长反映一下。

栓柱不敢怠慢,赶紧去找罗县长,秘书却把他拦在门外,说罗县长有事情,请他先回去,改天再来。栓柱提高声音说:"俺找罗县长真的有急事,同志,您就让俺见见他吧!"

罗骏在办公室里面听到栓柱的声音,知道有事情,赶紧走过来,打开办公室的门说道:"栓柱同志,你找我有事啊?请进来说。"

栓柱走进罗骏的办公室,见罗骏办公桌上摆放了一堆文件、书籍，正在清理打捆，忙说："哟，罗县长，您这是准备挪办公室吗？要不俺改天再来。"

罗骏示意坐下，说："你说吧，我明天就去省委党校学习了，封闭学习三个月，再见面恐怕得三个月以后了。"

栓柱感到惊讶，县里每天那么多事情需要处理，罗骏这时候外出学习，而且是封闭学习，肯定是发生了什么意想不到的事情。但他不便多问，简要地汇报了傅家河水污染和乡亲们准备到造纸厂理论的事情。罗骏眉头紧皱，表情严肃，一言不发。栓柱说完，见罗骏迟迟不表态，就打算告辞。罗骏临送出门口时叮嘱道："回去告诉乡亲们，不要着急，事情一定会妥善解决的。"

罗骏的表现不同往日，令栓柱大感不解。他赶紧骑摩托车去找韩同强探听情况。韩同强把栓柱领到一个没人的小办公室，压低声音说道："老弟，不瞒你说，罗县长这次有麻烦了！"栓柱吃了一惊，忙问："他贪污受贿了？"

"你才贪污受贿了呢！"韩同强说，"那种事情找不到他头上。从去年下半年开始，咱县里的十家国有企业陆续倒闭了六家，像植物油厂、面粉厂、饲料厂、机械厂、毛纺厂、罐头厂等厂子放假的工人加起来超过两千多。今年县里财政收入异常困难，光靠农业那点儿收入根本补不上窟窿。市里下了命令，务必按时完成今年的经济发展任务，不能打任何折扣。上半年县里一下引进四家污染企业，其中一家在石楼乡，三家在东流头乡，都已经落户了。罗骏曾经坚决反对，被市领导勒令写了检查，并让他交接工作去省委党校封闭学习三个月呢。"

韩同强一席话，终于让栓柱明白罗骏今天的态度为什么那么奇怪了。

福来联系了南楼、虎王、郭店等几个村的村主任,一块儿到乡里找陈锋乡长。陈锋听完面带难色地说:"这个事情,还请大家冷静,千万不能意气用事。我觉得现在解决不了任何问题,即便罗县长出面也解决不了。"

福来说:"陈乡长,这可不像你一贯的作风,以前的工作你哪次敷衍过?今天这是怎么了?请乡领导务必给俺们这些村的乡亲们一个明确的交代!否则,乡亲们群情激奋闹出事情,俺们可管不了。"

正在你一言我一语说话,庞雪松突然推门闯进来说道:"你们都吵吵啥?你们还像不像党的干部!引进造纸厂是乡里和县里共同决定的。你们知道不知道,这造纸厂一年光上缴利税就二百多万元呢!谁要是断了咱们乡的财路,谁想破坏招商引资的环境,谁带头闹事,乡里就派人把他抓起来!"

南楼村的老主任说话了:"庞乡长,您这话就不对了,群众对环境污染有意见,作为村干部就不能反映了?反映问题怎么能叫闹事呢?还谁带头闹事就抓谁,俺看哪个敢抓!"

陈锋赶紧站起来制止他:"大家都冷静,冷静!不要意气用事,有话好好说,有话好好说!"

福来说:"俺们都想好好说话,可不管怎么说都是破坏招商引资环境,这帽子扣得够大啊,怎么造纸厂破坏乡亲们的环境就不说了?庞乡长,俺念书少,俺倒想问问您,这招商引资环境是环境,生态环境也是环境,到底哪个环境更重要啊?"

庞雪松一看,今天村主任都是带着火气来的,他料到强压不行，得另换一套方法，于是面色缓和下来，耐着性子说道："当然，两个环境都重要。各位村主任，你们都不要激动，不要激动。我跟你们解释解释。今年县里财政收入遇到了困难，经济发展不仅达不到全市预期的目标，相反面临下行风险。县里迫不得已，招了几个大型企业进来，目的是改善我们县的落后面貌。尽管生态环境受点损失，但是咱们县的财政收入还是很受益的嘛。西方国家经济发展的经验不也是先污染后治理吗？何况，县里已经采取措施了，要在县城西郊建设一座大型水库，下一步搞自来水村村通工程，相信不久的将来，我们的经济发展了，环境也会变好的。"

虎王村的村主任说："庞乡长，听说造纸厂排的污水把地下水都污染了，以后乡亲们生产、生活用水咋办？"

庞雪松说："这造纸厂不是还有个二期工程嘛，二期工程种植芦苇、芦竹，这些植物有环保绿化功能，能把造纸厂的污染去掉，还是造纸的重要原料呢。以后乡亲们地里种上芦苇、芦竹，卖了不也是收入吗？另外，剩余劳动力到造纸厂这些厂了打工挣钱，就过上大家都向往的城里人的生活了。"

福来反问道："以后这冬枣说不种就不种了？"

庞雪松撇了撇嘴说："种啥冬枣？还种啥冬枣！你们听说过苍山蒜薹的事件吗？这冬枣发展发展，种得多了，就跟蒜薹一样，没有销路，都得扔了！到时候乡亲们哭都来不及！行了行了，不跟你们说了，我还有事情。你们反映的问题我都知道了，赶紧回去吧！"

见庞雪松扭头走了，陈锋一个劲儿劝大伙："你们都回去吧，回去好好劝劝乡亲们，千万不要有什么过激行为。要相信事情终究

第二十五章

能够处理好的。"几个村主任没有讨到一个说法,只得相互议论了一会儿返回村去。

福来在回村的路上走着,忽然看见有个村民气喘吁吁地跑过来,结结巴巴地说:"主、主任啊,快、快到造纸厂去看看吧,打、打起来了!"

原来福来他们在乡里同庞雪松纠缠时,大鼻涕集中了部分村民去造纸厂评理,临行前特意邀请刘双河一道前去。为了乡亲们的事情,刘双河义不容辞也跟着一块儿去了。路上碰到南楼村的几个乡亲,他们一听,赶紧上村里集合群众,这样时间不长,集中了百十号人马,浩浩荡荡向造纸厂冲去。

到了造纸厂门口,保安知道来头不小,大部分在厂门口维持秩序,几个头头赶紧向厂领导汇报。厂领导一听,吃了一惊,一面赶紧给乡政府打电话,一面增派保安出面应付。

二楞走在队伍最前头,见保安拦路,就指着保安的鼻子说道:"今天没你们啥事。快去把你们头头叫出来,俺有话问他!"见保安不搭理,他用大手一扒拉,准备往里闯。保安负责人把电警棍一伸,拦住去路。

刘双河见双方要起冲突,赶紧上前劝道:"二楞,你不要急。保安同志,麻烦把你们厂长请出来,俺们乡亲们要问他几句话。"

保安负责人一看来了一位上了年纪的大爷,说话也挺和气,就说:"你们有什么事情,可以派几个代表进去反映,其他人一律留在厂子外面等着。"

刘双河、大鼻涕、宋明德等五六个年纪大的人作为代表来到厂子办公室,秃头顶、胖身材,戴着一副茶色眼镜的褚厂长负责接待

301

了他们。

刘双河跟褚厂长握了握手,说道:"这位厂长,俺是刘庄的村民。最近村里人都反映你们厂把污水排到傅家河里,造成了河水污染。俺们附近几个村祖祖辈辈在这里生活,靠的就是这一河水吃饭,你们污染了它,就等于砸了俺们的饭碗子。你们一定要给俺们个说法!"

褚厂长摸了摸秃头顶,笑道:"各位乡亲,你们能当群众代表,一定在村里有威信。这样吧,我给你们一个人发五百元钱,你们出去说说,让乡亲们都散了吧。我们借贵宝地开厂子,早预备着要拜见拜见你们的,既然来了,就别客气。"说完他回头吩咐秘书去拿钱。

刘双河说:"慢!你这么做,是在侮辱俺们几个人的人格!你们的钱俺们不稀罕!今天来,就是向你们讨个说法的!"

褚厂长有点不耐烦了,跷起二郎腿,一个劲儿摇晃着说:"行行行,说说吧,你们究竟要什么说法?"

刘双河伸出两根手指,说道:"俺们要求不高。第一,你们厂从今以后立即停止排污;第二,你们要赔偿俺们几个村村民的损失!"

褚厂长愤愤地说:"你说的这两条,我们一条也不答应!当初引进厂子的时候,乡领导说了排污设施就是装装样子,不开,况且说实话我们也开不起。我们每月按时向你们乡财政交利税,工人工资从不拖欠,你们还想要什么赔偿?我说,你们这儿的人都穷疯了吧?想钱想魔怔了吧?"

刘双河一听,气得浑身发抖,站起身,指着褚厂长说道:"你们满足不了这两条，就得停产！"

那褚厂长也站起来吼道："今天我告诉你，要钱，我们一分都不给！停产，你得问问你们乡领导的意见，否则，门儿都没有！"

"你们太不讲理，太欺负人了！"刘双河心脏都快气炸了，他捂着胸口，剧烈咳嗽起来。

几个代表一看，谈判陷入僵局，只好站起身扶着刘双河往外走。姓褚的厂长在后面挖苦道："这帮穷鬼，真是穷疯了，啥要求都敢提，呸！让你们做他妈的美梦去吧！"

刘双河心里难过，脚步踉跄，明德在旁边扶着他，几个人缓慢地走出厂外。

二楞一听结果，火暴的脾气一下上来了，他一挥手，大喊一声："乡亲们，造纸厂他妈的不办人事，连句人话也不会说，咱们冲进去，砸烂他们的机器，看这帮狗娘养的还耍横不！乡亲们，跟俺冲！"

二楞要领人往里冲，几个保安一起过来拦挡，双方打斗起来。二楞的脑袋被电棍抽了一下，鼓起个大青包，他抬手一拳把前面的保安打了个狗啃屎，几个年轻人上前，把保安放在门外的桌子砸了个稀巴烂，吓得保安缩进院子里，关上厂门，双方互不相让，隔着厂门对峙着。

正在此时，远处驶来三辆警车，鸣着警报声，很快来到厂门口，从车上跳下十多名警察，护住厂门口，准备驱散聚集的群众。二楞头脑发热，大声喊："乡亲们，警察原来和他们是一伙的，根本不向着咱们，咱们连他们一块儿揍得了！"说完，正准备冲上去,被赶到现场的福来一把拽住:"冲啥?二楞,你犯浑啊!赶紧回去!"

众人见福来到了,赶紧围上来。福来说:"乡亲们,听俺说,俺们几个村主任已经到乡里去协调此事了。现在乡长正在商量处理意见,只是暂时还没有结果,大家先回去听消息吧,怎么样?"

大伙一听福来这么说,果然消了一半怨气,齐声说:"福来,这次俺们大伙先听你的,三天后乡里如果还没答复,俺们大伙就到县上反映。"

福来好说歹说,好不容易把村民劝回家去了。

第二十六章

栓柱自从获得"金牌厨师"奖,就成了县里的名人。为迎接香港回归,省餐饮协会准备举办一次全省"庆回归"厨艺大赛。比赛规则是每个县推荐一名厨师参加全市初赛,每市再选出两名优胜者参加省里组织的复赛,然后由复赛决出的两名获胜者进行决赛。县里推荐的参赛者需要先到省城参加为期半个月的餐饮知识培训。栓柱被县里推荐为代表参加比赛,这几天准备到省里参加培训。他忽然接到了浙江的陆一恒打来的电话,说已经听说了栓亭的不幸遭遇,向家属表示慰问。栓柱一方面表示感谢,另一方面拜托他寻找新青的下落,陆一恒答应了下来。栓柱临行前,从"一品鲜"饭店请来一名厨师帮忙主持后厨工作,新兰张罗大堂,还打算让新英到县城帮两天忙。新英这边还没动身,就发生了造纸厂的事情。

刘双河回家后,感觉身体不适,请村里赤脚医生看过后,诊断出心脏出了毛病。福来把他送到乡卫生院复查,果然查出冠心病,需要打针输水,卧床静养。地里枣子眼看着成熟了,刘双河心里着急,新梅正好放假,于是到卫生院日夜陪护,替换下福来让他赶紧回家收枣子。

今年冬枣炭疽病、枣锈病比上年严重了很多,经过优选之后产量较上年减少了三分之一。即便这样,刚开始冬枣行情也不太好,幸亏福来让李翠香带领二楞、老木几个村民到浙江去找陆一恒想办法，继续联系去年的马老板和牛老板，销路这才逐渐稳定下来。陆一恒原打算通过凯特商业公司往东南亚出口一批冬枣的，结果拿到海关一检测，显示枣子里面的重金属铅含量超标，达不到出口的质量标准。陆一恒非常惊讶，拿着检验报告找李翠香询问怎么回事，李翠香只得把造纸厂水污染的事情实言相告。陆一恒把检验报告重重地摔到桌子上，气愤地说道："一群近视眼！"

李翠香把冬枣检验报告寄给福来，福来拿着报告去乡政府找陈锋，没想到陈锋办公室锁着门，到乡办公室一问，才知道陈锋跟东流头乡的闫宝生做了对调，今天上午就去那边乡里报到了。福来没有办法，摇着头叹着气回到了村里。新英见他垂头丧气的样子，问道："咋了？到乡里挨批评了？"

福来说："闫宝生那小子到咱乡干副乡长来了，听说他跟庞乡长穿一条裤子，这下造纸厂的事情就更难办了。"

新英愤愤地说："难办也得办！得替乡亲们讨个公道！福来，大不了咱不当啥村书记、村主任的，咱还开咱的车，省得受这些窝囊气！"

闫宝生之所以来石楼乡工作，一方面因为庞雪松的确需要帮手，另一方面也因为他在东流头乡碰到了麻烦。东流头乡今年上半年一下落户了三家污染企业，开工后违规排放"三废"，弄得附近村民不断闹腾着向上级部门反映问题，搞得闫宝生焦头烂额。一天，他和东流头村村委的负责人把反映问题的人员从县里接回家，见天色已晚，就召集村委一班人到乡里一家"缘来好"饭店吃饭。酒喝得多了一点。乘着酒兴，东流头村的村主任建议叫服务小姐过

第二十六章

来跳跳舞，放松一下。当下饭店叫来六七个服务小姐一块儿陪着喝酒、跳舞。一群人越喝越高兴，越唱越舒服，越跳兴致越浓，后来决定在饭店开房住下。其他人都去睡了，陪着闫宝生的那个小丫头刚出道，闫宝生连劝带哄费尽心机她就是不入巷，饭店老板娘过来说也不听，哭着非要回家。闫宝生非常扫兴，独自回乡政府宿舍去睡觉了。可刚睡下不多会儿，听到警笛声从乡政府前面的街道上穿过去，他眼皮直跳，睡不着了，天蒙蒙亮的时候，才眯瞪了一觉。刚上班，乡办公室人员就来找他，让他到乡派出所谈话。他惴惴不安地赶到乡派出所，发现东流头村的几名村干部和"缘来好"饭店的服务小姐披着床单蹲在地上，正在一个个排队接受警察询问。闫宝生在警察面前绘声绘色地编了一篇如何如何洁身自好的鬼话，终于蒙混过关。从询问室出来，他看看天上的太阳，抹一把头上的汗珠，暗自庆幸自己躲过一劫。

不久，东流头村的几个村干部罚款的罚款，免职的免职，开除党籍的开除党籍，整个村委会班子，除了女妇女主任，几乎被剃了光头。乡领导大为恼火，责令闫宝生要承担领导责任，做出深刻检查。

闫宝生见东流头乡待不下去了，少不了又去求吴倩倩，并且当面表功一番，说对她如何如何忠诚，别人都犯了错误，唯独自己坐怀不乱，这就叫"清者自清，浊者自浊"。气得吴倩倩直咬牙，挖苦他说："那天老百姓第一个举报的人就是你！别以为我在县城啥都不知道，你是害怕被盯上才想调动的！有本事自己去挣个前程，靠老婆吃软饭你有啥出息！"说罢，呜呜地哭起来。那时，庞雪松正跟石楼乡的一名年轻女干部打得火热，对吴倩倩态度比较冷漠，

307

两个人的关系再不似从前。吴倩倩打了好几次电话，才勉强接通，又恳求好几次，庞雪松才勉强答应。

杭州、广州的超市销售了半个多月后，认为今年冬枣质量太差，决定停止销售。李翠香、二楞、老木只得蔫头蔫脑地回来。大量冬枣滞留在气调库中，成了农民的一块心病。二楞他们准备到县上去反映情况，征求福来的意见，福来说："俺再去乡里反映一下，如果还不答应，你们再去。"二楞满腔积愤地说："你都反映那么多次了，哪次解决了？这帮兔崽子不见棺材不落泪。咱干脆弄个大的，县里不行就去市里，市里不行就去省里，一直到把事情解决了为止！"

福来到乡里找到刚上任的闫宝生，把村民的情况一说，闫宝生表面上客客气气，把福来敷衍回去，转身就到庞雪松办公室献计道："庞乡长，这群穷棒子们吵着要到县里、市里去反映问题。为了不把事情闹大，我看应该对刘庄、南楼、虎王几个村带头闹事的村民采取措施。"庞雪松撇撇嘴说："怕个鸟！让他们告去，还能告下天来？"他仗着自己有后台，并不把闫宝生的话放在心上。

刘庄、南楼、虎王几个村各派三名代表，由李翠香领着去县里反映情况，县里答复让他们自己同造纸厂协商解决办法，把事情又推到了乡里。李翠香他们不服，坐车又去市里反映。到了市信访局排队，好不容易排上了，信访局的人一听，一脸为难地说："你们看看，我们这儿下岗的、就业的、占地的、补偿的、工伤的、索赔的案子都处理不过来。如果办你们这事，下岗失业的岂不更多，问题岂不更棘手？你们这个事儿，还得由当地政府统筹解决。你们先回去吧。"

第二十六章

从市里回来，二楞他们一商量，看样子市里、县里根本解决不了这个问题，只好去省里了。他们约定，尽量从各村多叫一些人，明天一早就坐福来家的车去省里反映问题。

不知是谁走漏了消息，当天晚上，乡里就把刘庄、南楼、虎王几个村的村主任叫去开会，让他们阻止村民到省城去反映问题，并让他们自己保证决不带头去。庞雪松出席会议，半威胁半解劝地说："自己家的事情要在自己家解决，不能让别有用心的人胡乱来，如果任由他们胡来，那不乱套了？事实上，这半年多，我们乡经济发展的成果有目共睹，光利税就赶上去年一年的了。今年乡亲们在冬枣上吃了点儿亏，我们也很痛心，年底会根据损失情况给予一定经济补偿。这件事也充分证明乡亲们普遍没有跟上形势发展，脑子还没转过弯来嘛，等明年田里种上芦苇、芦竹，发了财，积极性就提上来了。你们回去要多做工作，多宣传乡里先污染后治理的政策，要让村民认识到乡里这么做完全就是为了他们。"

会场上鸦雀无声，几位村主任心里跟明镜似的，还有谁肯相信他的鬼话呢！

第二天，从石楼乡发往省城的客车就要启动了，车上坐满了乡亲，大包小包塞了满满一车。突然，从乡政府驶出一辆面包车，来到客车前停下，从车上跳下十几个身强力壮的汉子，他们来到车上，手里拿着一份名单，点着名叫道："刘二楞、刘老木、刘迷糊、李翠香、宋栓成……"

二楞从车上站起身，指着他们说："瞎叫唤啥！俺可不认识你们，你们到底想干啥？"

"干啥？凡是念到名字的，都下车！"十几个人态度蛮横地说。

"凭什么让俺下车？你们到底算哪根儿葱啊！俺就不下车，你们还能咋？"

一个身材魁梧的年轻人猛然蹿过去，抬手打了二楞一个响亮的嘴巴子，二楞就要还手时，却被几个大汉抓胳膊撸腿弄下客车来。

这时，闫宝生从面包车上下来，他挥手让人把二楞松开，一脸阴笑道："你就是刘二楞吧？记得那年你抗缴农业税，带头打了工作队，砸了警车，当年只让你写了一份保证书，对吧？"

二楞没多想，捂着腮帮子说："对啊，都好几年了，你还提那陈芝麻烂谷子的事情干吗？"

闫宝生从鼻孔里哼了一声："干吗？当年被你打的那个人，旧伤复发，胳膊残了，人家已经在乡法庭起诉你了，你跟我们走一趟吧！"不等二楞争辩，几个大汉把二楞倒剪着胳膊塞进了面包车里。

栓成上前想把二楞抢下来，闫宝生冷笑着问："你叫宋栓成吧？我认识你。你当年打了人跑到外地，现在回来接替你哥哥经营'锅子饼店'，你知道那套门头房是谁批给你的吗？"

栓成回答说："知道，乡里补偿给俺哥的。"

闫宝生阴险地说："乡里能给你们就能收回来。你老老实实做你的生意不就得了，你现在又没种地，去省里反映问题跟你有半毛钱关系吗？"

栓成一听胆怯了，吓得退到一旁。

老木和李翠香就要上去抢二楞。闫宝生喝道："刘老木！李翠香！你们一个是军属，一个是村干部，都吃着国家的补助，难道想

第二十六章

把饭碗子弄砸了不成？"

众人知道他的为人，被他一番恐吓，都自动退到了一旁。

这时，新梅背着个红色的包匆匆地来到车前，见围了一大圈人，她好奇地问："怎么回事？还让人走不让人走了？"

闫宝生见了新梅，立刻换上一副笑脸，凑过去问："新梅，好久不见，你这是要去哪里？"

新梅见了闫宝生，调侃道："我去省里反映问题啊。怎么，闫大乡长，你也要把我抓起来？"

闫宝生条件反射似的嘴角抽动一下，尴尬地说："老同学，开啥玩笑！你到省里是私事还是公干？"

新梅瞅了他一眼，语气和缓地说："跟你闹着玩儿的。我能有啥公干？不过拿着我爹的病例到省医院复诊一下罢了，顺便再看看我哥，给他捎几件衣服。"

闫宝生脸上的表情立刻松弛下来，笑道："应该的，应该的。老同学，赶紧上车吧。"

见名单上的人都已下车，闫宝生朝着客车司机一挥手，示意客车可以出发。司机早已等得不耐烦了，发动客车，一路朝省城疾驰而去。

栓柱来省城已经一个星期了，他天天都与新兰通电话，家里的事情多少知道一点。为了进一步诊断一下岳父的病，栓柱抽时间联系了省齐鲁医院的专家，专家让先把病历和拍的片子带过来看看，需要的话再让病人过来，新梅就是专门为此事而来。

厨师培训的地点安排在济南燕子山附近的一所学校里。那天下午，学员们正在老师的带领下参观学校的餐厅和食堂，老师详细地讲解食品处理区各个区域的设置要求,如门窗应闭合严密、无变形、无破损,与外界直接相通的门和可开启的窗应设置易拆洗、不易生锈的防蝇纱网等。栓柱边听边记,突然腰间挎的汉显BP机响了,掏出一看,只见上面一行字写道:"哥,我已到学校门口,请出来下。新梅。"栓柱赶紧向老师请假,住在同一个宿舍的艾小胖师傅也跟着他一块儿出来了。

艾小胖也是来参加全省厨师培训的,跟栓柱分在同一宿舍。自从实践课上见了栓柱切菜、颠勺的手艺,艾小胖佩服得五体投地,整天吵着要跟栓柱学两手,所以栓柱走到哪里他就跟到哪里,两个人几乎形影不离。

远远地见新梅在学校门口等着,艾小胖莫名的有些紧张起来。栓柱扭头问他:"小胖,你身体不舒服吗?赶紧回宿舍吧。"

艾小胖语无伦次地说道:"宋哥,她是嫂子,还是你女儿?"

栓柱笑了笑说:"啥嫂子女儿的,她是俺妹妹,千万别胡说。"

艾小胖脸色通红,急忙说:"给俺介绍介绍呗?"

走到跟前,栓柱介绍道:"刘新梅,俺妹妹。艾师傅,跟俺住一个宿舍。"

他们两个轻轻握了握手。艾小胖目不转睛地盯着新梅,生怕一眨眼看不见了,弄得新梅不好意思起来。

栓柱领新梅到宿舍,艾小胖赶紧倒上一杯水递过去:"刘老师,天怪热的,请喝口水吧。"

栓柱问:"咱爹的病历和片子你都带来了吗?"

新梅说:"都带来了,还有你的几件衣服。哥,你要没空,我自己到医院去找专家看看吧。"

栓柱说:"我跟培训的老师请假了,还是一块儿去吧。"

艾小胖非要陪同前往。于是三个人打出租车去了齐鲁医院,挂完号,来到心内科排队等候。等了许久,终于见到了专家,他拿过病历和片子,仔细看了看,然后说:"没有什么大碍,病人不用过来。今后你们家属要让病人静养,不要过度劳累,也不要生气。平时可以多少用一点丹参。"

新梅按照医生开的方子取了丹参。三个人依旧打出租车回来,看看天色将晚,新梅只得住下。栓柱打算请艾小胖吃顿饭,顺便帮新梅订下宾馆。

他们三个人沿着学校门口的一条路朝山坡下面走去。那下面有一个不大的餐饮市场,露天摆着些卖烧烤的摊子。正是下午四五点的时候,市场上人来人往,呼朋引伴,人声鼎沸,坐下来吃饭的客人络绎不绝。艾小胖喊着要吃烧烤,于是三个人选了个有太阳伞的摊子坐下,栓柱点了二十几串烤羊肉、烤牛板筋等;让小胖点菜,小胖看看菜谱,点了几串烤鱿鱼,要了一杯扎啤;让新梅再点,新梅只点了一碟毛豆,就不再点了。中间,小胖又叫添了十串烤羊肉、五串烤馒头片,独自喝完了一杯扎啤。

吃着饭,栓柱问起村子里的情况。新梅就把造纸厂排污、乡亲们跟造纸厂起冲突、想到省里反映问题被拦截的事情详细说了一遍,然后说:"哥,依我看,得找个部门反映反映情况,请他们管一管,要再不管,咱家乡辛辛苦苦发展起来的冬枣产业可就全毁了。"

栓柱点点头说:"新梅,你说的完全在理。可反映问题的事情没那么简单。咱在省城两眼一抹黑，该去找谁啊？谁会相信咱、帮助咱啊？"

新梅不由皱起眉头说："造纸厂的问题涉及环保、农业等部门，到这些部门反映反映也许管用。"

栓柱叹口气说："嗯，为了乡亲们，也只好去碰碰运气了。新梅，俺先帮你找个宾馆住下，明天和你一块儿去找他们反映下情况，听听他们咋说。"

这时，一直听着他俩说话的艾小胖突然插话道："宋哥，俺觉得你们的路头不对。"

"怎么不对？"栓柱问。

小胖掰着指头说："你们看，造纸厂排污这事儿吧，应该归环保局管。要找环保局，你们也应该一级一级向上反映，现在你们直接找省局，明显越级，人家肯定不会管。另外，即便你们到信访部门，他们还得让你回去找地方的环保部门解决。"

栓柱说："照你这么说，就找不着个说理的地方了？"

小胖停了一会儿，说："还有一个单位，你们应该先去找找，也许管用。"

"哪个单位？"新梅急切地问。

小胖说："电视台啊！电视台可管用了。你想，无论哪个部门、哪个地方，当官的都非常注意自己的形象，要有啥见不得光的事让电视台逮着了，给他们做个深度追踪报道，那他们都怕得要命，就会想方设法地解决。

"俺们家住在小清河附近，过去的小清河'十里春风百花香，两岸杨柳照清影'，那个美就甭提了。可这几年突然冒出许多小化工厂、小造纸厂往里面排放污水,小清河再也没有往日的风光,变成了一条小黑河、小臭河。可沿岸的地方政府都只顾眼前利益没有叫停的。后来被省电视台的'齐鲁环保世纪行'栏目记者朱老师发现了,他盯住不放做了多次报道,最终引起省领导重视,现在正在开展全方位治理呢。"

新梅兴奋地说:"要真那样,就去找电视台吧,兴许管用。"

栓柱也说:"对,去电视台,就找那个朱老师。"

小胖理了理思路说:"你们不要直接到电视台去找,那样,朱老师不一定相信你们。到时候如果吃了闭门羹,事情就难办啦。最好请中间人帮忙介绍一下。俺有个办法,前几天全省厨师厨艺培训会开幕时,有位省电视台的柳记者来做过采访,俺认识她,还让她给俺签名来着。俺那天偷偷地藏了一张她的名片,当时想兴许以后用得上,嘿,没想到今天果真用上了!"

栓柱和新梅一听,不禁喜出望外。栓柱结了账,催促艾小胖给柳记者打电话。

艾小胖说:"宋师傅、刘老师,俺丑话说到前头,你们让俺打电话邀柳记者,她有可能答应,有可能不答应,她要不答应,你们不能埋怨俺。还有,邀人家出来总得有个原因吧?这个原因俺替你们编,你们可不许说漏了。再有,就是请客,那钱……"

新梅说:"艾师傅,你说的这些都不成问题,我和我哥都答应,你就赶紧打电话吧!"

艾小胖点点头,领着栓柱和新梅到学校外面的商店打公用电话。拨通电话后小胖说:"喂,柳记者,您好。俺姓艾,您还记得俺吗?对,俺在全省厨师厨艺大赛培训班上认识您的。哦,是这样，您那天采访结束后，俺找您签名的时候，您跟俺说过，说遇到什么新闻热点可以随时联系您。现在俺这儿就有一个特大新闻。对，是特大新闻。咱简单点儿说吧，俺们培训会上来了位'清宫御厨'的传人。对，慈禧太后您知道吗？'小德张'您听说过吗？对，'小德张'是慈禧太后的大太监不假，可他还做过御厨房的掌案呢。今天来的这位宋师傅，就是'小德张'第六代传人，正宗的御厨。什么？您想采访他？好啊，咱们邀个时间，俺和宋师傅请您吃个饭。不不不，哪能让您破费呢！您明天下午过来？好，俺们在学校等着，不见不散！再见！"

挂掉电话，艾小胖激动得蹦了起来，高兴地说："太好了！答应了，她答应了！"

栓柱和小胖到学校附近一个名字叫"红星宾馆"的地方，给新梅在二楼订好房间。两个人进去闲谈一会儿，就告辞回去了。

路上，艾小胖跟栓柱开玩笑说："宋师傅，俺知道您为啥心甘情愿给人家当上门女婿啦。"

栓柱奇怪地问："哦？为啥？"

艾小胖说："你妹妹刚来的时候，俺还以为来了个电影明星呢！俺心想，宋师傅才来几天啊，就傍上女明星了。没想到，竟然是您爱人的妹妹。您爱人的妹妹长得这么漂亮，那您爱人的模样也差不到哪里去。怪不得您这么高超的厨艺，也甘愿给她们家当上门女婿。这种好买卖，换谁谁都愿意干！"

栓柱说："俺这妹妹可是个女人堆里的尖子哩！不过，人家已经名花有主，就不要再惦记了。告诉你吧，俺妹夫现在正在美国攻读博士呢。"

艾小胖听完吐了吐舌头,半信半疑地问:"好家伙,这是真的?"

"真的,俺不骗你。"

第二十七章

第二天上午,新梅早早起床,心想这次来省城只请了一个星期的假,如果单靠电视台,万一解决不了问题怎么办?不行,还得想办法向政府有关部门反映,请他们出面。想到这里,她匆匆吃点早餐,向宾馆服务人员询问了省环保局和省农业厅的位置,然后坐公共汽车赶了过去。

到了省环保局,她在门口登记后找到办公室,向工作人员反映了Z县因环境污染影响冬枣销售的情况。果然如艾小胖所料,工作人员让她回去向当地环保部门反映,争取在当地解决,不能越级反映问题。无奈,新梅只得从省环保局出来,心想,再到农业厅去反映一下吧。

到了农业厅,她刚进办公楼,看到旁边有个信息栏,正准备过去瞧瞧,迎面走来一位年轻人,个子不高,但衣装整洁,面色白皙,显得文质彬彬。那年轻人见了新梅,微微一怔,慢慢走过来问道:"同志,你是不是叫刘新梅?"新梅也一愣,定睛看时,那人仿佛在什么地方见过,只是一时记不清了。"我叫高君伟,你不记得了?"高君伟见新梅迟疑着,忙自我介绍道。

"呀,高君伟!你好,你好!没想到在这儿见到你。"新梅赶紧面带着微笑回答。

第二十七章

　　高君伟虽然只见过刘新梅一面，但对她印象十分深刻。他知道，如果没有刘新梅这个人，张大壮和张萍说不定真会走到一块儿。现在，张大壮远在美国读书，张萍也去了英国，自己和张萍的事情至今还没有结果。

　　自从那次寒假去过张萍家以后，他又去过几次。自己如今能够安排到省农业厅工作，也多亏了张萍妈妈帮忙。到省农业厅工作后，他隔段时间就到张厅长家中坐一坐，帮着干些体力活。张萍妈妈经常跟张厅长说："萍萍就是没眼光，放着这么好的小伙子不找，偏偏喜欢那个张大壮，可人家偏偏又不喜欢她。唉，真没办法。"张厅长说："萍萍不喜欢，一定有她自己的道理。你少跟着瞎掺和，万一他接近萍萍有什么不可告人的目的呢？那不害了萍萍？"张萍妈妈说："人家能有什么目的？我看啊，萍萍就是剃头挑子一头热！早晚有撞南墙的时候，还不如及早回头，接受这个小高呢。你看，这小伙子多好，知道感恩。"张厅长说："你懂什么？小高现在一门心思都用在从政上，跟咱萍萍根本不是一路人。俗话说，'不是一路人，不进一家门'，以后，孩子的事儿你少操心！"

　　高君伟善于交际，在行政单位工作如鱼得水，很快做了办公室秘书。他整个人青春焕发，充满朝气，跟上学时相比仿佛换了一个人。今天正准备下楼取东西，发现从楼外走进来一个女孩子，长得跟瓷娃娃一般，他一眼认出，这不是刘新梅吗？他猜不出新梅来这儿的目的，只记得上次她一封信让张大壮考上公费留学的博士，让张萍本来断了的痴心又死灰复燃，他害怕新梅破坏自己和张萍的好事，于是赶紧上去叫住她。

新梅当然猜不透高君伟的心思，正愁找不到熟人，见着高君伟，心想，不如跟他说说情况，或许能够帮上什么忙。于是，主动上来与他搭讪："太巧了，正想到这里办事情，碰到熟人了。"

高君伟听她话里的意思，似乎是来反映什么问题的，就把她让到二楼自己的办公室。他热情地让新梅坐下，给她沏了一杯茶，然后请她介绍情况。

新梅就把造纸厂污染、群众反映问题、冬枣滞销等情况叙述了一遍，最后恳请高君伟帮忙解决这个问题。高君伟耐着性子听完，总算确定她来的目的跟张萍半点儿关系都没有，这下可以放心了。但是，这事情自己根本管不了，还是敷衍一下，把她打发走算了。他一边听着新梅叙述，一边摇头，最后露出一脸失望的样子说："新梅同志，你反映的问题很重要，但不太好解决，你到环保部门反映了吗？"

"反映了，他们让我回去跟县里环保部门反映，争取当地解决。可是要是当地能够解决，谁还会大老远跑到省城来啊！"新梅心里有些气愤，说话的语气不大好听。

高君伟说："这事还得从长计议。你不如先回去，我帮你向有关部门反映反映，等有了消息，我再通知你，怎么样？"

新梅急切地说："乡亲们可等不得啊，再等下去，冬枣就全部烂在冷库里了，那损失可太大了。如果解决不好，我就在省城多待几天。"

高君伟心想，这女的还是个犟脾气。真搞不懂，她除了人长得漂亮，还有啥值得张大壮那样如痴如醉地迷恋的，他心中虽然冷淡，嘴上却热情地说："好，既然来了，在省城好好玩几天，逛逛大明湖、千佛山也是应该的。对了，你住在哪儿？如果中午没什么安排的话，我请你吃饭。要不然，我对不起老同学啊。"

新梅站起来，推辞道："你太客气了。我住在燕子山那边的红星宾馆，我跟省电视台记者约好了，下午要见个面，中午就不吃饭了。以后有机会我请你，再见。"

高君伟把新梅送到楼下，突然想到前几天Z县农业局的领导才来过省城，请自己吃过一顿饭，还给送了不少礼品，叮嘱自己务必关照。刘新梅到省农业厅，出去后就找电视台曝光，知道的认为是她自己联系的，不知道的还以为是他高君伟从中牵的线呢，日后县农业局的领导埋怨起来，自己岂不是里外不讨好吗？想到这里，他决定干脆一不做二不休，给Z县农业局打个电话吧，省得把自己卷进去。他下楼找了个公用电话亭，给Z县农业局的吴舜卿副局长打了个长途电话，说明刘新梅到省城反映问题的情况。

吴舜卿接到电话，赶紧给石楼乡、东流头乡的领导打电话，让他们抓紧时间处理。庞雪松接到电话后把闫宝生叫过来臭骂了一通："你眼睛长到屁股上了，赶紧把那个叫刘新梅的从省城弄回来！一个小小的初中老师，还想跟我作对，真是活腻歪了！"说着，就准备给县教育局打电话，询问刘新梅的情况。

闫宝生赶紧阻止着说道："庞乡长，您甭打了，刘新梅的情况我清楚得很。她家都是农民，没有在外面的，更没有在省里的。她父亲名叫刘双河，家是咱们乡刘庄的，她姊妹四个，姐夫叫宋栓柱，是县城'新同祥饭店'的老板，妹夫是刘庄的支书刘福来。这些人都不成问题，关键她未婚夫张大壮厉害。张大壮现在公派美国留学读博士，北京林业大学王教授是他读研究生时的导师，那王教授可是全国政协委员、中科院的院士，咱惹不起啊！"

庞雪松翻着眼珠疑惑地问："她的事情，你怎么知道得这么清楚？"

闫宝生说："我和她是高中、大学同学，所以对她的底细很清楚。"

庞雪松问："那你说该怎么办？"

闫宝生说："刘新梅的脾气吃软不吃硬。我去跟他家里人说说，把她从省城叫回来。"

庞雪松说："你抓紧吧！听说她正在省城找记者，不行先把她强行带回来，不要让她坏了咱们的大事！"

闫宝生不敢怠慢，准备要辆车赶往刘庄。但转念一想，这几次跟刘庄的村民作对，刘庄老百姓看自己的眼神都变了，这次去万一暗地里朝自己扔两块砖头瓦片咋办？还是把福来叫到乡政府问话吧。于是他回身到办公室给福来打了个电话。

福来正在院子里修汽车轮胎，沾了满手的油污，新英接的电话，把头探出门口说："闫宝生那小子让你过去一趟，好像有急事。"

福来道："这个小兔崽子，不知又起啥花花肠子。俺先去趟乡里听听啥情况，回来再说。"

福来骑上摩托车赶去乡政府，正巧碰到刘双河推着自行车出门。福来忙问："爹，您这是上哪儿去啊？"

刘双河停下脚步说："今天早上官家庄你表叔找人捎信，说你老姑父身体不大好，俺过去看看。"

第二十七章

福来担心地嘱咐道:"爹,您病刚好,路上骑车慢着点儿,去了看看就回来,有事的话俺过去办。"

刘双河一面答应着,一面跨上自行车去了。

福来到了乡政府,见到闫宝生。闫宝生皮笑肉不笑地说:"刘书记,咱俩是邻村,低头不见抬头见的,你干吗暗地里算计我啊?"

福来说:"哪有?俺刘福来明人不做暗事,从来不会暗地里算计别人,更甭说是你。闫乡长,说话得有凭有据,不能红口白牙地诬赖好人。"

闫宝生冷笑着说:"福来,你不要揣着明白装糊涂。你说,刘新梅到省城找有关部门反映问题到底是怎么回事儿?"

福来这下明白了,看来栓柱哥和二姐在省城找人反映造纸厂污染问题了,不过省城有人给这帮家伙通风报信。他当下心里着急起来,但转念又想,得先稳住这个家伙,给二姐他们去个信,让他们早做防备。于是他不紧不慢地说道:"闫乡长,俺好长时间没见到二姐了,不知是个啥情况。要真像你说的那样,俺回家跟俺爹、俺娘商量商量,打个电话,把她从省城叫回来。"

闫宝生一听言之有理,催促道:"那你赶紧去,快点说服她回来。否则,我们可不客气了!"说完,一边自言自语道,"我就纳闷了,她一个吃公家饭的,跟老百姓瞎掺和啥?"

福来说:"对,闫乡长你说得对,这里面肯定有误会。二姐和你一样,都是吃公家饭的人,她犯不着为这事替老百姓跑腿向上级反映,这里面一定有啥误会。俺这就回去问问,不管啥原因,都把她从省城劝回来。"说着,见闫宝生点了点头,他赶紧退出来。

到家后,福来给栓柱发了一条信息:二姐的事,乡里已知道,要小心。福来。

新英担心地说:"那可不好,赶紧叫二姐回来吧,她一个女的孤零零地在外面跑,万一让那些人算计了咋办?"

福来劝慰说:"不用担心,栓柱哥不是在省城嘛,应该能照顾她。"

从窗口望着福来匆匆离开的背影,闫宝生又想,不行,得赶紧把刘新梅弄回来,不要中了人家的缓兵之计。他回身抓起桌子上的电话,跟Z县驻济办的田主任联系:"喂,田主任吗?我是石楼乡的闫宝生,告诉你件事情,我们石楼乡有个初中教师,名字叫刘新梅,对,是个女的,二十多岁,长得挺漂亮。她现在跑到省城反映造纸厂污染的问题,就住在燕子山附近的红星宾馆,你务必把她劝回来,实在劝不回来,就采取必要的强制措施,务必把她从省城弄回来!"

因近来本县到省里反映问题的人员较多,县里在省城设立了驻济南信访办事处,简称驻济办,专管信访联络处置事宜。那田主任曾担任过县公安局副局长,办事一向雷厉风行,所以被派了这个棘手的差使。各乡镇、部门凡有群众到省城反映问题的事件,情况紧急时,一般都会通知驻济办代为处置。

新梅离开省农业厅,到学校去找栓柱和艾小胖,把去省环保局和省农业厅的情况说了一遍。

艾小胖得意地说:"你看,跟俺预料的差不多吧?"

栓柱说:"看来只能寄希望于这位柳记者了。"

三个人一同吃过午饭,专心等候省电视台的柳记者。眼看下午

第二十七章

三点多了,柳记者还没过来,栓柱有点着急:"小胖,咱再给柳记者打个电话吧,她如果实在忙,咱过去找她。"

三个人来到商店打电话,正接通电话准备说话,新梅眼尖,说:"你们看,有个女的从的士上下来,手里拿个大哥大,会不会是柳记者?"

艾小胖扭头一看,高兴地说:"就是她!真来了。"

三个人连忙赶过去跟柳记者握手。柳记者见了新梅,惊讶地问道:"这位是?"

艾小胖说:"刘新梅,宋栓柱师傅的妹妹,是位初中老师。听说您过来,她特意从家乡赶来的。"

柳记者跟新梅差不多年纪,长得也是姿容靓丽,现在是省电视台娱乐节目的当家记者。她笑着说:"幸会幸会,刚才乍一见,还以为你是哪个厂的电影明星呢,简直不敢相信你原来是位人类灵魂的工程师啊。"

新梅道:"要不说你是记者,我还当是位大学生呢,这么年轻,一点儿也看不出来。"

四个人一边说一边进了学校,沿着一条石蹬路拾级而上,走到操场边树荫下一排石桌石凳旁,拣个干净的地方铺上报纸坐下。

柳记者问起栓柱的情况。栓柱不敢隐瞒,说道:"俺的老祖师傅,是清朝官廷御厨房的掌案。据说八国联军入侵北京,慈禧太后、光绪皇帝仓皇出逃,御厨房的人就全散了。俺这位老祖师傅流落民间,后来投亲靠友来到山东临清,碰到响马'独眼龙',被俺妻子的太姥爷救下来了,从此以后就把厨艺传给太姥爷,一直传到俺这一代,整整六代人了。"

柳记者插话说:"那,我听艾师傅说,这里面好像还有一个什么大太监'小德张',又是怎么回事?"

艾小胖赶紧补充道:"'小德张'也是那位老祖师傅的徒弟,学了点三脚猫的炒菜功夫。这不后来慈禧太后和光绪皇帝又回到北京,想念老祖师傅炒菜的味道,吃不香睡不着,四处寻找老祖师傅。前面说过,老祖师傅已经去了山东,怎么也找不到,他们知道'小德张'是老祖师傅的徒弟,只好让他来当御厨房的掌案了。俺说得对吗,宋师傅?"小胖朝栓柱眨眨眼睛,栓柱连忙说:"对,对,就是这样。"

柳记者说:"想不到,您和'小德张'有同门之谊啊。这也了不得。宋师傅,您的故事如果被我们电视台包装包装,趁着现在社会上流行的'宫廷热',说不定您一下子就能火了。"

艾小胖说:"柳记者,要是那样的话,您可是咱们齐鲁大地的一位功臣,发掘出了深藏民间的宫廷厨艺,同时也是栓柱师傅的大恩人。对不对?"

栓柱、新梅齐声说:"对!"

这时,小胖见时机成熟,转了话题:"柳记者,人家新梅老师过来,原要带点当地特产让您尝尝的,不想,她们那里的特产出了问题,没敢拿。"

柳记者本想说"不要客气",后来听小胖话里有话,就把头转向新梅,问道:"刘老师,究竟怎么一回事?"新梅连忙把冬枣的事情述说了一遍。听到造纸厂污染的事情,柳记者直皱眉头。

新梅说完后,柳记者气愤地说:"国家早就倡导了不要带血的GDP,不要以牺牲环境为代价片面追求经济发展,可有些地方政府就是搞上有政策下有对策。这样吧，刘老师，你把你们冬枣的事情写一写，明天交给我，我向台领导汇报一下。"

艾小胖兴奋地说："柳记者，太好了！有了您这句话，他们家乡的老百姓就看到希望了！"

柳记者想了想，说道："这事要是朱老师在就更好了，他专门负责报道这方面的问题。"

艾小胖提议说："柳记者，要不这样吧，俺们想请您吃个饭，您再邀请朱老师一块儿过来，吃饭的时候顺便跟他说一说，请他帮忙，可以吗？"

柳记者说道："你们是我的采访对象，还是我请你们吧。至于朱老师那儿，我试试看，你们等会儿。"

说完，她掏出大哥大，走到偏处给朱记者打电话。两个人在电话里有说有笑地聊了大半天，柳记者挂断电话走回来，说道："敲定！走，咱们去春江饭店，到那儿去尝尝正宗的鲁菜，顺便让栓柱师傅品鉴一下。"

春江饭店是省城一家有名的鲁菜饭店，有一栋四层高的楼房，一层是散客，二层以上是雅间。进了饭店大门，迎面墙上挂着省城名家写的一幅《春江花月夜》的六尺牌匾，那字刚健有力；四周墙上悬挂着明四家、清六家的许多小品画。整个饭店装饰得古香古色。

柳记者说："这家饭店人多，雅座是需要提前订的，刚才来之前我订到二楼的潇湘厅了。"这时过来一位穿着旗袍、气质高雅的服务员，问明房间号，领着他们来到二楼。潇湘厅不大，但干净整洁，打开灯，屋里亮得晃人眼，中间摆着圆桌，上面放着杯盘酒具,准备好了五把椅子,都用深黄色绣花的椅罩套着。四个人坐下,栓柱坐主宾,艾小胖坐副主宾,柳记者坐副陪,新梅挨着柳记者坐下,单留着主陪的位置。服务员沏了一壶碧螺春送上来,四个人坐着喝茶谈天。

又等了半个多小时,一位四十岁左右、头发长长的、戴着一副茶色眼镜的男士匆匆走进来,一边走一边说:"春梅,罪过罪过,台里面紧急录制了一个节目,让你和客人久等了!"新梅愣了一下,以为来人叫的是她,赶紧站起来,却又实在想不出在哪儿见过,一时有些尴尬。

柳记者、栓柱、艾小胖也都站起来迎接。柳记者介绍道:"这位就是我们台的朱明老师,负责《齐鲁环保世纪行》栏目的。"然后就把栓柱、艾小胖、新梅一一介绍给他。

介绍到新梅时,朱记者一双大眼睛差点从眼眶里掉出来。他看了半天,然后推推眼镜说道:"哎哟!我还以为认错人了呢。这位刘老师的形象,像极了过去我大学班上的一位女同学,现在是中央台的女主播,我年轻时曾暗恋过她,心里面始终保留着她青春的模样,要不是你们年龄相差大,害得我差点认错了,哈哈哈……"大家彼此谦让一下,坚持让朱记者坐主陪的位置。

落座后,朱记者问道:"春梅,你们怎么没有点菜啊?"新梅这才晓得,原来柳记者的芳名叫作柳春梅。

柳记者让栓柱他们点菜。艾小胖站起来说:"今天能够请到省电视台的两位大记者,还能请到宋师傅这位大厨,还有新梅老师,俺小胖三生有幸,今天俺请客,你们谁也别抢。宋师傅,请您给咱点几样正宗的鲁菜。朱老师,您要酒,怎么样?"

柳记者连忙说道："不行，不行，说好了，我们请客，请你们不要推辞了。"彼此又谦让一番，仍按原顺序就座。

服务员过来，栓柱知道这饭店专做鲁菜，也想见识见识，就点了九转大肠、糖醋鲤鱼、宫保鸡丁、香菇油菜、拔丝山药等几样菜，柳记者又要了一道全家福。朱记者要了两瓶五十四度的孔府家酒，他打开一瓶，拿过玻璃杯分别给栓柱、小胖和自己满上，柳记者又要了两瓶青岛啤酒，让新梅陪自己喝。

坐等上菜之际，柳记者向栓柱请教了一些关于鲁菜的知识，并让他介绍刚才点的那几个菜的特点。栓柱说："鲁菜是我国八大菜系之一，包含齐鲁文化圈范围内的所有饮食风味体系，由鲁东菜、鲁中菜、鲁西菜、孔府菜、清真菜组成。原料以山东半岛的海鲜、黄河和微山湖等的水产、内陆的畜禽及蔬菜原料为主，烹调技法以爆、炒、烧、扒、塌、拔丝等见长，味道以鲜咸取胜，口味适中，具有'纯和、嫩滑、清香、淡雅'的特点。"介绍完鲁菜菜系特点，栓柱又介绍刚才点的那几道菜品的特色："俺点的那几道菜，看似简单，其实兼顾了烧、熘、爆、炒、拔丝几种主要的烹制技艺，也兼顾了酸、辣、咸、甜几种口味，等会儿上菜，大家仔细品尝品尝，对鲁菜的感觉就会更深刻。"大家一听，都说好。

服务员陆续上菜，大家一边吃一边聊。朱记者不愧是省电视台的记者，走南闯北，经多见广，知道的奇闻怪事颇多，近来社会上流传的名人逸事，民间的街谈巷议，几乎无所不知、无所不晓，更兼之头脑清楚，思路敏捷，能言善辩，所以整个酒桌简直成了他一个人表演的舞台。朱记者时而讲些书上的传奇，时而又插些民间的小段，讲得如天马行空，格外引人入胜。渐渐地他们聊到环保的话题。艾小胖估摸着时机已到，一边倒酒，一边朝新梅使了个眼色。

新梅说："朱老师，不知道我们家乡冬枣的事情你们敢不敢报道？"

朱记者止住笑，好奇地问："什么事情？你不妨说出来听听。"

新梅就把石楼乡造纸厂排污的情况以及冬枣检测重金属超标的情况简要地叙述了一遍。朱记者听完，挠挠头皮，说道："这类地方上的事儿按理不归我们省电视台管，而且这事儿取证也比较麻烦，得有确凿的证据证明冬枣重金属超标和造纸厂污染有关联才行，否则即便节目制作了也不一定能播出，如果没有关键证据，害怕造纸厂起诉。"

新梅见朱记者面有难色，故意说："朱老师，我们看了您制作的很多节目都很棒，老百姓也挺佩服您。这次，我知道我们家乡这件事比较复杂，容易惹麻烦，您如果害怕的话，那就只当我随口一说，什么事儿也没有。"

朱记者用手抓起酒杯，看了看新梅，笑道："刘老师，你这是请将不如激将啊。你的用心我全明白，这事，我管定了！"

"那太好了！感谢朱老师，我单独敬您一杯！"新梅高兴地举起一杯啤酒，站起身敬酒。

朱老师坐在那里没有动，他盯着新梅的酒杯，缓缓地说："刘老师啊，你真要感谢我的话，就倒上一杯白酒，跟我干一杯，怎么样？"

大家都没料到朱记者会提这样的要求，一时怔住了。柳记者想打个圆场，说道："要不倒上酒，让两位男士陪着朱老师喝一杯。"

第二十七章

朱记者抬起一只手摆了摆，摇着头说："别人不行，只能她喝。我倒要看看她到底有没有这个诚意。"

新梅说："既然朱老师说了，我就喝这一杯，让大家看看我的诚意。"说完，向服务员要来一只空酒杯，满满地倒上一杯酒，然后双手把酒杯端起来送到嘴边一饮而尽。

"好！好样的！"朱老师满脸兴奋，也把酒杯中的酒一饮而尽，然后又倒满杯子，说道："刘老师，好事成双，咱再干这杯酒，怎么样？"

栓柱忙起身拦道："朱老师，俺从来没见过俺妹妹喝酒，她头一次喝酒就喝这么多，万一让酒伤着了，身体吃不消。这杯酒，俺替他喝咋样？"

朱记者点点头，笑道："果然是打仗亲兄弟，上阵父子兵啊，喝酒也向着。哈哈，宋师傅，你要替她喝，可不是一杯了，你得喝两杯，喝两杯，行吗？"

栓柱正要答应，新梅说："哥，我能行。为了乡亲们，为了冬枣，我再陪朱老师喝一杯！"说罢，她又倒满一杯酒，用双手端着杯子，一饮而尽。喝完这杯，不觉胃里酒气直往上泛，被她使劲憋住了。

转眼喝了这么多酒，朱记者有点醉了，语言不像方才那么清晰，腿也有点儿站不住。栓柱担心新梅，就对柳记者说："柳老师，世上没有不散的宴席，时间不早了，我和小胖把朱老师送回去。麻烦你把新梅送到红星宾馆二楼的房间，可以吗？"

柳记者没有料到这场酒会喝成这个样子，内心十分歉疚，听栓柱一说，连忙答应下来。

331

艾小胖抢着付完账，大家搀扶着朱记者、新梅来到酒店外，叫了两辆出租车。正待上车时，栓柱看了看BP机，连忙跑过来对新梅说："新梅，刚才忘看BP机了，福来发了一条短信。你回头打个电话问问福来，看家里有什么事情。"

新梅含糊答应着坐进出租车里，柳记者跟在她后面也坐了进去。

第二十八章

新梅坐在出租车里,感觉有点眩晕,把头轻轻靠在柳记者的肩上。

柳记者轻声说道:"刚才宋师傅让你问问家里,看有没有事情,要不要打个电话?"

新梅说:"到宾馆再打吧。"

柳记者掏出大哥大说:"我这儿有电话,用我的。"

新梅连忙说:"不用,不用,到宾馆再打吧。"

柳记者说:"你不用跟我客气,我们的话费都是实报实销的,你说号码,我拨号。"

新梅见她说得恳切,就把福来家的号码告诉了她。拨通后,那边传来新英的声音:"喂,谁呀?"

新梅接过电话:"英子,我是二姐。家里有什么事情吗?"

"二姐!听福来说,乡里已经知道你到省城反映问题的事情了,说不定正派人到处找你呢,你自己千万要当心啊!"

"好,我知道了。"

新梅挂断电话,自言自语道:"看来得挪个地方了。"

柳记者听后,说道:"对,我觉得你在那儿住的确不安全,要不,退了房跟我到电视台附近一家宾馆住吧?那家宾馆在一所院子里面,门口有保安,很安全的。"新梅感激地望望柳记者,点了点头。

到了红星宾馆,进了房间,柳记者对新梅说:"你收拾收拾东西,我把房间给你退了。"

新梅说:"不,哪能劳您的大驾,你在这儿坐坐,收拾完东西,我自己去退房就行。"说完,端起桌上的暖水瓶,用手试试温度,给柳记者倒上一杯白开水。

没有几件东西,新梅不一会儿就收拾完了,她对柳记者说:"你稍等片刻,我去退房,一会儿就回来。"说罢带上门出去了。

到了门外,新梅还是觉得有些眩晕,头沉沉的,就走到洗手间去洗脸,到了洗手间,对着镜子看时,只见两颊绯红,艳压桃花,更比往日不知妩媚了多少。她拧开水龙头,缓缓捧着凉水洗了把脸,顿觉心里清爽了许多。正准备开门下楼去时,听见楼梯上一阵急促的脚步声,仿佛有一群人经过,她怕别人见到自己喝酒的样子,就停在门旁,只等那杂乱的脚步声下楼走远了,自己才从洗手间出来。等她办完退房手续回来,只见房门大开,柳记者已经不见了踪影,连自己的行李包也不见了。

她吃了一惊,赶紧奔下楼问服务员:"你见到刚才跟我一起进来的姑娘了吗?"

服务员说:"刚才来了一群人,十几位吧,说进来找什么刘老师,不大一会儿,原先跟你来的那个姑娘就被他们带走了,再没过一会儿,你过来退房,我还以为你要追他们呢,所以没跟你说。"

新梅听后不由心里又一惊,赶紧给柳记者打电话,电话是通的,她马上挂掉了,心里略觉安慰了些。她赶紧给栓柱发了一条短

第二十八章

信：哥，我这儿有事，速来！

时间不长，栓柱和艾小胖赶了过来。新梅把事情简单说了一下："我刚才给柳记者打电话，发现电话是通的，我赶紧就挂了。不过到现在还没打回来，我的包也不见了，柳记者会不会出事啊？"

栓柱说："依我看，咱先联系朱老师，听听他怎么说。"他们按着朱老师留的号码连着拨打了几次，对方都关机。

新梅焦急地说："要不咱们报警吧？"

艾小胖说："刚才服务员不是说了吗，来了十几个人，如果是小偷小摸，能这么兴师动众吗？大概是柳记者单位上出了急事，来不及跟你告辞就被匆匆接走了。反正她电话通着，证明也没啥危险，咱们不用过于担心。这时候情况不明，咱一旦报警，如果惹怒了柳记者可怎么好？这样吧，刘老师，你还是赶紧另换个地方吧，这儿真不安全。等到了新宾馆，咱们再联系柳记者，到那时联系不上再说。"新梅一想，暂时也只能这样了，就随栓柱和艾小胖搬到了另一家宾馆去住。

再说柳记者。新梅刚出去一会儿，就听外面砰砰地敲门，她以为新梅落下东西了，赶紧把门打开。可她刚打开门，十几个人呼啦一下进来，其中有三个穿迷彩服的，另外有三个光头，还有五六个人穿便装，这群人也不说是干什么的，为首的一个矮胖子问道："你姓什么？"

"姓柳。"

那矮胖子说："好了，我们找的就是你！"说完，不由分说，几个汉子推着柳记者就往外走，有人把房间的包拎起来带着。

柳记者疑惑地问："你们是干什么的？"

其中一个穿迷彩服的厉声说："不准说话，再说话我们对你不客气！"

柳记者以为是抢劫的，吓得脸色蜡黄，不敢吱声。

到了宾馆外，她被带到一辆面包车上。车上已经坐了五个人，柳记者被硬塞到他们中间的座位上，后面跟的十几个人也一块儿上了车，顿时车上坐得满满的。车子发动后，坐在第一排的矮胖子让大家把手机、随身带的包等物品都交上来。一名穿迷彩服的年轻人要求柳记者交出大哥大，柳记者大声说："你们有什么权利这么做？"

听到这句话，穿迷彩服的年轻人骂道："你上访还有理了！"说完挥手打了柳记者一记耳光，顺手把她的包抢过去。

柳记者旁边的一名中年男子说："你们这群狗东西，连女人都欺负！"这句话惹怒了穿迷彩服的年轻人，他过来用拳头、胳膊肘击打中年男子头部五六下，其他几个人一拥而上，把中年男子按倒，对着头部拳打脚踢，打得那男子满脸是血，摇摇晃晃坐到座位上。柳记者哪里见过这种场面，吓得花容失色，浑身直哆嗦。

此时，又有一名男子问："你们准备把俺们拉到哪里去？"

矮胖子说道："去办事处，到那里你们就知道了。"但此时正巧来了一个电话，矮胖子接完电话说："今天不去办事处了，走，回县城。"司机应了一声，车子在前方路口向东拐一个弯，离开了省城。

走了大约三个小时，柳记者见路边黑漆漆的，不知道到了什么地方，她也不敢问。这时刚才被打的那个中年男子提出上厕所，被

第二十八章

批准后,一车人陆续下车,在路边草丛里"方便"。中年男子临上车前被两个看押人员按着头往车右侧大梁上猛撞了几下,撞得"咚咚"响,随即晕了过去,被抬上车。车开动后,那个中年男子坐也坐不直,直往旁边人身上倒。又过了两个多小时,车子驶进一所隐蔽的院子,六个人在押解下都下车来,站在院子中间等候。那时大约凌晨三点钟的样子,柳记者抬头望望,天上的星星还很稠密,像眼睛一样一眨一眨的,秋天的夜气已经有些冷,她也没有穿太多衣服,冻得浑身瑟缩着。

这时那个矮胖子走过来,冲着大伙说道:"你们等一会儿,我已经联系了,乡里派出所会把你们接回去。"

果然,二十多分钟后,来了一辆警车,把那些人带走了。这边只剩下柳记者一个人,她很惶恐,不知道这群人要怎么处理她。时间不长,又来了一辆警车,却是专门来接她的。一名穿便衣的警察从车上下来,到办公室见到那个矮胖子,问道:"田主任,辛苦了,所长派我过来接人,那个到省城反映问题的人呢?"

田主任指着站在院子里的柳记者:"喏,那个就是,人我交给你了,这是她的行李,你一块儿拿回去。记住,她不是一般人,你们要客气,多做做思想工作,懂吗?"

"知道了。"那名便衣警察拎着包出来,对站在院子里的柳记者说:"请你跟我走吧。"

"到哪儿去?"柳记者两眼惊恐,声音颤抖地问。

便衣警察说:"你不用害怕,当然是送你回老家了。"

柳记者更觉惊恐,失色道:"送我回老家?哪个老家?"

一句话把便衣警察问笑了:"你这人真奇怪,上省城反映问题

337

都不害怕,回石楼乡老家你倒害怕了。快点上车吧。喏,拿着你自己的包。"

一听"石楼"两个字,柳记者一颗悬着的心终于放下来,心想,这群人一定是错把自己当成刘新梅给抓了,把自己从省城押回来,无非是阻止自己这个假冒的刘新梅向上级部门反映问题。因此说道:"你们抓错人了,我不是刘新梅,我姓柳,柳树的柳,是刘新梅的朋友。"

那个便衣警察一愣,问道:"怎么可能呢?"

柳记者回答:"我说的都是真话,我又不认识你,干吗要骗你?"

那个便衣警察赶紧到办公室向田主任汇报。田主任一听,急得直挠头,他头一次碰到这么尴尬的事情,说道:"怎么可能呢?你出去看看她的证件,她要真姓柳,那赶紧把她放了,对她说这件事纯粹是误会,让她千万不要声张,再给她点路费马上打发她走人。"

便衣警察答应着出来,走到柳记者跟前,说道:"你说你姓柳,你把证件拿出来给我看一下。"柳记者从自己挎包里掏出记者证,递给便衣警察。

便衣警察接过记者证一看,差点惊掉下巴,眼睛都瞪圆了,他赶紧快步返回屋内,对田主任说:"田主任哪,可了不得了,你看看,咱把省电视台的记者都招来了!这可咋办啊?"

田主任此时脑门儿上直冒冷汗,他脑子飞快地转动着,这事如果上报,县领导一定会认为自己愚蠢,免职都是轻的,所以不能上报,只能将错就错,他眼珠子一转,说道:"这样吧,事情既然让你发现了,我就给庞乡长打个电话,把情况详细说明一下。"

他抬手看看表,这时已经凌晨五点多了,天渐渐亮起来。他拨通了庞雪松的电话:"喂,庞乡长,我是驻济办的老田,有件事情跟你说一下。昨天在省城,我们找你们石楼乡的那个人,结果让她溜了。但有个情况得和你说一下,她已经联系好省电视台的一名记者,准备对你们乡的情况做报道。我知道事情重大,就连夜把记者请来了,现在正在我办公室,你们抓紧时间安排人过来接洽,把记者请过去。"

庞雪松在电话那头差点骂出声来,但强忍住了。他颓然地坐在床上,把大哥大往桌子上一扔,呆呆地发愣。

半个小时后,闫宝生来到那个院子里,这时柳记者已经被人请进办公室,田主任正在忙不迭地道歉,见闫宝生进来,田主任说:"闫乡长,这一切都是误会,请你把记者同志接到宾馆,让她好好休息休息,等吃了饭再说。"闫宝生也感到一头雾水,不知道驻济办的人为什么把记者接来了。

这时柳记者已经拨通了朱记者的电话,朱记者一听也吓了一跳,在电话里,他安慰柳记者道:"你不要着急,什么也不要跟他们讲,一切等我赶过去再说。"朱记者简要地同台领导汇报了一下,得到批准,立即驱车赶往Z县。

柳记者被安排到Z县宾馆休息。中午时分,朱记者赶到,在宾馆见到了柳记者。柳记者一夜惊魂,见了朱记者,顾不得体面,扑到他怀里,将满腹委屈哭了出来。庞雪松、田主任、闫宝生在房间外焦躁不安地等候着。

待柳记者情绪稳定下来,朱记者把田主任叫进房间说道:"你们的事情，我们已经掌握得差不多了，咱别的先不说，我同事昨天晚上受了那么大委屈，你们看怎么办吧。"

田主任一个劲儿地赔着笑："柳老师，这一切都是误会，您受委屈了，您大人不记小人过，原谅我们吧！"

柳记者说："你们不问青红皂白，就把人强行拉过来，还不让人说话，你们早听我解释，还会误会吗？"

田主任不住认错："是是是，怨我们工作态度不好，太简单、太粗暴、太……"

朱记者说："田主任，今天出了这么大的事情，我们台领导也知道了，非常生气，你们说说，这事咋办？"

田主任露出一脸苦相，可怜巴巴地说："事到如今，我也没什么办法，请朱老师指一条明路。"

朱记者轻蔑地哼了一声："你们甭小看我们记者，你们的乌纱帽全捏在我们手里！真惹急了，把事情往外一捅，你们全他妈玩儿完！如果你们想公了，我们立刻就回去，该怎么报道就怎么报道。"

说完，拉着柳记者做了个要往外走的动作，田主任连忙拦挡，赔着笑脸说："朱老师，消消气，消消气！您是名记者，跟我们置气犯不着。我们不想公了，您就说说怎样私了吧？"

朱记者一手摸着下巴，一手摆弄着大哥大说："私了嘛……你们就要给省台一笔赞助费，还要赔偿我这位同事的精神损失费。"

田主任一听能够花钱了事，不由松了一口气，忙不迭地说道："应该的，应该的，我们答应，您就出个价吧，赞助费多少？精神损失费多少？"

第二十八章

朱记者默默算了算说道:"这赞助费嘛,起码得二十万。精神损失费嘛,至少也得十万。一共三十万,怎么样?"

"三十万?"田主任不由倒吸一口凉气,"这么多啊?那我们得商量商量。"

"好,你们就好好商量吧。不过,我们时间有限,耐心也有限。"

经过几轮磋商,双方最后终于敲定二十万元把事情私了,其中十五万元用于赞助省电视台,五万元用于补偿柳记者。双方商谈已定,田主任、庞雪松、闫宝生三个人回去取钱,朱记者陪柳记者下楼吃饭。

柳记者问:"朱老师,你跟他们要那么多钱,台领导知道吗?"

朱记者说:"我来的时候称你为办一套餐饮文化节目去拉赞助了,台领导很高兴。咱们回去,交上五万元赞助费跟领导交差,另外十五万元都归你个人。"

柳记者说:"这个,行吗?"

朱记者说:"怎么不行?干咱这行的都是吃青春饭的,将来跑不动了,谁还会给你这么多钱?再说,他们这都是不义之财,不要白不要。你如果不要,一个耳光不是白挨了吗?"

柳记者说:"那,新梅他们拜托咱们的事情呢?咱管还是不管?"正说着,突然大哥大响了,接起来听时正是新梅问候的电话。柳记者问:"怎么跟她回话?"

朱记者说:"我看这事儿,咱还得从长计议。就跟她说,我今天被派往外地采访去了,一时半会儿回不来,报道的事情等我回来再说。"

柳记者果然按照他的意思做了回复。新梅一方面觉得失望，另一方面觉得柳记者没出什么意外，又感到欣慰。

下午，要将事情私了的双方尴尬地坐在一起，扯了几个闲淡，两位记者从田主任手中接过二十万元现金支票，然后离开Z县宾馆，一溜烟儿似的驾车回省城去了。

新梅因为昨天喝多了酒，今天起来晚了，她挂断柳记者的电话后，心里觉得怪怪的，本来事情希望挺大的，现在突然来了一个一百八十度的大转弯，变得有些迷茫起来，她不由得思念起家乡来。唉，看来这件事情真不简单哩。她打起了退堂鼓，恨不得马上回去，但又觉得不甘心。忽然，她又想起高君伟，决定干脆再去找找他，说不定会有好办法。想到这里，她心里又鼓起了勇气。

当新梅重新站在高君伟面前的时候，高君伟不禁愣住了，他盘算道，这究竟是怎么回事儿？按理说，不应该这样啊。但这疑惑只在脸上停留了两秒钟，就另外换上一副笑容，客气地让座。新梅坐下后，笑着问他："高秘书，请问石楼乡造纸厂的事情您跟有关部门联系了吗？"

高君伟脸一红，说道："反映是反映了，刘老师，你也知道，我刚参加工作不久，人微言轻的，起不了多大作用。"

新梅说："我不是那个意思。我想说你能不能让我见见你们厅的领导？我跟他反映一下，请他帮忙解决这个问题。"

高君伟一想，这刘新梅看来是个难缠的主儿，一定要让她吃颗软钉子她才肯罢休。想到这里，他故作神秘地说："刘老师，是这样的，白天呢，我们领导公务繁忙，你根本见不到他。可是你反映的这些问题，只有领导才能解决。你知道吗？省农业厅张厅长，其实就是张萍的爸爸。张萍，也曾经去过石楼乡，你们俩认识的？"

新梅以前听大壮说起过张萍的家庭情况，本不想找麻烦的，可事到临头，实在想不出别的办法，看来只得硬着头皮往前冲了。她见高君伟问她，连忙点点头说："认识，认识。"

高君伟继续说："我把张厅长的家庭住址告诉你，你吃完晚饭到家里去找他，兴许能碰见。但是，你千万不要出卖我，说是我说的。"

新梅笑道："谢谢你，那是当然。"

高君伟迅速地在一张纸条上写下一个地址交给新梅，千叮万嘱让她一定保密。望着新梅离去的背影，高君伟心中暗笑，张萍妈妈生平最痛恨的人就是她，软钉子也好，硬钉子也罢，这颗钉子她吃定了！

到了晚上，栓柱和艾小胖把新梅送到省农业厅住宅区，他们远远地在外面等着，新梅提着一大兜水果，按照高君伟说的地址在二号楼一单元二楼敲开了张厅长的家门。

张萍的妈妈过来开门，见是一个容颜俏丽的姑娘站在门外，问道："姑娘，你找谁啊？"

新梅说："阿姨，您好，我是张萍老师的朋友，我来看看您。"

张萍妈妈一听是张萍的朋友，也没有多想，就把她让了进来。

那天，碰巧张厅长在家里，一见来了客人，连忙起身让座。新梅鼓足勇气坐下，大大方方地说道："叔叔，阿姨，我是张萍老师的朋友，跟张萍老师见过几次面。她现在到国外读书了，我来看看你们。"

张萍妈妈一见新梅的容貌，心里已有了几分喜欢，又见新梅说话恳切，心里的喜欢透在了脸上："谢谢你，姑娘。我们第一次见面，恕我问一下，你叫什么名字，家是哪里的，从哪里来啊？"

新梅答道："阿姨，我叫刘新梅，我家是Z县石楼乡的。"

张厅长说："哦，你家是石楼乡的？你们那里出产的冬枣可是全国闻名啊。去年我陪着北京林业大学的王教授去过石楼乡，到过你们那儿的冬枣采摘园，挺好的，你们家乡冬枣产业化搞得不错。"

新梅说："我们家乡的冬枣采摘园，景色可美了。它是我们县冬枣产业化发展的组成部分，专门方便外地客商观光游览的，同时也开辟了一个向外界展示当地冬枣文化的窗口。特别是经过近两年的产业化发展，冬枣树从庭院走向了大田，成了帮助农民致富的摇钱树。"

张厅长问："小刘同志，以前到石楼乡时没有见到你，你是做什么工作的？"

新梅说："张叔叔，我是石楼乡的一名初中教师，您去年到我们石楼乡视察工作在电视台播过，我对您的印象很深。"

张萍妈妈说："他啊，整天东奔西跑的，跟电视上的名人一样。哦，对了，小刘，你怎么跟我们家萍萍认识的？"

"张萍老师曾经到我们村考察过冬枣产业，还给枣树治过虫灾呢，从那时起我就认识她了。"

张厅长问："对了，张大壮也是你们那儿的，你认识他吗？"

新梅说："认识他，张大壮是我同学，能够认识张萍老师，也多亏了大壮。"

第二十八章

这时,张萍妈妈突然想起眼前这位姑娘不就是女儿曾经说过的"情敌"吗?想到这儿,她真想说几句话解一解心头的怨恨,但见到新梅和颜悦色的样子,却怎么也恨不起来。于是,只冷冷地说:"你今天来,一定有什么事情吧?不妨说出来。"

新梅借着这句话说道:"阿姨,我今天来,就是想请张叔叔帮忙的。"

张厅长笑着说:"你有什么困难,尽管说吧,看我能不能帮上忙。"

新梅就把造纸厂排污污染傅家河水导致冬枣滞销的事情详细地说了一遍。

张厅长听着新梅的诉说,不由得眉头紧皱起来。最近一段时间,各地农业部门报上来的环境污染事件较上年增加不少,他觉得,环境污染问题已经不仅仅是几个点上的问题,而是面上的问题了。他正有意向分管领导省农业开发和环境保护委员会的杨主任做这方面的汇报,只是还没有选准突破口。今天新梅来了一说,立即触发了他的灵感。等新梅把话说完,张厅长问道:"小刘同志,你说的这些可都是真的?"

新梅一听,急得站起来:"张叔叔,我以我的人格担保,我所说的每个字都是真实的!"

张厅长忙示意她坐下:"好,我相信你。你回去后把你刚才说的情况写一份详细的书面报告,明天上午送到我办公室,明天下午我正要向省领导汇报工作,顺便把你的报告带过去。"

新梅听罢,连忙起身向张厅长鞠个躬:"张叔叔,那我替家乡的三万父老乡亲谢谢您啦!"

张厅长赶忙站起身说:"小刘同志,这是我分内的工作,你不要客气,赶紧回去准备材料吧。"

新梅告辞出来,跟栓柱、艾小胖一说,他们也都喜出望外。

这边,新梅一走,张萍妈妈不住地埋怨:"老张,她可是咱女儿的'情敌'啊,你真打算帮她说话?"

张厅长说:"狭隘!她一个姑娘家,不为自己的私事而是为了反映乡亲们的事找到省城,难道我不应该帮她?我要不帮她,那还算是一名党的干部吗?"

张萍妈妈说:"好,我狭隘,你大公无私行了吧?看以后女儿怎么找你算账!"

"我不管别人怎么说,我就做我应该做的!"张厅长抬头望着天花板,自言自语道,"举头三尺有神明,老百姓就是咱的神明啊!"

第二十九章

新梅回到宾馆,心潮澎湃,她展开纸快速地写道:
尊敬的领导:

我是本省Z县石楼乡的一名人民教师,我郑重地反映我们乡的环境污染问题。石楼乡刘庄、南楼、虎王、郭店等村的村民自古就依靠傅家河的河水生产、生活。一直以来,傅家河水质优良,风景优美,两岸村民依靠种植粮食、冬枣等农作物,特别是依靠发展冬枣产业走上了一条致富路。但今年上半年,当地引进了一家小型造纸厂,就建在石楼乡傅家河岸边,每天都在生产,每到夜晚造纸厂就向傅家河内超标排放污水,污水中含有大量有害物质。连续的排污导致河水重度污染,致使村民种植的冬枣因重金属超标无法正常销售,目前尚有大量冬枣滞留在冷库中,村民收入急剧下降,损失非常严重。沿河村民已向乡、县、市各级部门反映有关情况,没有得到任何答复,环境污染问题始终未得到有效解决,所以恳请上级领导派遣调查组针对环境污染问题进行调查,对环境污染程度进行测评,希望早日查清有关情况并做出处理,早一天让村民恢复正常的生产和生活。谢谢!

在信的末尾，新梅附上了造纸厂的名称、地址，也签上了自己的名字。

第二天上午上班后，新梅亲手把信交给张厅长，张厅长从头至尾认真看了两遍，微微点点头，将信放进一只黑色的公文包里，然后吩咐她回家等候。

新梅刚回到宾馆，柳记者就打电话过来，说已打发人把她的提包送过来了，并告诉她，让她不要在省城待了，赶紧回家等候。新梅觉得事情已经反映上去了，至于能不能有好的结果，也只能听天由命了。于是接到包裹后，就打电话跟栓柱、小胖说了一声，下午从省城返回石楼乡，继续到学校教书，就像什么事情也没有发生过一样。

不久，罗骏从省委党校返回Z县，跟他差不多同时到的，还有省农业厅、省环保局派出的一个联合督查组。督查组进驻石楼乡、东流头乡各考察了两天，公布了举报电话，连续接待了几批当地群众。督查结束时，督查小组召开反馈会议，Z县县委、县政府领导班子全体成员，县级以上离退休干部参加，市委相关同志出席会议。会议通报了石楼乡、东流头乡环境污染问题，要求当地政府限期整改，彻底清除造纸厂等造成环境污染的厂子，恢复土地、河流自然生态，迅速排查因违规排污造成的经济损失并给予农民适当赔偿，有关部门要严厉查处环境污染背后的利益输送问题。督查组强调，这次污染事件的性质是恶劣的，当地党委、政府要千方百计消除影响，给农民一个满意的交代，同时要解放思想，更新观念，重新制订招商引资的策略，根据当地资源状况，科学制订新的产业化发展规划，合理布局一、二、三产业，促进各产业协调发展。

第二十九章

石楼乡造纸厂拆除那天,成百上千的群众从四面八方赶来观看。在设备停车拆卸的那一刻,有的人鼓掌欢呼,有的人甚至在厂门外点燃鞭炮,以示庆贺。

罗骏主持了石楼乡、东流头乡污染企业的拆除和农民经济损失补偿工作。刚刚完成省督查组安排的整改任务不久,省农业开发和环境保护委员会的杨主任就来县里视察工作。杨主任先后到石楼乡、东流头乡视察冬枣生产工作,认真听取了当地政府推进冬枣产业发展的汇报,详细了解了对农民的环境危害补偿情况,对县里的整改处理结果表示满意。

视察完工作后杨主任对陪同的县领导说,他要到官家庄看看张勤俭大哥。罗骏连忙问随行的其他县领导,他们也搞不清杨主任和张勤俭什么关系。于是赶紧派人询问县里的老同志,经过一番打听这才明白:当年,张勤俭担任石楼公社副主任时,杨主任还在家乡工作,两个人一块儿被评为全省"农业学大寨"的标兵,又一块儿当选全国人大代表,经常在一起开会、学习、交流,成了无话不谈的朋友,后来还一块儿到北京开过人代会。因他俩关系很好,每逢见面都以兄弟相称,别人误认为他们是亲戚。知道了这些原委,罗骏颇感为难,因为此时的官家庄,早已不是当年的官家庄了。当年官家庄在老县城南八里,房屋都建得很好,但是经过这些年的风吹日晒,房子东倒西歪不说,村容村貌也今非昔比。听说张勤俭仍住在几十年前的老房子里。于是,他向杨主任的秘书汇报,说官家庄的路如何如何难走,等等。秘书说,这好办,把张勤俭接过来,让他跟主任在县城见一面。

一个电话打到乡里,让他们抓紧时间通知张勤俭。可是,当乡里干部赶到张勤俭家时，发现张勤俭病倒在床已经好几年了。多年前，因改造盐碱地，使他落下类风湿关节炎、静脉曲张等多种疾病，一直饱受病痛折磨，而且老伴身体也不好，常年需要打针吃药。他有一个儿子和两个女儿，都在家务农，孙辈们虽然有在县城工厂上班的，但也因这几年厂子生产经营困难，下岗后自谋职业了。人到晚年，两个"药罐子"拖拉着一大家子人过日子，哪里有钱治病，只好硬扛着。当张勤俭知道杨主任来了，要见他，忽地从炕上坐起来，似乎忘了病痛，披上衣服就要走，那个高兴劲儿就甭提了。他高兴了，乡里干部可犯了愁，总不能背着一个"药罐子"去见杨主任吧？请示领导后，决定买一只轮椅，再买来全套"行头"，然后理发、洗澡，换上新买的衣服。换衣服时，张勤俭开始不同意，但架不住乡里干部的劝说，最终也就"恭敬不如从命"了。临行前，老伴一再嘱咐，见了杨主任说说他俩的病，也说说孩子们下岗的事情……张勤俭早不耐烦了，回了一声"知道了"就坐着轮椅出门，被人抬上了汽车。

来到县委接待室，张勤俭这才感到，换衣服还是必要的。你看，县城里到处锃光瓦亮，不见一点儿灰土，他已经多年没有外出参加社会活动了，如今一到县城，突然有种刘姥姥进了大观园的感觉。回想二十几年前，自己脚蹬"踢死牛"的纳帮子鞋，身穿粗布对襟袄，一身汗、一身土，去济南、上北京开会，那时候一点儿自卑感也没有，可今天不知咋的，进个县委接待室，竟有点不自在起来，难道自己真的落伍了？

正想着，杨主任来了，一声"勤俭哥"，四只大手紧紧握在了一起。

第二十九章

杨主任端详了张勤俭老半天："老了，真老了！"

张勤俭叉开两个手指头，比画着说："都快八十了，能不老？"

两个人手拉手并排坐下，杨主任说："勤俭哥，你前阵子写的信我收到了，你们县的环境污染问题这次算是彻底解决了。"

张勤俭连声说："主任啊，你帮乡亲们解决大问题了，俺和乡亲们谢谢你！"

杨主任说："快别这么说，都是应该做的，应该的。"

接下来俩人促膝长谈，仿佛又回到了往昔的岁月。当年，他们作为兄弟地区农业生产标兵，没少在一块儿开会、学习、切磋工作。说到当时的一些细节、一些见闻，两个人不时发出爽朗的笑声；说到一起去外地参观、到大寨"取经"、上北京开会，竟恍如隔世，令人不胜唏嘘！

不知不觉，一个小时过去了。杨主任问："勤俭哥，你现在咋样？老嫂子还好吗？孩子们过得怎么样？你家里还有什么困难需要我帮助吗？"

只见张勤俭大手一挥，说："都挺好，挺好！你老嫂子身体很好；孩子们都自立门户，过自个儿的小日子了，也很好；俺呢……"说到这儿，一阵剧烈的咳嗽，张勤俭稍停，接着说，"人到了这把年纪，还指望和年轻人一样？生个病、长个灾，也属正常！前些年，为办离休的事儿俺曾经找过毛蛋，刚参加革命那会儿只跟毛蛋单线联系，后来找不到他，没办法证明俺在新中国成立前参加革命工作的事。结果找了半天，愣没找到，俺估摸着他可能早已牺牲了。唉！为了让人民翻身解放，那么多战友都悄无声息地走

351

了，他们说啥、怨啥？俺还活着，国家有政策，对俺们退休老干部照顾得挺好的，俺知足哩，也不想再找了。只有两件事，你如果能解决的话，帮俺一下。"

杨主任问："什么事？"

张勤俭说："一是修修俺乡里那条路。路不好走，乡亲们地里生产的东西运不出去啊。"杨主任点点头。

"再是给乡里解决台'老抓'。"

杨主任愣了一下问道："'老抓'？什么'老抓'？"

罗骏忙上前解释："主任您不知道，我们这儿的老百姓，都管挖土机叫'老抓'。"

杨主任诧异地问："你要'老抓'干什么？"

张勤俭说："俺好几年不出村了。刚才来的路上看到当年修的台田、条田，都沟不成沟、渠不像渠了，有些土地碱化得特别厉害。俺想请你给乡里解决台'老抓'，让他们把排碱沟再深挖一下。说一千道一万，咱农民还得种地打粮食啊！农民不种地不打粮食，那叫什么农民？"说完，又是一阵剧烈的咳嗽。

张勤俭咳嗽停了，不说话了，可是连杨主任也不说话了。杨主任怎么了？难道对"勤俭哥"的要求不支持？

当在场的人把目光齐聚到杨主任身上时，这才发现，杨主任眼里早已噙满了晶莹的泪花……

杨主任离开Z县的第二天，县里来了一批"外商"考察团，说是"外商"，并不是外国人，而是陆一恒率领的浙商团队，一行五十多人。陆一恒在罗骏等人的陪同下，参观了石楼乡的冬枣采摘园，还考察了滨海的盐场、湿地等多处地方。经过一个多星期的忙

第二十九章

碌,双方签署了投资额高达数十亿元的合作项目。广东的牛老板、浙江的马老板也恢复了冬枣销售业务。

临告别前,陆一恒买了鲜花,专程到宋栓亭烈士墓前祭奠。陆一恒头上的白发增多了,他面容憔悴,神色忧伤,将鲜花放在宋栓亭的墓碑前,然后深深地鞠了三个躬。在场的栓柱、新兰等一大群人,也都流下了伤心的泪水。

经过纪检监察机关审查调查,庞雪松以受贿罪、挪用公款罪、私分国有资产罪等罪名被提起公诉,经法院一审判决,数罪并罚,被判处有期徒刑七年,并给予开除党籍、开除公职的处分。闫宝生以受贿罪、挪用公款罪等罪名被提起公诉,经法院一审判决,判处有期徒刑两年,缓期三年执行,被开除党籍、除去公职。一审判决后,两个人都没有上诉。那时,吴倩倩已经怀孕三个多月,见闫宝生被判了刑,丢了工作,就毅然决然跟他办理了离婚手续,并且到县医院把肚子里的孩子打掉了。

闫宝生经过这场变故,像一只被打断脊梁的癞皮狗,意志消沉,整天借酒消愁,整个人很快落魄得不成样子。一天傍晚,他喝多了酒,醉醺醺地从家里跑出来,一步三晃地到徒骇河大桥上散步。因站立不稳,他只得扶着桥栏杆前进,逐渐接近桥的中心位置。不想,前几天这儿出了一起车祸,桥栏杆被撞断了三节,留下一个缺口,他走到那儿时一不留神从缺口处失足掉进河里。家里人发觉后随即报了案。两天后,清理河道的人在下游的拦河闸处捞起一具尸体,已经辨不清面目,家里人反复求告,好歹来了几个亲属,将尸体运回虎王村草草地埋葬了。可怜他那已经半身不遂的老父亲,躺在炕上打滚哀号,哭得昏天黑地,好不凄惶。

Z县的驻济办很快被裁撤，田主任随即也被撤销了职务。

省电视台的朱记者和柳记者耳聪目明，消息灵通，在出事前把二十万元全部上交到台里，后来竟然没有被追究任何法律责任，仍旧十分坦然地做记者。不过，后来省电视台将他们调整工作，只从事些幕后事务，逐渐也淡出了观众的视野。

到了年底，全省厨艺大赛经过初赛和复赛后，进入决赛阶段。决赛的场地安排到了省军区招待所，赛场设计自然别有一番新意。这次比赛请来的评委，有北京的一位负责国宴的大厨和省餐饮协会的几位品菜大师。比赛那天，对手一出场，栓柱不由得愣了一下，对手似曾相识。

只见来人冲他抱一抱拳，笑着说："宋师傅，您不认识俺了？"

"您是？"

"俺是辉辉啊，师傅，您忘记了？"

"啊，辉辉！俺只知道比赛对手名字叫郑永辉，没想到竟然是你！"

"郑永辉是俺大名，俺小名就叫辉辉。"

"快说说，你这些年过得咋样？"

辉辉笑着说："过得咋样？您一看就知道哩！要过得不好，还能跟您同台比赛？"

"辉辉，好样的！等比赛完了，找个地方，咱哥儿俩痛痛快快地喝杯酒叙叙旧！"

比赛开始，按照比赛规则每人做三道菜。辉辉做的三道菜，分别是"宫保鸡丁""玉龙探海""麻姑献寿"；栓柱做的三道菜，分别是"叶落归根""犀牛望月""百鸟争春"。

第二十九章

两个人各自做的这三道菜,都是鲁菜风味。辉辉的三道菜,"宫保鸡丁"不消说,"玉龙探海"其实是"砂锅海参","麻姑献寿"其实是"清氽蟹粉猪肉圆"。三样菜做工考究,不肥不腻。栓柱那三样菜,"叶落归根"是"白藕莲子汤","犀牛望月"是"蛋煎牛小排","百鸟争春"是"水饺脆皮鸡"。这三道菜均按照《调鼎全钞》的方法精心烹制,色香味俱佳。品尝过菜品,负责国宴的大厨同其他几位裁判低声商议后,宣布道:"宋栓柱师傅做的这三道菜,无论用料还是火候,都已经达到了国宴标准,我宣布,宋栓柱师傅获胜!"

栓柱赢得了全省餐饮比赛第一名,获得了五千元奖金和三张明年七月赴香港旅游的飞机票;郑永辉也获得了三张明年七月赴香港旅游的飞机票。

栓柱接受了省电视台的采访,记者请他畅谈一下感想,栓柱激动地说:"首先感谢各位评委老师的厚爱,也感谢观众朋友对我国传统厨艺的关心和支持。在这里我要特别感谢历代传承厨艺的那些师傅们,是他们把这么好的厨艺研究创造出来,才让现在的我们也能品尝到这么好的美味佳肴。另外,我想说这些年我们家乡在努力发展冬枣产业,欢迎各位今后到我的家乡旅游,到采摘园摘冬枣,到我们'新同祥饭店'品尝一下传统厨艺,我保证饭菜给大家打折!"栓柱的话赢得现场观众一阵阵热烈的掌声。

比赛后,辉辉领着徐彩霞来见栓柱。原来辉辉自从离开"大众快餐"后,就到技校报名学了厨艺,他学习非常勤奋,当初又跟栓柱学习了不少炒菜的基本知识,所以很快崭露头角,成了一位优秀的厨师,现在在D市的英豪饭店担任主厨。贾桂仁入狱后,徐彩霞跟他离了婚。辉辉知道后，就把彩霞母女接到了D市，两个人重续前缘。没想到在这次全省厨艺大赛中辉辉脱颖而出，成为位列全省第二名的大厨。

辉辉说："宋师傅，从今天起，俺要正式拜您为师，跟您学习传统厨艺。"

栓柱说："辉辉，你有厨艺天分，又能勤学苦练，将来肯定能成大器。今后咱俩还是好兄弟，要相互学习，共同继承传统厨艺，把它发扬光大。"

这时那位负责国宴的大厨来找栓柱，说道："宋栓柱师傅，刚才在您做菜的时候，我忽然想起您的手艺和跟我在一起做过国宴的一位厨师手艺类似，不知道你们两个会不会有什么渊源？"

栓柱说："传俺手艺的祖师爷是位清宫御厨房的掌案，他曾经说过，他一生只教过两个徒弟，一个就是俺这一脉，另一脉留在北京发展。您说的那位厨师现在在哪里，俺能不能见上一见？只要见了面，一切就都明白了。"

那大厨说："原来是这样。不巧得很，他两个月前去韩国探亲去了，来电话说要在那里住个一年半载的。等他回国，无论如何我也要安排让你们俩见上一面。"

栓柱说："太好了！让您多费心了，俺在山东静候佳音。"

那大厨还盛情邀请栓柱到北京某饭店工作，被栓柱以亲情难舍、故土难离为由委婉地谢绝了。

一九九七年七月，栓柱、新兰，福来、新英，辉辉、彩霞三家人结伴到香港旅游。他们挥舞着国旗，高高兴兴地走在香港的大街上，和广大香港市民共同感受香港回归祖国的欢乐。他们进入香港

第二十九章

会议展览中心参观,在那里拍照留念。然后又到石岗去参观驻港部队的军营,新兰拨通了父母的电话,让他们聆听军营里传出的嘹亮的军号声。

正在旅游期间,栓柱接到陆一恒的电话,说他妻子最近陪母亲到天竺寺进香,发现了新青的踪迹,她似乎已经落发为尼,希望家人赶快过去寻访。栓柱、福来两家人听到这消息,连忙结束旅游,直奔杭州而去。在路上,新兰给父亲和母亲打了个电话,孙秀娥哭着说:"一定要把小青叫回来!如果叫不回来,你们都别回家了!"

这天,石楼乡中学的课堂上,新梅正在上课,她已经送走了一轮学生,正担任第二轮学生的年级班主任。她在课堂上向学生讲述着香港回归祖国的沧桑历史和伟大意义。

下课了,她从传达室取回一个包裹,打开一看,原来是大壮的一本英文著作出版了,是关于农作物生态种植技术研究方面的。她打开书,书的扉页上写着这样一段话:

> 梅,请原谅我这么长时间没给你写信,都是因为我要完成这本学术著作,如今它已经在美国出版。选择七月一日这天寄给你,为的是让你在迎接香港百年回归的喜悦中,也能分享一下我的快乐。我的学业进展得很快,有望今年年底回国。梅,分别一年多来,我每天都在数着数过,我的心一刻也没有离开你。一定要等我!
>
> 永远爱你的壮

看着看着,新梅眼前的字迹渐渐模糊了,喜悦的泪水夺眶而出。

这时，一群孩子围着她，声音细细地说："老师，你哭了？"

"同学们，老师高兴！"

"香港回归，老师高兴，俺们大家都高兴！"

"对，高兴！该回来的，都回来了！"

后 记

我出生在一个农民家庭，从祖父那代往上，祖祖辈辈在农村务农，只是到了父亲上学的年代，他考学后来当上了教师，才一只脚跨出农门。之所以说"一只脚"，是因为母亲也是农民，所以他只能一边任教，一边从事农业劳动。

我记事的时候，"文革"已经结束，农村改革正在拉开序幕。有一天，村里喇叭传来的政策，要实行包产到户，把生产队的集体财产准备分给各家各户，并且耕地也要按人口分配了。消息传开，村里着实热闹起来。先是领牲口、领农具，我们一家就分到一匹骡子、一套耕耙和播种的农具；接着又按人口多寡、土地肥瘠分配了村里的土地，我家每人分到二亩地。

农民对土地有着天然的情愫，自从拥有自己的耕地后，农村一夜之间爆发出巨大的生产力，仿佛被谁用法术从地底下召唤出来一样，家家户户能劳动的男女着了魔似的奔向田野，忘我地耕耘着，用勤劳的双手描绘着崭新的生活画卷。实行家庭联产承包责任制后，村民最大的收获就是粮食打得多了，棉花收得多了，温饱问题基本解决了。但那时所延续着的传统农业生产方式，无疑是非常落后的，具有高投入、高成本、高风险的明显弱点。在那种传统的农业生产方式的支配下，农民的生活仍然艰辛劬劳，从事农业劳动甚至被某些人视为畏途,这些人争先恐后地从农业领域、从农村区域通过各种方式"逃出去"。

世事纷纭,生活时而静如止水,时而又波澜起伏。二十世纪八十年代中后期,乡亲们把目光投向了家乡的稀世珍果——冬枣,开始尝试着对冬枣进行培育开发,结果很受市场欢迎,经济价值相当可观,于是冬枣种植逐渐从庭院走向大田。进入二十世纪九十年代,国家经济体制改革突飞猛进,在当地党委和政府的全力支持推动下,冬枣种植逐步走向产业化发展,农民彻底告别了传统的农业生产方式,依靠种植冬枣发家致富成为一致的自觉行动,冬枣树变成了使农民富起来的摇钱树。农业产业化发展成为解决当时当地农业、农村、农民问题的一把金钥匙,而家乡的冬枣产业化发展模式如今也成了可资借鉴推广的典型经验。这期间,在家乡改革大潮中涌现出一大批令人难忘的如小说中栓柱、福来、二楞似的人物,他们用自己的勤劳智慧演绎出一幕幕看似平凡普通实则跌宕起伏、惊心动魄的创业故事。

我虽然借了父辈的光成为从农村"逃出去"的一员,可二十多年来,那段刻骨铭心的农村生活却牢牢地扎根在我的记忆深处。我想,也许那里就是我今生也难以斩断的"六根"之所在。"人似秋鸿来有信,事如春梦了无痕",发生在那段岁月中的故事虽然已远去,可栓柱、二楞、福来似的人物却时常在梦中向我走来,谈笑风生、举手投足间流露出的那种亲切,就像与我朝夕相处几十年的邻居。

人到中年,回望那段激情岁月,每每怦然心动,我觉得个人的青春和时代的青春已经紧密联结在一起,形成一股强烈的气息,那

后 记

气息如同一个人从黑黢黢的屋子里突然来到灿烂的阳光底下，晃得睁不开眼，逼得透不过气。它盘纡在胸中，时刻向我发出一种使命般的召唤。于是，很多次，我想找个地方把胸中的气息一股脑儿倾吐出来，就像书中宋栓亭站在徒骇河桥上呐喊时一样。现在，我终于放声喊了出来——这就是《枣儿香枣儿圆》这部书的缘起。

在书中，我无意夸大人世的悲欢，也不想妄评对错是非，我离他们太近了，生怕自己"戴着有色眼镜"的观察误导了青年。我竭力克制自己的感情，保持冷静，力求做到客观真实，就像阳光把一些事物的影子投射在水里，至于那些影子能给读者留下什么印象，又通过这些印象了解到多少岸边的真情实况，则完全交给大家去心领神会。

需要说明的是，书中那些人物的名字，全部出于杜撰，如果不小心冲撞或者冒渎了谁，也只能是我的无心之失，请勿对号入座。

最后，向编辑老师及关心支持本书出版的朋友们致以最衷心的感谢！

刘洪鹏

二〇二〇年十月二十二日